Bernd Brucklachner
Seeigelträume

AF190732

Bernd Brucklachner

Seeigelträume

Kriminalroman

Bibliografische Information der Deutschen Nationalbibliothek:
Die Deutsche Nationalbibliothek verzeichnet diese Publikation
in der Deutschen Nationalbibliografie; detaillierte bibliografische Daten sind im Internet über http://dnb.dnb.de abrufbar.

Verlag: BoD · Books on Demand GmbH, Überseering 33,
22297 Hamburg, bod@bod.de

Druck: Libri Plureos GmbH, Friedensallee 273, 22763 Hamburg

ISBN: 978-3-8192-6428-3

Inhaltsverzeichnis

Zweiter Teil: Die Kunst des spekulativen Kniffs

DIE MONDSICHEL

Ein aufregendes Brennen auf der Haut, dazu das gleißende Gelb. Mit funkelnden Augen betrachtete er ein glühendes Gefäß, in dem ein Klumpen anfing zu wabern. Eine Blase aus Ziegenleder führte der Glut durch ein Tonrohr stoßweise den nötigen Sauerstoff zu. Die Farbe des Batzens zeigte, dass die Hitze einwandfrei war. Was für ein Anblick!

Rabilos, Steinhauer in Petra, hockte am Boden in der Kochecke. Dort, wo sonst der Kessel seiner Ehefrau dampfte, konzentrierte er sich voller Begeisterung auf das Gießen von Gold. Eine wahrhaft fesselnde Herausforderung, die er da zu meistern hatte. Mit den bescheidenen Mitteln, die ihm zur Verfügung standen, ergänzte er dies durch seinen Tatendrang. Am Anfang gab es leider ein paar Verunreinigungen wie Luftblasen, die die Oberfläche des erkalteten Gusses verunreinigten. Die Form zerbrach wiederholt beim Gießen, weil sie dem Druck des Gases im Inneren nicht standhielt. Eine Idee schaffte Abhilfe: Rabilos

veränderte das Mischungsverhältnis der Lehm-
form, und siehe da, die Versuche brachten den
gewünschten Erfolg. Die beigefügten Strohhäcksel
verbrannten und hinterließen winzige Poren, durch
die das Gas entweichen konnte.

Rabilos arbeitete am Tag nicht zu Hause vor
seinem Lehmbau, sondern im Zentrum von Petra,
an den Felswänden eines Tempels der Göttin Allat.
Die Priester verkündeten: Sie ist die Göttin, die aus
der Mondsichel erscheint. Die Gläubigen riefen sie
an, damit Allat die Reisenden beschützte, wie zu
Gewinn, Reichtum und Beute man ihre Hilfe bean-
spruchte. Aufgrund ihrer Popularität beauftragte
der Stadtrat Rabilos, ein Scheinportal direkt in eine
Felswand zu meißeln. Die Steinmetze, die an diesem Portal arbeiteten, gaben ihr Bestes, um mit
den aufwendigen Ornamenten, den ausladenden
Gesimsen und imposanten Säulen im Wettstreit
mitzuhalten, der im Tal an den Felswänden herr-
schte. Rabilos und seine Helfer kletterten täglich
die seitlich in den Fels gehauenen Tritte hinauf.
Dabei war größte Konzentration gefragt, denn Unachtsamkeit über den Abgrund führte unweigerlich
zum tödlichen Absturz.

Verstreut um die Schlucht lagen die Baustellen
der wetteifernden Bauherren, deren Klopfgeräu-

sche in wechselnden Rhythmen von den Felsen hallten. Gegen Abend färbte die untergehende Sonne die in den Fels gehauenen Ornamente goldrot. Müde sahen die Arbeiter hinunter auf den Marktplatz. Kaum war das geschäftige Treiben dort zu Ende, bereiteten sie sich auf den Heimweg vor.

Petra liegt im südlichen Negev im Wadi Musa (Tal des Moses). Sie war die Hauptstadt der Nabatäer, die das Tal ab 300 v. Chr. besiedelten. Von der arabischen Halbinsel kamen Tausende Menschen in den Negev, sich dort, um Petra herum, niederzulassen. Die Stadt besaß eine strategisch günstige Lage, denn ihr Zugang zu einer Schlucht war problemlos zu verteidigen. Jahrhunderte v. Chr. beherrschten die Nabatäer das heutige Palästina, Jordanien, den Sinai und einen Teil der arabischen Halbinsel. Mit der Eroberung von Damaskus dehnten sie ihre Macht bis nach Syrien aus. Truppen kontrollierten die Routen der Karawanen zwischen Arabien und dem Mittelmeer, sie gewährten den Händlern gegen einen Tribut sicheres Geleit. In der Stadt Petra lebte man vom Handel, ebenso das Handwerk genoss hohes Ansehen. Damit begründeten sie ihren stetig wachsenden Reichtum, der sich in ihren prächtigen Bauten widerspiegelt.

An manchen Tagen staute sich die Hitze im Tal. Jeder Wassertropfen, der den Boden berührte, verschwand in Sekundenschnelle. Wenn Sandstürme mit ihrem Staub die Sonne verdunkelten, erlahmte das Leben auf den Straßen wie auf den Plätzen. An solchen Tagen war es besser, zu Hause zu bleiben.

Rabilos Haus, ein Lehmbau am Rande der Stadt, war Werkstatt und Wohnung zugleich, über die seine Ehefrau Mariamme wachte. Sie kümmerte sich um Ziegen, Schafe und einen Esel, der die Waren transportierte. Vor dem Haus, zwischen den aufgeschichteten Steinblöcken, war genügend Platz für kleinere Auftragsarbeiten. Ein dicht gewebtes Tuch, über aufgestellte Stangen aus Holz gehängt, schützte den Steinmetz vor der Sonne. Erinnerungen an die Zelte, in denen er seine Kindheit bei den Nomaden verbrachte.

Neben dem Haus bewirtschaftete seine Ehefrau den Garten. Dort wuchsen Feigen, Oliven-, Granatapfel- und Aprikosenbäume. Ihre Aufmerksamkeit galt zwei Weinstöcken, deren Trauben im Sonnenwind zuckersüß reiften. Leider brauchten sie wegen ihrer zarten Schale Schutz vor den Sandstürmen. Hatte sie das Abdecken vergessen, war die gesamte Ernte zunichte. Sobald es in

Strömen vom Himmel regnete, füllten sich die künstlich angelegten Teiche wie Zisternen. Hinzu kamen zahlreiche Quellen, geheim gehaltene Brunnen, die den Bedarf der Bewohner kontinuierlich deckten. Die in den Fels gehauenen Kanäle führten das Wasser bis in die Häuser. Ein ausgeklügeltes Leitungssystem, mit dem die Bewässerung der Gärten und der Landwirtschaft gesichert wurde.

Direkt neben dem Wohnhaus stand der Brennofen von Mariamme. Sie war eine geschickte Töpferin für Zier- und Gebrauchskeramik. Flache Schalen, eine Besonderheit, mit millimeterdünnen Wänden, die über Formkerne gezogen, eine annähernd gleichmäßige Größe erhielten. Nach dem Brand bemalte sie den ziegelfarbenen Ton mit stilisierten Blattranken in dunkelbrauner Farbe, was den Gefäßen eine spezielle Note verlieh. Nicht nur die Einheimischen schätzten die Arbeiten, ebenso viele Händler begehrten ihre Stücke. Mit den Karawanen gelangte ihre Ware bis in die entlegensten Gebiete.

Wenn genügend Keramik den Brand überstanden hatte und ihr Lager keinen Platz mehr bot, verkaufte Mariamme die Produkte auf dem Markt. Solange sich die Morgensonne hinter den Bergen versteckte, trug ihr Esel mit schläfrigem Tritt die prall gefüllten Korbtaschen zum Marktplatz. Rasch füllte sich der Platz mit Handwerkern, Händlern und Karawanen, die aus den entferntesten Regionen ihre Waren anpriesen. Beduinen suchten nach geeigneten Stücken für ihre ferne Kundschaft. Die Einheimischen strömten herbei, um sich mit allerlei Nützlichem einzudecken.

Wie seit Jahren breitete Mariamme eine schwarzbraune Decke aus gewebtem Ziegenhaar im Sand aus und bot den Marktbesuchern Öllampen zwischen unterschiedlichen Tellern an. Ihr gepflegtes Äußeres, ihre markanten Augen, ihr schwarzes Haar, das ungezähmt unter dem Kopftuch hervorlugte, zog die Blicke der Fremden auf sich. Noch war die Töpferin mit dem Aufstellen beschäftigt, da bestürmte sie die Kundschaft mit Fragen, Käufer feilschten sofort um den besten Preis. An diesem Tag fanden Beerdigungen statt, und die Nachfrage nach Tontellern war enorm. Der Totenkult verlangte von den Trauernden, am Ende eines jeden Totenmal alle Tongefäße zu zerstören.

Von Stunde zu Stunde füllte sich der Platz mit Menschen. Zwischen ihnen amüsierten Gaukler mit ihren Künsten, Geschichtenerzähler versetzten ihre Zuhörer in Spannung. Der Wind trug den frischen Duft von Gewürzen, Weihrauch und Myrrhe durch die Reihen. Wasserverkäufer mit prall gefüllten Beuteln aus Ziegenleder jonglierten mit Bechern, die sie zielsicher aus einer Armlänge Entfernung füllten. Vereinzelt wirbelten Kamele und Esel Staub auf, der sich wie ein Schleier über das Geschehen legte.

Sobald die Sonne die Bergspitzen erreichte, war die Hälfte der Ware von Mariamme verkauft, und es blieb Zeit zum Plaudern. Der neueste Klatsch und Tratsch aus der Region, wie die mitgebrachten Neuigkeiten der Karawanen aus allen Himmelsrichtungen.

Ein Beduine verweilte prüfend vor dem Rest der Keramiken und konzentrierte sich auf eine Schale, die wegen ihrer Größe und Verarbeitung einen hohen Preis hatte. Mariamme bemerkte sein Interesse und gab ihm das Stück zur näheren Begutachtung. Dabei blieb ihr Blick wie versteinert auf den Kunden gerichtet: hochgewachsen, in schwarzes Gewand gekleidet, mit raffiniert gewickeltem Tuch um das Haupt. Seine Zähne strahlten makellos blütenweiß neben der braunen Haut seines Gesichts.

Die Töpferin feilschte mit minimalen Zugeständnissen, bis die Ware den Besitzer wechselte.

In ein Stück Tuch gehüllt, schob der Beduine den Teller unter den Arm und wandte sich ab. Ein paar Schritte weiter drehte er sich um, zeigte wieder sein weißes Lachen: „Ich suche einen, der mit Gold arbeitet, kennen Sie jemanden hier in Petra?"

Sie zögerte nicht, sah die Chance, ihren Ehemann als den Geschicktesten vorzuschlagen. Ausführlich beschrieb sie den Weg zum Haus.

Wieder fragte der Beduine: „Wann treffe ich Euren Gatten in seiner Werkstatt?"

Sie sah zum Himmel auf: „Wenn die Sonne hinter den Felsen verschwunden ist, erwartet mein Ehemann den ehrwürdigen Herrn."

Der Beduine verneigte den Kopf und verschwand mit dem Bündel unter dem Arm in der Menge.

Die glühende Sonne im wolkenlosen Blau hatte ihren Zenit überschritten … Zeit, den Nachhauseweg anzutreten. In den Körben sah man nur noch ein paar Stücke, dafür einen prall gefüllten Münzbeutel zwischen den eingetauschten Lebensmitteln. Das Grautier benötigte keine Aufforderung mehr für den Rückweg, denn am Ende wartete das Futter auf ihn. Dort angekommen, versorgte sie zuerst das Tier und erst im Anschluss ihren eigenen Magen.

Zum Ausruhen blieb keine Zeit, denn der Ofen war abgekühlt und nicht geleert. Mariamme legte die gestapelten Tonwaren auf einen Steinblock im Freien. Sorgfältig prüfte sie, dass keines der Stücke vom Brand Mängel aufwies. Daraufhin füllte sie erneut den Bauch des Ofens nach altbewährter Methode auf. Das von ihrem Ehemann vorbereitete Brennholz lag auf einem Haufen dicht daneben. In der kargen Gegend mischte man getrockneten Kamelmist bei, der für genügend Glut in der Brennkammer sorgte.

Das Sonnenlicht versank hinter den Bergen, und es kehrte wieder Stille im Tal ein. Nach dem gemeinsamen Essen, das die Eheleute im Liegen eingenommen hatten, säuberte Mariamme die Feuerstelle. Ihr Ehemann ruhte sich derweil im Schein der Öllampen aus, als dumpfes Getrampel seine Aufmerksamkeit erregte. Eine Stimme bat um Einlass.

Sie schob das dicke Tuch beiseite, das den Eingang verbarg, und erkannte den Beduinen mit seinem Kamel. Sofort rief sie ihren Ehemann, um den Gast zu begrüßen. Dieser hieß ihn im Haus willkommen. Mariamme bemerkte, dass der Fremde ihren Lebensgefährten um zwei Köpfe überragte. Beim Eintreten zwang ihn der hölzerne

Querbalken über dem Eingang zu einer gebückten Haltung. Rabilos bot dem Gast einen Platz auf einem der kostbar gewebten Teppiche an. Seine Ehefrau reichte ihm zur Begrüßung einen Becher Baumhonig mit frischem Wasser. Nach dem ersten Schluck äußerte der Gast den Wunsch eines Kunden aus dem fernen Hafen am Mittelländischen Meer. Er hatte ihn beauftragt, ein goldenes Bild des Mondes in Auftrag zu geben. Seine Hand deutete auf den Tonteller mit Früchten, der die Mitte des Teppichs markierte. Die typischen Muster der Region sind bedeutungsvoll, denn mit ihnen reist die Seele dieses Tals nach Rhodos. Zu einer in Petra geborenen, die als Mädchen auf die ferne Insel verkauft wurde. Der Beduine fragte: „Könnte man ein Stück nach dieser Idee gestalten?"

Rabilos zögerte, aber seine Ehefrau bemerkte das sofort und reichte dem Gast wieder einen gefüllten Becher: „Ehrenwerter Herr, für meinen Ehemann ist es ein Leichtes, diesen Auftrag auszuführen!"

Ihr Verhalten verwunderte den Besucher, denn landläufig erlaubte man nicht dem weiblichen Geschlecht, ihre Meinung zu äußern, solange die Männerwelt diskutierte. Rabilos vertraute ihr, da sie das größere Verhandlungsgeschick besaß. Er ließ sie ausreden und schloss sich sofort ihren Worten an: „Ich besitze alles, was zum Gießen des Goldes nötig ist, und es ist mir eine Ehre, für Sie, erhabener Herr, zu arbeiten." Es folgten die Einzelheiten über die Ausführung des Stückes, der Preis, der mit Handschlag besiegelt wurde.

„Nach zwei Monden kehre ich mit meiner Karawane zurück, um Ihre Arbeit in Empfang zu nehmen!" Der Fremde sagte es, leerte den Becher in einem Zug, stand auf, verneigte den Kopf und verschwand in der Dunkelheit der Nacht.

Nach der täglichen Arbeit im Fels verfeinerte Rabilos seine Gießtechnik, bis er den richtigen Zeitpunkt für den Guss gefunden hatte und bereit war, den Auftrag auszuführen.

Mit Holzkohle zeichnete er auf Steinplatten die Ornamente, die er von Mariammes Keramik-arbeiten übernommen hatte. An den folgenden Abenden gab es für die beiden ein Gesprächs-thema: Form, Muster und das Wichtigste – wie die Seele von Petra darin zu finden sei. Beim Bearbeiten des Felsens aus Sandstein suchte Rabilos nach Einschlüssen, nach Ausgefallenem, das in seiner Art herausragte. Die farbigen Frag-mente, die er fand, hielten seiner Einschätzung nicht stand, und es verging die Zeit ohne Ergebnis.

Bis eines Tages merkwürdige Stücke aus einer Gesteinsader herausbrachen. Darunter ein eiförmiges Exemplar von silbrig-weißer Farbe, dessen Material sich seidig anfühlte. Es roch frisch, nicht, wie der modrige Sandstein. Diese matt glänzende Oberfläche – hatte er bisher noch nie gesehen. Seiner Freude ließ er derart freien Lauf, dass ihn seine Mitarbeiter erstaunt ansahen: „Das ist es, das ist die Seele meiner Mondsichel, Allat ich danke dir", prüfend drehte der Steinmetz den Brocken in der Hand, steckte ihn in seine Umhängetasche und verließ eilig die Felswand.

Zu Hause schliff er den Stein zu einer flachen Scheibe, bis die Oberfläche das Sonnenlicht reflektierte. Eine umlaufende Kerbe sorgte für eine sichere Verbindung mit dem Guss. Mit dem entstandenen Abfall testete er das Verhalten bei Hitze im Vergleich zum Gold und entdeckte: Das unbekannte Material verflüssigt sich gegenüber dem Edelmetall zügig. Er zeichnete mit einem Holzkeil die Ornamente in den feuchten Ton und passte die Scheibe mittig in den inneren Segmentbogen ein. Nun war es an der Zeit, Gold zu kaufen. Für eine Sichel von der Größe eines Fußes benötigte man, so er berechnet hat, 21 Klumpen vom Umfang eines Dattelkernes. Die Händler auf dem Markt hatten das Edelmetall nicht jeden Tag im Gepäck. Obendrein war bei der Auswahl auf dessen Reinheit zu achten.

Am nächsten Tag schickte er Mariamme auf den Markt. Verblüffend problemlos fand sie Kaufleute, die pures Gold anboten. Mit allen Tricks einer Händlerin feilschte sie. Geschickt verbarg sie den wahren Grund, damit kein Verkäufer die Wichtigkeit ihres Anliegens bemerkte, denn sofort wäre der Preis ins Unermessliche gestiegen. Am Ende des Tages überprüfte sie den Inhalt des Lederbeutels: das ist genug von den stattlichen, gelb schimmernden Klumpen.

In derselben Nacht setzte Rabilos seine Arbeit fort. Er mischte Holzkohle mit getrocknetem Kamelmist und füllte damit die Kochmulde auf. In der Restwärme des leeren Töpferofens erhielt die Gussform die nötige Temperatur, um dem Gold das Fließen zu erhalten. Wie seit Tagen geübt, verflüssigte er die Klumpen. Nicht vor Hitze, sondern vor Aufregung standen ihm die Schweißperlen auf der Stirn: Würde das Eingießen funktionieren, ohne dass der Stein darunter litt?

Beherzt goss er das Metall vom Rand aus in die heiße Form. Mit den letzten Goldtropfen floss es dem Kern zu und traf mit verminderter Hitze auf die Kerbe. Es dampfte kurz auf und verschmolz, ohne Schaden anzurichten. Mit Bedacht zerbrach er die Form und war beeindruckt, wie exakt sich die Muster der Blattranken abzeichneten. Sie teilten die Sichel in drei Felder, über denen das Symbol der Gottheit silbrig glänzte. Nach dem Aushärten polierte er das Stück mit einem in Baumharz getränkten Tuch, an dem feinste Sandkörner klebten. Die fertige Mondsichel stellte er auf einen Steinblock neben der Feuerstelle.

Gemeinsam mit seiner Ehefrau begutachteten sie das vollendete Werk. Mariamme hob die Sichel zum Himmel: „Allat, die aus einer Mondsichel hervorgeht, sie ist des Priesters Segen wert." Sie sprach es aus, wünschte sich das Juwel am liebsten sofort in die Hände des Beduinen und den Lohn in den Beutel ihres Ehemannes.

In den Tagen des Wartens auf den Käufer überfiel Rabilos eine seltsame Krankheit. Die Erschöpfung ließ die Muskeln erschlaffen, zusätzlich kamen Blutungen aus seiner Nase, Mund, Zahnfleisch und Enddarm. Die herbeigerufenen Ärzte fanden keine Erklärung für das Leiden. Kräuter, Salben, sogar Zaubertränke, nichts half dem Steinhauer. Ohne den Lohn seiner Arbeit zu erhalten, starb Rabilos nach kurzer Zeit qualvoll.

Die Witwe versank in Trauer und verließ das Haus, nur wenn es nötig war. In Gedanken versunken saß sie da, schaute zur Tür hinaus, hoffte, dies sei ein schrecklicher Traum. Sie bereitete das Abendmahl vor, wie jeden Tag, als ob ihr Ehemann von der Arbeit käme. Niemand sah ihre Töpferwaren auf dem Marktplatz, denn der Brennofen blieb verschlossen. Der Garten bot ein Bild der Verlassenheit. Vor dem Haus, an den Holzstangen, hing das Sonnendach, vom Wind in Fetzen gerissen. Den treuen Esel mit den Ziegen ließ sie frei. Alles ruhte, seit der Tod in ihr Leben getreten war.

Nach zwei Monden stand der Beduine, wie verabredet, im Hause der einst bildhübschen Töpferin. Sie war ihm fremd, voller Trauer, mit gebrochener Freude. Eine Witwe, in den Händen eine Holzkiste, in der, auf Stroh gebettet, die Mondsichel golden schimmerte. Bewundernd verneigte sie den Kopf und drückte ihre Zufriedenheit über die Arbeit ihres Ehemannes aus. Ohne um den Preis zu feilschen, übergab er der Witwe, was einst mit Handschlag besiegelt worden war. Um ihr Wohlergehen versprach er, am nächsten Tag wiederzukommen.

Diese Geste des Beduinen schmeichelte

Mariamme. Nachdem er ihr Haus verlassen hatte, durchströmte sie ein Gefühl, als wäre sie neugeboren. Mit Geschenken und den köstlichsten Speisen wiederholte er seine Besuche. Er drängte sie von Mal zu Mal mehr, diesen Ort mit all seinen Erinnerungen zu verlassen, um das Leid zu vergessen. Durch seinen ausgedehnten Handel ermöglichte er ihr, fremde Kulturen kennenzulernen.

Zuerst lehnte sie ab, doch er blieb hartnäckig. Tage des Zögerns vergingen, bis sie ihre Sachen packte, um in ein neues Leben aufzubrechen. Die Karawane zog los, an der Seite des Anführers eine hoffnungsvolle Witwe, im Gepäck die goldene Sichel. Ein Abenteuer auf dem Rücken eines der über hundert Kamelen lag vor ihr. Sie hoffte auf ein friedvolles Beisammensein mit diesem Unbekannten.

Die erste Reise führte an die Küste des Mittelmeeres in die Hafenstadt Askalon. Nicht lange, da verließen Mariamme die Kräfte, und die Gruppe war gezwungen, eine Pause einzulegen. Verständnisvoll bemühte sich ihr Gönner um Distanz, respektierte ihre Trauer, ihre Schwäche. Trotz der Hitze des Tages verlangte die Kälte der Nacht nach mehr wärmenden Decken, als zu

Hause nötig waren. Gewöhnungsbedürftig war hauptsächlich die Einsamkeit inmitten der fremden Menschen. Sie vermisste den Marktplatz mit dem bunten Treiben der Gaukler und den vertrauten Gesprächen unter den besten Freundinnen.

Allmählich rebellierte ihr Körper mit seinen Hautfalten, in die Sandkörner eindrangen und zu reiben anfingen, bis es schmerzte. Die Töpferin sprach nicht darüber, sie biss die Zähne zusammen, denn die anderen waren nicht besser dran. Es gab kaum Abwechslung in der Wüste. Vereinzelte Windböen wirbelten Staub auf und legten die Skelette toter Tiere frei. Wenn man Glück hatte, trafen sich zwei Karawanen, die pausierten, um Neuigkeiten auszutauschen. Hierbei handelte es sich um die neuesten Überfälle, die den Händlern wiederholt Sorge bereiteten. An den Wasserlöchern, den Oasen, füllten sie die Vorräte auf und erzählten sich Geschichten, bei denen der Wunsch wuchs, das Mittelmeer zu erreichen. Als die Karawane den höchsten Punkt eines Hügels erreichte, schien es Mariamme, dort in der Ferne kämen die Häuser der Hafenstadt auf sie zu. Ihr Gesicht erhellte sich für kurze Zeit, leider stellte sich heraus, es waren nur vereinzelte Felsbrocken, die ihren Augen täuschten. Resigniert ließ sie sich von den Kamelen weiter treiben.

Wieder erschwerte eine gewaltige Düne das Vorankommen. Kaum waren die ersten Tiere auf der Kuppe, breitete sich eine Welle der Unruhe bis zum Ende der Karawane aus. Es war keine Fata Morgana, denn in der heißen Luft flimmerten die Umrisse von Gebäuden. War das die Stadt Askalon? Mariamme bezweifelte es, obwohl die Kamele hastig voranschritten und ihre Begleiter Mühe hatten, sie zu bändigen. Im Tal zwischen den Sandbergen verschwand erneut das ferne Bild aus ihren Augen. Sie übte sich in Geduld, am hoffentlich letzten Lagerfeuer, eine letzte Nacht auf diesem langen Weg.

Nach einem Tag war es geschafft, die Karawane stand vor einem Blau, einer für Mariamme neuen, unbekannten, wogenden Weite. In der Ufernähe warteten zahlreiche Boote darauf, dass ihre hölzernen Körpern beladen werden. Holzplanken verbanden die Schiffsrümpfe mit dem Land, auf denen Sklaven geschnürte Bündel neben Amphoren auf ihren Rücken trugen. Unter dem Gewicht der Lastenträger bogen sich die dicken Planken bis zum Wasser durch. Man sah Galeeren, die bis an die Grenzen ihrer Tragfähigkeit beladen waren. Das geschäftige Treiben erinnerte Mariamme an ihren Marktplatz in Petra. Direkt am Hafen, unweit der geduckten Häuser, schlug die Karawane ihr Lager auf. Die frische Seeluft mit ihrem Salzgeruch versetzte die Töpferin in einen belebenden Sinnenrausch.

Jetzt waren die Wüstenschiffer aus Petra mit ihren Waren an der Reihe. In dem turbulenten Treiben der Händler, der Lastenträger, tauchte der Kapitän des Handelsschiffes auf. ‚Allat, die Mondsichel' hatte ihren sicheren Platz für die Überfahrt gefunden. Seit Tagen wartete er auf die Abfahrt nach Rhodos.

Die Fahrt durch diese Gewässer – ein gefährliches Unterfangen, denn Piraten beherrschten das Mittelmeer. Neben materieller Beute versklavten sie Gefangene, schickten Unbrauchbare und Kranke in den Tod. Rom besaß eine kampferprobte Flotte, schien aber dagegen machtlos. Gleichwohl verdrängte der Kapitän die negativen Gedanken, denn die Beschützerin der Reisenden, ‚Allat' war an Bord.

Im Hafen von Rhodos, die Überfahrt war problemlos verlaufen, wartete der Kaufmann Atticus auf die Ankunft der Mondsichel. Eigens für seine Gattin Tullia hatte er diese Besonderheit anfertigen lassen. Tullias Kindheit war nicht zu

Ende, als man sie ihren Geschwistern entriss. Ohne sie zu fragen, verheirateten die Eltern das Mädchen mit dem wohlhabenden Kaufmann. In ihrer Trauer vergaß sie nie ihre Heimatstadt Petra. Von da an wagte sie sich, von Melancholie geplagt, keinen Schritt mehr hinaus. Wenn Freunde ihres Gatten zu Besuch kamen, verleugnete sie ihre Anwesenheit. Mit der Ankunft von Allat hoffte er auf den heiligen Zauber des Halbmondes, der seine Gattin aus ihrem Zustand befreien würde.

Voller Begeisterung drückte Tullia das Geschenk an ihr Herz und stellte es in ihr Zimmer. Jeden Tag, bevor sie ins Bett stieg, küsste sie den silberweißen Stein. Wie durch einen Zauber trat sie nach all den Jahren auf die Terrasse des Hauses. Des Weiteren spazierte sie geradewegs in den angrenzenden Garten und teilte mit ihrem Gatten die Pracht der Natur. Atticus gesellschaftliche Stellung war es erlaubt, mit seiner Tullia die Veranstaltungen der Philosophen im zentral gelegenen Theater zu besuchen. Gemeinsam durchstreiften sie die Marktstände mit ihren exquisiten Stoffen, Schmuckstücken und Speisen aller Herren Länder. Der Reichtum ihres Ehegatten setzte ihren Wünschen keine Grenzen. Beide holten nach, was sie in den vergangenen Jahren versäumt hatten.

Inzwischen zog die Karawane mit neuen Waren weiter. Mit der Zeit fand Mariamme Gefallen am Leben unter den Beduinen, wären da nicht diese Sandstürme. Sie verbreiteten Furcht und Schrecken, denn sie wirbelten den Sand derart auf, dass man seine eigenen Füße nicht mehr sah. Auch war der Druck des Windes auf die Zeltplanen mitunter zerstörerisch.

Im Laufe der Zeit näherte sich der Anführer seiner umworbenen Mariamme behutsam, bis sie das Nachtlager miteinander teilten. Die Karawane, deren neues Ziel Oboda war, folgte dem Weg vom Mittelmeer zur Weihrauchstraße. Diese Stadt war das Zentrum der beliebten Keramik aus Petra. Mariamme bemerkte eine Traurigkeit, die mit den Erinnerungen an ihre Kunst einherging.

Aus heiterem Himmel veränderte sich ihre Physis, die Haut war blutleer, die Augen versunken, entseelt. Erschöpft sank ihr Körper in den von Hufen aufgewühlten Sand. Helfende Hände hoben das zitternde Wimmern in einen der Tragekörbe, die zu beiden Seiten auf dem Kamelrücken ruhten. Geschwächt taumelte Mariamme in schwankender Höhe, von geflochtenen

Bändern festgehalten. Ihr Zustand verschlechterte sich und zwang die Karawane mehrmals zum Pausieren, bis sie Oboda erreichte. Die Kranke war nicht mehr ansprechbar. Unter den Händen eines herbeigerufenen Arztes starb unerklärlich das Funkeln in ihren Augen. Nach ihrer Beerdigung verschwand die Karawane mit ihrem Liebhaber von den Märkten, wie den Häfen.

Auf Rhodos verbrachte Tullia derweil mit ihrem Gatten die Zeit in den Thermen bei Massagen und entspannenden Kräutergüssen. Sklavinnen servierten die besten Speisen der Region, der Wein floss in Strömen. Atticus vernachlässigte die Geschäfte, verbrachte lieber die Tage mit seiner Gattin. Wiederholt dankte er „Allat", die beider Leben zum Positivsten gewendet habe.

Mit der Zeit verlor Tullia ihre körperliche Kraft. Ihr Gatte führte dies auf den ausschweifenden Lebenswandel der letzten Monate zurück. Zur Erholung zogen sie in ein Sommerhaus auf einem bewaldeten Hügel. Wie erhofft, verbesserte sich Tullias Zustand inmitten der Natur.

Die gemeinsame Zeit auf dem Hof an der Seite der Mondsichel verging in idyllischer Ruhe. Bis eines Tages die Ziegen mit den Schafen ihr

Verhalten änderten. Sie drängten aus ihren Ställen, blökten aufdringlich und ununterbrochen, dass es dem Gesinde Rätsel aufgab. Ein Beben der Erde folgte. Wie vom Wahnsinn befallen, stießen die Tiere brüllend gegen das hölzerne Gatter.

Nach einer Pause folgte ein längeres Grollen, und die Bewohner des Hauses rannten erschrocken in die Vorhalle. Atticus beruhigte seine Gattin und die Bediensteten. Die Ruhe war trügerisch, denn urplötzlich fielen Ziegel vom Dach, Vasen krachten von ihren Sockeln zu Boden. Die Vögel flogen in Schwärmen aufgeregt lärmend davon. Ein kurzes Erdbeben von ungeheurer Wucht traf das Anwesen. Tullia flehte ihre Mondsichel um Hilfe an und verlor das Gleichgewicht – stürzte – stand wieder auf. Von einem herabstürzenden Mauerstück getroffen, fiel sie erneut bewusstlos zu Boden. Ihr Gatte eilte herbei und warf seinen Körper schützend über sie.

Die kürzer werdenden Momente heftigen Bebens reichten aus, um das Haus zu zerstören. Staub wirbelte durch die Luft, der Berg grollte erneut, ein Donnern erhob sich aus ihm: Der aufgelockerte Waldboden verlor seine Haftung, riss mit sich, was ihm im Weg stand. Die Lawine aus

Erde, Stein, vermischt mit Bäumen, den Trümmern des Hauses, glichen einem sprudelnden, tobenden Wasserfall.

Die Totenstille lag über dem Berg mit seiner zerstörten Idylle, über dem Schlachtfeld dieses besiegten Lebens. Begraben unter den Trümmern, zusammen mit ihrem Gatten Atticus, fand Tullia, die Mondsichel im Arm, mit all ihrem Gesinde ein ewiges Grab.

Um 1400 begründete der Italiener Cyriacus von Ancona die moderne Archäologie. Mit dem Interesse an Artefakten stieg die Zahl der Grabräuber. Sie zerstörten Informationen, darunter Zeugnisse vergangener Kulturen. Ausgesuchten privilegierten Wissenschaftlern erlaubte man, Grabungen zu planen und durchzuführen. Die Ausgrabungsstätten lagen unter Bewachung, denn Kulturschätze gehören in Museen, niemals in die Wohnstuben, degradiert zur Dekoration einer reichen Oberschicht. Im 20. Jahrhundert, als Metalldetektoren zu einem erschwinglichen Spielzeug für Hobbyarchäologen wurden, beobachtete man den Antiquitätenmarkt mit all seinen Artefakten. Hier erfuhren die Archäologen von unentdeckten und nicht kartografierten Gräbern.

Wanderer fanden auf Rhodos am Fuße eines Hügels handgroße Bronzestatuen. Die Lage der Fundstelle verbreitete sich in der Szene der illegalen Schatzsucher mit ihren Metalldetektoren. Die Kulturbehörde sah daher sofortigen Handlungsbedarf. Sie sperrte den gesamten Hügel und beauftragte einen Professor Breuer aus Berlin mit seinem Grabungsteam.

FAŽANA

9000 Antiquitäten gestohlen! 74-jähriger Rentner in Rom festgenommen. Bei einer Fahrzeugkontrolle fand die Polizei drei Säcke voller Diebesgut. Bei der Durchsuchung seiner Wohnung stellte die italienische Polizei historische Artefakte aus der Zeit der Etrusker und Römer sicher. Neben einem Labor zur Aufarbeitung …

Wasser spritzt über das Deck, der Rumpf kippt sanft zur Seite. Auffrischender Wind weht den sommerlichen Duft von gemähtem Gras und bunten Blumenfeldern aufs Meer hinaus. Flink rollt der Skipper seine Zeitschrift auf, um sie in die Kajüte zu werfen. Die Sonne versinkt hinter dem Horizont, er genießt den letzten Schluck Bier vor der malerischen Kulisse des kroatischen Fischerstädtchens Fažana.

An diesem Spätnachmittag verlieren sich die Silhouetten der Häuser in der Abendsonne vor den blauen Wellen. Der Hafen im Südwesten der Halbinsel Istriens, deren Küste flach ins Meer abfällt, schützt die vorgelagerte Inselgruppe Brijuni vor den Unbilden der Natur. Römer und Byzantiner waren hier in der Vergangenheit ebenso zu Hause wie die Franken und die österreichisch-ungarische Doppelmonarchie.

Markus Sontheim folgt mit geblähten Segeln den prächtigen Jachten, auf denen die Damen nach einem ausgiebigen Sonnenbad ihre Nacktheit verhüllen. Sobald die Segel ihr letztes Flattern geben, entsteht ein Gedränge um die besten Plätze im Hafen. Derweil die Passagiere von Deck an Land springen, um sich am Abend zu vergnügen, knarren die Masten bei jeder Welle und die Leinen der Boote quietschen.

Freizeitkapitäne, für die Geld eine untergeordnete Rolle spielt, haben sich ihre Plätze in den Marinas reserviert: Ähnlich einem Campingplatz bieten die Anlagen echten Komfort. Solcher Luxus war Sontheim bisher nicht vergönnt, er ist eher ein spartanischer Wanderer durch die Wellen.

Was ist Luxus? Vor seiner Seereise hatte er sich in verschiedenen Jobs über Wasser gehalten, blieb Zeit und Geld übrig, investierte er es in sein Atelier. Seine Leidenschaft für die Kunst, seine Hartnäckigkeit in den erfolglosen Jahren, belohnte eine Galerie mit der Ausstellung seiner Werke. Sie vergoldete, was sein Hirn mithilfe von Rotwein in den Nächten ausbrütete. Dieser Geldregen befreite Sontheim vom Stadtleben, spülte ihn hinaus in die Natur.

In den ersten Wochen seiner Reise unter mediterraner Sonne wurde ihm bewusst, wie der schnöde Mammon das Dasein der Menschen beherrscht. Angesichts dessen ist Vorsicht geboten, damit die Windböen des Alltags seine Euphorie nicht zerstören. Bisher war seine Freude getrübt, wenn am Ende des Tages der sichere Hafen überfüllt war. Was blieb ihm anderes übrig, als in einer benachbarten Bucht zu ankern, in einer, die nicht unter der Kontrolle der Gebühreneintreiber stand. Hatte man dort Pech, gab es zur Not beschauliche Plätze weit draußen in der ufernahen Einsamkeit.

Beim Einlaufen in den Hafen von Fažana, mit seiner langen Mole, hat er Glück, heute gibt es genügend Platz. Sontheim steuert sie an, bringt die Fender aus, bereit zum Anlegen. Unvermittelt schießt eine stattliche Motorjacht mit schäumender Bugwelle in sein geplantes Anlegemanöver. Sontheims Blick pendelt zwischen der Jacht, dem Pier und dem Verklicker an der Spitze des Mastes. Dieses Fähnchen zeigt ihm den scheinbaren Wind an, der seinen Kurs mitbestimmt.

Beängstigend schrumpft der Abstand zum Ungetüm, Spritzwasser benetzt seine Brille. Der Alkohol aus der Jever-Flasche verlangsamt seine Reaktion, nicht die Geschwindigkeit der auf ihn zukommenden Motorjacht. Im letzten Moment schiebt Sontheim die Pinne ruckartig von sich weg, beim abrupten Wenden kommt der Großbaum seinem Kopf gefährlich nahe. In gebückter Haltung bemerkt er bis in die Haarspitzen, mit welcher Wucht das Metallteil samt flatterndem Segel über ihn hinwegrauscht.

Knapp entgehen die Jachten einer Kollision und sein Kopf einem schmerzhaften Trauma. Aus der geduckten Haltung bricht seine Wut hervor, er trommelt mehrmals mit dem Fuß gegen die Seiten der Plicht. Vor Zorn bemerkt er nicht, wie die letzte Flasche Jever unter seinen Fuß rollt, ihn flach auf den Boden zwingt. Er hebt den Kopf, um zu sehen, ob da draußen jemand lacht. Nachdem er sich wieder aufgerappelt hat, brüllt er dem rücksichtslosen Skipper mit erhobener Faust entgegen: „Du verfluchter Knochen – Aufpassen, verdammt, in aller Ewigkeit!"

Der aber ignoriert ihn und legt mit aufheulendem Motor an. Sontheims Jacht dreht unfreiwillige Kreise, bis der Drängler das halb im Wasser liegende rote Beiboot über das Heck an Bord gehievt hat. Nach vier Runden hat er die Lücke zwischen dem Ungetüm und einer Segeljacht geschlossen. Die Freude auf das Fischerdorf verdrängt den Ärger, macht Platz für die Eindrücke der alten Häuser mit ihren Gassen, die von Verfall und Heiterkeit gleichermaßen erzählen.

Sontheim bemerkt beim Festmachen, wie der Bug des Nachbarn, einer 45-Fuß-Segeljacht, seinem Ruderblatt bedrohlich nahekommt. Sofort lockert er die Heckleine und zieht seine Jacht mit der Bugleine ein Stück nach vorn. Zurück am Heck erkennt er, dass dies keine der üblichen Charterjachten ist. Sie zeigt ein modernes Cockpit mit elektronischen Armaturen am Steuerstand plus einem Radar über dem Heck. Üppige Sitzkissen, auf denen eine Dame, eine dunkelhaarige Schönheit mit langen Beinen, Sontheim anlächelt und ihm zuruft: „Wie gewagt von Ihnen, mit diesem winzigen Boot über das Meer zu fahren!"

Er bemüht sich, den Anschein von Dickhäutigkeit zu wahren und antwortet: „In den Tiefen der Meere gibt es weitaus imposantere – Größe ist keine Garantie, über Wasser zu bleiben."

Lächelnd winkt sie ihm zu, steht auf und verschwindet kokett unter dem Deck.

Stimmt: Seine Jacht misst 29 Fuß (ca. 9 m) und hat über 10 Jahre auf dem Buckel. Leider sehen seine Tücher mit den braunen Stockflecken abgetragen aus und haben ihn auf seiner Reise oft in Verlegenheit gebracht, denn Kleider machen Leute und Segel den Skipper. Ein etwas abgewandelter Spruch von Gottfried Keller, aber ein Funken Wahrheit steckt darin.

Er drängt, es ist Zeit, aufzuräumen – klar Schiff machen. Zuerst verstaut er allerlei Segelkram im Heck, dazu den Elektro-Außenborder. Im Anschluss räumt er die Pantry auf, eine winzige Anrichte mit Gaskocher plus Kühlbox. In den Backkisten kontrolliert er die eingelagerten Lebensmittel, füllt den Kanister mit Wasser und ordnet die Flaschen mit dem geistigen Destillat neu. Die Bugkoje mit den herumliegenden Farben, den Pinseln zwischen den gerollten Zeichnungen und den Stapeln unbenutzten Papiers bleibt unberührt. Sein überschaubares, segelndes Atelier ist ihm ans Herz gewachsen.

Wiewohl sehnt er sich, nach der langen Abgeschiedenheit auf dem Wasser wieder festen Boden unter den Füßen zu spüren. Beim heutigen Landgang, einem genüsslichen Bummel durch die lauschigen Gassen, steht der Kauf einer Tageszeitung auf dem Programm. Touristen flanieren zwischen Einheimischen, huschen mit Einkaufstüten über einen Platz vor der Kirche, auf dem Kinder spielen. Ein Café mit runden Tischen, Korbstühlen, die wie Perlen auf einer Kette am Straßenrand stehen, lädt zum Verweilen ein. Bei einer Zigarre, einer Zeitung, einem doppelten Espresso genießt Sontheim die vorbei huschenden Schönheiten.

Der Kellner bedient ihn derart impulsiv, dass der Löffel vom Teller springt. Aufgeschreckt entdeckte er drei Tische weiter die Brünette vom Nachbarschiff zusammen mit einem älteren Pärchen. Sontheims Kurzanalyse: Unter dreißig, vom Wohlstand verwöhnt, reist mit ihren Eltern. Zu jugendlich, zu begütert für ein chaotisches Leben, wie er es derzeit führt.

Sie erkennt ihn, nickt diskret, mit einem aufmunternden Lächeln. Sontheim lüftet seinen Panamahut, legt den Kopf schief, die grauen Haare fallen offen und zerzaust nach vorn. Der Vater vermutet, dass der Gruß ihm gilt, nickt ebenfalls. Die Mutter sitzt unbewegt daneben, starrt in die Menge. Sontheims Blicke spielen, genießen den Kontakt mit ihrer Tochter. Nach jedem Lächeln senkt sie den Blick zum Cocktailglas, wo ihre zarten Hände den schwimmenden Eiswürfeln mit einem Strohhalm das Tauchen beibringen.

Wie aus dem Nichts taucht zwischen den flirtenden Augenblicken ein dunkelblauer Trainingsanzug mit weißen Streifen an den Seiten auf. Sontheim bemerkt, dass es dieser Alte am Steuer der drängelnden Motorjacht ist, der sein chaotisches Anlegemanöver im Hafen verursacht hat. Knapp grüßt er den Vater der Schönheit und lädt ihn ein, mit ihm zu kommen. Auf dem Weg zum Pier zieht der Gestreifte schwerfällig das linke Bein nach. Beide bleiben vor einer imposanten Steinschale mit üppigem Blumenarrangement stehen. In der Hand des Alten liegt ein brauner Umschlag, aus dem er Blätter zieht, die er dem Vater überreicht, der sie aufmerksam studiert. Der Alte redet ununterbrochen, droht mit dem Zeigefinger, stößt seinen Gesprächspartner zurück, bis sich der Rand der Schale in dessen Kniekehlen drückt. Ein Stoß mehr und die Pflanzen hätten ihre bunte Blütenpracht verloren. Empört wirft der Vater die Blätter zu Boden. Mit einem beherzten Schlag gegen die Brust schiebt er den hitzigen Trainingsanzug beiseite. Zurück am Tisch beobachtet die Familie, wie er die Papiere vom Pflaster aufsammelt und flink in der Menge verschwindet.

Sontheim wendet sich wieder der Lektüre zu. Er verrückt den Stuhl, bis die Zeitung eine günstigere Position zur nahen Straßenlaterne findet. Wiederholt schiebt der Daumen die heruntergerutschte Brille den Nasenrücken hinauf. Mit jedem Zug umhüllt ihn der Rauch seiner Zigarre wie ein luftiger Sommermantel.

Ein heftiges Klopfen lässt den Löffel hüpfen, die Tasse zittern, ein Schatten legt sich über die Buchstaben. Sontheim schaut auf, erkennt den Vater der Brünetten, der urplötzlich vor ihm steht.

„Entschuldigen Sie, wenn ich störe … Breuer, mein Name, mir scheint, Sie kennen unser Fräulein?", seine Bassstimme klang einschüchternd.

Sontheim reißt die Augen auf, richtet seinen Körper in eine aufrechte, abwehrbereite Haltung – er grübelt: Habe ich mir den Zorn ihres Vaters zugezogen?

Breuer räuspert sich, wartet vergeblich auf eine Antwort. „Kommen Sie zu uns, auf ein Gespräch und lassen Sie uns den Abend gemeinsam genießen!", seine Stimme klingt versöhnlich.

„Ihre Einladung danke gerne", Sontheim nickt mehrmals. Warum nicht, Geselligkeit in der Fremde ist eine willkommene Abwechslung.

Am Familientisch angekommen, stellt Herr Breuer zuerst seine Gattin und dann die Brünette mit dem Namen Nadja vor. Ohne Umwege kommen die Herren ins Gespräch. Sontheim beobachtet unauffällig die schweigsame Gattin, deren Augen von Schatten umgeben sind und ihre Hände auffällig zittern. Aus einem ihm unbekannten Grund sieht sie kränklich aus. Dagegen ist die Tochter das blühende Leben, obwohl sie bisher nur ein zartes Lächeln mit gesenktem Blick in das Gespräch eingebracht hat.

Seit Jahren arbeiten die Berliner Archäologen auf Rhodos. Sie verbringen ihren Urlaub mit Segeln, dabei nutzt Breuer die Zeit für gelegentliche Vorträge. Sontheim nutzt die Gelegenheit, denn die griechische Inselwelt wäre ein willkommenes Gesprächsthema für die Suche nach einem geeigneten Winterquartier. Breuer verliert darüber kaum Worte, erzählt stattdessen von einer Ausgrabung in den Bergen, von Schwierigkeiten mit den Behörden wegen seiner Mitarbeiter. Er redet und redet, bis ihn ein kräftiger Schluck aus dem Bierglas zu einer Pause zwingt.

Sontheim beobachtet Nadja, nutzt die Stille und fragt: „Mit welchen Interessen verbringt Ihre Tochter die Zeit auf Rhodos?"

Erschrocken hebt Nadja den Kopf: „Ich gehöre nicht zu …"

Sofort mischt sich Herr Breuer ein: „Nadja – nein, das ist nicht unsere Tochter, das ist eine Mitarbeiterin und diese Reise ist eine Belohnung für ihren Fleiß." Seine Nase steckt im Bierschaum, der ihm beim Reden in die verkehrte Kehle rutscht. Nach heftigem Räuspern erzählt der Archäologe nahezu prahlerisch von den Studien, die er an auserlesenen Fundstücken durchführt. Verrät, dass diese auf seiner Jacht in einem eigens dafür angefertigten Tresor lagern.

Sontheim hört zu, sagt zwischendurch „Ja", reibt sich die Augen. Müde vom Tag unterbricht er den Redseligen. Er entschuldigt sich, da er rund um die Uhr gesegelt ist. Stellt aber eine Fortsetzung am nächsten Tag, bei einem Bier, in Aussicht.

Herr Breuer kramt in seinen Taschen, zückt sein Handy, tippt eine Nachricht und sagt: „Entschuldigung, einen Moment, bevor ich es vergesse!" Er zieht eine abgewetzte Brieftasche aus dem Jackett. „Ich gebe Ihnen meine Visitenkarte zur Sicherheit, denn falls wir uns hier nicht mehr treffen, besuchen Sie uns in Griechenland."

Sontheim bedankt sich für die Einladung,

wünscht einen geruhsamen Abend und spaziert zurück zur Jacht. Die Segeljacht des Breuers entfacht in ihm das Feuer der Neugierde, hauptsächlich wegen der kostbaren Artefakte, die dort lagern. Sein Blick schweift über den schwimmenden Luxus, zum Eingang der Kajüte, zögert, grübelt: Antiquitäten sind meine Leidenschaft, nur mir hat bisher das Geld gefehlt. Mit Elan überwindet sein Bein die fremde Reling, die wie ein Geländer, aus Stahlseilen, das freiliegende Deck umschließt. Sontheim kniet sich hin, schraubt … ein Auto durchbricht die Stille, hält an, fünf Personen steigen aus. Betrunken wanken sie grölend über den Platz, direkt in eine entfernte Gasse.

Wieder an Land spaziert Markus zu seiner eigenen Jacht zurück, kontrolliert die Leinen, zieht die zu locker gewordenen Bug- und Achterspring nach. Durch das diagonale Ausbringen an Land fixiert sich der Rumpf in seiner Vorwärts- und Rückwärtsbewegung. Beim Verknoten der Leinen entdeckt er direkt neben der Jacht des Breuers einen Schatten. Im Licht der Laternen blitzen die weißlichen Streifen der Hosenbeine auf, die mit flinken Schritten an ihm vorbeieilen. Unversehens rutscht ein Blatt Papier aus dem Aktenbündel unter seinem Arm und schwebt zu Boden. Sontheim grübelt, ruft ihm nach, doch der ist dem Lichtkegel der Laterne entschwunden. Wieder an Land sammelt Sontheim ein, was am Boden liegt. Zurück in der Kajüte, im Licht des Kartentisches, zeigt das Foto eine seltsam goldene Skulptur aus einer vergangenen Zeit. Die Müdigkeit verhindert eine genauere Analyse, Sontheim legt sich in die Koje.

Er lässt den Abend im Café Revue passieren. Verloren in den bunten Seiten einer Modezeitschrift, gab ihm Nadja keine Gelegenheit zu einem persönlichen Gespräch. In seiner Erinnerung blitzen die Diamanten auf, mit denen ihr Dekolleté und ihr linker Zeigefinger geschmückt waren. In einem reichen Haushalt zu arbeiten, ist eine lukrative Entscheidung.

AUF DER FLUCHT

Entspannt liegt Markus in seiner Wolldecke und lauscht dem Plätschern unter dem Heck. Wo ist dieses Knistern geblieben? Es klang wie heißes Fett in der Pfanne, von dem die Fischer sagen, es käme von den Fressgeräuschen der Seeigel. Hier im Hafen scheint alles tot zu sein, dafür werden die Wellen lebendiger, sie schaukeln die Jacht im auffrischenden Wind. Ein heftiges Poltern lässt ihn innehalten, gebannt starrt er dem Niedergang entgegen.

Durch die geschlossene Scheibe aus Plexiglas sieht er draußen im Cockpit eine schwarz gekleidete Gestalt, die einen unförmigen Sack an Bord zieht. Als dieser dumpf aufschlägt, hält Sontheim den Atem an. Zielsicher hantiert der Unbekannte an der verschlossenen Luke. Markus wägt ab: Ohne Waffe hilft kräftiges Brüllen, das vertreibt zumindest wildgewordene Tiere, aber Einbrecher? Sofort holt er für einen Brüller tief Luft – zarte Töne dringen durch die Lüftungsschlitze.

„Mark, bitte öffne! Ich bin es, Nadja!", wiederholt sie, bis er reagiert.

Seine Hand greift zum Lichtschalter, sammelt seine herumliegenden Kleider auf, die schnurstracks in Richtung Schiffsbug fliegen. Er öffnet den Niedergang und bietet ihr einen Platz an.

„Mark, ich benötige deine Hilfe", sie schaut ihm in die Augen. „Bitte leg sofort ab … verlasse den Hafen! Ich bin nicht … es ist unmöglich, mit diesem Ehepaar weiterhin zu leben. Bitte hilf mir! Ich habe eine Tasche, nur weg von hier. Du bist meine einzige Rettung. Bitte lass uns losfahren, dann erzähle ich dir mehr."

„Offen gestanden …" Markus stockt, spricht weiter: „Ich mit meinem armseligen Segelboot, das ist keine geschickte Idee – besser, du suchst dir ein Motorboot oder ein Auto?"

„Mark, bitte, nimm mich mit, bitte!"

Er senkt den Kopf, lässt sein Hirn arbeiten: Für mich ist sie eine Unbekannte, jedoch ein verlockendes Fräulein, schwer Nein zu sagen. Ohne die Folgen zu berücksichtigen, fliegt sein Zwiespalt über Bord.

Mit einer Unterhose am Körper verlegt er das Ankleiden aus Platzmangel nach draußen. Die Wellen der einlaufenden Schiffe schaukeln seine Jacht, und Markus hat Probleme, sich die Hose anzuziehen. Amüsiert qualmt die Zigarette des Trainingsanzuges am Heck der Motorjacht. Lax schnippt er die glühende Kippe im hohen Bogen ins Meer und ruft dabei zu Markus hinunter: „Laku noć!"

Markus antwortet auf Deutsch mit den Worten des Kroaten: „Gute Nacht!" Zurück in der Kabine stellt er ihre Tasche unter den Tisch und fragt:

„Nadja, wohin so spät – Richtung Venedig, gib mir einen Kurs an für die Seekarte."

„Bitte Mark, nein!", sie streicht sich mit beiden Händen das Haar zurück. „Die Herrschaften halten einen wissenschaftlichen Vortrag an der Universität von Venedig. Morgen früh segeln sie dorthin, bitte nicht diesen Weg! Richtung Süden ist am sichersten!", mit gesenkten Augenlidern hofft sie auf dessen Zustimmung.

„Na dann los, auf nach Süden, ist mir egal!", er macht sich bereit. „Ich bleibe am Ruder, du legst dich in die Steuerbordkoje und nebenbei bemerkt heiße ich nicht Mark, sondern Markus!"

Zufrieden mit der Entscheidung des Skippers sagt sie: „Ich finde – Mark steht dir besser."

Die Leinen des Bootes sind wie ausgestreckte Arme, die sich an Eisenringen festhalten. Routiniert ist der Außenbordmotor montiert, gestartet schiebt er schnurrend das Heck vom Steg. Ein Fender, der aussieht, wie eine mit Luft gefüllte Gummiwurst, verhindert, dass der Bug an der Kaimauer scheuert, solange die Leine die Jacht sichert. Hat das Heck ausreichend Platz gewonnen, löst Mark den Bug vom Kai und der Rumpf schiebt sich nach achtern aus. Mit einer Wende verlässt er mit voller Kraft den Hafen. Unter Segeln führt der Kurs entlang der Küste in Richtung Pula. Zum Glück weht auf dem Halbwindkurs ein frischer, auflandiger Wind. Munter schiebt sich die Jacht durch eine flache Welle mit vereinzelten weißen Schaumkämmen.

Die nächtliche Fahrt vor der Küste zwingt Markus, die Seekarte auf Untiefen zu überprüfen. Sicherheitshalber befestigt er den Rest Tampen an der Pinne, damit die Jacht beim Studieren der Karte in der Kajüte den Kurs beibehält. Ein kurzes Kontrollieren und der Anblick von Nadja lenken ihn ab. Sie schläft in eine Wolldecke gehüllt, sanft beleuchtet von der roten Nachtbeleuchtung. Warum lasse ich mich auf solch eine Schnapsidee ein? Sagen wir, weil dieses Fräulein mich fasziniert, oder ist es eher wegen der monatelangen Abstinenz? Er schiebt den Gedanken beiseite und schaut erneut auf die Karte. Die Müdigkeit lässt die

Zahlen neben den Küstenlinien verschwimmen.

Nach stundenlanger konzentrierter Arbeit an der Pinne ist Markus erschöpft. Schlaftrunken steuert er die Jacht an der Küste entlang, begleitet von den Lichtern neben den Schatten der Nacht. In Abständen taucht er seine Hände ins kühle Meerwasser, vergeblich. Heute bleibt der Kaffee aus, den er sonst bei Nachtfahrten in sich hineinschüttet. An einer Leine klatscht die Pütz in die Wellen. Aus diesem Eimer schaufelt er sich das Wasser mit den Händen ins Gesicht. Das erfrischt im ersten Moment, bis ihn wieder der Sekundenschlaf übermannt.

Die seichte Welle in der Dunkelheit, mit den sich darin spiegelnden weißen Wolken, das Hundegebell vom Festland her. Ein neuer Tag kündigt sich an. Sein müder Blick in die Kajüte erinnert ihn daran, warum er wach geblieben ist. Dieses fremde Fräulein liegt vor ihm, entspannt im Morgenlicht, die nackten Beine, eine schier endlose Faszination.

Weiter wandern seine Augen über ihre Brüste, die den Stoff der seidenen Bluse spannen. Markus spitzt die Ohren, das Schlagen der Segel signalisiert eine ungewollte Kursabweichung. Aus seinen Träumereien gerissen, stürzt er nach

Achtern, zur losgerissenen Pinne. Blitzschnell kommt der Baum auf ihn zu, lässt seinen Kopf wegtauchen.

Markus murmelt: „Patenthalse! Verdammt – mehr Wind dann …", angefressen drückt er die Pinne bis zum Anschlag.

Der Ruck dieser Unachtsamkeit begleitet ein Schlagen der Segel – Nadja wacht auf. Scheu, mit verschlafenem Blick, kommt sie an Deck, reckt sich dem Himmel entgegen. Im Vorbeigehen streichen ihre Finger durch sein zerzaustes Haar. „Guten Morgen, Mark! Ich bereite uns Kaffee! Zuerst …", sie tapst zum Heck, hält sich mit einer Hand am Achterstag fest, einem Stahlseil, das vom Achterdeck zur Mastspitze führt. Dabei sieht sie aus wie ein Fotomodell auf einem Werbeplakat, mit wehenden Haaren. Ohne sich umzudrehen, fragt sie: „Wo ist hier die Toilette?"

„Das Meer ist unendlich!", platzt es aus ihm heraus. Trotz Witzelei bedenkt er: Wie entschuldige ich diese Peinlichkeit, denn das Chemieklo ist seit Beginn der Reise unbenutzt im Heck verstaut. Mit einer Dame an Bord sucht Mark nach einer Lösung, kommt aber nicht weit, denn sie klappt die Badeleiter ins Wasser. Ohne ein Wort zu verlieren, zieht sie ihren Slip aus und erledigt, was zu erledigen ist. Sie gehört zu den unkomplizierten Menschen dieser Welt. Im Café war sich Mark sicher, dass Damen wie Nadja für Abenteuer der obersten Glimmer-Gesellschaft zu begeistern sind. Zurück in der Kajüte schlüpft sie in wärmende Kleidung, kocht Kaffee und setzt sich neben ihn. Schweigend schauen sie über die Reling, beobachten das Spiel der Wellen.

Ein kräftiger Zug leert die Tasse, bevor sie mit ihrer Geschichte beginnt. Das heute Nacht war eine impulsive Entscheidung von mir, ich danke dir. Es erinnert mich an die Zeit in meiner tschechischen Heimat. Meine Eltern hatten mir verboten, Deutschland zu besuchen. Ich bin von einem Tag auf den anderen abgehauen, um an der Universität in Berlin Archäologie zu studieren. Nach dem Examen habe ich kurz in verschiedenen Firmen gearbeitet, bis mich mein ehemaliger Professor für Projekte auf Rhodos angeworben hat. Die Ausgrabungen verliefen bestens, als vor einem halben Jahr sich das Blatt wendete. Breuers Gattin erkrankte, ein erschütterndes Ereignis, das den Ärzten bis heute Rätsel aufgibt. Der Haushalt einschließlich der Organisation der Grabungen blieb zwangsläufig auf der Strecke. Anfangs half ich gerne mit, dort, wo es nötig war. Nach den

Zudringlichkeiten des Chefs schlug meine Gut-
mütigkeit ins Gegenteil um. Die Gattin merkte das,
zeigte ihren Unmut, indem sie mich überall
kritisierte und beschimpfte, mich loshaben wollte.
Offen gestanden, ich wünschte ihr, hauptsächlich
ihrem Gatten, einen raschen Tod.

Er fragt sie: „Nadja, warum bist du nicht gleich
abgehauen?", sich wundernd zeigt er ein Kopfschütteln. „Dass du dich freiwillig foltern lässt, ist
mir ein Rätsel."

Sie quasselt drauflos. Jammert, dass sie keine
andere Wahl hat. Mein Lohn, mein Pass behielt
mein Chef ein, wenn ich Geld benötigte, habe ich
um jeden Cent gebettelt. Ich drohte zu kündigen,
sofort warf er mir Undankbarkeit vor. Im gleichen
Atemzug versprach er mir eine verantwortungs-
volle Aufgabe bei einer der nächsten Grabungen.
Das waren leere Versprechungen. Heute Nacht,
Mark, ist die Gelegenheit gekommen, auf die ich
lange gewartet habe, denn mein Pass lag auf dem
Kartentisch, griffbereit für die Zollkontrolle.

„Nadja, was hast du vor?", sie senkt den Kopf,
nestelt an ihrer Strickjacke, lässt die Frage
unbeantwortet.

Die Jacht quert eine Bucht – Markus zeigt
Richtung Pula: „Dort in der Marina legen wir an,

setzen uns in ein nettes Café und arbeiten in Ruhe unsere Route aus, einverstanden?"

„Nein, Mark – nicht anlegen!", sie reißt ihre Augen auf, in denen die nackte Angst geschrieben steht. „Schauen wir, wie viele Seemeilen wir heute schaffen, die Herrschaften suchen mich, davon bin ich überzeugt."

Markus gibt keinen Kommentar ab, er segelt weiter. Inzwischen brennt die Sonne vom Himmel, als Nadja sich bis auf ein Piercing am Bauchnabel entkleidet. Es ist unmöglich, sich dieser liebreizenden Nacktheit zu entziehen. Seit 24 Stunden kennen sie sich, warum so vertraulich, so distanzlos? Eine Einladung? Er weigert sich, darüber nachzudenken, ob der Schweiß auf seiner Stirn von der Sonne oder eher von ihrem Anblick herrührt. Freudlos schaut er über seinen Bauch zu seinen Füßen. Mit der Zeit hat sein Körper die athletischen Züge verloren. Wie frisch liegt dagegen die Jugend an Deck mit ihrer freien Lebensauffassung. Das zu leben, hatte er in seinen blühenden Jahren versucht, sofort hat man jede Spontanität mit einem Rucksack voller Absicherungen versehen.

Nadja dreht sich zur Seite. „Hast du studiert?"

In ihre Formen vertieft, benötigt er lange, dann

erzählt er von seinem Vater, der mit Antiquitäten handelte. Kunst war in der Familie allgegenwärtig, gegen den Besuch der Akademie gab es keine Einwände. Nur Mutter hatte seine Arbeiten als Basteleien abgetan, worunter er bis heute leidet.

„Mark, was ist, bist du jemandem versprochen?" Sie murmelt durch die Finger, solange sie sich das Gesicht eincremt: „Schreien Kinder auf dieser Welt nach dir?"

Er antwortet zögernd. „Nein, zumindest sind mir keine bekannt, und meine Ehefrau verschwand nach einem Jahr, kein Wunder, bei einem unzuverlässigen Geldverdiener."

„Deine Meinung, Mark, gilt nicht für alle", sagt sie und kneift die Lippen zusammen.

Sie dreht sich auf den Bauch, blättert in ihrem Buch, liest und nickt ein. Bei konstantem Wind segelt das zufällig verbundene Paar durch den Nachmittag. Gegen Abend erreichen sie die Felseninsel Porer, eine halbe Seemeile vom Festland entfernt. Ein 35 Meter hoher Leuchtturm markiert das südlichste Kap Istriens. Vor Einbruch der Dunkelheit versucht Markus, in den Hafen von Medulin einzulaufen. Um Zeit zu sparen, segelt er trotz der Untiefen zwischen dem Festland und der Felseninsel hindurch.

Wie nicht anders zu erwarten, purzeln die Zahlen auf dem Echolot nach unten. Begleitet von einem aufdringlichen Piepton, der die Mindesttiefe von zwei Metern signalisiert, scheucht es Mark auf. Rasch verschwindet er unter dem Deck. Mithilfe der eingebauten Winde hebt er den Kiel, doch nach zwei Kurbelumdrehungen ist kurioserweise Schluss. Die Ursache vermutlich der zu hohe Fließdruck des Wassers. Sofort brüllt Markus nach oben zu Nadja: „Pass auf, festhalten, wenn wir aufsitzen, kracht's gewaltig!" Wieder an Deck holt er die Segel dicht, damit sich die Jacht auf die Seite legt und der Kiel an Tiefe verliert. Ein Blick über die Bordwand – weiße Felsen schieben sich unter den Rumpf. Mark hält die Luft an. Zum Glück verschwinden sie ohne Berührung nach Achtern aus.

Wenn Nadja nicht in ihrem Buch schmökert, quasselt sie von ihrer Studienzeit mit den schrulligen Professoren. Sie erzählt von den archäologischen Ausgrabungen, von dem Missgeschick in der Grube. Zwischendurch tapst sie nach achtern zur Badeleiter, sucht Abkühlung im Meer. Wieder zurück redet sie von den Arbeitern, die sich Geschichten von Untoten erzählten, dermaßen realistisch, dass manche vor Angst aus ihren Löchern sprangen. Sie berichtet von Arte-fakten, die die Aufmerksamkeit der Behörde auf sich zogen, und die Polizei die Stücke gesichert ins Archiv transportierte.

Gegen Abend steuern die beiden eine Bucht bei Medulin an. Medulin war früher ein Fischerdorf an der südlichen Westküste Istriens. Heute hat es sich zu einem der wichtigsten Ferienorte Süd-istriens entwickelt. Nicht wegen seiner flachen, sandigen und zerklüfteten Küste, sondern weil sie aus einer Gruppe von zehn Inseln besteht. Hinzu kommen beste klimatische Bedingungen für eine üppige Vegetation.

Vor einem dicht bewachsenen Ufer fällt der Anker. Markus verschwindet kommentarlos in seiner Koje. Sie bleibt an Deck, liest in ihrem Buch und lockt mit ihrem halb nackten Körper vorbei-fahrende Motorboote an. Deren Heckwellen zwingen wiederholt das Segelboot in die Anker-leine. Durch die heftigen Bewegungen des Bugs kippt Nadjas Tasche unter den Tisch in der Kajüte und der gesamte Inhalt rutscht über den Boden. Bündel von Geldscheinen, frisch gedruckte Hun-derter mit Banderolen zwischen allerlei Kleinkram, liegen bis in den Ecken verstreut. Durch den Lärm aufgeschreckt, reißt Markus kurz die Augen auf.

Beim Anblick des Geldes ist er sich sicher, dass er träumt, dreht sich auf die andere Seite und schläft weiter. Nadja sucht nach dem Geschepper und entdeckt ihre ausgeschütteten Sachen.

Sie schleicht sich in die Kajüte. Sofort verstaut sie den Reichtum wieder in der Reisetasche.

Nach zwei Stunden rollt sich der Schläfer aus der Koje und holt aus der Vorratsbox eine Packung Spaghetti mit Soße aus der Dose. Nadja stellt einen Klapptisch in die Mitte der Plicht und platziert eine Kerze darauf. Das flackernde Licht spiegelt sich in den Rotweingläsern beim gemeinsamen Essen unter dem Sternenhimmel wider. Sie plaudern, lassen ihren Glücksgefühlen freien Lauf, erst zaudernd, dann heftiger, bis Nadja mitten in der Zärtlichkeit aufschreckt: „Verdammt, was ist denn in uns gefahren, sind wir verrückt?", sie springt auf, „das passierte nicht, nein, ich lasse mich nicht von Gefühlen überwältigen, nur wegen des Alkohols".

Genauso wie sie ihre Ablehnung ausspricht, erschüttert sie damit Mark. Sie wartet nicht auf eine Reaktion und verschwindet in ihrer Koje. Er versucht zu kapieren, ist gefrustet, gibt dem Altersunterschied die Schuld. Es dauert, bis sein aufgewühltes Inneres ihn einschlafen lässt.

Am nächsten Morgen fällt sein Blick auf den

Platz unter dem Tisch – da ist keine Tasche – hinüber in die Bugkoje, die Wolldecke sieht verlassen aus. Sofort steht er auf, streckt den Kopf hinaus. Nadja ist verschwunden? Er sucht mit dem Fernglas, ruft ihren Namen, damit verscheucht er nur die Vögel. „Meine Naivität ist unüberbietbar", schimpft er sich und entdeckt das Schlauchboot am Ufer.

Zum Glück hängt es an einer Leine, die an der Jacht befestigt ist. Nach dem Einholen beschließt er, auf der geplanten Route weiterzusegeln. Wie so oft ist die Enttäuschung bei ihm verflogen. Pragmatisch gesehen war Nadja wie eine Wolke, die am Himmel vorbeizog. Mark, zurück in der Kajüte, entfaltet die Seekarte auf dem Tisch. Setzt seine Brille auf und entdeckt neben dem eingezeichneten Kurs ein Gekritzel, das dort nicht hingehört:

Danke, Mark. Ich würde gerne bleiben, aber meine Aufgaben liegen in einer anderen Richtung. Auf ein Wiedersehen, liebste Grüße, Nadja.

Kurze Pause – er sagt: „Ausreden, nichts als Ausreden." Der Radiergummi löscht ihre Worte aus, beleidigt wirft er den Radierer auf die Karte, der in hohem Bogen auf den Boden springt. Markus flucht, folgt ihm zu der Öffnung unter dem Niedergang. Tastend sucht seine Hand in der Dunkelheit, bis seine Fingerspitzen Unbekanntes berühren. Unter Verrenkungen gelingt es ihm, diesen Gegenstand herauszuziehen – es ist ein Notizbuch. Sein Einband besteht aus echter Schlangenhaut und auf der Vorderseite prangt das Symbol einer Kobra. In einer seitlich angenähten Schlaufe steckt ein Kugelschreiber, ein mit Gold verzierter Montblanc.

Mark lässt sich in die Koje fallen und öffnet die Lederschlaufe. Inmitten von erdfarbenem Dreck steht auf der ersten Seite in lebhafter Handschrift: Nadja. Neben einem Kalenderteil finden sich viele Notizen, Adressen. Markus vermutet: Zusammen mit dem Geld ist es ihr aus der Tasche gerutscht. Das war kein Traum. Er steht auf, kniet sich hin, greift erneut in die Öffnung und findet seinen Radiergummi: Ein paar Scheine von dem Geld hätten mir mehr geholfen. Ernüchtert zeichnet Markus mit Zirkel und Lineal den Kurs in die Karte, krabbelt an Deck, holt den Anker ein, dessen Kette rasselnd im Ankerkasten verschwindet. Mit rauschender Bugwelle segelt das Schiff auf Susak zu.

Sontheim greift zum Gebetbuch des Seefahrers, so nennt er das Hafenhandbuch, das über die Geografie der angesteuerten Insel mit ihren Bewohnern Auskunft erteilt. Hier hat es einen kultivierten Weinanbau, der Wohlstand verspricht und die Jugendlichen zum Bleiben bewegt. Der Boden ist im Vergleich zu anderen Adria Inseln absolut fruchtbar. Eine Besonderheit an Qualität ist der angebaute Wein, wie die bunten, kurz geschnittenen Frauentrachten. Der einzige Ort mit seinen zweihundert Einwohnern ist in zwei Teile gegliedert: Gornje Selo (Oberdorf), rund um die ehemalige Benediktinerabtei St. Nikolaus erbaut, und am Hafen das später entstandene Donje Selo (Unterdorf).

ZADAR

Der Weg ist ausgetreten, die Blasen an den Füßen schmerzen, schuld sind die Sandalen, mit denen Nadja mühsam vorankommt. Unterwegs kreisen die Erinnerungen um Mark mit seiner ständig zur Nasenspitze wandernden Brille. Warum diese Gedanken an ihn, wo es momentan extrem anstrengend ist: Der Gurt der Reisetasche drückt auf meine Schulter, Sentimentalität ist hier fehl am Platz. Humpelnd erreicht sie die Küstenstraße, schaut sich nach einer Sitzgelegenheit um, entdeckt einen Kilometerstein. „Was für eine Wohltat", seufzt sie, wartet mit ausgestreckten Beinen, bis jemand kommt, sie mitnimmt. Hier ist kaum Verkehr, ihre Zuversicht schwindet: Wäre ich auf der Segeljacht geblieben, säße ich genüsslich beim Frühstück.

Autos von Einheimischen, von Urlaubern, ein kroatischer Lastwagen, dessen Fahrtwind ihr durch die Haare weht, dabei erschreckt er mit seinem Signalhorn die Vögel, die in Scharen davonfliegen. Unverhofft leuchten die Bremslichter auf, sie packt

ihre Tasche und humpelt los. An der Kabine angekommen, streckt sie die Hand nach dem Türgriff
aus.

„Richtung Zadar, – Zadar bitte!", ruft sie in die
Fahrerkabine und setzt zur Sicherheit einen Fuß
auf das Trittbrett.

„Sjedaj!", antwortet er. Dabei wippt die Zigarette in seinem Mundwinkel, dass die Asche auf
dem verschwitzten Hemd landet.

Eines der überschaubaren Worte der fremden
Sprache, das sie mit „Steig ein" übersetzt. Ihr
enger Rock, die hohen Tritte – geschickt hält sie
mit der Reisetasche den Blick des Fahrers auf ihre
entblößten Oberschenkel ab. Beeindruckt vom
Motorengeräusch, der Musik, dem fehlenden
Kroatisch ist eine Unterhaltung unmöglich. Ihren
Kopf legt sie zur Seite, erinnert sich an David, an
die gemeinsame Studienzeit, an die Vorbereitungen zu seinem Umzug nach Zadar. Beim
letzten Telefonat riet er eindringlich, die Breuers
schnellstens zu verlassen. Die Gerüchte, die in der
Archäologenszene über das Paar kursierten,
verhießen nichts Positives. An der Uni war David
das Gesprächsthema unter den Studenten, denn
seine einschlägigen Beziehungen waren hilfreich.
Jetzt ist er ihre einzige Hoffnung auf einen Job bei

den Ausgrabungen. Mit dem Ruckeln des Lastwagens, dem Zischen der Bremsen ruft der Fahrer: „Zadar!" Wieder in Freiheit weht ihr eine wohltuende Frische um die Nase. Das Signalhorn des abfahrenden Transporters klingt wie die Posaunen im Kolosseum bei der Siegerehrung.

Ein Sieg ist weit gefehlt, denn die Versuche, David per Handy zu erreichen, scheitern. Der Zettel mit seiner Adresse bringt bei den Kroaten nichts. Einer schickt sie Richtung Meer, vom zweiten erhält sie ein Achselzucken, der dritte – der hofft auf einen netten Abend mit ihr.

Stunden vergehen, bis sie in einer Gasse steht, vor einem Antikladen, daneben eine farblose Tür mit seltsamen schmiedeeisernen Symbolen. Die Hausnummer stimmt, die ersten zwei Buchstaben des Namensschildes passen, der Rest ist leider unter einer Rostschicht begraben. Sie sucht einen Klingelknopf, den es nicht gibt, dafür eine Kette mit einem Metallring. Ihr behutsames Ziehen quittiert ein leises Klingeln. Mit Abstand betrachtet sie die Fassade, hinter deren Fenstern sich nichts regt. Geld hat sie und Zadar hat genügend Hotels, lieber versucht sie es erneut dafür kräftiger.

Das Quietschen der Türklinke, ein ruckartiges Öffnen. Ein älterer Herr mit krummem Rücken steht vor ihr und schaut sie aus den Augenwinkeln an.

„Guten Tag, sprechen Sie Deutsch?", fragt sie den grauhaarigen Herrn.

Er antwortet: „Verehrte Dame, verzeihen Sie, meine Augen sind nicht mehr die besten, aber Ihre jugendliche Stimme kommt mir bekannt vor."

„Ich bin es, Nadja, wir haben in letzter Zeit oft miteinander telefoniert!" Verunsichert sagt sie es, denn an ihm ist ein Hauch von dem David übrig, den sie früher bestaunt hat.

„Nadja, was für eine Überraschung nach all den Jahren, kaum zu fassen!" Er drückt sie mit einem Arm und sagt: „Du warst ein unscheinbares Geschöpf, mein Gott, bin erstaunt, dass du den Weg zu mir gefunden hast, komm herein!" David schlurft voraus, sie folgt ihm in seine Stube.

Bei einer Tasse Tee tauschen sie Erinnerungen aus, scherzen über die Zeit in Berlin, bis Nadja ihr Herz ausschüttet. Es sind ihre negativen Erfahrungen mit den Breuers. Erst erzählt sie von der Quälerei, von ihrer Flucht, ihren Sorgen.

„Nadja, beruhige dich, ich kenne Direktoren von Museen, bei denen du Arbeit findest, du warst die Beste deines Jahrgangs." Er füllt einen Schuss Rum in seinen Tee. „Mein Aussehen täuscht, das

Rheuma lässt mich schrumpfen, aber im Geschäftsleben bin ich allen voraus!"

Nach einem Imbiss, der spartanisch ausfällt, bemerkt er, wie sie mehrmals gähnt und sagt: „Genug für heute, ich bringe dich in dein Zimmer, folge mir!" Es dauert eine Weile, bis David die Treppe erklommen hat, deren Holz bei jedem Schritt ächzt. Im Schein der dürftigen Deckenlampe tastet er nach der Türklinke. Beim Eintreten fällt ihr ein eisernes Bettgestell auf, über dem ein zerbrochener Spiegel mit einer roten Plastikrose hängt. Der Kleiderschrank und der Tisch mit der Porzellanschüssel, in dem ein Tonkrug steht, sehen altertümlich aus. Egal, überlegt sie, Hauptsache, ein Bett und ein Dach über dem Kopf, in das es nicht hineinregnet.

„Ab heute ist das hier dein Zuhause, Nadja, im Schrank findest du frische Bettwäsche, daneben Handtücher!", er legt seine von der Gicht gezeichnete Hand auf ihre Schulter. „Fühl dich geborgen, du weißt, ich bin für dich da." Mit diesen Worten lässt er sie zurück.

Behütet zu sein, weit weg von diesem Breuer mit seinem illegalen Kunsthandel, der Gedanke zaubert ein Lächeln auf ihre Lippen. Dabei entschuldigt sie ihr eigenes kriminelles Handeln mit ihrer finanziellen Notlage.

Markus hat seine Augen zum Himmel gerichtet und fragt sich, mit welchen Varianten das aufziehende Wetter ihn überraschen wird. Hohe Wellen, gefolgt von Sturmböen, drücken die Jacht zur Seite, dabei verunsichert der tosende Lärm. Eine falsche Bewegung mit der Pinne, eine Segelleine, die sich verheddert, das wäre die Katastrophe. Trotz höchster Konzentration passiert es, dass der Bug in den Wind schießt. Bis die Segeljacht wieder vom Wind abfällt, schlägt die Fock gegen das Vorschiff. Die Großschot, jenes fingerdicke Seil, das über einen Flaschenzug den Großbaum führt, tanzt wie eine streitbare Klapperschlange.

„Sofort die Segel reffen", er gibt sich selbst den Befehl. Aber bei dem Wind, der nicht nachlässt, die Segelfläche verkleinern, eine knifflige Aufgabe. Zuerst zieht er an der Reffleine der Roll-Fock, wickelt sie komplett um das Vorstag, ein Stahlseil, das vom Bug bis zur Mastspitze reicht. Danach kriecht er über das glitschige Deck zum Mast, der Regen prasselt ihm unaufhörlich ins Gesicht. Das steife Tuch des Großsegels mit seiner nassen Oberfläche erinnert an einen Aal, der sich windend den zupackenden Fingern entzieht. Die tosende See hebt den Bug, lässt ihn in das Wellental fallen, gibt dem brodelnden Wasser, was nicht tadellos vertäut ist.

Die Konzentration auf das Reffen erschwert das peitschende Geräusch. Das Befestigen am Baum mit all den Reffbändsel, dazu die zerrende Gewalt des bis zu zwei Drittel geborgenen Großsegels. Die Kraft des Windes versucht, zu entreißen, was mühsam zusammengefaltet war. Der Knoten an der Roll-Fock ist zu locker, der Luftstrom bläst eine Blase auf, die sich vergrößert. Ein erneutes Setzen des Vorsegels erscheint Markus zu riskant, besser, er hangelt sich nach vorn. Der Bugkorb mit den Stahlrohren und sein Haltegurt suggerieren Sicherheit, er presst seine Knie krampfhaft an die Rohre. Mit geballter Kraft stemmt er sich gegen die sich aufbäumenden Wellen, um nicht von Deck gespült zu werden. Eine Hand hält die Fock, die andere kramt in der Hosentasche nach einem Gummiband, mit dem er die Luft aus dem aufgeblähten Segeltuch schnürt.

Leider hatte er den Wetterbericht im Radio verpasst, denn eine rechtzeitige Vorbereitung erspart kräftezehrende Maßnahmen. Das Meer schäumt über das Deck, der Rumpf ist zu kurz gebaut. Zu hoch am Wind gesegelt stampft der

Bug, die Jacht verliert an Fahrt, wird zum Spielball der Naturgewalten.

Die Nacht hindurch bis in den nächsten Tag hinein fordern Wellenberge mit ihren Wellentälern die ganze Aufmerksamkeit des Steuermanns. Bei diesem Seegang, dem Sturm versagt erneut die Windsteuerung am Heck. Zu allem Überfluss flackern die Positionslichter am Mast. Ein Zeichen dafür, dass die Bordbatterien keinen Saft mehr haben.

Die Segeljacht neigt sich wieder den Wellen zu, er lässt den Druck aus dem Segel. Die Startversuche des Generators scheitern. In dieser Wildheit sinniert er über den Sinn des allein seins auf diesem Wellenritt nach. Auf dem Meeresgrund liegen genug Menschenknochen, die vor ihm das gleiche Abenteuer gesucht haben.

Für einen Moment vergisst der Sturm sein Wühlen in den Wellen, er nutzt die Ruhe, um erneut an der Starterleine zu ziehen. Mehrmals entlockt er dem Auspuff ein kurzes Röcheln. Jedes Mal, wenn der Bug ins Wellental fällt, hält sich Markus mit Mühe auf den Beinen. Nach mehreren Versuchen folgten eine Rauchwolke, ein Knattern und ein monotones Brummen des Motors. Von einer erholsamen Fahrt ist er weit entfernt. Wieder quälen ihn Zweifel. Im Hafen bei einem Gläschen Wein wäre es sicher behaglicher. Dieses Mittelmeer mit seinen arglistigen Bewegungen wird unterschätzt. Wenn am Ende alles überstanden ist, dann ist es ein Sieg über jede heulende Windböe, jede schäumende, sich aufbäumende Welle.

Ein Wellenbrecher verwandelt die Plicht erneut in eine Badewanne, durchnässt die Kleidung, bringt Salz auf die Brille, in die Augen, erschwert den Blick auf die Seekarte. Die eingezeichnete Route zeigt den Weg, aber der Wind lässt das nicht zu. Abrupt aufkommende Böen erfordern sofortiges Handeln: Sie zerren an den Schoten, an den Beschlägen. Die Wanten, die den Mast in seiner aufrechten Position halten, sind gespannt wie die Saiten einer Gitarre. Würde eine davon reißen, hätte Markus verloren. Der Wind heult, die Jacht krängt, bis das Baumende in die Welle eintaucht und mit ihm ein Teil des Segels. Unvermutet verlangsamt sich die Fahrt.

Seine Müdigkeit verdrängt er mit Kommandos: „Abfallen!", der Bug dreht vom Wind ab, die Fahrt nimmt wieder zu. Ein neuer Windstoß erfasst ihn, „Anluven!", gegensteuern, die Jacht gewinnt an Höhe, neigt sich zur Seite. „Segel fieren!", brüllt er. Sofort lässt die gelockerte Großschot den Druck aus dem Tuch, die Jacht richtet sich auf. Dieser wiederkehrende Vorgang verlangt von Markus höchste Konzentration, doch seine innere Stimme sagt: Verdammt, du alter Sack bist zu langsam!

Er beobachtet, wie eine Welle auf ihn zurollt, wie sie schäumend das Cockpit bis zu den Knien überflutet. Wieder sagt die innere Stimme: Dein mangelhaftes Steuern lässt diese gnadenlose Natur über dich triumphieren. Mit Schwung schießt der Bug wieder in den Wind, verliert an Fahrt, stoppt, treibt achteraus.

Fehler beim Abwettern, den taktischen Maß-nahmen zur Schadensvermeidung, wie es in den Fachbüchern heißt, hat er bei anderen Seglern oft belächelt. Das passiert ihm jetzt. Behäbig, ohne Fock, dauert es, bis sich der Rumpf wieder quer zum Wind dreht. Der Rumpf schwankt, der Baum schlägt unkontrolliert. Bei jedem Schlag droht der Mast zu brechen. Rechtzeitig drückt eine Welle den Bug zur Seite und die Jacht nimmt wieder Fahrt auf.

Ein lichter Schimmer vom Festland erinnert hinter den Berggipfeln an einen Neuanfang. Die vom Wind aufgepeitschten Wellen beruhigen sich, verlieren zumindest ihre weißen Schaumkronen. Es dauert, bis die Sonne ihre Strahlen über die

Hügel schickt. Markus kontrolliert die Karte. Ein Schwenk mit dem Fernglas aufs Meer, am Horizont entlang, ein einzelner Fleck Land. Wenn der Kurs stimmt, liegt dort die Insel Susak. Quer vor dem Schiff springen Tümmler aus dem Wasser. Pfeilschnell kreuzen sie den Bug, bringen mit ihrem Spiel Leben in die Wasserwüste.

Ein stetiger Wind bläst in die Segel, lässt die automatische Steuerung fehlerfrei arbeiten. Zeit für ein Glas Tee mit einem kräftigen Schuss Hefeschnaps. Markus nutzt die Pause, um in Nadjas Notizbuch zu stöbern, blättert durch Lager- und Kundendaten. Unter „Inventar" findet er die Beschreibungen der antiken Stücke plus den Fundorten. Daneben steht der Verkaufswert in US-Dollar. Von verschiedenen Objekten hat sie detaillierte Skizzen angefertigt. Die meisten Seiten sind für die Gesprächsnotizen der Kunden reserviert, deren Adressen sich rund um den Globus verteilen. Diese illegalen Geschäfte lassen auf hohe Gewinne schließen, deuten auf einen internationalen Schwarzmarkt hin; Dynamit in den Händen von Presse und Polizei.

In winzigen Buchstaben schrieb Nadja über russische Geschäftsleute, die enorme Summen in Aussicht stellten. Markus überfliegt die Liste mit

Diebesgut, das man kurz vor der Abreise aus einem Depot in Griechenland auf ein Schiff verladen hat. Dazu eine merkwürdige Notiz: Wie sind die Forderungen zu erfüllen? Benötige zuerst die Informationen aus der Datenbank. Meine Arbeit droht aufzufliegen, eine Rückkehr zur Ausgrabung ist bisher gescheitert. Breuer belästigt mich täglich! Werde ständig kontrolliert!

Markus fällt es schwer zu kapieren, was sich hinter der Person Nadja verbirgt und was der Inhalt dieses Schlangenbuches bedeutet. Direkt neben dem Sitz klebt frischer Möwenkot – ein Zeichen, dass das Land nicht mehr weit ist. Das Buch hat er weggepackt und greift nach dem Hafenhandbuch neben der Seekarte, in dem das gefundene Foto mit der goldenen antiken Skulptur steckt. Auf der Rückseite steht geschrieben: Objekt Mondsichel / Nabatäer – Magazin Nr. IV! Zur Verschiffung vorbereiten! Diese Information sofort vernichten! Jenes Foto bezieht es sich auf das Depot in Griechenland? Er steckt es wieder zurück ins Handbuch.

Ein weiterer Schluck vertreibt die Kälte aus den Knochen: Die Einfahrt in den Hafen von Susak heißt Dragoèa und bietet die einzige Möglichkeit, anzulegen. Eine Mole, ein künstlicher Wellenbrecher mit grünem Leuchtturm, schützt vor den kühlen Fallwinden, die vom Festland her wehen. Sorgen bereiten ihm die Überreste einer eingestürzten Mole, die in ihrer ganzen Länge unter der Wasseroberfläche neben der Einfahrt liegen. Bei ungünstigem Wind eine zusätzliche Gefahr, die beim Einlaufen eine kurze Kurve erfordert.

Im Inneren des Hafenbeckens liegen die Boote der Inselbewohner, für die Jachten der Touristen bleibt kaum Platz. Am Mast des Leuchtfeuers am Ende der Mole hängt ein Schild „Anlegen verboten", es warnt die Skipper vor dem Linienschiff, das täglich Susak mit Mali Lošinj verbindet. Gegenüber dem Hafen, in der Bucht Bok, liegt ein Strand, der die Insel berühmt werden ließ. Dort hilft ein Bad den Damen mit unerfülltem Kinderwunsch.

„Von den Damen lasse ich die Finger", flüstert Markus den Tümmlern zu, die ihre polierten Köpfe aus den Wellen strecken. Er konzentriert sich auf die Einfahrt in den Hafen. Ein ungünstiger Wind zeigt die Schwächen seines Elektromotors auf. Der Enterhaken verhinderte knapp eine Kollision. Im Hafenbecken sind alle vorderen Plätze besetzt, nur am Ende klafft eine Lücke zwischen den Fischerbooten. Ein Blick auf das Echolot zeigt, es ist genügend Wasser unter dem Kiel. Definitiv liegt hier seine Jacht sicher am Kai. Bevor Markus in seinem Schlafsack verschwindet, hängt er die nasse Kleidung quer durch die Kajüte. Sein Lauschen verrät eine intakte Natur am Meeresboden. Mit den knacksenden Geräuschen der Seeigel lässt er sich in einen tiefen Schlaf begleiten.

SUSAK

Erst am Nachmittag wacht Markus wieder auf,
packt seinen Rucksack und macht sich auf die
Suche nach einem Café. Auf dem Weg dorthin
kommt er an einem Laden vorbei, in dem es neben
Süßigkeiten, Souvenirs auch Zeitungen hat. Zu
seiner Überraschung liegen dort deutsche Tageszeitungen aus. Hohe Ansprüche an deren Aktu-
alität – Fehlanzeige, denn die meisten sind bis zu
einer Woche alt, wenn nicht älter. Einzig, das
Lokalblatt ist vom Vortag. Sein Daumen schiebt die
Brille zurecht, zieht eine Zeitung aus dem Ständer,
auf dessen Titelblatt er ein Foto entdeckt. Es ist
das Segelboot mit dem Ehepaar Breuer. Leider ist
der Artikel auf Kroatisch. Von Neugier geplagt,
kauft er die Zeitung.

Unweit des Geschäftes setzt er sich vor ein
Café, bestellt einen Cappuccino und fragt nach
jemandem, der ihm den Artikel ins Deutsche
übersetzt. Der Wirt empfiehlt auf Englisch seinen
Sohn. Ein aufgeweckter, schlaksiger Junge serviert
die bestellte Tasse, setzt sich zu ihm, freut sich

über die Aufgabe. Er erzählt von Zürich, von seiner Mutter, von der Rückkehr auf die Insel zu seinem Vater, überfliegt dabei den Artikel und liest vor: „Deutsches Ehepaar tot aufgefunden!"

Dieser Satz – Markus stockt das Blut in den Adern.

Der Junge übersetzt weiter: Vor Tagen hat die Polizei ein Ehepaar tot auf ihrer Jacht entdeckt. Man vermutet, dass dabei eine Mitreisende dem Täter in die Hände gefallen ist. Taucher haben daraufhin das Hafenbecken abgesucht, ohne Erfolg. Merkwürdig ist, dass der Ehemann am Tattag, worauf ein Bankbeleg hinweist, einen fünfstelligen Betrag abgehoben hat. Bei der Durchsuchung der Jacht war kein Geld aufzufinden. Verdacht – Raubmord! Die Ermittler fahnden nach einer 29-Fuß-Segeljacht, die zur Tatzeit in unmittelbarer Nähe am Kai lag. Auffällig ist ihr nächtliches Verschwinden, das ein Zeuge bestätigt. Die Beamten fanden, in einem Mülleimer, nahe dem Hafenkai Briefe mit einem deutschen Adressaten: Korrespondenz eines Galeristen.

Markus fängt an zu plaudern: „Danke, für die Übersetzung, das ist … eine Frage, wo finde ich den berühmten Wein der Insel, von dem die Feinschmecker schwärmen?" Der Sohn zuckt mit den

Schultern und schaut ihn erstaunt an. Markus verlangt die Rechnung. Um vom Zittern seiner Hände abzulenken, fiel das Trinkgeld für den Jungen großzügig aus. Ohne sich zu verabschieden, eilt er durch die Gassen aus dem Dorf, einen Feldweg hinauf zur Kirche. Wie ein geköpfter Hahn auf der Flucht bleibt er verwirrt auf halbem Weg stehen, marschiert ein Stück zurück, dreht sich und wandert weiter zur Kirche.

Es stimmt, die Papiere im Hafen sind von mir. Meinen Aufenthalt zu leugnen, wäre sinnlos. Diese Geschichte mit Nadja? Es ist klar, warum diese Dame es eilig hatte, bei dieser Menge an Geld. Leider fehlt mir ein plausibler Grund für meinen mitternächtlichen Aufbruch. Es sei denn, ich verrate sie. Sofort untertauchen ist das Beste! Nur wohin? Ohne Pause legt er die Strecke weiter bis zum Leuchtturm am anderen Ende der Insel, findet aber keine Lösung. Markus hält an einer der Klippen inne. Hilflos starren seine Augen in die bewegte, dunkelblaue Tiefe, in die er hineinspricht:

„Wenn sie Beweise finden, gibt es kein Winterquartier in Griechenland." Er schreit sein Seelenschmerz gegen den Wind: „Habe ich die Stürme bezwungen, um hier zu scheitern?" Markus' Körper schwankt – Gesteinsbrocken hüpfen losgelöst über die Felskante hinunter in die Brandung. „Susak, würde dein Abgrund mich von meiner Schuld befreien?" Er brütet darüber, wie viel Mut es kosten würde, von der Klippe in den Tod zu springen, dabei tritt er bis vor den Rand, stolpert, hört das Poltern der fallenden Steine. Schwindel befällt ihn beim Blick hinunter ins wogende Meer … der Aufprall folgt.

Auf dem Rücken liegt er im hohen Gras, neben dem Abgrund, und starrt in den Himmel: Niemand findet Beweise, jetzt keine Panik. Die Polizei vermutet, dass mir auf der Flucht in Richtung Grenze keine Zeit für ein Untertauchen bleibt.

Der Rückweg führt über Wiesen, vorbei an Gärten, die von hohem Schilf umzäunt sind und den Blick versperren. Stolpernd spaziert Markus auf ausgetretenen Pfaden den Berg hinunter zum Friedhof neben der Kirche. Trotz des täglichen Sitzens benötigt er eine Pause am Wegesrand. Sein Rücken schmerzt. Inselbewohnerinnen in ihrer Tracht kommen vorbei, winken ihm im Vorübergehen zu. Ihre kurzen bunt gemusterten Röcke, unter denen Strümpfe mit Rüschen hervorschauen, sind eine Eigenheit auf diesem Eiland. Nadja kommt ihm in den Sinn: Was für eine Ungerechtigkeit, sie hat das Geld, ich den Ärger.

Erbost setzt er seinen Weg fort. Nach hundert Metern hält ihn ein Insulaner an, der auf einer Bank vor seinem ärmlich aussehenden Haus hockt: „Interesse, bester Wein, Sljivovica?" Markus winkt ab, spaziert weiter, aber der Alte folgt ihm, bleibt hartnäckig. Gemeinsam betreten sie ein baufälliges, von Feuchtigkeit durchzogenes Gemäuer. Der Putz blättert von den Wänden, Spinnen pflegen ihre Netze an der Holzdecke, überblicken dabei einen Haufen Gerümpel zwischen unterschiedlichen Holzfässern. Aus dem Kleinsten sprudelt es farblos, klar ins Glas. Mit einem kräftigen Schluck brennt es durch Markus Kehle, hinunter in den Magen, in dem sich wohlige Wärme ausbreitet. Aus einem mannshohen Behälter folgt ein roter Rebensaft, eine Köstlichkeit, die seine wirren Gedanken für kurze Zeit vergessen lässt. Obendrein die Worte des Alten in einer Sprache, die er als Bootsbauer in den Docks von New York gelernt hat. Zum Beweis zeigt er ihm Schwarz-Weiß-Fotos von den Werften, von den sparsam bekleideten Weibern in den Hafenkneipen.

Zwei Flaschen Rotwein, ein Zwetschgenschnaps – beides verschwindet im Rucksack von Markus. Beim Bezahlen breitet die Gattin des

Winzers ein rot-weiß kariertes Tuch auf dem Deckel eines Fasses aus, darauf Brot neben einem runden Käse – eine üppige Kostprobe. Die Alten finden Gefallen daran, dass jemand geblieben ist, der ihre Produkte zu schätzen weiß. Nach genussvollen Stunden, mit all den Köstlichkeiten, verlässt Markus schwankend den Stadel in Richtung Hafen. Um sich hier zu verstecken, hat diese überschaubare Insel nichts zu bieten. Dafür ermöglicht die Inselwelt Kroatiens eine vielfältige Auswahl, die den Beamten der Polizei Mühe beim Suchen bereiten wird. Daher plant er, weit wegzubleiben vom überwachten Festland und lieber von Insel zu Insel zu hüpfen, um Spuren zu verwischen.

Sandburgen markieren den Strand, begleitet vom Geschrei ihrer Erbauer. Allmählich verschwinden sie mit ihren Eltern in ihren Behausungen. Das Rauschen der Wellen verklingt in der Farbe des Sandes, nur vereinzelte bunte Tücher warten auf die im Wasser schwimmenden Besitzerinnen und Besitzer. Markus kehrt in den Hafen zurück, verstaut die Einkäufe in der Kajüte und beschließt, am nächsten Morgen von hier zu verschwinden.

Mitten in den Vorbereitungen zum Auslaufen unterbricht ihn ein aufdringliches Klopfen, dazu eine Stimme, die ruft: „Hallo, sofort an Deck kommen!"

Skeptisch taucht Sontheims Kopf aus der Tiefe auf und entdeckt, womit er nicht gerechnet hat: Zwei Polizisten, die sich am Kai positionieren, einer öffnet die Tasche seiner Dienstwaffe. In seinem Hirn blitzen Fluchtgedanken auf und erkennen seine ausweglose Lage.

„Verzeihung, was wünschen Sie von mir?"

Der Beamte antwortet: „Ihren Pass, das ist alles! Bleiben Sie friedlich, allgemeine Kontrolle."

Kaum sind seine Papiere aufgeschlagen, geprüft, fixieren die Herren ohne Erklärung die Handgelenke. „Vorwärts, vorwärts – keine Zeit!", der Beamte schiebt ihn grob vor sich her. Aus den Augenwinkeln sieht Markus all die Schaulustigen, denen das Spektakel eine willkommene Abwechslung bietet. Der Junge aus dem Café drängt sich in die erste Reihe. Ist er der Verräter? Ich benötige sofort eine Geschichte, die den Beamten gefällt.

Das Büro liegt nahe dem Hafen, in einem unscheinbaren Häuschen, dessen Mobiliar an Schwarz-Weiß-Filme vergangener Zeiten erinnert. Seine Uhr, der Gürtel und andere Kleinigkeiten aus den Hosentaschen wandern in einen Schuhkarton, bevor die Uniformierten die Zelle öffnen. Hier gibt es kaum Komfort: eine Pritsche, ein Chemieklo, auf dem Tisch ein Papierbecher, daneben eine Plastikflasche mit Wasser. Unterhalb der Decke, durch eine quadratische Öffnung, fällt gedämpftes Licht, begleitet vom Rauschen des Meeres, hinein in den frisch gekalkten Raum.

Markus ruht stoisch auf der Liege, verliert das Zeitgefühl, und der Raum sein Tageslicht. Haben sie ihn vergessen, in dieser Kälte? Hier hat es keine Wolldecke, kein Tuch, nichts. Die eiserne Tür öffnet sich blechern quietschend, ein korpulenter Beamter mit einer batteriebetriebenen Lampe tritt ein. Er stellt sie auf den Tisch, daneben einen Teller mit Brot, Wurst, Käse:

„Elektrik defekt – warten – Dolmetscher unterwegs!", wie eilig er gekommen ist, ist er wieder verschwunden.

Nach einem „opulenten Mahl" rollt Markus seine Jacke zu einem Kissen zusammen und legt sich hin. Er dreht seinen Körper, bis ihn der Schlaf übermannt. Zwischendurch wacht er auf, lauscht, schläft gleich wieder ein. Urplötzlich weckt ihn ein greller Lichtschein durch die offene Tür, in der Mitte eine schwarze Gestalt, die auf Deutsch sagt: „Herr Sontheim, bitte aufstehen, kommen Sie mit", und ohne zu warten, dreht er ab. Auf seinem Weg wiederholt er: „Kommen Sie, kommen Sie!" Beim Verlassen der Zelle verhindern Sontheims Hände, dass seine Gürtellose-Hose zu den Knien rutscht. Der Schatten erinnert ihn an eine Filmszene kurz vor der Hinrichtung, in der ein Schwarzkittel in der Todeszelle eines Gefangenen auftaucht, um zu beten.

Zum Glück landet er nicht wie im Film auf dem elektrischen Stuhl, sondern bei einem Beamten, der ihm gegenübersitzt. Dieser Uniformierte hat einen Aktenordner vor sich liegen, daneben ein Päckchen Kugelschreiber. Sobald er die Seiten umblättert, hämmert das zu kurze Bein des rechteckigen Tisches unbarmherzig auf dem Holzboden. Markus sieht sich um. Am Fenster sitzen zwei weitere Personen, ein Polizist am Computer, daneben eine Dame, die mit ihrem Notizblock wie eine Sekretärin aussieht. Der Priester setzt sich neben Markus und gibt ihm durch seine Anwesenheit ein beruhigendes Gefühl. Alle Augen sind auf den gerichtet, der die Personalien des Verdächtigen mit Fragen über-prüft. Zufrieden mit Sontheims Antworten tauscht er die Mappe gegen einen Notizblock und fährt mit der Befragung zu jener Nacht in Fažana fort.

Der Schwarzkittel mit dem Vollbart, auf dessen Brust ein silbernes Kreuz Jesu prangt, übersetzt Wort für Wort. Markus erzählt von seiner Reise, vom Besuch im Café, aber nichts von Nadja und ihrem Chef. Ein missverstandener Wetterbericht mit einer aufkommenden Schlechtwetterfront hat zum nächtlichen Aufbruch geführt. Minutenlang herrscht Stille, bis sie ihn mit Fragen bombardieren:

„Warum haben Sie in dieser Nacht den Ankerplatz verlassen? Sie kannten diese Breuers und ihre Reisebegleitung! Warum verschweigen Sie uns die Wahrheit und belügen uns?"

Markus begreift, Hellsehen war das sicher nicht. Der Jogginganzug von Fažana hatte geplaudert. Dieser Skipper hat Nadja auf seiner Jacht gesehen, hat beobachtet, wie sie gemeinsam aus dem Hafen gefahren sind. Erneut erzählt Sontheim seine Geschichte, dieses Mal mit den Breuers. Leider überzeugt er damit die Anwesenden nicht.

Der Beamte fragt weiter: „Herr Sontheim, erzählen Sie uns von der goldenen Mondsichel!", die Dame ergänzt: „Haben Sie diese goldene Sichel von Breuers Segeljacht gestohlen und wo ist sie jetzt?"

Markus winkt ab: „Ich kenne diesen Gegenstand nicht – durchsuchen Sie meine Kajüte, ich habe nie eine Goldsichel gesehen." Mit Blick in die Runde sagt er weiter: „Wie lange halten Sie mich hier ohne Beweise fest?"

„So lange wie nötig, um die Wahrheit zu finden!", kommt es entrüstet hinter dem Computer hervor und das auf Deutsch.

Sie treiben ihr Verhörspiel in einer Stunde, die zur Ewigkeit wird. Der Priester gähnt und erfüllt mit Geduld die Aufgabe des Dolmetschers. Die einzige Dame im Raum ist absolut das Gegenteil, sie schlägt abwechselnd ein Bein über das andere, so, dass ihre Nylonstrümpfe rascheln wie Schritte im Herbstlaub. Diese Dame unterbricht ihre Notizen, steht auf, tritt ans Fenster und zieht damit alle Aufmerksamkeit auf sich. Sie dreht sich zu den Beamten um, sagt ein paar Sätze, dann fällt die Tür hinter ihr zu. Ein letztes Klopfen des Tischbeins, der Computer verstummt und wortlos schieben sie Markus zurück in die Zelle.

Im Halbschlaf auf der harten Pritsche erkennt der Inhaftierte seine bedenkliche Lage. Gefangen auf einer Insel, unfähig, mit seinen Bewachern zu kommunizieren, kämpft er schnarchend gegen das Heulen des Windes an. Der Sprühkopf einer Gießkanne spritzt ihm Wasser ins Gesicht. Markus wischt sich im Traum mehrmals über die Stirn, zuckt zusammen, brüllt entrüstet in die Dämmerung. Sein tropfendes Haar macht ihn stutzig.

Die verdammt kurze Nacht liegt in seinen Augen, wie der fahle Geschmack in seinem Mund. Sein Durst sucht die Flasche auf dem Tisch – sie ist leer. Wieder trifft ihn das Nass, das in regelmäßigen Abständen von oben herabfällt. Markus schiebt den Stuhl an die Wand, erreicht mit ausgestreckten Armen die Öffnung. Das Glas fehlt, dafür verhindert ein eisernes Fensterkreuz aufkommende Fluchtgedanken. Er zieht sich an den Eisenstangen empor, die Hose rutscht in die Kniekehlen. Egal, dieser Blick aufs Meer, die frische Luft, diese Gischt … sein Haar tropft erneut vor Nässe. Tosende Fontänen, die an der Uferbefestigung aufsteigen, nähren die Windböen, die sie durch das Fenster direkt in die Gefängniszelle tragen. Mit offenem Mund hängt Markus da, schmeckt das Meersalz mit einem Hauch von Seegras. Das Toben unter den Wolken hört nicht auf. Markus versucht, die Lage positiv zu sehen, denn bei dem Wetter wäre er auf jeden Fall im Hafen geblieben. Im Büro nervt ein Telefon, das ständig klingelt. Er sucht nach einer Lösung: Hat es Sinn, diesen Priester um Hilfe zu bitten? Was, wenn der Orthodoxe auf Katholiken nicht sonderlich zu sprechen ist?

Der Wind ändert sich von einem Summen zu einem Pfeifen, das vermehrt Gischt in die Zelle treibt. Ihr Wasser findet den Weg an der Wand hinunter direkt in eine Pfütze. Markus erinnert sich an seine Jacht, hofft, dass sich die Leinen nicht gelöst haben, dann die beiden Luken – hatte er sie in der Aufregung geschlossen? Er vermisst seine Segeljacht und das beruhigende Geräusch der Seeigel. Ohne einen Hoffnungsschimmer sinken seine Nerven zu Boden.

Das Aufheulen eines Motors, gefolgt von einem brüllenden Horn, einem Reiben, das in einem Quietschen endet. Hektik und Stimmengewirr von Menschen zwischen Wind, Wellen und Regen dringen in die Zelle. Dies ist ein kurzes Lebenszeichen aus der nahen Ferne, das allmählich wieder versiegt. Das Telefon klingelt beharrlich weiter. Markus, an die Wand gelehnt, übt sich in Geduld. Da fällt eine Tür ins Schloss, reißt ihn aus seiner Lauschposition. Unruhe in der Amtsstube, der Ton des Telefons wechselt in ein Gespräch. Markus steht auf, durchquert den Raum zweimal, bleibt stehen, wendet sich der Zellentür zu, die von einem Schlüssel geöffnet wird. Der Dicke von gestern kommt herein – ohne Verpflegung, sieht die Pfütze, schüttelt den Kopf.

Sontheim sagt: „Nein! Das war ich nicht", zeigt zum Fenster.

Resolut packt die Uniform den Verdächtigen am Arm und zerrt ihn hin an den Schreibtisch der Nacht, auf dem die persönlichen Sachen von Markus liegen. „Bitte, Sie nehmen!"

Markus packt sofort alles zusammen, nur seinen Pass sucht er vergeblich.

Der Dicke zeigt auf ein Formular: „Name eintragen – gehen, nicht Brod, Brod bleibt!"

Es dauert eine Weile, bis der Häftling begreift, dass Brod auf Kroatisch das Boot heißt, das bedeutet für ihn: eingeschränkte Freiheit. Egal, raus aus der Zelle, rein in die heimelige Kajüte, die Bettdecke übergezogen und aufwärmen. Was ihn dort erwartet, gleicht eher einer systematischen Durchsuchung. Markus bleibt inmitten des Durcheinanders gelassen, öffnet eine Flasche Jever, trinkt sie aus, ohne sie abzusetzen.

Er reißt den Enterhaken aus der Halterung, schiebt die herausgezogene Schublade unter dem Niedergang beiseite und lässt den Haken in die Tiefe gleiten. In der Größe eines Aktenkoffers kommt eine wasserdichte Kunststoffkassette zum

Vorschein. Als er den Deckel öffnete, huscht ein Grinsen über sein Gesicht. Der Inhalt liegt zum Glück unentdeckt vor ihm. Sofort wandert sie an ihren Platz zurück. Markus wechselt die Kleidung, räumt auf. Die Beamten haben einen Teil des Zeichenpapiers verschmutzt, die Entsorgung ist für ihn mit jedem Blatt schmerzhaft. Vergeben, vergessen, er genießt sein bescheidenes Heim mit den gekauften Leckereien. Die Jacht liegt schaukelnd im Hafen, es pfeift in den Wanten, die Fender quietschen zwischen Rumpf und Kai. Draußen auf dem Meer tobt die Bora erbarmungslos mit ihrem eiskalten Wind.

Markus schlendert zum Strand, der, von den Sonnenanbetern geächtet, trostlos vor den Häusern liegt. Zum ersten Mal auf seiner Reise begreift er, was Einsamkeit ist. Ein Gefühl, das er früher nicht kannte, denn im überschäumenden Glück, im Rausch des Abenteuers, benötigte die Seele keine Ablenkung. Jetzt, wo alles zu zerbrechen droht, bleibt ihm nur der Blick auf das Wasser mit seiner unendlichen Weite.

Am nächsten Morgen spaziert Sontheim zur Kirche. Der Klang des Gottesdienstes weckt Erinnerungen an seine Kindheit, an die Sonntage im Kirchenchor. Dort oben auf der Empore, neben der

Orgel, für ihn als Sängerknabe ein Privileg, den Damen unten in den Bänken Papierkügelchen auf den Hut fallen zu lassen. Ebenso der Schabernack im Chor, wenn ein Mädchen vom Hinknien aufstand und sein Fuß sie stoppte, indem er auf den Rocksaum trat. Ihr Aufschrei hallte durch das Kirchenschiff, begleitet von Backpfeifen dieser zarten Geschöpfe. Die anderen Sängerknaben ermutigen ihn, indem sie applaudierten. Er fehlte nie, wenn die Jungs den süßlich schmeckenden Messwein aus dem Keller der Sakristei stahlen. Darüber zu beichten, hielt er nicht für nötig, denn der Religionslehrer hatte gesagt, der Wein sei ein Geschenk Gottes. Der Pfarrer hatte, wie es scheint, keine Ahnung von dem Geschenk des Herrn, denn er beschuldigte den Kirchendiener des Diebstahls.

Heute drehen die Gläubigen ihre Köpfe mit Getuschel nach ihm, dem Deutschen, sodass der Priester um Ruhe bittet. Die Inselbewohner sehen in ihm den Mörder, den Abgesandten des Bösen, dem auf der Stelle die Schlinge um den Hals gehört. Am Ende der Messfeier erlöst ihn der Priester von den Anfeindungen und führt ihn in einen Nebenraum. Sontheim sucht nach Antworten, was die Beamten über ihn sprechen, welche

Beweise sie haben. Doch der Schwarzkittel bleibt verschlossen. Markus überredet ihn, gemeinsam mit der Polizei einen Weg zu finden, um freizukommen. Nach langem Bitten ist der Priester zu Verhandlungen bereit, aber ohne Garantie.

Wieder unter Deck nervt das Warten auf besseres Wetter, auf diesen Seelsorger, auf den Reisepass. Zeitweise scheint sich der Sturm zu beruhigen, leider holt er nur tief Luft, um erneut mit Gewalt die Gischt gegen Felsen, Häuser und Boote zu spucken.

Am späten Nachmittag taucht der Kleriker mit salbungsvollen Worten auf: „Gott weiß, wie es um die Gerechtigkeit bestellt ist, lassen Sie uns gemeinsam die Amtsstube aufsuchen."

Wahrhaft: Man händigt ihm den Pass aus, mit der Auflage, sich nach jeweils 48 Stunden bei einer der kroatischen Polizeidienststellen zu melden.

„Welch göttliche Gnade", sagt der Priester. In Wirklichkeit hat es nicht Gott geschafft, sondern dieser Schwarzkittel, der sich für ein deutsches schwarzes Schaf verbürgt hat. Freudestrahlend schüttelt Markus die Hand des Priesters und verspricht, die ihm auferlegte Verpflichtung zu erfüllen.

DER TAUCHER

Von Schwäche, keine Spur. Die Böen drücken so heftig auf die Jacht, dass es an den Leinen zerrt und die Fender zum Quietschen bringt. Markus nutzt die Wartezeit, um die Elektrik zu reparieren, denn die salzhaltige Luft lässt die Kontakte der Schalter oxidieren. Im Hintergrund dudelt das Radio. Pünktlich zur vollen Stunde berichtet der Deutschlandfunk mit Rauschen über das Weltgeschehen, gefolgt von einer positiven Wetterprognose für den gesamten Mittelmeerraum. Nach getaner Arbeit wagt Markus einen Blick zum Himmel, er ist überzeugt, dass das Warten bald ein Ende hat.

Der nächste Tag zeigt sich beruhigt, es ist Zeit aufzubrechen. Der Wind weht mäßig auf dem gewählten Kurs in Richtung Olib. Die dalmatinische Insel liegt 29 Seemeilen nördlich von Zadar. Sontheim schlägt im Hafenhandbuch nach, erfährt, dass Olib nasses Land bedeutet, auf dem die Römer erstmals siedelten. Ein 400 Jahre alter Wehrturm in der Ortsmitte half einst den Bewohnern, Piraten aufzuspüren. Markus sucht im Buch nach seinem Merkzettel, dem Foto mit der Mondsichel, es ist verschwunden. Sicher ist es der Polizei bei der Durchsuchung in die Hände gefallen, die ihn aus diesem Grund für den Dieb hält.

Nach einer ausgeglichenen Fahrt erreichte Markus die Insel. Mit Bedacht steuert er durch ein vorgelagertes Bojen-Feld mit bunten Fischerbooten. An einem weißen Mast in der Mitte der Bucht weht eine Fahne, auf der ein Wehrturm abgebildet ist. Ein Stück weiter, in der Ufernähe, fällt eine Motorjacht auf, die dem Ungetüm von Fažana ähnelt.

Markus pumpt Luft in sein Schlauchboot, setzt über an Land und verbringt den Tag mit Wandern. In den Pausen kommt das Skizzenbuch zum Einsatz. Vor Einbruch der Dunkelheit kehrt er zurück in seine Koje. Zufrieden lauscht er dem Klang der Seeigel, nur diese Nacht helfen sie ihm nicht beim Einschlafen. Ein Griff zum Buch, die Wolldecke bis unters Kinn gezogen, das wiederkehrende Plätschern der Wellen wiegt ihn in die Welt der Buchstaben. Beim Lesen stört ein Geräusch seine Ruhe am Heck, gefolgt von einem plötzlichen Gurgeln. Erschrocken springt er auf und folgt dem Lichtkegel seiner Taschenlampe nach draußen. An Deck, in der Dunkelheit, umspielt das Mondlicht die Wellenspitzen, auf seiner Haut liegt die Kühle des Windes. Nichts zwingt ihn, weiter Ausschau zu halten.

Am nächsten Morgen steht er in der Plicht und sein Blick schweift mit gymnastisch bewegten Armen über die Bucht. Genüsslich saugt seine Lunge die frische Seeluft in sich ein. Der Tau kühlt die nackten Füße, der Wind weht durch die Haare und lässt die Jacht schaukeln. Am Ufer ist eine Gruppe von Anglern vor dem Fahnenmast zu sehen. Einer von ihnen stochert abseits mit einer langen Stange nach Fremdartigem, das in der Brandung treibt. Er winkt aufgeregt den anderen zu, die sofort zu Hilfe eilen. Markus holt das Fernglas, sieht, wie die Fischer eine leblose Taucherausrüstung an Land ziehen. „War es das, dieses seltsame Gurgeln?" Er sieht Probleme, von denen er sich am besten fern hält und sofort von hier verschwindet.

Markus schleicht zum Heck, um das Ruderblatt ins Wasser zu lassen. Das Stahlblatt hängt bereits unter Wasser. Die Leine, mit der es befestigt war, schwimmt Achter aus. Vornübergebeugt greift seine Hand nach ihr und entdeckt – verschmiertes

Blut auf der weißen Heckfläche. Sofort zieht er sein Unterhemd über den Kopf, taucht es ins Wasser, wischt die Flecken ab. Ein kurzer Blick zum Strand folgt – aufgeregt lässt er das Hemd im Meer zurück. Sontheim stellt eine Verbindung her: Warum ist er unter meinen Rumpf getaucht? Warum bin ich wieder betroffen?

Zum Glück sind die Fischer am Ufer mit dem Fund beschäftigt und bemerken nicht, wie Markus über das schwankende Deck zum Bug eilt. Lautlos heben seine Hände den Anker vom Grund, verstauen ihn, ohne zu klappern, samt der Kette im Bugkasten. Zurück nach Achtern – der Elektromotor schiebt das Segelboot aus der Bucht und mit gesetzten Segeln weiter Richtung Zadar. Seemeilen rauschen unter dem Kiel, bis der Wind einschläft. Die Stille lässt die Gedanken zurückkehren in die vergangene Nacht. Gehörte der Taucher zu dieser Motorjacht oder war es reiner Zufall? Liegt der Grund bei diesem Schlangenbuch, das eine derartige Überwachung rechtfertigt? Mir ist klar, dass den aufgelisteten Adressen mit ihren illegalen Geschäften deren Versenkung auf dem Meeresgrund lieber wäre.

In den Wellen dümpelnd, verdrängt er den Vorfall und genießt den Kaffee aus der Thermoskanne, dazu verzehrt er Brot mit Salami. Markus kontrolliert das Meer, soweit das Fernglas reicht. Der Tag vergeht, ein Abendrot liegt über dem Wasser. Zum Glück sieht er keinen Verfolger. Wieder stöbert Markus im Schlangenbuch, taucht ein in eine Welt antiker Stücke. Ein lukratives, weltweites Geschäft. Unter der Rubrik „Notizen" ist zu lesen:

Wiederholt spazierte mein Staubwedel über einen verschlossenen Schrank, bis eines Tages ich die angelehnte Tür öffnete – vor mir eine Mondsichel aus purem Gold. Wieder hat Breuer ein Objekt von der Ausgrabung auf Rhodos abgezweigt. Würde ich sie verkaufen, wären alle meine finanziellen Probleme gelöst.

Markus blättert weiter und es folgen wieder Eintragungen von Telefonaten mit einem Gutmann, die sich in den vergangenen drei Wochen gehäuft haben. Warum dieses Tagebuch auf einer Jacht ohne Privatsphäre? Dieser Breuer ist er ihr auf die Schliche gekommen – um sich von ihm nicht erpressen zu lassen, hat sie das Ehepaar umgebracht?

Der Wind frischt auf, bleibt er konstant, dauert es einen Tag, plus eine Nacht bis Zadar. Unspektakulär segelt die Jacht durch den Tag hinein in die

Dunkelheit durch eine sternenklare Nacht. Im dichten Frühnebel, vorbei an Fischerbooten, deren Besatzungen im Scheinwerferlicht ihrer Arbeit nachgehen, nähert sich Sontheim seinem Ziel. Vorsicht ist geboten, denn die Nebelschwaden verdecken die wegweisenden Lichter einer von Mauern begrenzten Einfahrt.

Sein Blick auf den Stadtplan des Hafenhandbuches verrät die römische Vergangenheit mit seiner klaren rechtwinkligen Anordnung der Straßen. Zadar stand bis 1797 unter venezianischer Verwaltung … zwischen den Zeilen kommt ihm der Taucher in den Sinn. Er fragt sich: Bin ich schuld an seinem Tod? Sofort verwirft er wieder den Gedanken und liest weiter: Unter Österreich (bis 1918) sammelte sich der geistige Widerstand gegen die Fremdherrschaft. Die Stadt blieb bis zum Pariser Frieden 1947 in italienischer Hand.

Das Buch verschwindet im Schapp: Es gibt eine Erklärung für den Unfall – sein zu schnelles Auftauchen direkt unter dem schwebenden Ruderblatt. Diese verschlissene Leine – das Metall ist schwer genug, um wie ein Fallbeil mit seiner scharfen Kante einen Schädel zu spalten. Was hat ein Taucher unter meiner Jacht zu suchen?

DER ANTIK-LADEN

Bei der Einfahrt in den Fischereihafen von Zadar, „Foŝa", scheint der Tag unberührt, es fehlt der Lärm, das Gedränge auf den Wegen. Sobald sich der Nebel lichtet und sich das Sonnenlicht in den Fenstern spiegelt, erwacht ein reges Treiben zwischen den Häusern. Nach dem Anlegen am Kai kommt ein Fremder zielstrebig auf Markus zu. Die vergilbte Schürze des Unbekannten zwängt sich um seinen Bauch, darunter ragen behaarte, dünne Beine wie gekrümmte Pfähle hervor. In holprigem Englisch weist er darauf hin, dass dies kein öffentlicher Liegeplatz sei – für Einheimische und Gäste seines nahe gelegenen Restaurants ist es jedoch erlaubt.

Sein ärmelloses, blutverschmiertes Unterhemd bedeckt den fülligen Oberkörper, das Markus wieder an den gespaltenen Schädel erinnert. Wen hat dieser kochende Indianer mit seinen Sandalen, dem Irokesenschnitt in aller Herrgottsfrühe geschlachtet? Markus' Wunsch nach einem ausgiebigen Frühstück, wie der Frage nach einem

Abendessen, erscheint für den Fremden wie eine Friedenspfeife. Sontheim bleibt die Suche nach einem neuen Liegeplatz erspart.

Die erste Mahlzeit des Tages besteht aus einer Suppe, Eiern und gebratenem Speck, dazu frische Brotfladen. Mit vollem Bauch macht er sich auf direkt zur Polizeistation. Wieder ist er genötigt, seinen Pass abstempeln zu lassen, um sein Dasein für weitere 48 Stunden freizugeben. Verwundert schaut der Polizist auf die Papiere, denn eine solche Anordnung hat er niemals gesehen. Mit einer filigranen Bewegung trifft der Stempel erst auf das blaue Kissen, dann auf das Begleitschreiben.

Die Gassen mit ihren Geschäften, Boutiquen und Cafés bezaubern ebenso wie der blanke Marmor des Kopfsteinpflasters. Der Besucher verweilt hier gerne und lässt sich von der Vielfalt der angebotenen Waren verzaubern. Ein Geschäft hat es ihm angetan, vor dem er anhält und die Auslage ausgiebig betrachtet. Sie gehört zu einem Antiquitätengeschäft, in dem auffällig viele rö- mische Artefakte auf Käufer warten. Zwischen allerlei Skulpturen, Schmuck und Gemälden entdeckt er im hinteren Verkaufsraum zwei Per- sonen. Unweit des angeregten Gesprächs spaziert eine Katze behutsam über die Möbel. Ob sie weiß, welch exklusiver Spielplatz ihr zur Verfügung steht? Sein Blick schweift zurück, bleibt an den beiden Gestalten hängen. Die eine, die ihm den Rücken zuwendet, sieht nicht aus wie ein Herr. Die schlanke Figur, das gewellte Haar … die Schaufensterscheibe spiegelt sich. Markus schiebt den Kopf näher ran, überschätzt den Abstand und stößt gegen die Scheibe. Mit einem Ruck dreht sich die Dame um. Erschrocken tritt er neben den Ladeneingang.

„Nadja?", flüstert er, was hat die mit dem Buckligen zu schaffen? Markus beschließt: Sobald sie den Laden verlässt, halte ich sie auf. In den Minuten des Wartens sieht er in die Gesichter der Passanten. Ihm ist bewusst, dass seine abgetragenen Kleider keinen noblen Eindruck hinterlassen. Nadja öffnet die Tür und kommt mit einer galanten Drehung direkt auf ihn zu.

„Mark du?", ihr Schritt verharrt, mustert ihn von oben bis unten.

Sofort löchert er sie mit Fragen, erzählt von den Problemen mit der Polizei.

Mit einer abwehrenden Geste sagt sie: „Ich habe Termine, bitte nicht, ich habe keine Zeit dafür!"

„Nadja, es ist lebenswichtig für mich, meine Zukunft hängt davon ab."

„Okay, was du zu sagen hast, klären wir im Laden."

Wie ein Hund trottet er ihr hinterher, in einen Nebenraum, in dem sie ihm einen Platz auf einem Sofa zuweist. Der Couchtisch ist mit Tassen gedeckt, in denen getrockneter Tee klebt, daneben liegen verstreut zerbrochene Kekse. Ein übervoller Aschenbecher erklärt den Geruch des antik wirkenden Wohnzimmers. Die Fenstergläser scheinen frisch ausgegraben, denn sie zeigen den milchigen Schleier der Jahrhunderte.

Der alte Herr betritt die Stube und schleppt seinen gebeugten Oberkörper, auf einen Stock gestützt, zum Tisch. Zitternd streckt er Markus die Hand zur Begrüßung entgegen: „David Gutmann, und wer sind Sie?"

„Markus Sontheim."

„Ah, Sie sind das?", schwerfällig lässt er sich in einen ausgefransten Sessel plumpsen, den Stock in der Hand hält er aufrecht neben sich. Die Katze folgt mit einem Sprung auf seinen Schoß und dreht schnurrend ihren Körper zu einem Kringel.

Markus sucht die Klärung seines Problems, beide starren ihn stumm an. Bis der Alte das Wort ergreift. „Herr Sontheim, Sie verhalten sich hysterisch, Ihr Problem ist reine Privatsache. Ich bitte Sie, es gibt keinen Grund, uns da mit hineinzuziehen."

Nadja verschwindet aus dem Raum und lässt Markus zurück. Er steht auf, wendet sich wortlos dem Ausgang zu, sofort winkt ihm der Alte zu: „Setzen Sie sich bitte wieder, Herr Sontheim, eine Frage – ist Ihr Ziel für diesen Winter noch immer Griechenland?"

Markus antwortet: „Bis zum Winter warte ich nicht! Sobald die Polizei mich frei reisen lässt, verlasse ich sofort Kroatien. Das hier mit Nadja – reiner Zufall, der leider meinem Problem nichts gebracht hat", er winkt ab.

Sie kommt zurück, verteidigt sich, indem sie bekräftigt, dass es Verkettungen unerwarteter Umstände sind. Sie beschwört, nichts geplant zu haben, und bittet ihn, Zadar zu verlassen.

Markus bohrt weiter, worauf sie ihm antwortet: „Nichts zu wissen verlängert das Leben und bevor ich es vergesse, du hast, was mir gehört." Sie flüstert ihm zu. „Mein Notizbuch, das mit der Kobra, das ist mit Sicherheit in deiner Kajüte."

Markus antwortet nicht, winkt erneut ab, verneint mit einer Kopfbewegung: Unkooperativ, wie du bist, vergiss deine Notizen.

„Wenn du das Notizbuch findest, gib es mir bitte sofort zurück, es birgt Risiken, die dir nicht guttun." Ihre Augen kneifen, bleiben starr auf ihn gerichtet, sie zeigt zur Tür: „Bitte, geh und bring mir das Buch!"

Markus steht auf, von welcher Gefahr sie spricht, uninteressant. Wortlos verlässt er den Raum. Nadja folgt ihm bis zur Ladentür, entschuldigt sich kleinlaut, steckt ihm einen Zettel in die Jackentasche.

Ohne über den Vorfall zu sprechen, verfolgt jeder im Haus der Antiquitäten seinen Tagesablauf. Neben der Hausarbeit sorgt sich Nadja um den Verkauf im Laden, solange der Alte sich um die Akquise kümmert. Das Geschäft mit den Touristen, sofern sie den Weg in den Laden finden, ist für Nadja eine abwechslungsreiche Erfahrung. Bei ihr sind es Kleinigkeiten, Souvenirs der besseren Gesellschaft, die weitaus lukrativeren Transaktionen kommen über Davids Beziehungen zustande, die sich im Ausland abspielen. Um reelle Verkaufspreise zu erzielen, lässt Gutmann seine Objekte von unabhängigen Experten schätzen, deren Gutachten die Kunden überzeugen und zum

Kauf bewegen.

Sein momentanes Projekt liegt vor ihm auf seinem Schreibtisch. Es ist die Beschreibung einer Mondsichel mit unscharfem Foto. Leider ungenau bewiesene Informationen, die dem Schätzer hoffentlich ausreichend sind zu einer Bewertung. Deswegen benötigt er Nadja, holt sie zu Hilfe, schiebt ihr dieses Foto zu: „Dein Chef hat diesen Fund zum Verkauf freigegeben, kennst du jene goldene Sichel, von der ich spreche?"

Nadja runzelt die Stirn – dass der Alte diesen Halbmond im Angebot hat? Sie setzt sich ihm gegenüber und sagt: „Ich bin jederzeit bereit, zu helfen, warum ein Verkauf?" Sie kennt die Praktiken der illegalen Geschäfte der Szene. Jetzt wird ihr klar, dass dieser alte Fuchs seine Finger im Spiel hat? „Offiziell gibt es dieses Stück nicht", sagt sie. Sie sucht nach einer Erklärung. „David, die Daten dieser goldenen Sichel sind unter meinen letzten Notizen, ich stelle sie dir gerne zur Verfügung, obgleich mich ein Detail stört."

Er legt seinen Stift beiseite und schaut sie fragend an: „Sag, was stört dich?" Nadja zündet sich eine Zigarette an und erklärt, wie egoistisch es ist, dass man Objekte der Fachwelt vorenthält! Auf dem Schwarzmarkt bleiben sie in den Händen der Sammler. Die Wissenschaft erfährt nie davon und die Stücke bleiben für die Allgemeinheit verloren.

David lehnt sich entspannt in seinem Bürostuhl zurück und nippt lächelnd an einem Glas Brandy. Erst schweigt er und sagt abgeklärt: „Es stimmt, mein Kind, im Grunde hast du recht", er trinkt einen Schluck. „Wir finden in den Gräbern Zeugnisse der Vergangenheit, und wenn wir sie nicht bewahren, stehlen sie die anderen."

Daraufhin kommt sie ins Lamentieren über die bedienten Sammler, die darin nur eine Wertsteigerung sehen. Die sperren ihre Stücke in die Tresore, wo bleibt da der wissenschaftliche Nutzen? Genauso unerträglich finde ich, was in den staatlichen Sammlungen passiert. Man stellt eingelagerte Mumien in Vitrinen einem sensationslüsternen Publikum gewinnbringend zur Schau. Das ist respektlos gegenüber den Toten, das entspricht nicht ihrer einstigen Kultur.

„Nadja, vergiss nicht deine bisherige Arbeit in der Archäologie!", David lacht. „Unter dem Strich haben diese Grabplünderungen bisher deine Taschen reichlich gefüllt."

„David, lass uns ein Ende finden!"

„Bitte Nadja, warte damit, verschiebe es, denn

es wartet ein ordentliches Sümmchen auf uns, das ist locker verdientes Geld!"

Nadja von Idealen, David von Ökonomie geprägt, lassen ihre Diskussion bis spät in der Nacht andauern. Am Frühstückstisch scheint die Aufregung des Vorabends vergessen, denn Nadja mahnt zur Eile, da der Termin beim Gutachter ansteht.

Dessen Anwesen sieht heruntergekommen aus, dagegen tritt der Bewohner, ein Professor um die 40, mit Sonnenbrille und Rolex am Handgelenk, eher snobistisch auf. Die Art und Weise, wie er Nadja umschmeichelt, wie er sie überhäuft mit Komplimenten, dazu seine Hand, die ständig Körperkontakt sucht. Um dieser Aufdringlichkeit diskret zu begegnen, stellt sie sich hinter David.

Im Laufe des Gesprächs, der Wertermittlung, des zu erwartenden hohen Gewinns vergisst Nadja ihre seriösen Ziele. Der Gutachter schaut sich das Foto an und verlässt für einen Moment den Raum. David nutzt die Gunst der Stunde, denn er bemerkt Nadjas Unsicherheit, er lockt sie mit mehr Geschäftsanteilen. Ihre Fachkompetenz und als Augenzeugin des goldenen Halbmondes, diese beiden Komponenten stellen sein Projekt auf eine solide Basis.

Nach der Rückkehr des Professors berichtet Nadja anhand des Fotos, dass sie dieses Objekt im Arbeitszimmer des Ehepaars Breuer entdeckt hat. Man sagt, dass es von den Nabatäern stammt, da die Ornamente mit denen der Keramik übereinstimmen. Aufgrund der damaligen Möglichkeiten gelangte das Stück mit Handelsschiffen bis nach Rhodos. Man stellte es aus zweierlei Materialien her, wobei der Hauptteil aus massivem Gold besteht. Leider hat mich Herr Breuer im Verlauf meiner eingehenden Untersuchung des Raumes verwiesen. Zum Glück brachte ich die Skizzen mit all den Maßen in Sicherheit. Die vor Ihnen liegenden Blätter zeigen, wovon ich spreche.

Der Professor trennt sich von der Sonnenbrille, studiert ihre Notizen, vergleicht sie mit dem Foto und sagt:

„Für meine Sammler in New York benötige ich mehr überzeugendes Material", er breitet die Unterlagen vor sich aus. „Herr Gutmann, ich vertraue Ihnen, wir kennen uns seit Jahren, aber das Original wäre mit Sicherheit besser, bei einem enorm hohen Kunst- und vor allem Marktwert."

Nadja versucht zu erklären. „Herr Professor, dieses Bild dient einem ersten Eindruck, entschuldigen Sie die bescheidene Präsentation, wir …"

Sontheim unterbricht sie: „Leider schwimmt momentan unsere Mondsichel auf dem Meer, sobald sie eintrifft, melden wir uns."

„Aufgeblasenes Pack", schimpft Markus vor sich hin, „die sind an meiner misslichen Lage schuld." Die Hand in der Jackentasche zur Faust geballt, presst er Nadjas Zettel zu einer Kugel. Es dauert eine Weile, bis die Neugier den Groll überwindet und die Papierkugel hervorbringt: Griechenland / Meganissi / Abelike-Bay / Treffpunkt im Restaurant des Engländers. Unsere Zukunft ist in meinem Herzen!

Verwirrt von diesen letzten Worten, die nicht zu ihr passen, spaziert er zu diesem Indianer. Wieder genießt er den spitzen Service, das üppige Essen. Es fällt ihm schwer, das mit Nadja Erlebte zu verarbeiten. Sie schreibt von einer Zukunft – gehört das zu ihrem Spiel?

Sein Bauchgefühl rät ihm, skeptisch zu bleiben. Vier Gläser Sliwowitz beschließen das Abendessen. Mit einer Flasche Wein schlendert er zu seiner Jacht zurück. Nadja an diesem Ort zu wissen … zerrissen von seinen Gefühlen, plant er die nächste Etappe.

Am darauffolgenden Morgen, als die Sterne unter ihrem stählernen Blau liegen, legt Markus mit seiner Jacht ab und nimmt Kurs auf Sukosan. Vorbei an Biograd steuert er die Insel Pašman an, um dort für eine Nacht vor Anker zu liegen.

Aus den Tiefen des Rumpfes holt Markus seine Nachtgeschichte hervor, fragt sich, was dieses Schlangenbuch gefährlich macht. Sind es die Namen der Prominenten neben den Direktoren bekannter Museen? Nicht Nadja, steht geschrieben, hat diese Geschäfte getätigt, sondern Herr Breuer. Markus legt das Buch zurück, sein schläfriger Körper sinkt in die Koje.

Von der Insel Pašman steuert er am nächsten Tag weiter in Richtung Süden, nach Betina. Seine Überlegung: Warum Zeit mit Pausen vergeuden, lieber gleich den direkten Weg nach Griechenland einschlagen. Doch Vorsicht, nicht über die Grenze.

Im Logbuch notiert Markus: Wind konstant bis wechselnd. Alles in Ordnung an Bord. Trinkwassertank gefüllt. Batterien geladen. Etappenziele nach der Insel Murter sind Žirje, Primosten, Hvar und Vela Luka.

DER MUSEUMSWÄRTER

Über den Bug schweift sein Blick zum Horizont, die Sonne brennt, leider sind die aufgetürmten Kumuluswolken mit ihren Amboss-Nasen ein sicheres Zeichen für ein nahendes Gewitter. Ohne zu zögern, sucht er einen geschützten Unterschlupf, wählt das nächstgelegene Vela Luka. Mit Einbruch der Dunkelheit frischt der Wind auf, die Zeit drängt. Der Hafen liegt am nördlichen Ende der Insel Korcula. Seine Ansteuerung verlangt dem Uneingeweihten bei Nacht Aufmerksamkeit ab, denn die baumbestandenen Ufer verwandeln das Fahrwasser in einen finsteren Tunnel. Erst am Ende gibt ein Richtfeuer dem Skipper Orientierung. Nach einer sanften Fahrt durch die lang gezogene Bucht öffnet sich der Blick auf ein weites Hafenbecken. Eine von Touristen bevölkerte Uferpromenade säumt das Becken mit den Lichtern der Restaurants. Die vor Anker liegenden Jachten und die vergnügten Landgänger in ihren Beibooten erfordern Rücksichtnahme beim Anlegen am Kai.

Bedrohlich ziehen die Wolken über den von Hügeln umgebenen Hafenkessel. Das Barometer fällt und ein kühler Wind durchstreift die Bucht, der Staub über die Promenade wirbelt. Markus wirbelt über die Jacht, um rechtzeitig die Luken zu schließen. Er schlüpft in seinen Schlafsack, schaltet das Radio ein und sucht nach Nachrichten. Die Stimme des Radiosprechers durchbricht die aufgeladene Atmosphäre mit Knacken. Blitze zucken vom Himmel – wie ein Paukenschlag grollt die Naturgewalt. Markus knipst das Licht in der Kabine aus. Heftig prasseln die Tropfen auf das Deck, die seinen Schlaf stören.

Der morgendliche Blick durch die geöffnete Luke zeigt das bunte Treiben der Regenschirme. Was ist heute angesagt, wenn nicht bei Kerzenschein malen? Die Antwort findet er im Reiseführer mit einem Hinweis auf Spuren aus prähistorischer Zeit. Vela Spilja zum Beispiel hat Grabungsstätten, deren Funde in den archäologischen Sammlungen des Kulturzentrums Vela Luka die Räume füllen. Bei diesem Wetter das Richtige.

„Englisch? Deutsch?", mit dieser Frage empfängt ihn ein Herr an der Kasse des Museums. Der aufmerksame Wärter mit der gebrochenen deutschen Sprache begleitet seinen Rundgang mit ausschweifenden Erklärungen über die antiken Exponate. Markus grübelt, wem dieser Kroate hinter dem Bart ähnlich sieht. Zumindest zieht er das Bein nach, wie diese gestreifte Trainingshose in Fažana. Im Erdgeschoss prasselt der Regen an die Fenster, geräuscharmer wird es im Untergeschoss. Dafür herrscht hier eine gruftartige Kühle. Der Modergeruch einer vergangenen Zeit drückt auf seine, von der Seeluft verwöhnten Lunge. Das dämmrige Licht verbreitet eine unbestimmbare Atmosphäre zwischen all den Vitrinen.

Markus sagt sich: Wenn es in Wirklichkeit dieser Rüpel vom Motorboot ist und er der Mörder ist, sieht er dann in mir einen Zeugen? In dieser Einsamkeit wäre die Gelegenheit, mich aus dem Weg zu räumen. Am Ende der Führung, mehr aus Verlegenheit, schiebt er eine Handvoll Münzen zu dieser professionellen Kompetenz.

„Das ist nicht nötig!" Blitzschnell verschwindet die Hand des Bärtigen mit dem Geld in der Hosentasche und fragt: „Interesse – Antiquitäten kaufen?" Sontheims Begeisterung bedarf keiner Erklärung, obwohl er Angst hat, in eine Falle zu tappen. Er starrt ihn an, entfernt in Gedanken dessen Bart, sucht nach Ähnlichkeiten.

„Komm", sagt der Alte, packt ihn am Arm und zieht den Deutschen einen weiteren Stock tiefer. Die verzweigten Gänge mit ihren verwinkelten Treppenabgängen sind verwirrend, Dunkelheit liegt über den Orientierungspunkten. Hilferufe gegen die dicken Mauern wären hier vergeblich. Habe ich mich verspekuliert?

Sie gelangen zu einer Stahltür, auf der in überdimensionaler Größe eine römische Zahl IV in weißer Leuchtfarbe aufgemalt ist. Sontheim erinnert sich an diese Notiz auf der Rückseite des Fotos. Ein welliger Steinboden behindert das Öffnen, nur mit Gewalt überwindet die Tür diese Unebenheiten. Was für ein Anblick: Der Raum ist bis unter die Decke gefüllt mit Skulpturen, Ornamenten, irdenen Amphoren.

„Sind das alles Verkaufsobjekte?", fragt er und schluckt mehrmals. Die Angst, in einem Kellerloch zu landen, sitzt ihm in der Kehle, wie ein zu trockenes Brötchen. Die Schönheit der Stücke beeindruckt den Betrachter, versetzt ihn in einen Rausch.

Der Kroate nickt auffordernd, er sucht einzelne Exponate heraus und präsentiert sie auf einem Tisch mit blauer Filzdecke. Jedes Stück stammt aus der griechischen Antike. Bei den akzeptablen

Preisen betont Markus sein Interesse mit Einschränkung: „Eines der Objekte auf meine bevorstehende Reise mitzunehmen, ist sinnlos", er atmet tief ein. „Sie kennen den Zoll, da komme ich nicht mehr raus."

„Kein Problem", lacht der Museumswärter. „Ich reserviere, wenn du nach Deutschland zurückkehrst, komm vorbei!"

Die Erleichterung über diesen Satz, der ein Entkommen aus dem Kerker in Aussicht stellt, löst die innere Anspannung. Die Frage nach der Herkunft der antiken Exemplare beantwortet der Alte mit seinen Beziehungen von Italien, über Griechenland, bis in die Türkei. Er sagt, die Keller der Museen seien überfüllt, niemand merke, wenn Stücke fehlen.

„Was ist mit dem Zoll?", fragt Markus.

„Alles per Schiff, Polizeikontrollen schlampig. Alles Originale – beste Qualität!"

Sontheims erste Begegnung mit einem Hehler … er reserviert ein Exemplar, zeigt Sympathie. Am Ende drängt es ihn aus diesem Basar gestohlener Kostbarkeiten, hinaus auf die Promenade, direkt in ein Café. Das geschäftige Treiben der ankommenden Fähren belebt den Kai. Mildes, mediterranes Klima streichelt die Seele trotz Regens, der Duft des Oleanders rundet das Wohlgefühl ab. Kurze Böen peitschen über das Wasser, es regnet unaufhörlich. Die Markise, unter der er seinen Cappuccino trinkt, fängt das Regenwasser auf, bis sich eine Mulde bildet. In regelmäßigen Abständen befreit ein Besen das Tuch vom Nass. Mit einem Sprung entkommt der Kellner knapp seiner Dusche. Die Papiere der Zuckerwürfel fliegen wie Schmetterlinge vom Teller auf die Straße, wo ein Stau ein heftiges Hupkonzert auslöst. Besorgt schaut Markus zur Polizeistation: Lassen sie mich heute unbehelligt weiterfahren? Haben sie inzwischen Beweise gefunden, mit denen sie mir erneut eine Verhaftung androhen?

Bei der Hafenpolizei zeigt Markus routiniert seinen Pass mit dem Begleitschreiben. Der Polizist nimmt beides entgegen, wirft einen flüchtigen Blick auf das Dokument und verschwindet in einem Nebenraum. Markus starrt zur Tür. Erst nach gefühlten dreißig Minuten spuckt sie den Beamten wieder aus, der den Pass vor ihm auf den Tresen legt. Ein Stempel entwertet den Eintrag des Kollegen aus Susak. Markus kapiert nicht, fragt nach, ob die Meldepflicht noch gilt.

Ein Achselzucken ist die Antwort, mit dem Finger auf dem Papier sagt der Uniformierte:

„Passport Okay, Herr Sontheim, you are free for travel".

Erleichtert, ungläubig, verlässt Sontheim das Gebäude. In diesem Moment kommt ihm der Museumswärter entgegen. Markus' innere Stimme sagt: Hat er mich gesehen? Vermutet der Alte, dass ich ihn verraten habe? Er hebt freudestrahlend seinen Hut, voran die Hand zum Gruß, zeigt er seinen Pass:

„Komplikationen mit meinen Papieren, diese Polizei – ständig Ärger!"

Der Kroate winkt ab, lacht und sagt: „Das ist normal, keine Sorge. Ich bin Nico, ich lade dich auf einen Wein zu mir nach Hause ein."

Markus vermeidet ein Nein, um keinen Verdacht zu erregen. Gemeinsam spazieren sie durch eine schmale Gasse den Hügel hinauf, dessen dicht aneinander gebaute Häuser dem einfallenden Sonnenlicht kaum eine Chance lassen.

„Ich sehe, dein Bein funktioniert wieder einwandfrei." Markus keucht hinter ihm her.

Nico antwortet: „Kommt, verschwindet wieder, meine Gicht, von kurzer Dauer, dafür öfter".

Der strömende Regen treibt Sturzbäche über das Kopfsteinpflaster. Nach hundert Metern bleiben sie vor einem Haus mit ornamentaler Fassade stehen. Nico hat drei Schlüssel, die er in drei Schlösser der Eingangstür steckt. In der Mitte des Türblattes prangt ein massiver Löwenkopf aus Bronze. Mit seinen Eckzähnen hält er einen Eisenring, der beim Öffnen gegen das Eichenholz schlägt. Nico fordert ihn auf: „Bitte, komm herein."

Vor Sontheim liegt ein mit Holzkisten gefüllter Gang, an dessen Ende eine Steintreppe in den ersten Stock führt. Eindrucksvoll weitläufig der Raum, mit dezenter Stuckdecke, verblasster Prunk und in der Mitte ein ovaler Tisch aus Kirschbaum mit aufwendigen Intarsien.

„Warte hier – komm gleich wieder", sagt Nico und verschwindet.

Markus schaut sich um, bemerkt eine düstere Atmosphäre, die von einem Kristalllüster an der Decke mit zehn Glühbirnen herrührt, von denen zwei funktionieren. Bodenlange, schwere weinrote Vorhänge, ein dunkelroter Orientteppich mit feinsten Mustern, der nahezu den ganzen Boden bedeckt. All das stiehlt dem Raum jede Leichtigkeit. In den Vitrinen stehen Kunstgegenstände aus verschiedenen Epochen, auffällig eine mumifizierte Hand mit goldenen Ringen. In einer der Vitrinen hängen Gewehre neben Pistolen, und die sehen nicht nach Antiquitäten aus. Im untersten Fach stapeln sich Schachteln mit Munition. An den Wänden gerahmte Fotografien, Zeichnungen einzelner Grabungen, neben vergilbten, zerknitterten Aquarellen. Sontheim lenkt seine Aufmerksamkeit auf die Fotos, deren Abbildungen an Baustellen erinnern. Er entdeckt Bilder von Arbeitern, die zwischen Fundstücken hocken, Aufnahmen aus Ägypten mit all den Pyramiden, davor die Kamele mit ihren Treibern. In einem prunkvollen Goldrahmen steckt ein Schwarz-Weiß-Foto, auf dem Gruppen von Arbeitern aufgereiht stehen, die sich auf Schaufeln und Spitzhacken stützen. Die Arbeiterinnen posieren mit Spitzhämmern, Kellen und Pinseln. Zwei von ihnen sehen dem Ehepaar Breuer zum Verwechseln ähnlich.

Nico stößt mit dem Fuß die Tür auf. Er stellt Wein, Speck und Brot auf den Tisch. Mit selbstgefälliger Stimme erklärt er: „Alles Jobs, jahrelang Vorarbeiter bei Grabungen. Die Dame mit dem weißen Hut – meine Chefin. Bis heute Kontakt. Nette Menschen."

Markus ordnet die beiden auf dem Foto ein, hauptsächlich diesen Nico. Verdammt, sein ungutes Gefühl hatte recht, das ist der Trainingsanzug, der bei den Breuers arbeitet. Lockt mich der Alte in sein Haus, um meinen Körper in einer der Holzkisten da unten im Flur zu entsorgen? Warum nicht gleich im Keller des Museums, da wäre es unproblematischer zwischen all den Mumien. Sofort macht sich eine innere Unruhe breit, die nach einem Grund sucht, diesen Besuch abzubrechen. Der Abend in Fažana, die Nacht mit Nadja, die Vorbereitungen für die Abreise, warum hat der Alte mich nicht darauf angesprochen? Gedanklich flieht Markus die Treppe hinunter, hinaus in den Regen.

Nico stellt die Gläser neben die Teller.

Markus erinnert sich an die Gegenstände im Keller des Museums. Gestohlen von den Breuers, zum Verkauf angeboten, um sich im Luxus zu baden. Wenn Nico bisher mit ihnen Kontakt hatte, warum weiß er nicht, dass ihre Leichen vergiftet in den Kühlfächern der Gerichtsmedizin liegen?

Beide setzen sich an den Tisch, Nico erzählt von vergangenen Tagen, bietet zwischendurch antike Stücke zum Verkauf an. Nachdem sie zwei Flaschen Rotwein geleert haben, legte Nico allerlei Bronzefragmente auf den Tisch.

„Gefunden in einem Kriegergrab, Teile einer Streitaxt – römischer Soldat, hier diese Münze."

Mehr aus Höflichkeit kauft Markus die Münze.

Nach Mitternacht, eher früh am Morgen, verlässt er das Haus. Am Saum der Regenjacke fordert das triefende Nass einen Wettlauf gegen die Durchlässigkeit seiner Hose. Zurück in der Kajüte hängt er sie zum Trocknen auf die Leine und legt sich in die Koje. Das Prasseln verstummt. Bis zum Hals zugedeckt lauscht er dem Geräusch der Seeigel bei ihrem Nachtmahl.

DIE ROTHAARIGE

Am Morgen heizt sich die Kabine derart auf, dass Markus Sontheim schweißgebadet die Wolldecke beiseiteschiebt. Das Mittagsläuten des Kirchturms drängt zum Aufbruch. Nachdem ihn ein kühler Rest Kaffee aus der Thermoskanne mit seinem bitteren Geschmack wachgerüttelt hat, streckt er den Zeigefinger aus. Vom Glück geführt, tippt die Fingerspitze auf die Seekarte, direkt neben der Insel Lastovo. Markus murmelt: „Ausgezeichnet … das ist einwandfrei!"

Die Küste verschwindet und mit ihr der Wind. Die Wildheit der Nacht weicht einem wolkenlosen Himmel, der leider keine Nahrung für die schlaffen Segel bietet. Die Segeljacht schaukelt auf den Wellen. Unter dem aufgespannten weißen Sonnensegel verführt die Ruhe, Ideen aufs Papier zu zaubern. Am späten Nachmittag schwenkt der Baum träge auf die andere Seite, das Knarren der Großschotblöcke signalisiert eine Brise. Eilig rollt er das Tuch über dem Kopf zusammen, bis die Schatten auf dem Wasser direkt in die ausgebreiteten Segel wandern. Prall gefüllt lässt der auffrischende Wind den Bug gleichmäßig durch die See schneiden, bringt das Heck zum Rauschen.

Nach einem wechselhaften Segeltag bricht die Nacht herein, der Wind lässt wieder nach. Sein Autopilot mit dem umgebauten Wecker, der jede halbe Stunde klingelt, erinnert daran, mögliche Kursabweichungen zu korrigieren. Markus holt seinen Schlafsack an Deck, um nahe der Pinne zu sein. Mit jeder Kontrolle fällt ihm das Aufwachen schwerer, bis er tief und fest in den Tag hinein schläft. Erst als der Alarm am Kompass nicht mehr aufhört zu schnarren, blinzelt er ins grelle Sonnenlicht. Wie weit er vom Kurs abgekommen ist, keine Ahnung. Er greift zum Fernglas, prüft die Karte. Quer vor ihm, circa 20 Seemeilen entfernt, die Insel Lastovo. Trotz Schlaf ist ihm das Glück treu geblieben, er ändert den Kurs.

Die Einfahrt zum Zielhafen Pasadur am Nord-westufer präsentiert sich mit einer weiten Bucht, deren Höhleneingänge den Ankommenden ein Szenario aus Piratenzeiten erahnen lassen. Im Krieg versteckte sich hier angeblich die Marine. Markus legt am Kai direkt vor einem Hotel zwischen neun Jachten an. Beim Verzurren der Leinen kommt ein Herr mit Krawatte in Begleitung einer Dame auf die Segler zu. Er verteilt die neuesten Wetterprognosen, sie reicht Gläschen randvoll mit Zwetschgenschnaps – beides eine originelle Geste der Gastfreundschaft.

Klares blaues Wasser lädt Markus zum Baden ein. Das geschäftige Treiben der Menschen am Land animiert, sich ihrer Lebensfreude anzuschließen. Neben der Brücke genießen Urlauber, wie die Insulaner, in einem Biergarten gegrilltes Allerlei. Entlang des Ufers präsentieren Marktstände ein buntes Angebot. Von hausgemachter Marmelade über Süßwaren, ausgefallenen Likören, Schmuck hin zu Textilien, eine reichhaltige Auswahl.

Zwischen den Gemüseständen sticht ihm eine rauchende Rothaarige ins Auge. Eine Erscheinung mit Zigarre verkauft Bilder: großflächige, farbenfrohe Leinwände mit Acryl. Bestechend durch ihre Thematik, fällt ihm hauptsächlich auf, was zwischen ihren roten Lippen steckt. Er spricht sie an: „Guten Tag, ich weiß nicht, ob mich das Rot ihrer Bilder mehr fasziniert, oder das ihrer Haare!", sie erwidert mit einem breiten Lachen. „Entschuldigen Sie bitte, wo kaufen Sie ihre Zigarren?", er setzt sein freundlichstes Gesicht auf. „Nirgendwo auf meiner Reise habe ich welche entdeckt", er atmet tief ein und saugt ihre ausgestoßene Rauchwolke in sich hinein.

Ihr herzliches Lachen lässt ihre Brüste hüpfen unter einer Kette aus Muscheln. Nachdem sie sich wieder beruhigt hat, erklärt sie, dass es auf der Insel weder Sumatra noch Brasil zu kaufen gibt. Freunde bringen ihr welche aus Dubrovnik mit. Sie ist bereit, ihm eine Kiste aus ihrem Depot zu überlassen. In einer Stunde, hier am Marktstand.

Ihr Angebot klingt verlockend, er zweifelt, ob er es richtig kapiert hat, denn ihr Englisch ist gewöhnungsbedürftig. Auf Verdacht antwortet er, pünktlich zu sein. Markus schlendert weiter an den farbenfrohen Ständen vorbei. Am Letzten bleibt er stehen, ihm kommt eine Idee. Der Junge mit den Dreadlocks stellt Kleinigkeiten aus Silber her und beauftragt ihn, aus der antiken römischen Münze einen Anhänger zu gestalten. Eine Erinnerung, ein Talisman für den Rest der Reise. Wäre schade, wenn sie ein unsichtbares Dasein im Portemonnaie fristen würde. Sie vereinbaren, dass sie am nächsten Tag abholbereit ist. Positiv gelaunt spaziert Markus ein Stück weiter, kehrt um, denn die Rothaarige wartet mit gepackten Taschen auf ihn.

Einen Teil ihrer Bilder schleppt er über die Brücke, die Pasadur mit Prežba verbindet. Entlang der Uferstraße, vorbei an bunten Fischerbooten, spaziert er mit ihr bis ans Ende der Insel. Auf dem Weg liegen Häuser, über die die rothaarige Malerin Geschichten zu erzählen hat. Sie lästert: Wer mit wem zusammenlebt – wer tugendhaft – wer verdorben ist. Unter einem Felsvorsprung liegt ihr Haus mit einem ausladenden Balkon, dessen Brüstung von Blumen überwuchert ist.

Die Rothaarige, eine unbekümmerte Irin, lebt seit fünf Jahren hier im Haus. Nachdem die gesamte Kunst im Parterre seinen Platz gefunden hat, führt sie Markus ins Obergeschoss, durch ihr Atelier auf ihrem Balkon. Eine angegraute Korbsitzgruppe lädt an diesem lauen Abend zum Plausch ein. Vorher kramte sie zwischen den Malutensilien nach einer Flasche Whisky. Das goldbraune Getränk, bis knapp unter den Glasrand gefüllt, zu gehaltvoll, zu ungewohnt für seine Kehle. Die Lichter der Häuser spiegeln sich im Wasser, man hört das Lachen der Restaurantgäste. Bei Gesprächen auf dem Balkon vergehen die Stunden wie im Flug. Wie es scheint, haben die beiden den Partner gefunden, mit dem sich über das Schaffen, die damit verbundenen Träume, das Überleben mit der Kunst ausgiebig diskutieren lassen. Ein viertes Glas Whisky beschließt einen anregenden Abend. Unter dem Arm, mit einer Kiste Zigarren, spaziert er zu seiner Jacht zurück.

Am nächsten Morgen weckt ihn ein Glockengeläut. Ein Lieferwagen mit Brötchen und allerlei Süßigkeiten hält an der Anlegestelle. Im Nu kommt Leben rund um die Frühstückstische der Nachbarboote. Bei Markus zischt der Espressokocher. Nach der ersten Tasse studiert er den Wetterbericht, nachfolgend lässt er das Fernglas über die Bucht schweifen: Dort ist wieder dieses Beiboot am Heck des Geisterschiffs, das gerade ablegt und mit einer Schattengestalt rudernd in einer der Höhlen verschwindet.

Markus hat Hunger, lässt sich die gekauften Croissants schmecken. Nachdem er das Kaffeegeschirr abgewaschen hat, macht er sich auf den Weg zum Silberschmied. Eine anständige Arbeit wartet dort auf ihn, die an einer schwarzen Lederschnur um seinen Hals baumelt.

Bevor er weitergeht, löst er sein Versprechen ein, sich von der Rothaarigen zu verabschieden. Markus schlendert an den Verkaufsständen vorbei – keines der bunten Bilder ist zu sehen. Verwundert spaziert er zu ihrem Haus. Die Klingel an der Haustür bleibt ohne Wirkung, das wiederholte

Klopfen unbeantwortet. Beim Verlassen des Gartentors hört er ihre Stimme, er dreht sich um. Lucy steht in der Balkontür, in ein duftiges, wallen-des Kleid gehüllt, und ruft ihm zu:

„Die Tür ist offen!", ihr zerzaustes Haar weht im Wind, „komm rein, komm rauf zu mir!".

Markus stapft zurück, die Treppe hinauf, Lucy sitzt in ihrem Atelier, malt auf einer Leinwand, die ihre gesamte Zimmerwand einnimmt. Überall liegen Acryltuben, der Boden ist mit bunten Spritzern übersät. Pinsel, die nach Reinigung schreien, kleben durcheinander auf einem Beistelltisch, dazwischen schlafen ausgedrückte Zigarren. Verstreute Whiskyflaschen füllen den Raum unter der Staffelei, es riecht nach Lösungsmitteln. Er entdeckt Kreativität inmitten eines wuchtigen, bewohnten Stilllebens.

Sie fasst ihn bei der Hand – fragt: „Warum abreisen, du lebst nicht ewig." Sie reicht ihm die Flasche Whisky. „Genieße diesen Moment – realisiere, verwirkliche dich auf dem Papier und lebe all deine Fantasien hier mit mir aus, dafür brauchst du nicht nach Griechenland."

Im ersten Moment strahlt sein Gesicht über ihre Einladung, wegen der unerledigten Geschichten mit Nadja zögert er. Die Suche nach einer

Ausrede vereitelt Lucy mit einem Schuss Whisky, dem ein Zweiter folgt. Sie malt, er trinkt. Jedes weitere Glas inspiriert, entfernt ihn von all seinen Prinzipien. Betrunken verschwimmen ihre Formen, verborgen in einem weißen Leinenkleid, dessen Verlockungen er bedingungslos folgt.

Ein Kuss weckt Markus am nächsten Morgen, begleitet vom Duft eines Espressos. Der Geist scheint verwirrt, der Kopf schmerzt. Er genießt den ersten Schluck des zuckersüßen schwarzen Getränkes. Dass sie eine Wand des Zimmers mit Zeitungen tapeziert hat, weckt seine Neugierde: uralte Zeitungsartikel neben druckfrischen Manifeste bekannter Künstler, dazwischen wahllos aufgeklebte Fotos von Prominenten. Vereinzelt hatte sie die Blätter und Bilder mit Buntstiften beschriftet – für ihn schwer zu entziffern. Abgelenkt durch den Duft von Eiern mit Speck, der aus der Küche kommt, zieht es ihn dorthin.

„Markus, geh duschen, das Essen ist gleich fertig!" Lucy, empfängt ihn mit ihrer rauchigen, heiseren Stimme. An diesem Morgen, wie in den folgenden Tagen, ist ein sich von ihr Lösen unmöglich. Markus erlebt die intensivste Zeit, die er je mit einer Künstlerin verbracht hat. Exzessive Arbeit, betrunkene Gespräche wechseln einander ab. Sie schafft es, ihn nachts ans Ufer zu zerren, um im Schein einer Petroleumlampe zu aquarellieren. Sie sagt, der Mond tauche die Landschaft in ein blaues Licht, das die Wahrnehmung auf das Wesentliche reduziert. Die laue Luft, der Whisky bewirken, dass Lucy ihr Kleid über die Staffelei hängt, um ihren Körper ins Meer gleiten zu lassen. Ein derart impulsives Verhalten ist jeden Strich auf dem Papier wert. Als sie aus dem Wasser steigt, stellt sie sich neben ihn, so dicht, dass der Duft ihres vom Meersalz benetzten Körpers in seiner Nase erblüht.

„Markus, das Bild gefällt mir, zeichne weiter", wie eine Elfe steigt sie wieder ins Wasser.

Angespornt zeichnet sein Bleistift Blatt um Blatt mit dem Abbild ihres nackten Körpers. Er skizziert im Rausch der Leidenschaft, gefangen von ihren Formen, in einer Nacht, die vergeht, bis beide erschöpft das wohlige Bett herbeisehnen.

An manchen Tagen sprachen sie trotz stundenlanger gemeinsamer Arbeit auf engstem Raum nur das Nötigste. Umso heftiger waren die Diskussionen in den Nächten über den Malstil des anderen. Sie hasste es, wenn sein Strich zur Perfektion drängt, er dagegen verteufelte ihre Effekthascherei. Fing sie an zu toben, warf sie erbost in die Ecke, was zufällig in ihrer Nähe stand. Am Ende aber blieb sie stumm vor ihm stehen, umarmte ihn innig, dass er kein Wort der Erwiderung herausbrachte.

ROSTIGE BEGEGNUNG

Wind, Sonne, Meer, aufgewühlte Emotionen, Tage im Ausnahmezustand. Zwischen dem Weitermachen wie bisher und dem Abschied, begleitet vom Kampf der Gefühle, bleibt am Ende gezeichnetes auf Papier. Bestes Material, wie Lucy meint, für die gemeinsam geplanten Ausstellungen. Schweren Herzens und mit angeknackster Whiskyleber verlässt Markus nach zwei Wochen das Nest.

Die Insel Mljet ist gleich um die Ecke, für ein beschauliches Sammeln der Kräfte beim Malen von zwei, drei Bildern … die Wettervorhersage verspricht genügend Wind. Das deutet auf eine zügige Seereise hin, zur Hafenstadt Bar in der Republik Montenegro, wären da nicht die Nächte, denen er ohne Radar mit Sorge entgegensieht. Vermehrt tauchen Frachter auf diesem Seeweg auf und die schwimmenden Überraschungen, die es am Anfang seines Abenteuers gab: zuerst ein herrenloses Ölfass, später meterlange Bäume. Am gefährlichsten waren die verlorenen Blechkanister. Das alles ist zwischen den Wellen schwer zu erkennen.

Markus setzt Hoffnungen in seinen Autopiloten, der ihm, wenn er funktioniert, manche entspannte Schlafphasen beschert. Die Technik mit dem filigranen Aufbau am Heck sieht knifflig und empfindlich aus. Schweres Wetter setzt ihr zu, erfordert regelmäßiges Nachjustieren, ansonsten fällt sie gerne grundlos aus. Zuverlässiger ist da der speziell präparierte Handkompass mit seinem unüberhörbaren elektronischen Schnarren bei jeder Kursabweichung. Im Masttop hängt zusätzlich ein metallener Radarreflektor, der hoffentlich auf den Radarschirmen der Frachtschiffe und Fähren seine Position anzeigt.

Das Städtchen Bar ist seine letzte Station, bevor er Richtung Ionisches Meer aufbricht. Auf dem Wochenmarkt bunkert er Lebensmittel, Wasser, an der Tankstelle Benzin für den Stromerzeuger und zuletzt eine Gasflasche. Nachdem alles verstaut ist, hisst er die Segel mit Kurs auf Erikoússa, eine Insel, die zum Verwaltungsgebiet der Ionischen Inseln gehört. Der Abschied erinnert an sommerliche Ausflüge an den bayerischen Seen, leider fehlen hier die Bratwurst, die frischen Brezeln und das kühle Bier. Schwärme von Seglern und Motorbooten säumen den Weg aus den jugoslawischen Gewässern heraus. Die Route führt an Albanien vorbei. Von Piraterie ist die Rede. Ortskundige Skipper raten ihm, fernab der Küste zu segeln. Erfreut ist er darüber nicht, denn solange das Land in Sichtweite ist, gibt es ihm ein beruhigendes Gefühl von Sicherheit.

Nachts holt ihn der Wecker an die Pinne, Kurs kontrollieren, korrigieren, wieder schlafen. Tagsüber vergeht das Sitzen am Ruder bei konstanten Winden routiniert bis langweilig. Zum Glück sorgen Schulen von Tümmler für Abwechslung. Beim Überqueren einer Schifffahrtslinie ziehen Fähren, Tanker, in überschaubarem Abstand an ihm vorbei. Wieder entdeckt er diese Motorjacht Achtern aus.

Die raue See in stockfinsterer Nacht bringt sein Schiff vom Kurs ab, wiederholt fallen Korrekturen an. Die kurzen Schlafphasen, der laue Wind und der Seegang beeinträchtigen sein Wohlbefinden den ganzen Tag über. Erst gegen Abend hat sich sein Magen an die Wellen gewöhnt, ein Schwindelgefühl bleibt. Der Luftdruck macht gewaltige Sprünge nach unten. Mit Einbruch der Dunkelheit fegen Sturmböen über die Jacht, sie bringen die Takelage an ihre Belastungsgrenze. Durch die wechselnden, ruckartigen Zerrungen lösen sich die Muttern der Wantenspanner an Steuerbord. Das

Stahlseil verliert zunehmend an Spannung. Wenn er nicht aufpasst, bricht der Mast. Sie sind doppelt mit Splinten gesichert und vor jedem Auslaufen von ihm regelmäßig kontrolliert. Markus tippt auf Fremdeinwirkung. Wer hat ein Interesse daran, dass er mit einem gebrochenen Mast auf See bleibt? Er riskiert nichts, dreht in den Wind, streicht die Segel.

Ohne Windmotor schwimmt die Jacht unkontrolliert wie ein Korken auf dem Wasser, dessen Schwanken die Reparatur erschwert. Mit dem Lifebelt, einem Sicherheitsgurt, hält er sich am Mastfuß fest. Im spärlichen Licht einer Stirnlampe hantiert er mit den Schraubenschlüsseln an den Wanten. Mit voller Wucht treffen die überkommenden Brecher seinen Körper, drücken ihn an die Reling. Die ständigen Unterbrechungen lassen seine Kräfte schwinden. Trotz dicker Kleidung kriecht mit der Zeit Kälte durch seine Adern. Er atmet auf, das Stahlseil hat wieder die richtige Spannung, und Markus setzt die Reise fort. Das Wetter hat sich langsam wieder beruhigt. Der Autopilot, der Kompass mit seinem Schnarren und der Wecker arbeiten routiniert und ohne Beanstandung.

In der Morgendämmerung weckt ihn ein

unnatürliches, heftiges Schaukeln. Das Meer schwappt in die Plicht, der Baum kracht in die Wanten, der Großschotblock tanzt wie ein rhythmisch berauschter Stepptänzer über den Plicht Boden. Aufgeschreckt versucht Markus, das Ganze zu erfassen. Sein Rumpf kippt in eine Schräglage, die erneut einen gewaltigen Schwall Wasser in die Plicht lässt. Das ruckartige Aufrichten wirft ihn mit dem Oberkörper gegen den Tisch, dessen Kante sich zwischen seinen Rippen bohrt. Mit gespreizten Armen und Beinen steht er im Niedergang, aus dem er den Kopf ins Freie streckt.

Wie gelähmt vor Schreck starrt er durch die Reling, auf eine Wand aus rostigem Stahl, wie sie sich bedrohlich an ihm vorbeischiebt. Rotbraun ist sie, übersät mit Farbresten, die dem Salzwasser trotzen. Ein dumpfes Dröhnen dringt aus dem Rumpf. Der Sog zwischen der Segeljacht und dem rostigen Gegenüber verstärkt sich. Trotz vehementer Gegensteuerung bleibt der Abstand gering. Drückt der Koloss ihn in die Tiefe? Urplötzlich kracht die Scheuerleiste gegen den rauen Stahl, das Holz splittert, reißt mit schmerzhaften Geräuschen die Verschraubung heraus. Spuren im Rost des Stahlrumpfes zeigen die Länge ihres Aneinanderreibens.

Von dieser Bedrohung erschüttert, schießt eine schäumende Welle am Heck des Tankers direkt auf ihn zu. „Verdammt, wie dieser Gefahr entfliehen?", er schlägt mit dem Enterhaken gegen die Stahlwand, sein Trommeln ist lächerlich und versinkt im Rauschen des Wassers. „Oh Gott, wohin?", brüllt er, ist besorgt. Wenn die riesengroßen, zerhackenden Flügel meine Plastikschüssel treffen, merkt das keiner. Die Kraft des Außenborders kommt gegen den Sog nicht an. Ein Ruck reißt Markus' Beine vom Boden, der Rumpf hebt sich, und wieder kracht es. Die Mastspitze berührt die Stahlwand, ein Zittern wandert durch die Jacht und der Radarreflektor knallt direkt auf den Kompass neben dem Niedergang. Er zerstört dessen Glas und springt wie ein Ball ins Meer. Viel zu rasant rauscht die Fahrt durch das schäumende Wasser, das an Deck klatscht, vorbei an Markus in die Kajüte. Auf dem Tisch bleibt eine Pfütze zurück, aus der ein Rinnsal ins knöcheltiefe Nass tropft. Die Bodenbretter schwimmen auf. Mit geschlossenen Lidern durchlebt er Sekunden des Schreckens. Von der Strömung am Heck des Giganten erfasst, schiebt er sein Segelboot aus der tosenden Gefahr. Mitten in der mit Meerwasser gefüllten Plicht liegt Markus, die Augen wieder geöffnet in Richtung der geschlossenen grauen Wolkendecke. Das Wasser gurgelt durch die Lenzlöcher zurück ins Meer, er befreit seine Beine vom losen Ende der Großschot. Markus rappelt sich auf, lenzt sofort mit einer Pütz die Suppe aus der Kajüte über Bord, wo sie hingehört. Bei seiner Inspektion sind zum Glück keine lebensbedrohlichen Beschädigungen festzustellen. Was für ein Gefühl der Befreiung, er hat es überlebt.

Wenn seine Berechnungen stimmen, ist er bald am Ziel. Sein Fernglas bestätigt das Gegenteil. Nichts ist zu sehen, keines der Fischerboote mit ihren kreischenden Möwen im Schlepptau. Habe ich den Kurs falsch berechnet? Ein Überprüfen unmöglich, denn der eingebaute Kompass hat die Kollision nicht überlebt, vom Handkompass fehlt jede Spur. Entweder hat ihn die Welle in eine versteckte Ecke des Rumpfes gespült, oder im schlimmsten Fall über Bord. Ein Blick mit dem Fernglas nach achtern, das Geisterschiff liegt weiterhin auf seinem Kurs. Gezeichnet von den letzten Minuten benötigt er eine heiße, kräftige Tasse Fleischbrühe. Das Feuerzeug flackert, der Kocher zischt nicht. Markus klopft an die Gasflasche – sie ist leer.

„Saubande!", brüllt er, dabei schmerzen seine

Rippen. „Lumpenpack, was habt ihr mir da verkauft?" An Deck schwenkt er erneut das Fernglas über den Horizont – wo ist das Festland geblieben? Eine Kursänderung ohne Kompass führt zur Katastrophe, es fehlt die Orientierung an der Sonne. Murrend prüft er erneut die Seekarte, rechnet, träumt von Satellitennavigation. Er wirft sein Radio an und erfährt über den Wetterbericht die vorherrschenden Winde im Seegebiet. Daraus errechnet er zumindest die ungefähre Richtung seines Kurses.

Mit der Dunkelheit, bei sternenklarem Himmel, korrigiert er den Kurs mithilfe des Nordsterns. Die Nacht verläuft mäßig, seine Logge zeigt einen erfreulichen Zählerstand. Im Morgengrauen ziehen dunkle Wolken auf, sie lassen einen Schimmer im Osten übrig, keine Spur von Land. Dort ist gemäß der Karte die Küste? Markus ändert sofort den Kurs. Schuld ist die übertriebene Entfernung zu Albanien.

Wenn die Zahlen der Logge stimmen und der Wind nicht nachlässt, taucht in zwei Stunden die angepeilte Insel auf. Nach der nervenden Ungewissheit blinken in der Ferne Lichter auf – sind es die gesuchten Leuchtfeuer oder einer dieser Fischtrawler? Gefesselt vom Flackern, steuert er darauf zu. Kurz vor Sonnenaufgang schreibt Markus in seinem Logbuch: Mit Wahrscheinlichkeit liegt die Insel Erikoússa vor mir.

Auf der Suche nach einem Hafen stößt er auf eine Flotte von Fischerbooten. Markus folgt ihnen bis zu einer Steinmole, wo er inmitten von Bojen sich vor Anker legt. Das Ruderblatt eingeholt, die Segel verstaut, kriecht er auf die Matratze: Zum Ausschlafen bleibt keine Zeit, denn der Zoll wartet.

Markus quält sich früh aus der Koje, die Rippen schmerzen. Er holt die Schleppleine ein, an der das Schlauchboot hängt, und setzt mit dem Hafenhandbuch über an Land. Das eingezeichnete Gebäude, der Hafenpolizei, ist nicht zu sehen. Außer einem Hotel ist hier nichts, er beschließt, die Rezeption aufzusuchen. Der Portier, eher der Oberkellner, winkt ab: Haus belegt! Erst ein Geldschein lockt dessen Blick auf die Karte:

„Port of Entry – Hafen Korfu-City!"

Markus hat keine Wahl, er hisst die Segel, um vor Einbruch der Dunkelheit auf Korfu-Stadt anzukommen. Bei seiner Ankunft am späten Nachmittag ist der Stadthafen überfüllt mit Booten. Reger Schiffsverkehr erschwert die Suche nach einem geeigneten Liegeplatz in unmittelbarer Nähe des Zollpiers. Die Warteschlange ist lang. Er verschiebt die Abfertigung auf den nächsten Tag.

Abseits der Stadt, zwischen schrottreifen Fischerbooten, fällt der Anker neben dem Gelände einer Werft. Bis zur Dunkelheit bleibt Zeit für Reparaturen: Das Toplicht baumelt an einem Kabel, die Windfahne gleicht einem Korkenzieher, beim Kompass scheitert jeder Versuch. Zum Glück gibt es wie im Handbuch beschrieben einen Shop für Bootszubehör auf dem Gelände. Dort findet er, was sein Herz begehrt. Ein zusammenklappbarer Paketwagen transportiert seine Einkäufe zum Schlauchboot. Nach dem Übersetzen macht er sich wieder an die Arbeit. Als die Dämmerung hereinbricht, entdeckt Markus in Sichtweite seinen Verfolger, der sich an ihm vorbeischleicht. Bis zur Hälfte hängt das Dingi im Wasser, der Anblick des Ungetüms ist verwahrlost, der beleuchtete Steuerstand ist gespenstisch leer.

Am nächsten Morgen macht sich Markus früh auf den Weg zum Port of Entry. Es braucht Geduld und einen Außenborder mit voller Batterie, um sich in die Schlange der Wartenden einzureihen. Nach knapp zwei Stunden legt er am Zollpier an. Die Beamten durchsuchen seine Segeljacht und finden zu viele Flaschen Sliwowitz. Bereitwillig, mit augen-zwinkernder Unwissenheit händigt er ihnen die Überzahl aus, dafür reicht man ihm die Papiere, mit den besten Wünschen für die Weiterreise – Markus Sontheim hat es geschafft. Beim Ablegen vom Pier bricht ein Jubelschrei aus ihm heraus. Erleichtert setzt er seine Fahrt in griechischen Gewässern fort.

ALBTRÄUME

Zehn Seemeilen südlich von Korfu liegt die Insel Paxos. Poseidon, der Gott der Meere, rammte hier seinen Dreizack in die Fluten und schuf einen Zufluchtsort für seine geliebte Amphitrite. Heute ist die Insel eher ein Zufluchtsort für Touristen. Nachdem die Venezianer im 15. Jahrhundert den Anbau von Olivenbäumen gefördert hatten, prägen heute diese knorrigen, sagenumwoben wirkenden Bäume zusammen mit den Zitrusbäumen das Bild der Insel. Die verfallenen Ölmühlen zeugen vom Überfluss vergangener Zeiten.

Fest vertäut liegt die Jacht im Hafen. Markus schnappt sich seinen Zeichenblock und taucht ein in die Welt der knorrigen Schönheiten. Wie eine Kuppel überspannen die Äste den Weg, dazwischen schweben Netze und warten darauf, die Ernte aufzufangen. An einen Baumstamm gelehnt, umschmeicheln ihn raschelnde Blätter, begleitet von Düften und dem Gesang der Zikaden. Das hohe Gras einer Wiese wiegt sich gleichmäßig im Wind und hypnotisiert jeden, der sich zu lange auf ihr Spiel einlässt. Zwischen den Halmen streckt eine Katze behutsam ihren Kopf hervor. Tastend schiebt sie ihre Pfote nach. In geduckter Haltung fixiert sie voraus – ihr Körper erstarrt. Umso lebendiger fliegt Markus' Bleistiftspitze über das Zeichenpapier. Pfeilschnell katapultieren die angespannten Muskeln ihren Körper aus dem Grün. Die ausgefahrenen Krallen umklammern ein Knäuel. Für einen Moment ist das Opfer wieder frei, um sofort von scharfen Zähnen durchbohrt zu werden.

Am Ende seines Aufenthaltes auf Paxos gleicht sein Skizzenbuch einem Olivenbaum, der reif für die Ernte ist. Unter Segeln nimmt er Kurs auf Lefkáda. Sobald es der Wind zulässt, notiert er im Logbuch:

Wie ein Kutscher die Pferde führt, so führe ich die Segelschoten in meinen Händen, die Pinne zwischen meinen Beinen. Mit offenen Augen und ausgebreiteten Segeln fange ich jede Brise auf, die ein Kräuseln über die spiegelglatte See zaubert. Das Wispern des Wassers unter dem gleitenden Rumpf, der gleichmäßige Druck des Ruders, man erspürt das stetige Vorwärtsgleiten. Der Widerstand der Fockschot bestätigt mir den richtigen Kurs zum Wind. Verändere ich die Segelstellung, bediene die Pinne zu heftig, verliert der Rumpf sofort an Fahrt. Seemeilen lang schiebt sich der Rumpf langsam an einer steil aufragenden weißen Felswand vorbei! Mein Geist ist berauscht, die würzige Luft ist wie eine Droge.

Bei der Umrundung des südlichen Kaps von Lefkáda weht ein steifer Ostwind, der das Schiff in die Bucht von Vassiliki treibt. Dort begrüßen ihn die bunten Segel der Surfer, die ungestüm über die Wellen jagen. Der Blick schweift zu einer Mole hin, die genügend Platz bietet, um sich bequem längsseits anzulegen. Inmitten dieses Bollwerks liegen aufgetürmte Fischernetze mit bunten Korkbällchen zwischen Plastikkisten. Vereinzelt hocken sonnengebräunte Fischer darauf und flicken ihre zerrissenen Netze.

Markus spaziert direkt zum Hauptplatz, auf dem das obligatorische Kafenion nicht nur den Urlaubern einen Panoramablick bietet. Hier wird über das Erlebte und die bevorstehenden Aktivitäten diskutiert. Die einheimischen Alten sitzen stoisch bei einem Glas Retsina-Weißwein. Sie entspannen sich mithilfe von Perlenketten, den Komboloi, die sie mit geschickten Fingern kreisen lassen. Ein orthodoxer Priester genießt in ehrfürchtiger Haltung seinen Rotwein. Markus stutzt, entdeckt in der hintersten Reihe einen weißen Anzug. Nico, dieser Alte, sitzt er in Wirklichkeit dort, oder ist es das Ergebnis seiner langsam um sich greifenden Paranoia? Energisch schüttelt er das Bild aus seinem Kopf.

Markus schlendert an einem Geschäft vorbei, in dem Fahrräder in Reih und Glied darauf warten, dass er sie ausleiht. Ungewohnt, für seine vom Sitzen erschlafften Muskeln, mit einem der Räder auf der ansteigenden Straße zu strampeln. Der kühle Fahrtwind trägt die verschiedensten Düfte der Landschaft in seine Nase. Am intensivsten duftet der Thymian, an dem sich die Bienen gerne laben.

Das Gebiet hier zwischen den Orten Dragano und Athani ist das Zentrum der regionalen Honigproduktion. Überall am Wegesrand stehen die bunt bemalten Bienenstöcke der Imker, die den bernsteinfarbenen Nektar verkaufen. Schafherden mit ihren Hirten, bewachsene Trockenmauern, verlassene Steinhäuser gestalten die Landschaft zu einer unvergesslichen Idylle. Der Blick in die Bucht mit den einlaufenden Flottillen, den Fischerbooten und dem Treiben an den Schwimm-stegen lässt erahnen, wie kurzweilig es hier ist.

Müde vom Auf und Ab radelt Markus zurück

zum Hafen. Nachdem er das Rad wieder beim Verleiher abgestellt hat, spaziert er am Rand des Kai entlang und entdeckt Seltsames: seine Segeljacht – umgeben von Luftblasen, die an der Oberfläche zerplatzen. An Bord beugt er sich mit dem Oberkörper über die Reling, das Blubbern hört auf, die schattenhafte Gestalt des Tauchers verschwindet in der Tiefe. Markus schaut nach dem Ruderblatt, die Erinnerung an den gespaltenen Schädel bereitet ihm Unbehagen. Er beruhigt sich wieder, denn ein Tauchlehrer instruiert seinen aufgetauchten Schützling, wie er sich zu verhalten hat.

Am nächsten Tag legt Markus wieder ab und segelt in Richtung Meganissi. An der Nordostküste der Insel liegt die Bucht von Abelike, deren Eingang durch das acht Meter hohe Inselchen Megalo Nisopoulo gekennzeichnet ist. Die Bucht teilt das Innere in einen westlichen, südlichen und östlichen Teil. Die flach auslaufenden Ufer bieten in einer Tiefe von etwa sechs Metern ausreichend Ankerplätze, deren sandiger, mit Seegras bewachsener Grund sicheren Halt bietet. Bäume, die dicht an der Uferböschung wachsen, erlauben das Anbringen von Landfesten. Die von felsigen Hügeln umgebene Ebene am Ende der Bucht ist mit

Schatten spendenden Olivenbäumen bepflanzt. Vom Kiesstrand, der zum Picknick einlädt, führt ein Trampelpfad direkt nach Vathy.

Markus klappt das Hafenhandbuch zu, genug gelesen. Nach dem routinierten Vertäuen des Bootes setzt er mit dem Beiboot zum Ufer über. Auf einem gewundenen Pfad erklimmt er einen Hügel, vorbei an einem ausgetrockneten Bachbett. Gestreichelt vom sanften Rhythmus des Windes, blitzen die Sonnenstrahlen zwischen den Blättern hindurch, direkt in seine Gedanken. Auf einem Felsen ausruhend, nutzt er die Gelegenheit für einen Brief, ein paar Zeilen:

Liebe Lucy,

nach einer anstrengenden Reise genieße ich den Blick über das Ionische Meer. Ich hoffe, dass mein Auftrag hier bald beendet ist, denn ich freue mich auf ein Wiedersehen.
Herzliche Grüße, dein Zigarrenfreund.

Schmunzelnd erinnert er sich an ihre chaotische Art, vermisst sie trotz ihrer nervtötenden Geschäftigkeit. Heftige Windböen stören seine Träume, bringen die Notizblätter in Bewegung – ein Zeichen zum Aufbruch. Der steinige Weg zwingt zu achtsamen Schritten, denn vereinzelt ruhen Schildkröten auf feuchtem, kühlem Boden im Schatten der Bäume. Eidechsen huschen über die Felsen, verschwinden bei der kleinsten Erschütterung Schutz suchend in den Ritzen.

In Sichtweite, am südlichen Ende der Bucht, liegt die Taverne des Engländers. Die Hoffnung keimt auf, dass Nadja dort wartet oder ihm zumindest eine Nachricht hinterlassen hat. Er lässt sich in einer windgeschützten Ecke der Terrasse nieder. Als er einen Retsina bestellt, erklärt er dem Wirt, wen er sucht. Der Engländer verneint mit dem Kopf, und Markus bleibt in Erwartung bis zum Sonnenuntergang. Beim Bezahlen legt er seine Visitenkarte auf den Tisch. „Ich komme morgen wieder!", er schreibt ‚für Nadja' auf die Rückseite, „sobald sie nach mir fragt, sagen Sie der Dame, dass ich auf Sie warte!"

Da leuchten die Augen des Wirtes beim Lesen des Kärtchens auf: „Markus Sontheim, für Sie wurde vor zwei Tagen eine Flasche Rotwein abgegeben", er verschwindet, kommt mit dem Wein zurück.

Markus sucht auf dem Etikett nach einer Nachricht, Fehlanzeige, dankend nimmt er die Flasche entgegen. Das Glas geleert, macht er sich auf den Rückweg zum Ankerplatz. Der Weg schlängelt sich über einen Hügel hinunter zu seinem Schlauchboot. Mit Vorsicht, wegen der scharfen Steine, lässt er es in die Wellen gleiten, greift nach der Landbefestigung, an der er sich zum Segelboot hinüberzieht. Ein frischer Wind kräuselt die Wasseroberfläche. Zum Glück kein Nordostwind, denn der ist lästig in der Dünung, er würde die Jacht und den Inhalt seines Magens zum Tanzen bringen.

Das aufgespannte Sonnensegel spendet nicht nur Schatten, sondern verhindert, dass sich die nächtliche Feuchtigkeit auf der Sitzfläche niederschlägt. Markus faulenzt an Bord. Klischeehaft genießt er liegend den Abend, begleitet vom Tönen der Zikaden, dem Rauschen der Bäume. Nachdem die Jacht für die Nacht gesichert war, folgt der Eintrag ins Logbuch, der mit jedem Wort den Tag Revue passieren lässt. Die Suche nach den neuesten Nachrichten im Äther bringt leider nur ein Rauschen zustande. Erbost schaltet er das Radio wieder aus. Dafür öffnet er Nadjas Rotweinflasche, schenkt ein Glas ein, schwenkt es, um mit geschlossenen Augen am Bouquet zu schnuppern, bevor er den Wein schlürft.

Sein Müßiggang unterbricht in der fortgeschrittenen Dämmerung ein entferntes Motorengeräusch. Jener Skipper fährt prüfend am fernen Ufer entlang, rasselnd versinkt der Anker samt der Kette im Wasser. Es folgt ein kurzes Aufheulen des Motors, der mit Achterausfahrt den eisernen Pflugscharanker in den sandigen Boden gräbt. Zwei Damen rudern mit einem Schlauchboot kichernd ans Ufer und legen ein Seil um einen der Bäume. Freudlos taucht ein Herr aus den Tiefen der Segeljacht auf, streckt sich, taumelt in Richtung Bug. Der obligatorische Manöverschluck versammelt die Mannschaft an Deck. Familienurlaub – Markus widmet sich wieder dem Rotwein, der inzwischen angemessen Zeit zum Atmen hatte.

Sein Ankerlicht am Mast tanzt vor den Sternen des wolkenlosen Himmels. Unter dem aufgehenden Vollmond hockt man gerne, genießt, bis es Zeit ist, das Himmelszelt gegen eine Wolldecke zu tauschen. Beim Einschlafen übertönt ein wiederkehrendes Klopfen die Geräusche der Seeigel. Es sind die Fallen am Mast, die zu locker hängen. Sie nerven wie das Stimmengewirr, das der Wind vom Festland herüberweht.

Markus krabbelt unter der Wolldecke hervor, um an Deck dieses Trommeln mit einem Gummiband an der Want zu befestigen. Auf seiner Jacht ist es still, nur der Streit der Nachbarn hört nicht auf. Eine schwankende Gestalt brüllt, wirft mit Gegenständen, die klirrend zerbrechen, er steigt ins Beiboot, sucht das Ufer, streut weiter unverständliche Worte in die Stille. Der Schatten verschwindet zwischen den Bäumen.

Markus fixiert den Mond, dessen Kugel das Licht der untergegangenen Sonne reflektiert und die Bucht erhellt. Langsam entfaltet sich die Wirkung des Weines, den er bis auf den letzten Tropfen genossen hat. Mühsam schleicht er zurück in die Koje, um dem Knacken der Seeigel zu lauschen. Er zieht die Wolldecke bis an die Nase und verschwindet in den Tiefen eines alkoholisierten Traums.

Seine lebhaften Beine lassen die Decke zum Boden gleiten. Er fröstelt. Niemals, das ist klar, würde er in eisige Gefilde segeln, weit weg vom Mittelmeer. Woher kommt diese Kälte, die, begleitet von einer Nebelwolke, über das Wasser zieht? Eis klebt an der Jacht, am Mast, am Segel. Auf allen vieren krabbelt er vorwärts, zwischen all den Seeigeln mit ihren rastlosen Stacheln. Weiße Blütenblätter wehen durch den Niedergang, sie versperren die Sicht. Draußen angekommen passiert das Unglück, er rutscht aus, verstaucht sich das Handgelenk. Geglitzer überzieht den Rumpf, ein scharfes Beil bohrt seine Schneide in die weiße, dicke Kruste des Eises. Wiederholt trifft es die glasklaren Fesseln, die versuchen, den Rumpf in die Tiefe zu ziehen. Er hört die Rufe: Abhacken, alles abhacken. Unter der Eisdecke – ein Fisch mit weißer Jacke? Der Körper dreht sich langsam auf den Rücken, zwei Augen sind zu erkennen … sie starren ihn aus einer Fratze an. Welch Schreck, sie gehört diesem Nico. Markus stolpert zurück unter Deck, mitten hinein in einen stacheligen Teppich.

Die wärmende Sonne verdrängt die Störungen der Nacht und den schrecklichen Traum. Am Ufer suchen Ziegen Schatten unter den Olivenbäumen. Markus verschmäht die morgendliche Tasse Kaffee, der Übelkeit wegen. Er bemerkt: Die Streithähne haben die Bucht verlassen, seine Schulter schmerzt, sein Handgelenk ist geschwollen.

Ein lauer Wind, blauer Himmel kündigt einen Sommertag an. Es folgt der tägliche Rundgang auf seinem Schiff: Anker, Wanten kontrollieren – Nadjas Rotwein hat ihn voll erwischt. In der Kajüte entfernt er das Kondenswasser aus der Bilge, dabei fällt ihm auf, dass die Schublade unter dem

Niedergang verschwunden ist. Markus schaut in die Bugkoje, wo sie ausgeleert in der hintersten Ecke liegt. Hat er in seinem Rausch dieses Chaos angerichtet?

Auf seiner Uhr ist es Zeit, die Kurbel des Radios zu drehen. Was für eine Erfindung, die mit ein paar Umdrehungen Energie erzeugt. Genug für den Wetterbericht, um dessen Daten sofort ins Logbuch einzutragen:

Wetter: Sonne, wolkenlos, Temperatur 23 Grad Celsius, Wind NE 1, See 1, Liegeplatz vor Anker, mit Landfeste. An Bord ist alles in Ordnung. Batterie: geprüft, geladen. Schulter schmerzt, Handgelenk geschwollen. Kopfschmerzen mit Übelkeit lassen langsam nach. Ich verlasse die Jacht, um die Landschaft auf Papier zu bannen.

BLAUE FENSTERLÄDEN

Markus kriecht in die Bugkoje, packt seine Arbeitsmaterialien zusammen, die er im Rucksack verschwinden lässt. An der Seitentasche befestigt er eine Flasche Mineralwasser, indem ein kräftiger Schuss Rotwein schwimmt. Das Papier steckt zusammengerollt in einem Köcher, der über seiner Schulter baumelt. Dem Beiboot fehlt Luft in den Gummiwülsten und macht das Übersetzen ans Ufer zu einem wackeligen Unterfangen.

Seine Motivsuche führt ihn den Hügel hinauf, mitten auf einer Lichtung, übersät mit Felsbrocken. Er wählt einen dieser Brocken mit glatter, splitterfreier Oberfläche als den Malgrund für seine Kreidezeichnung. Nach dem letzten Strich arbeitet der Spitzmeißel die Stellen heraus, die beim Druck aufs Papier farblos bleiben. Das Sonnenlicht, das harte Schatten wirft, und der Seewind, der die Arbeitsfläche vom Staub befreit, helfen bei der stundenlangen Arbeit. Nach der Fertigstellung rollt Markus die Farbe über die erhabenen Stellen. Ein erster Probedruck folgt.

Behutsam drückt das Reibe-Holz den Papier-bogen gegen den Stein, bis Schatten durch das Papier dringen. Er löst das Blatt – prüft, korrigiert Fehler, im Anschluss folgt Abdruck auf Abdruck, der im Gras zum Trocknen landet. Zurück bleibt ein flaches Relief, wie auf einer Münze, das nach einigen Jahren, der Witterung ausgesetzt, wieder verschwunden ist.

Markus träumt im Schatten eines Baumes, unter dem die Natur in der heißen Mittagssonne schweigt. Zufrieden streift sein Blick über den Horizont, hinunter zu den Wellen. Er kneift die Augen zusammen, entdeckt einen weißlich schimmernden Fleck. Müll vom Festland oder doch eher der Form nach einem kieloben treibenden Schiffsrumpf. Im Sturm gekentert, treibt er dahin, bis er an einem Ufer strandet. Leider sind solche Entdeckungen unter Umständen mit dem Ertrinken der Besatzung verbunden. Markus schließt die Augen, verdrängt das Bild und lauscht einer Hummel, die sein Haar umkreist. Die Sonne steht nicht mehr über ihm, darum packt er in aller Ruhe seine Sachen zusammen und verabschiedet sich hinunter in die Bucht des Engländers. Ob Nadja heute auf ihn wartet? Beim Betreten des Restau-rants kommt ihm der Wirt freudestrahlend entgegen, mit einem Umschlag: „Post, Sir!"

Markus bedankt sich, steckt den Brief in die Tasche, bestellt einen griechischen Kaffee und das Cordon bleu, das auf einer Tafel angepriesen wird. Warum kommt Nadja wieder nicht persönlich? Mit dem Lesen hat es Zeit, zuerst den Hunger zu stillen, denn negative Nachrichten erträgt man besser mit vollem Magen. Die Neugier ist stärker, er öffnet mit dem Messer das Kuvert. Der Briefkopf wirbt für ein Gästehaus auf Nidri, das hellblaue, dünne Papier erinnert an Luftpostbriefe vergangener Zeiten. Mit beschwingter Federführung schreibt sie:

Mark, mein Freund, ich hoffe, du hast die anstrengende Reise wohlbehalten überstanden. Ich bitte dich, nach Ormos Vathy zu kommen, dort steht direkt am Hafen ein Haus mit blauen Fensterläden. Der Schlüssel liegt nebenan in einem Krämerladen, es ist der Einzige am Platz. Die Besitzerin wird dir alles Weitere zeigen. Bitte, warte dort auf mich! Kuss, Nadja.

Markus schüttet sich den Kaffee in den Hals, verschlingt die Bockwurst gefüllt mit Käse und einer Scheibe Speck. Die in Ketchup schwimmenden Pommes, dieser eigenwilligen Interpretation von „französischer Küche" ignoriert er.

Ohne auf den Wirt zu warten, klemmt er einen Geldschein unter den Teller und verlässt das Lokal. Markus macht sich auf den Weg nach Vathy.

Dicht an dicht reihen sich die gedrungenen Häuserfronten mit ihren blauen Fensterläden rund um das Hafenbecken. Markus hält Ausschau nach einem Krämerladen, inspiziert die Häuser, späht durch Fenster, hinein in Wohnzimmer, Küchen, Abstellkammern. Kurz vor dem Aufgeben entdeckt er hinter einem unscheinbaren Kreuzstockfenster neben Limonaden, Olivenöl, Seifen, eine Packung mit Waschmittel. Bescheiden sieht das Schaufenster des Ladens aus, den sie beschrieben hat. Die Eingangstüre steht sperrangelweit offen. Hinter einem Tresen steht eine Griechin und packt Kormos in Tüten. Eine Spezialität zum Nachtisch, die sie auch Schokosalami nennen.

„Kaliméra", grüßt Markus und fragt nach Nadjas Haus.

Die Krämerin nickt lachend: „Mark – Germanós?", er bejaht. Sie reicht ihm eine Tüte, der süßen Leckerei und zieht einen rostigen Eisenring mit Schlüsseln hervor, der griffbereit unter der Theke liegt. Mit einer Handbewegung fordert sie ihn auf, ihr zu folgen, schmettert dabei Sätze in einen Nebenraum, aus dem eine Männerstimme antwortet. Die Fassade des Nachbarhauses bröckelt, aus den Fugen der Treppe sprießt ein gelb blühendes Gras. Vernachlässigt das Gemäuer, aber mit den blau gestrichenen Fensterläden strahlt es Heiterkeit aus.

Die Krämerin führt ihn über eine knarrende Holztreppe in ein Zimmer im ersten Stock. Geschäftig öffnet sie die Fensterläden und redet dabei ununterbrochen mit leiser Stimme. Markus, der kein Griechisch spricht, schaut sich in dem lichtdurchfluteten, aufgeräumt wirkenden Raum um. Eine aufgestellte Matratze auf einem Holzbett lehnt an der Wand, in der Mitte ein Tisch mit drei Stühlen in demselben Blau wie die Fensterläden. Wackelig steht ein Schrank in der Ecke, daneben, direkt unter der Decke hängt verloren auf Papier gedruckt eine Ikone mit Goldrahmen. Die Krämerin bereitet das Bett vor. Markus wundert sich – heißt das, ich schlafe hier? Sie wischt mit ihrer Schürze den Staub vom Tisch, legt den Schlüsselbund darauf ab und verlässt den Gast mit einem lachenden Augenzwinkern.

Der Blick aus dem Fenster – der Hafen, das Kafenion, die ein- und auslaufenden Schiffe. Verloren steht Markus da, fragend, wie es weitergeht. Er sucht das Bad, findet es draußen auf dem

Flur. Eine schilfgrün gekachelte Duschmöglichkeit, leider ohne Wasser. Zurück im Zimmer qualmt die frische Glut seiner Zigarre an den geöffneten Fensterflügeln vorbei. Widerwillig freundet er sich mit dem Gedanken an, die Nacht in diesem Raum, weit weg von seiner Jacht, zu verbringen.

Markus verlegt das Warten ins Café. Vorher kauft er eine Tüte Pistazien und die neueste, fünf Tage alte deutsche Zeitung. Inmitten der speisenden Touristen findet er einen Platz zum Lesen, ein Auge kontrolliert den Eingang seiner neuen Unterkunft. Zu vorgerückter Stunde bricht er auf, seine müden Knochen sehnen sich zurück ins Zimmer. Die Schuhe landen neben dem Bett, dann gibt die Matratze unter seinem Gewicht nach. Die Tageszeitung lenkt ihn zum zweiten Mal ab, bis er beim Lesen einschläft.

Der Duft eines süßlichen Parfums weckt Markus auf. Er wendet sich zum Tisch hin, starrt auf ein dünnes Goldkettchen an einem zarten Fußgelenk.

„Gut geschlafen Mark? Ich habe dir eine Kleinigkeit mitgebracht." Nadja sitzt auf einem der Stühle, herausgeputzt, das Gesicht aufwendig geschminkt.

Er setzt sich an einen reich gedeckten Tisch.

Es riecht nach Geräuchertem und fragt: „Nadja –
was ist mit dir, wo ist dein Teller?", er schaut
auffällig im Zimmer herum. „Bei der leckeren
Auswahl trink zumindest einen Schluck Rotwein
mit mir."

„Nein, danke Mark! In Nidri, vor der Abfahrt zu
dir, habe ich mit Freunden zu Abend gegessen."
Die Antwort kommt mit erhobener Stimme über die
rot bemalten Lippen.

„Meine Liebe, spanne mich nicht auf die Folter,
sag mir, was los ist …?"

„Mark, hör auf mit den Wortspielen", unterbricht
sie ihn, „ich bin nicht deine Liebe!"

„In Ordnung! Entschuldige, reg dich nicht auf,
sag mir, warum das ganze Theater."

Sie füllt sein Rotweinglas erneut auf. „Bedau-
ere, dass ich dich in mein Leben gezogen habe."
Zärtlich schaut sie ihn an, ihre Mimik verändert
sich, wie es ihr nützlich erscheint. Sie erzählt von
den Ausgrabungen, von Breuers Forschungen, die
das Team an Fundorte von antiken Artefakten
führten, die all die Begehrlichkeiten beim Chef
weckten. Einen Teil ließ er ins staatliche Depot
bringen, den ausgewählten Rest in ein geheimes
Lager. Den Arbeitern an der Grabung war es egal,
was sie ausbuddelten und wohin sie wanderten.

Hauptsache am Abend stimmte das Geld im Portemonnaie. Die Nachfrage der Sammler ließ sein Geschäft von Jahr zu Jahr mehr florieren. Ein Grabungsleiter, dem er vertraute, half, die unterschlagenen Objekte nach Kroatien und nach Italien zu verschiffen.

Markus unterbricht sie nicht. Verschweigt, dass er über die Geschäfte der Breuer durch die Notizen in ihrem Schlangenbuch bestens informiert ist.

Mit gesenktem Blick erzählt sie weiter von einem überschaubaren Anfang, bis am Ende die Kunden weitaus mehr verlangten. Auf deren Drängen boten die Breuers einem Händler ein ausgefallenes Stück an. Ohne die Ruhepause im Depot einzuhalten, die notwendig ist, falls jemand davon Wind bekommen hat. Für das Ehepaar war es der Deal des Jahres, wie der schlimmste Fehler ihres Lebens.

Markus lässt sich den Rotwein schmecken, den sie zügig nachschenkte, während sie weiter erzählt:

Dummerweise hat ein Praktikant dieses Stück fotografiert und das Foto an einen Kommilitonen geschickt. Ein Professor der Universität sah das Bild, und der Skandal war da. Breuer plante, die

Mondsichel auf einem Kongress in Venedig auszustellen, um den Verdacht der Unterschlagung zu entkräften. Das Problem war, dass eine Anzahlung seit Tagen auf seinem Konto lag, und er arrangierte ein Treffen mit den Dealern, um das Geschäft zu annullieren. Ich bemerkte, dass mein Chef Geld abhob und es in den Kartentisch der Jacht legte. Die Geldübergabe fand nie statt, weil die Breuers vorher beim Frühstück starben – im Tee fand man Spuren einer giftigen Substanz. Für mich war das kein Diebstahl – ich habe mir eingesteckt, was sie mir schuldeten. Zum Glück bin ich an jenem Abend von Bord verschwunden, sonst …

„Das ist eine plausible Erklärung, Nadja", fällt er ihr ins Wort, „woher weißt du das mit dem Verkauf, dem Geld?"

„Mark, erinnerst du dich an den Alten im Antiquitätenladen? Der war auf dem Kongress in Venedig und wartete vergebens auf die Breuers."

„Was ist mit der Polizei, mit ihren Ermittlungen?"

„Soweit ich weiß, sind sie abgeschlossen, weil die Organisation einen Mittelsmann opferte."

„Was heißt das?"

Seine Beseitigung, Mark, das ist nicht offiziell,

war reine Notwehr, man suchte einen Schuldigen, um den Rest der Organisation nicht zu gefährden! Jetzt weißt du alles, ich fahre mit dem Motorboot zurück nach Nidri. Bitte verstehe mich, ich habe keine Zeit mehr für weitere Treffen. Die Geschäfte meines alten Herren beanspruchen mich voll. Solange du Lust hast, wohne in diesem Haus, wenn du weiterziehst, kein Problem, wirf den Schlüssel in den Briefkasten des Krämerladens.

„Und was sagt der Besitzer?"

„Keine Sorge. Früher hat die Organisation hier Artefakte gelagert, die Familie von nebenan bewahrte das Haus vor dem Verfall."

Draußen schwindet die Nacht. Angetrunken schiebt Markus den Teller zur Seite, derart heftig, dass die Gabel zu Boden fällt. Gebückt baumelt seine Halskette aus dem offenen Hemd.

„Was hast du da am Hals, Mark? Um Himmels willen, das gibt es nicht!" Nadja starrt auf die Münze, springt auf. „Du Mistkerl! Das warst du?"

„Das ist mein Talisman, den habe ich gekauft, kennst du die Münze?", er hält sich die Hand an die von Stichen schmerzende Schläfe.

„Mark, die gehörte Herrn Breuer, das weißt du!"

„Nadja, bitte brülle nicht, mein Schädel, es gibt Tausende von solchen Münzen!"

„Von denen ja, aber nicht mit dieser Kerbe, das ist ein Unikat!", sie wendet sich ab. „Zusammen mit dem Hochzeitsfoto der Breuers klebte sie neben dem Kartentisch und nur der Mörder hätte an diesem Abend ...", ohne sich zu verabschieden, rennt sie aus dem Zimmer, die Treppe hinunter. Bis Markus begreift, was los ist, fällt die Haustür ins Schloss. Er stolpert ihr hinterher, ein erneuter Schwindelanfall bremst sein Vorhaben auf den Stufen. Verzerrt dröhnt ein Schiffsmotor an seinen Ohren.

Zurück im Zimmer schwankt Markus, hält sich am Tisch fest und beschließt, sofort zu verschwinden. Ohne das Geschirr abzuräumen, verlässt er das Haus. Der Ordnung halber steckt er den Schlüssel in den Briefschlitz der Ladentür und taumelt davon.

Er ist außer Atem, sieht den Weg verschwommen. Nicht drei Flaschen, drei Gläser habe ich getrunken, warum ist mir übel – was sind das für Weine, Nadja?

Markus fällt in einen Busch, rappelt sich auf, schleppt seinen Körper zum Schlauchboot. Es kostet ihn unendlich Kraft, sich über die Landbefestigung zu seinem schwimmenden Nest zu hangeln. Millionen von Ameisen wühlen in seinen

Adern und wieder dieses Chaos in seiner Kabine. Egal, bäuchlings fällt er in die Koje. Mit geschlossenen Augen zeigt sein Kopfkino wirre, chaotische Bilder:

Erneut bemerkt er ein zartes Stechen. Es sind Hunderte Stacheln schwarzer Seeigel. Wieder schaut er in die Augen von Nico, der mit langsamen Bewegungen unter dem Rumpf zum Bug schwimmt und ihn mit seinen Armen umfasst. Markus bemerkt, wie er ihn hebt und wieder fallen lässt, wie dabei das Wasser ohrenbetäubend gegen den Bootsrumpf schlägt.

DIE GROTTE

Sein Körper rollt, der Kopf hebt sich, fällt zurück ins Kissen, heftig stampft der Bug in den Wellen. Mit Mühe kann er sich aufrichten. Beim Öffnen der Decksluke blendet ihn die Sonne, er entdeckt eine Fata Morgana, die eher in die Wüste gehört? Erst als er den Kopf weiter hinausstreckt, erkennt er die wahre Ursache. An seinem Bug hängt eine Schleppleine. Voraus ein fremdes Motorboot, dessen rasante Fahrt seinen Bug wie ein ausgelassener Delfin mit jeder Welle aus dem Wasser springen lässt.

„Verdammt, stopp, stopp!", brüllt er in den Fahrtwind und stößt sich den Kopf am Lukenfenster. Was haben die vor, fragt er sich, denn das Boot steuert direkt auf eine schmale, turmhohe Öffnung in einer Felswand zu.

Kurz davor hört das Stampfen auf und das Boot zieht ihn achtsam durch einen zehn Meter breiten Spalt. Markus starrt hinauf zur Mastspitze, an der die Felsen vorbeiziehen, ohne ihn zu berühren. Hinter ihm bleibt das Sonnenlicht zurück, vor ihm öffnet sich ein See, umgeben von hohen, steilen Felswänden. Markus sieht den steinigen Grund – hektisch dreht er an der Kurbel des Hubkiels. Obwohl es bisher geklemmt hat, ist es einen Versuch wert, den Grundberührungen zu entgehen. Er dreht, wundert sich, dreht weiter, holt den Kiel ein bis zu seinem Endpunkt.

Das Motorengeräusch verstummt, das Boot stoppt. Typisch für diese Gegend sind die Höhlen, deren eingestürztes Felsdach den Blick zum Himmel freigibt. Untypisch sind dagegen diese Schmuggler in ihren gelben Gummilatzhosen? Einer springt vom Motorboot ins Wasser. Watet ans Ufer, wo ein Zwei-Meter-Koloss auf ihn wartet, der mit seinem Lack verschmierten Äußeren an einen Werftarbeiter erinnert. Ohne Eile befestigen sie die beiden Boote, mit den Bugleinen an einem Felsbrocken.

Ist es an der Zeit, mich ernsthaft um mein Leben zu sorgen? Sind sich diese Piraten sicher, hier ist niemand an Bord? Ihr Lachen hallt von den Wänden wider, verstärkt ihre Albernheiten, deren Worte nicht griechisch klingen. Solange das Wasser zwischen uns ist, wehre ich mich. Markus schnappt sich das Segelmesser, kriecht in die Plicht, robbt auf dem Bauch über Deck, um die

Schleppleine zu kappen.

Die Gestalten am Land verstummen, dann rufen sie in gebrochenem Deutsch:

„Stopp! Messer über Bord, sofort Messer über Bord – keine Panik, Polizei – wir sind Polizei – Ihnen passiert nichts!" Ihre Arme strecken sich in die Höhe, mit Ausweisen, die auf die Entfernung nicht zu erkennen sind, dafür eine Waffe in der Hand dieser fleckigen Gummilatzhose.

Für Markus wäre eine Flucht mit dem Elektromotor ohnehin aussichtslos, er wirft das Messer hinter sich, bleibt auf dem Bauch liegen. Sein Kopf dreht sich zur Seite und beobachtet, wie ein anderes Motorboot in die Höhle einläuft. Nachdem dessen Leinen ausgeworfen sind, steigt eine Dame von Bord. Sie sieht aus wie die Sekretärin der Polizeistation von Susak. Jetzt hangelt sich einer der Kidnapper mit dem Schlauchboot an der Leine zu seiner Jacht. Er ruft:

„Signore Sontheim, bitte kommen, die Kommissarin hat Fragen!"

Erstaunt, seinen Namen zu hören, gehorcht er.

„Ihr Kiel, hier nicht tief genug, kommen Sie, kommen Sie!"

Markus steigt ins Boot, hilft mit, es ans Ufer zu ziehen, wo Klappstühle bereitstehen.

„Guten Tag, Herr Sontheim, mein Name ist Kommissarin Orselli, Sie erinnern sich, bitte nehmen Sie Platz."

Sein Stuhl rutscht zur Seite auf dem losen Kiesboden. Ihm gegenüber setzt sich Kommissarin Orselli. Lächelnd fragt sie nach seiner Einschätzung der Lage.

Sontheim versucht zu begreifen, wovon sie spricht.

„Für mich ist es ein Rätsel, warum diese Entführung und dann durch Polizeibeamten?"

Ich erzähle Ihnen jetzt von unserem Fall Sontheim, ich war bei Ihrem Verhör auf Susak dabei: zweifacher Mord, Diebstahl eines staatseigenen Kunstschatzes.

Seine Aufregung lässt nach.

Unsere Ermittlungen laufen in Europa und Übersee. Die Carabinieri der italienischen TPA, einer Einheit zum Schutz des künstlerischen Erbes, beobachten seit zwei Jahren eine Gruppe von Schmugglern. Nach dem Tod der Eheleute Breuer wächst der Druck – man wartet auf Ergebnisse. Jetzt tauchen Sie aus dem Nichts auf, Ihre Person passt nicht in das bisherige Schema. Keine Vorstrafen, Sie sind in der Szene unbekannt. Die Spurensicherung findet am Tatort Ihre Fingerabdrücke auf dem Deckel des Trinkwassertanks. Zeugen hatten in der Nacht ein Fräulein beobachtet, das vom Kai direkt auf ihre Segeljacht stieg. Inzwischen wissen wir, dass sie Nadja heißt. Sie haben mit ihr den Hafen verlassen. Auf Susak haben Sie uns manches verschwiegen, ich rate Ihnen zu einer ausführlichen Aussage. Die Kommissarin streicht sich die Haare aus dem Gesicht und lehnt sich zurück.

„Ihre Vermutungen, Kommissarin Orselli, sie liegen falsch", behauptet er. „Ich habe die Personen erst an diesem Abend bei meiner Ankunft kennengelernt, das habe ich auf Susak zu Protokoll gegeben", er zerrt am Stuhl. „Herr Breuer hat den Kontakt zu mir gesucht, nicht ich zu ihm."

„Was hat Sie dann an den Wassertank verschlagen, wenn nicht das Gift?"

Sontheim rückt erneut seinen Stuhl im Kies zurecht. „Der Verschlussdeckel lag an Deck neben der Einfüllöffnung, jemand hatte vergessen, ihn nach dem Befüllen wieder zu schließen." Er streift seine Hose glatt. „Diese Unachtsamkeit ist mir passiert, es war schwierig, die Verunreinigung im Tank zu beseitigen – eine aufmerksame Geste von mir, mehr nicht".

„Woher stammt die Münze an ihrer Halskette,

wenn nicht von den Breuers?" Sie deutete auf den Ausschnitt seines Hemdes. „Und das viele Geld, wo ist das abgeblieben?"

Er erzählt von dem Kauf der Münze von einem gewissen Nico, einem Museumswärter aus Vela Luka. Markus versichert, dass er niemals das Innere dieser Jacht betreten habe, obwohl eine Geldspritze hilfreich wäre. Er entdeckte in der besagten Nacht diesen Nico auf der Jacht des Ehepaars. Sontheim beobachtet, wie ihre Kollegen seine Segeljacht durchsuchen und sagt: „Fragen Sie bitte diesen Nico."

„Erklären Sie mir bitte, Herr Sontheim, warum diese Nadja mit Ihnen den Hafen verlassen hat, obwohl Sie behaupten, sie vorher nicht gekannt zu haben".

„Nadja hat mich gebeten, sie mitzunehmen, weil sie ständig von ihrem Chef belästigt wurde, und ich war damit einverstanden, offen gestanden gefiel sie mir."

Die Kommissarin steht auf, entfernt sich, zündet sich eine Zigarette an, beobachtet, wie einer der Kollegen ans Ufer zurückrudert, die anderen folgen an der Leine. Nach zwei kräftigen Zügen reibt sie die Kippe an einem Stein aus und steckt den Rest in ein Etui. Der Erste, der das

Land betritt, übergibt ihr ein Buch. Zurück auf ihrem Klappstuhl blättert sie darin mit wachem Gesichtsausdruck. Geldscheine fallen aus den Seiten. „Das sieht belastend aus, für Sie, Herr Sontheim!"

„Dafür habe ich keine Erklärung, Kommissarin, das gehört mir nicht!"

Sie blättert in ihren Notizen und liest Punkt für Punkt vor: Durch Ihre Ahnungslosigkeit, wenn sie stimmt, sind Sie Opfer einer Verkettung von Zufällen. Sie haben sich mehrmals mit dieser Nadja getroffen, mit diesem Nico, und sie haben sich im Haus dieser Organisation aufgehalten.

Markus kommt ins Grübeln: Woher hat diese Kommissarin ihre Informationen?

Ein weiterer Punkt: In ihrer Kajüte haben wir ein Buch entdeckt, das zufällig von Herrn Breuer stammt. Darin eine Nachricht an Sie Herr Sontheim: Danke für Ihren Kunst-Transport. Zwischen den Blättern fanden wir fünf Hunderter.

Im Anschluss sagt sie langsam und deutlich: „Das ist ein Grund, Sie sofort festzunehmen."

„Dieses Buch kenne ich nicht und habe es nie in der Hand gehalten", er springt auf. „Verdammt, was beabsichtigen Sie mir anzuhängen!"

„Beruhigen Sie sich, Herr Sontheim!" Sie klappt

ihre Notizen wieder zu und liest übertrieben deutlich den Titel des Buches: „Die Techniken der modernen Archäologie von J. Breuer", sie schiebt ihr Gesicht vor das seine.

Mit weit aufgerissenen Augen sagt er: „Nein, ich schwöre, ein solches Buch kenne ich nicht!", er senkt den Kopf und redet vor sich hin. Sicherlich war es die Neugier, die mich zu Nadja getrieben hatte, um mehr über sie zu erfahren, in der Hoffnung, dass wir uns näher kommen. Mein Gott, dieses Fräulein fasziniert mich, das ist alles! Dieser Nico ist mir begegnet, rein zufällig im Museum. Ich bin nicht schuld an dem Chaos.

„Wie intim waren oder sind Sie mit dieser Nadja?", mit dieser Frage verunsichert sie ihn.

„Wir kamen uns kurz … Nadja weigerte sich, sie behauptete, ihr Weg sei nicht meiner." Röte steigt ihm ins Gesicht. „Warum führen Sie dieses Verhör nicht auf der Polizeistation? An Land wäre eine Verhaftung unkomplizierter."

„Herr Sontheim, das hilft uns nicht weiter, weil Sie jemand beobachtet. Warum wissen wir nicht, unser Vorschlag: Arbeiten Sie mit uns zusammen! Helfen Sie uns, wir schützen Sie." Sie blättert in ihren Unterlagen, zieht einen Zeitungsartikel heraus. „Ihr Kontakt zu dieser Nadja hilft uns, an

Informationen zu gelangen, und es wäre ein Weg, ihre Hinterleute aufzuspüren. Ich vermute, es gibt eine Verbindung zu dem Hehler, der vor einigen Wochen in Rom verhaftet wurde. Sprechen Sie mit Nadja darüber – sagen Sie uns, was sie weiß." Sie reicht ihm einen Zeitungsausschnitt: „Lesen Sie bitte diesen Artikel!"

9000 Antiquitäten gestohlen. 74-jähriger Rentner in Rom festgenommen. Bei einer Fahrzeugkontrolle fand die Polizei drei Säcke voller Diebesgut. Bei der Durchsuchung seiner Wohnung stellte die italienische Polizei historische Artefakte aus der Zeit der Etrusker und Römer sicher. Neben einem Restaurationslabor entdeckten die Beamten Unmengen an Schmuck, Terrakotta-Vasen, Amphoren, Masken, Ton- und Bronzestatuen. Eine gepackte Ausrüstung lag für weitere Raubzüge bereit. Der Rentner gab zu, Gegenstände auf dem Flohmarkt an der Porta Portese in Rom angeboten zu haben. Woher sie stammten, verschwieg er.

Die italienische Polizei verschärft ihr Vorgehen gegen die jahrzehntelang nahezu unbestraften Plünderungen archäologischer Grabungsstätten. In Rom läuft derzeit ein Prozess gegen einen ehemaligen Kurator eines Museums in Los Angeles.

Es wird vermutet, dass er gezielt in Italien gestohlene Antiquitäten aufgekauft habe, um sie ins Ausland zu exportieren.

„An diesen Artikel erinnere ich mich, die Anzahl der Objekte erschien mir übertrieben und sah darin einen Druckfehler." Markus steckt das gefaltete Blatt in seine Gesäßtasche.

Eines beachten Sie bitte, Herr Sontheim: „Erzählen Sie bitte dieser Nadja nichts von unserem Treffen." Sie steckt ihre Unterlagen in eine Aktentasche. „Wenn die Organisation davon erfährt, sind Sie tot."

„Wenn ich das höre", seufzt er.

„Was meinen Sie damit?"

„Das mit dem Tod sein – davor hat Nadja mich mehrmals gewarnt."

Frau Orselli notiert die Bemerkung und erwähnt, wie der Ablauf nach dem Treffen zu sein hat. Wenn wir abfahren, wünschen wir, dass Sie hierbleiben. Erst in einer halben Stunde fahren Sie nach Nidri. Dort halten Sie die Augen für uns offen. Versuchen Sie weiterhin, mit Ihrer Nadja normal umzugehen. Sobald die Zeit reif ist, finden wir eine Möglichkeit, mit Ihnen Kontakt aufzunehmen. Sie informieren uns auch von dem, was unwichtig erscheint, denn es ist für uns von immenser Bedeutung.

„Warum verlangt ihr das von mir, ich habe mit der ganzen Sache nichts am Hut."

„Sie stecken tief drin, Herr Sontheim, Sie gehören zu den Verdächtigen." Beide stehen auf, denn ihre Begleiter sind am Aufräumen. „Den Bonus, die Gnade des Richters, erhalten Sie, wenn Sie kooperieren."

Hier ein kurzer Abriss. Die Person, die Ihnen diese Münze verkauft hat, wurde in einem Motorboot Kiel oben gefunden, der vor der Küste von Meganissi trieb. Die Leiche war in den Leinen verfangen. An diesem Tag gab es weder Sturm noch hohe Wellen. Es hätte einen Tsunami gebraucht, um Nicos wuchtig gebaute Motorjacht auf den Kopf zu stellen. Und dann sein Körper, der meisterhaft von Leinen umwickelt dalag. Die Autopsie ergab, dass er kein Wasser in den Lungen hatte, er war nicht ertrunken, sondern man hat ihn vorher getötet. Sein Körper war verstrahlt, wie bei diesem Breuer, warum wissen wir nicht. Bei dem Toten lagen viele Fotos in einer Mappe, um uns auf eine falsche Spur zu bringen. Ein Foto zeigt den Kartentisch vom Tatort, dort ist ihre Münze zu erkennen, Herr Sontheim. Deutlich zu sehen, der keilförmige Riss. Den Verkauf wird dieser Niko leider nicht bestätigen.

Er fragt sich, ob man ihm seine innere Panik ansieht, denn er erinnert sich an den weißen Fleck vor der Küste.

Die Augen der Beamten richten sich auf Sontheims Entscheidung. Der steht in Gedanken versunken da, bis er mit leiser Stimme sagt:

„Okay, ich habe keine andere Wahl, Kommissarin Orselli."

„Herr Sontheim, das ist ein vernünftiger Entschluss, ab sofort stehen Sie unter unserem Schutz." Kommissarin Orselli kommt mit einer Visitenkarte in der Hand auf ihn zu, mit einer Adresse auf der Rückseite von Nadjas Stammlokal. Bevor Frau Orselli in ihr Boot steigt, bleibt sie am Wasser stehen und dreht sich zu ihm um. „Heute in den frühen Morgenstunden Ihr Schwächeanfall", sagt sie mit einem Lächeln und erzählt von einer Hausdurchsuchung in Vathy von Spurensuchern, die ein Fläschchen mit Resten einer Droge fanden. Es war die Substanz wie in der Rotweinflasche. Absichtlich hat man den Trinker außer Gefecht gesetzt. Eine Person verschwand mit diesem Buch in der Hand in ihrer Kajüte. Ein weiterer Zug in einem schwer durchschaubaren

Spiel, in dem es keine Sicherheit gibt. Sie winkt ihm zu und sagt: „Signore Sontheim, passen Sie auf sich auf, bis bald."

Markus wendet sich ab und watet durchs Wasser zu seiner Jacht. Am liebsten hätte er geschrien. Widerwillig folgt er den Anweisungen beim Anblick der Motorboote, wie sie die Höhlenidylle verlassen. Ihre Motoren klingen wie dissonante Orgeltöne, die all die brütenden Vögel in ihren Nestern schrecken. Markus wartet an Deck, hebt seine Augen auf die himmelwärts gerichtete Öffnung, auf die üppig wuchernden Pflanzen, die wie ein Vorhang den Fels bedecken. Dazwischen tropft es aus den Moosnestern einer Dusche gleich, im wechselnden Schattenspiel der einfallenden Sonne.

Markus erinnert sich an seine verrückte Lucy, an die roten Zotteln, an den rauchigen Geschmack ihres Whiskys. Genug geträumt, E-Motor an und ab nach Nidri.

NIDRI

Vor ihm liegt eine weite Bucht – am Kai festmachen oder lieber den Anker fallen lassen? Sein
Fernglas streift die Silhouette des Ortes Nidri, er
entdeckt die Touristen, die auf der Uferpromenade
flanieren und welche, die in den Cafés und
Restaurants sitzen. Markus Sontheim entscheidet
sich für die Bucht, legt sich an das gegenüber-
liegende Ufer inmitten der Segelboote, die dort vor
Anker liegen. Er genießt die Ruhe, fernab vom
Trubel, wie den Wellenschlag der Linienschiffe
neben all den Charterbooten.

Mit dem Schlauchboot setzt Markus über,
direkt an einen Holzsteg neben dem Badestrand
mit all seinen Kindern, den wohlgeformten Bade-
nixen. Aus den Restaurants duftet es nach
Gegrilltem, Cafébars werben mit flatternden
Sonnenschirmen und Plakaten, mit bunt dekorierten Eisbechern. Markus ist auf der Suche nach
Nadjas Stammlokal. Dort angekommen, setzt er
sich unter einen Schirm in einen der Korbstühle.

„Einen Frappé bitte", ruft er der Kellnerin zu und zählt an einer Hand die Gäste ab, die ihm Gesellschaft leisten. Der Discjockey verabschiedet, wie in Griechenland üblich, die Sonnenglut mit klassischer Musik aus den Lautsprechern. Damit lockt er von der Strandpromenade die Nachtschwärmer an. Das Lokal füllt sich mit braun gebrannten Damen und Herren, die zur „Happy Hour" ihre Kehlen mit kostengünstigen Cocktails benetzen.

Markus wechselt seinen Platz an die Brüstung der Terrasse, beobachtet das Treiben auf der Uferpromenade. Eine scherzende Kellnerin überredet ihn zu einem Afterbirth-Cocktail, eine Mischung aus Lemonade, Bourbon Whiskey und Tequila mit zerstoßenem Eis. Der erste Schluck ist erfrischend, der zweite verlangt nach mehr. Nach dem dritten Glas sieht er hinaus auf die Bucht, die im Nebel seiner Wahrnehmung versinkt. Er setzt zum letzten Schluck an, als ihn jemand an der Schulter berührt.

„Oh mein Gott, Nadja!", stolpert es über seine vom Alkohol tauben Lippen.

Sie lacht mit ihren weißen Zähnen im Schwarzlicht der Scheinwerfer und schreit gegen die Musik an: „Ich hätte gewettet, du bleibst auf Meganissi, gönnst dir ein paar entspannte Tage?"

Nadja, was denkst du: „Ich fühle mich nicht wie ein tatteriger Kreis und diese Insel hier bietet, wie ich sehe, mehr Unterhaltung." Er zieht am Strohhalm. „Warum bist du von mir weggelaufen, hältst du mich für einen Mörder?"

„Mark, ich treffe mich heute mit Kollegen, wir reden morgen Nachmittag darüber", ihre Stimme krächzt gegen die von Bässen dominierte Musik, „15 Uhr – okay, bei einem Kaffee, okay, da ist es leiser."

„Bis morgen!" Brüllt er zurück. Nadja dreht sich zu einer Gruppe Herren, die ihr auffordernd zuprosten. Entweder war ihr Rock zu eng oder ihr Hintern zu drall, er findet es hinreißend, sie anzuschauen. Ich habe hier nichts mehr verloren, sagt er sich und taumelt in die Dunkelheit.

Markus schaut sich um, ob ihm jemand bei seinem tölpelhaften Einsteigen ins Schlauchboot zusieht. Beim ersten Versuch landet er im Wasser, der zweite lässt ihn straucheln und beim dritten hat er es geschafft. Nicht das allein war ein Problem, sein chaotisches Rudern bringt ihn auf Umwegen zu seiner Segeljacht zurück.

Am nächsten Morgen schwappt ein ohrenbetäubender Lärm in die Koje. Der Alkohol vom Vorabend hat Spuren hinterlassen, die er versucht, mit kühlem Wasser aus seinem Gesicht zu wischen. Durch die Reling sieht er die Jetboote, die ungestüm vorbei jagen. Romantisierend hatte er sich den Ankerplatz vorgestellt, extrem lebhaft zeigte sich die Realität. Unter Deck befreit Markus den Tisch von allerlei Gerümpel, schafft Platz für das Frühstück, entdeckt den Brief an Lucy.

„Wenn du wüsstest, dass ich dich vergessen habe", sagt er mit leiser Stimme. „Heute rufe ich dich an, versprochen."

Frühstück an Bord mit Blick durch den Niedergang auf die Nachbarboote, den Küstenort, die frische Seeluft. Markus spült das Geschirr, beschließt, vor der Mittagshitze überzusetzen.

Am Hafenkai führt ihn sein erster Weg direkt zu einem Telefon in einer Plastikmuschel an der Häuserwand neben einem Souvenirladen. Lucys unbekümmerte Art lässt ihn in eine andere Welt gleiten. Ausgelassen sagt sie: „Mein lieber Markus, sobald der letzte Pinselstrich getrocknet ist, komme ich dich besuchen!"

Erschrocken antwortet er: „Du beabsichtigst hierherzukommen?" Er sucht nach Worten – nicht, solange ich in diesem Schlamassel gefangen bin. Markus versucht es mit Ausreden, damit sie von dem Wunsch ablässt. „In zwei Tagen reise ich ohnehin wieder weiter!" Ihre Hartnäckigkeit nervt, er sagt: „Glaube mir, hier ist es zu heftig, oje mein Geld, tschau meine Liebe, das Kleingeld …", Markus unterbricht die Verbindung mit seinem Finger.

Es war nicht alles gelogen, hier herrscht Trubel, obendrein hat der Ort kein Museum und die Cafés sind übervoll. Vom Telefon führt ein Weg zwischen parkenden Autos zurück zur Uferpromenade. Neben den Segeljachten fällt ihm eine einlaufende Motorjacht auf, die mit dem Heck an der Mole anlegt. Die technischen Aufbauten, die Matrosen in ihren weißen Uniformen, die mondänen Klubsessel auf dem Achterdeck stehen für Wohlstand. Eine illustre Gruppe mit Sektgläsern prostet sich zu und verabschiedet lautstark eine Dame. Ein Bootsmann lässt die Gangway herunter.

„Erstaunlich, in welchen Kreisen die anfangs verschüchtert wirkende Nadja sich heute herumtreibt", murmelt Markus hinter einem Auto, das ihm beim Beobachten Schutz bietet. Inmitten der schaulustigen Touristen genießt sie ihren Abgang über die schwankende Gangway.

Markus schlendert weiter, vorbei an den Souvenirläden, zum Treffpunkt. Nadja dagegen eilt die Hauptstraße hinauf, bis ans südliche Ende des Ortes. Ihr Ziel ist ein Resort mit Gästehäusern inmitten eines Parks.

„Hallo David", ruft sie über den Flur, „wo steckst du? Ich habe es eilig."

„Guten Tag, meine Kleine, komm in die Küche."

Empfangen vom Duft frisch gebrühten Kaffees probiert sie einen Schluck aus der Tasse und erzählt von den Russen, der Cocktailbar. Bei ihrer Rückkehr hatte David bereits geschlafen, und sie wollte ihn nicht wecken. Heute Abend trifft sie sich in Vathy mit einem Kunden, um Objekte zu verkaufen. Das Geld bringt er bar mit, und der Deal ist abgeschlossen.

Er warnt sie aufzupassen, dass man sie nicht übers Ohr haut, da es sich um eine Menge Geld handelt. Besser wäre es, wenn er mitkäme, wäre da nicht das Rheuma …

Sie beruhigt ihn, erzählt, dass sie sich wieder im Laden treffen. Der Grieche passt auf, der hat genügend Erfahrung und seine Gattin eine Kalaschnikow. Außerdem schickt sie Grüße und ein Glas Oliven, das Nadja auf den Küchentisch stellt.

Dann fragt sie, ob er etwas dagegen hat, wenn sie heute Abend mit seinem Boot hinüberfährt. Vorher müsse sie Mark loswerden. Er sei einer von den hartnäckigen Burschen. Sie verschwindet in ihrem Zimmer, um sich umzuziehen.

„Komm nicht zu spät, hörst du?", ruft er ihr nach.

Zurück in der Küche gibt sie ihm einen Kuss auf die Stirn. „Keine Sorge, Väterchen, heute Abend dauert das Geschäft nur kurz, alles ist ausgehandelt."

„Nadja, das Geld bleibt beim Griechen", sagt er bestimmend. „Der kümmert sich darum und die Einzahlung auf das Konto, wie sonst auch über den Laden."

„Entschuldige, Väterchen, die Zeit ist knapp, Mark wartet."

DIE EXPLOSION

Auf der Terrasse der Café-Bar fehlen die Gäste unter den im Wind flatternden Sonnenschirmen. Dafür tummeln sich wie jeden Tag umso mehr Urlauber am Strand. Jetboote mit ihren Wasserfontänen, dazwischen Wasserskifahrer, die ihre Wendigkeit zur Schau stellen. In all dem Durcheinander der Vergnügungen kreuzt Sontheims Blickfeld ein Motorboot mit rasanter Fahrt. Den Badegästen belustigt die Heckwelle, die der Bolide hinterlässt. Unweit davon eine gekenterte Jolle, die versucht, sich mithilfe des Seglers wieder aufzurichten. Es sieht nach einer anstrengenden Aktion aus, wegen des unberechenbaren Windes, der heute in dieser Bucht herrscht.

„Was treibst du denn hier?", schreit es Markus von hinten an. Nadja unterbricht seine Beobachtungen. „Du gehst mir auf die Nerven!" Ihre Tasche knallt neben dem Stuhl auf den Boden. Stiehlst mir meine Zeit und du weckst in mir Schuldgefühle, obwohl ich das nicht nötig habe! Jeden Tag, jede Stunde, verändert sich mein Leben. Ich schmeiße

Termine um, deinetwegen. Sie schimpft weiter, lässt ihn nicht zu Wort kommen. Keiner nimmt Rücksicht auf meine Probleme, es interessiert nicht, wenn ich die Gefahr im Nacken spüre. Scharf und mit Blick in seine Augen sagt sie: „Verpiss dich, geh zurück nach Deutschland und lass mich in Ruhe!"

„Du hast recht", Markus dreht sich zum Strand hin. „Vergiss nicht, du hast mich gebeten, nach Meganissi zu kommen, aus welchem Grund, keine Ahnung."

Nadja gibt sich friedvoller. „Zwischen Fažana und heute liegt eine Menge Zeit, das ändert alles", sie bringt ihr vom Wind zerzaustes Haar wieder in Form. „Mit deiner sogenannten Unschuld täuschst du mich nicht, sag mir lieber, welche Rolle du in diesem Intrigenspiel einnimmst!", sie greift nach seinem Kaffeelöffel, klopft damit vor seiner Nase auf den Tisch. „Mit einem der engsten Vertrauten der Breuers hast du Kontakt, du trägst diesen Anhänger, keine Ahnung, was dahintersteckt?"

„Nadja, denk daran, ich töte niemanden, habe euch alle vorher nie gesehen", er zeigt mit seinem Finger auf sie. „Bleib bitte fair, Nadja, im Moment bist du in einer gefährlichen Position, das macht mir Sorgen." Markus wirft einen Zuckerwürfel in die

Tasse. „Meinst du, ein Fräulein hat bei solchen Geschäften ein Recht auf Rücksichtnahme? Du verurteilst die Breuer für ihre Transaktionen, praktizierst aber nichts anderes, das verstehe ich nicht!"

„Was weißt du, Mark!", sie steckt den Löffel in seine Tasse, der den Kaffee auf die Untertasse schwappen lässt. „Was interessieren dich meine Aktionen, mir zu helfen, war damals deine eigene Entscheidung und dafür dankte ich dir." Sie dreht sich zur Seite, „du verschwindest besser, sofort."

Sie droht mit dem Finger, ihre ausladenden Bewegungen stoßen eine Werbeflasche Rezina-Wein vom Tisch, die jetzt in Scherben auf dem Steinboden liegt. Ein Kellner eilt herbei, Nadja ignoriert den Schaden. Sie konzentriert sich auf ihr schrill klingelndes Handy, das in einer Plastiktüte steckt. Es dauert eine Weile, die Tüte zu öffnen. Der Kellner nimmt die Sauerei mit erhobenen Armen zur Kenntnis und sammelt brummend die größten Scherben ein.

Am Telefon verschwindet ihre Zornesröte, sie erblasst. Mit einem Ruck springt sie auf.

„Ich bezahle sofort. Verdammt, diese Russen – mein Mond – Vathy ruft." Sie schiebt dem Kellner einen Schein zu und stürmt aus dem Lokal.

„Warte, Nadja, ich komme mit, du benötigst meine Hilfe …", Markus folgt ihr, holt sie mit Mühe ein, weil ihm bei ihrem Tempo die Puste ausgeht.

„Zum Hafen", ruft sie ihm zu.

Er antwortet: „Andere Seite."

„Nein", brüllt sie zurück. „Hier lang." Sie rennt die Einkaufsstraße entlang, vorbei an Souvenirläden, parkenden Autos, Obstständen, schubst verdutzte Passanten beiseite. Wie der Blitz verlässt sie den Bürgersteig und rennt zwischen den Häusern hindurch, hinunter zum Kai.

Hastig löst Nadja die Leinen von Davids Motorboot, drückt den Startknopf neben dem Steuerrad. Ohne darauf zu achten, ob Mark an Bord ist, schiebt sie die beiden Gashebel bis zum Anschlag nach vorn. Die Motoren heulen auf, der Bug hebt sich aus den Wellen, drückt die Körper in die Sitze. Geschickt kurvt sie zwischen den einlaufenden Seglern aus der Bucht hinaus, Richtung Meganissi. Markus' Hände klammern sich krampfhaft an die Haltegriffe, seine Lunge pumpt, wie bei einem Sprinter, auf der Zielgeraden. Bei jeder Welle sackt der weiße Ledersitz für den Bruchteil einer Sekunde unter seinem Hintern weg, um sofort wieder mit voller Wucht zurückzuschnellen.

Nadjas Erklärungen stiehlt der Wind von ihren Lippen. Zwischen den Schlägen des Rumpfes hört man Wortfetzen wie „russische Bastarde – Betrüger". Mit der Einfahrt in den Hafen von Vathy verlangsamt sich das Boot. Der Lärm verstummt, das Kühlwasser des Motors blubbert. Auf der Suche nach einer Anlegestelle beobachtet Markus die Fischer, die ihre Netze flicken. Am Kai wartet das Kafenion auf seine Gäste, nebenan am Anleger eine Fähre auf ihre Passagiere.

Mitten in dieser Idylle platzt mit einem Knall die Windschutzscheibe von Nadjas Boot, gefolgt von einem dumpfen Knall am Heck. Plastiksplitter fliegen durch die Luft. Markus springt auf, dreht sich zum Heck, wo dicker schwarzer Rauch aus den Lüftungsschlitzen des Motorraums aufsteigt.

„Scheiße, das sieht nicht …", Nadja packt ihn am Hemd, lässt wieder los, denn eine gewaltige Explosion, gefolgt von einer heißen Druckwelle, schleudert beide über Bord. Mark versinkt regungslos im Hafenbecken. Unter Wasser, die Augen weit aufgerissen, schimmert das Feuer wie eine wabernde Goldschmelze. Er erspürt die Hitze, sieht, wie Teile des Bootes an ihm vorbei in die Tiefe sinken. Langsam, ohne Widerstand, schließen sich seine Augen.

NADJAS BRIEF

Der gewaltig aufsteigende Feuerball schiebt eine tiefschwarze Wolke vor sich her. Menschen werden aus ihrem Alltag gerissen, erstarren in ihren Bewegungen. Sportboote neben einem Fischkutter begeben sich mitten ins Hafenbecken zwischen die brennenden Wrackteile. Fischer springen ins kühle Wasser, tauchen unter. Über den Wellen liegt die Stille des Grauens, schwebt der Geruch von verbranntem Plastik. Inmitten der Luftblasen erscheint einer der Abgetauchten, dann ein zweiter, dazwischen ein schlaffer Körper. Gemeinsam hieven sie den Ertrunkenen an Bord. Er liegt zwischen den Netzen, die Bewegungen seiner Arme pumpen das geschluckte Hafenwasser aus seinem Mund, aus seiner Nase, aus seiner Lunge. Eine Atemmaske spendet Luft, bis sein Lebenswille röchelnd die letzte Flüssigkeit mit einem Flackern in den Augen aus seiner Luftröhre presst.

Mit aufheulendem Motor wird er an Land in einen Krankenwagen gebracht. Dort stellen die

Einsatzkräfte Anzeichen von Leben fest.

Als hätte sie es erahnt, Nadja ist kurz vor der Explosion über Bord gesprungen. Ihre Freunde aus dem Lebensmittelladen, aufgeschreckt durch den Knall, eilen nach draußen. Erkennen die Gefahr, helfen ihr aus dem Wasser, begleiten ihr Straucheln bis in den Laden, um sie dort notdürftig zu versorgen. Trotz der Verletzung am Oberarm drängt Nadja in das Haus mit den blauen Fensterläden, hinter denen sich die Mondsichel versteckt hält. Sie rechnet mit dem Schlimmsten, findet zum Glück das Schloss des Kellerraums und den Tresor unversehrt vor. Nadja entnimmt den Alu-Koffer und überprüft dessen kostbaren Inhalt. Flink trägt sie ihn in das Zimmer im ersten Stock, wo sie sich einschließt. Zur Sicherheit klemmt ein Stuhl unter der Türklinke, der Koffer bleibt in ihren Armen. Hinter verschlossenen Fensterläden kommen ihr vor Anspannung die Tränen. Der Lärm des Hafens durchbricht ihre Trauer um Mark, den sie für tot hält. Durch einen Spalt im Holz des Fensterladens sieht sie das Treiben am Kai. Nadja sucht nach dem Motorboot, findet einen Ölfleck, der auf dem Wasser treibt.

Erschöpft vor Schmerzen sinkt ihr Körper auf das Bett. Mark ist ertrunken und sie fragt sich, welche Logik hinter diesem feigen Anschlag steckt, denn niemand außer David, dem Ehepaar und ihr kennt das Versteck. Es zu suchen, wäre eine aufwendige Aktion. Spätestens beim Knacken der oberen Kellertür hätte der Alarm das Paar im Krämerladen mit seinen Kalaschnikows geweckt. Nadjas Schmerzen sind schwer zu ertragen, ebenso ihre Angst vor einem erneuten Angriff dieser Bastarde. Aus ihrer Hosentasche zieht sie die Plastiktüte mit dem Handy. Der Versuch, David eine SMS zu schicken, scheitert, obwohl alles trocken aussieht. Sie wiederholt es mehrmals, bis er ihre Nachricht bestätigt!

Draußen vor den Fensterläden beruhigt sich das Szenario, geblieben sind ein paar Spurensucher der Polizei und ein Trupp der Feuerwehr, der das Öl absaugt. Nadja legt sich aufs Bett. Sie hat nicht damit gerechnet, dass die Kunden derart reagieren. Sie schaut auf die Uhr ihres Smartphones.

David Gutmann spaziert, bewusst langsam, auf seinen Stock gestützt, den Kai entlang, direkt auf das Haus mit den blauen Fensterläden zu. Nachdem er das Zimmer betreten hat, benötigt er einen Moment, um Luft zu holen.

„Nadja, was ist denn hier los?", er quasselt vor

sich hin, dass diese Kundschaft gefährlich und beängstigend sei. Überall diese Polizisten, zum Glück hat man ihn nicht auf dem Weg angesprochen. Er entschuldigt sich, da er lange gebraucht habe, erst der Bootsverleih, die Überfahrt und jetzt liegt das Boot draußen am Ende der Bucht. David tritt an ihr Bett, betrachtet den Verband, durch den Blut sickert:

„Zuerst benötigen wir einen Arzt!"

„Nein, nicht nötig, ist ein Streifschuss!"

„Nadja, das lassen wir den Arzt entscheiden."

„Was sagen wir ihm? Der merkt sofort, dass die Wunde von einer Kugel stammt."

„Lass uns von hier verschwinden", antwortet David. Über einen Trampelpfad hinter den Häusern kehren sie zur Anlegestelle des Charterbootes zurück.

„Höchstwahrscheinlich wartet deine Kundschaft, bis wieder Ruhe im Hafen herrscht, um erneut zuzuschlagen." Er läuft voran. „Diese Schurken vermuten, dass du auf dem Meeresgrund liegst und die Mondsichel weiterhin im Haus deponiert ist."

„Meinst du das im Ernst, David, aber abgesoffen ist Mark, den haben sie leblos aus dem Hafen gefischt."

„Oh Gott, der Kerl war bei dir?" Der Alte steckt sich eine Zigarette in den Mund, ohne sie anzuzünden; das macht er, wenn er aufgewühlt ist. Er kaut auf dem Filter und schüttelt den Kopf: „Ein Mitwisser, hoffentlich ist er dabei umgekommen und das Problem wäre gelöst!"

„David, du versündigst dich!"

„Gefühle Nadja haben keinen Platz, verstaue lieber den Koffer im Motorraum, falls wir in eine Kontrolle geraten." Gelassen legt er den Stock neben den Steuerstand und gibt Gas.

Über einen Operationstisch in der Notaufnahme gebeugt, entfernen ein Arzt und zwei OP-Schwestern Plastiksplitter aus Brust und Bauchdecke. Die Haut ist großflächig verbrannt, der vordere Teil der Haare, die Wimpern, fehlen ebenso wie die Augenbrauen. Nach der Erstversorgung kommt Sontheim zur Beobachtung auf die Intensivstation. Er ist mit Überwachungsgeräten verkabelt, hängt an Infusionen und medizinischen Sauerstoff aus einer Flasche.

Nach Tagen der Finsternis – verschwommenes, bruchstückhaftes Sehen, begleitet von einem ständigen Rauschen in den Ohren. Markus' kurze Existenz verliert sich in wirren Fantasien, schwebend unterhalb der Decke eines langen Korridors. Er beobachtet von dort oben sein gequältes Tapsen dort unten, beeinträchtigt durch Unmengen von Seeigeln. Bekleidet mit einem zu kurzen weißen Hemd, dessen Schlitz den Rücken und das Gesäß entblößt. Nadja lehnt neben diesem Breuer wie versteinert an der Wand, sobald Markus auf eine der stacheligen Kugeln tritt, verziehen sie ihre Münder zu einem lautlosen Lachen.

Ein Stimmengewirr lenkt Markus ab. Erst blendet ihn das Deckenlicht, dann tauchen Nasen unter starrenden Augen auf. Finger berühren seine Wunden, schieben die Augenlider nach oben, zielen mit einem Lichtstrahl direkt in seine Pupille. Er zuckt zusammen.

„Die Iris reagiert – ein positives Zeichen", sagt eine sonore Stimme.

„Kein Grund zur Beunruhigung", bemerkt jemand am Ende des Bettes, „die Vitalwerte sehen erfreulich aus".

Nach der Rückgabe des Leihbootes kehrt Nadja mit David in ihr gemietetes Ferienhaus zurück. Sofort stellt sie den Alu-Koffer hinter den Kleiderschrank, im Anschluss setzen sich beide schweigend an den Küchentisch, bis sie ihn fragt:

„Und was planen wir jetzt?"

„Nadja, unter diesen Umständen, in meinem fortgeschrittenen Alter und gebrechlich, wie ich bin – dich zu beschützen, ist lächerlich!" David legt den Stock demonstrativ auf den Tisch. „Ich bin überzeugt, dass wir diese Kontakte sofort von unserer Liste streichen, denn es steht eine Menge auf dem Spiel, die leider die dunkelsten Seiten der Organisation auf die Bühne bringen." David drückt den Rest seiner Zigarette in den Aschenbecher, steckt sich sofort eine neue in den Mund, ohne sie anzuzünden.

„Ist dieses Objekt überhaupt zu verkaufen?", fragt Nadja resigniert.

„In Griechenland ist es zu gefährlich, leider ist ein langjähriger Kontaktmann in Rom aufgeflogen und wir haben unser gesamtes Lager in Trastevere verloren", David steht auf und schleppt sich, auf seinen Stock gestützt, zum Fenster: „Eines ist sicher, Geschäfte mit den Russen sind ab heute tabu."

„Okay, was fangen wir mit der Mondsichel an?"

„Ich schlage vor, wir legen unsere Aktivitäten schnellstmöglich nach Sizilien, dort warten zuverlässigere Partner mit Kontakten nach Amerika und Brasilien."

Sie lächelt: „Das ist unrealistisch, denn die Polizei, der Zoll, sie kontrollieren uns, sie wissen, wem das gesunkene Boot gehört hat."

„Du übertreibst, bei uns finden sie nichts und wenn dein Freund Mark überlebt, schicken wir die Objekte mit ihm nach Italien."

Verdutzt schaut sie David an und sagt: „Das glaube ich nicht!"

„Nadja, das ist der sicherste Weg, oder wie, denkst du, sind unsere Stücke von Kroatien über die Grenze bis nach Vassiliki gekommen?"

„Du missbrauchst ihn für den Transport?" Nadja steckt die Hände in die Haare, ihr Oberkörper sinkt in die Stuhllehne zurück.

David lacht über diese Frage, denn sie hat ihn für die Flucht benutzt, gleichzeitig haben wir ihn für unsere Geschäfte eingespannt. Nico hat das damals eingefädelt, nachdem Herr Breuer erfahren hat, dass Mark direkt nach Griechenland segelt, um dort zu überwintern. Im Verlauf der Reise beobachteten Nico und seine Crew die Segeljacht aus sicherer Entfernung. Leider hat er nicht den direkten Weg gewählt, Hauptsache, kein Zoll hat das Versteck bisher entdeckt. Fatalerweise hatte das Geld in letzter Zeit Nicos Hirn vernebelt. Aber Ersatz ist gefunden!

Nadja zweifelt und unterbricht ihn in seiner Geschichte: „Väterchen, ich stelle mir die Grausamkeit vor, die Mark erlitten hat; es gelingt uns nicht, ihn nach Syrakus zu locken."

„Wecke wieder Gefühle in ihm, indem du einen Brief schreibst, einen mit Worten der Liebe, den bringe ich ihm sofort ins Krankenhaus."

„Weißt du, in welchem Haus er liegt?", sie schnappt nach Luft, „mein bisheriges Verhalten ihm gegenüber ist kein brauchbarer Anfang für eine Liebeserklärung."

Er lächelt sie süffisant an. Es gibt hier keine Auswahl an Krankenhäusern. Einer wie Mark kommt dorthin, wo wir ihn benötigen. Vorausgesetzt, er lässt sich von deinen liebreizenden Worten erneut verzaubern. Eine zukünftige Beziehung in Aussicht gestellt … David bittet sie: „Bemühe dich um der Sache willen, es ist für alle Beteiligten essenziell!"

„Es ist mir peinlich, diesen Brief zu schreiben, aber ich mache dir den Gefallen." Am Ende senkt Nadja den Kopf, legt die Hand auf den Verband und fragt sich, ob Mark die Explosion überlebt hat. Sie schluckt eine Schmerztablette und verschwindet im Bett.

Am nächsten Morgen verliert David keine Zeit

und bestellt ein Taxi. Am Eingang der Klinik spielt er den besorgten Freund. Das Personal hat Anweisung, niemanden in Sontheims Zimmer zu lassen. David klagt über seine Gebrechlichkeit, über den weiten Weg, über sein hohes Alter, und da liegt sein bester Freund, den er besuchen wolle. Wie er die Rolle spielt, ist er überzeugend, und die Schwester packt seinen Arm und führt ihn zum Krankenbett. Nachdem sie das Zimmer wieder verlassen hat, legt er sofort das Buch mit Nadjas Brief auf den Nachttisch, verweilt eine Minute bei dem Schlafenden. Unbemerkt verschwindet er durch einen Notausgang, schleicht gebückt über den Vorplatz zum Taxistand.

In diesem Moment verlässt Kommissarin Orselli das Büro des Stationsarztes. Als sie Sontheims Zimmer betritt, benötigen ihre Augen Zeit, um sich im Dämmerlicht zurechtzufinden. Sie rückt den einzigen Stuhl an das Bett des schlafenden Patienten. Mit professioneller Neugier mustert sie neben sich das weiße Rohrgestell mit Schublade. Sie öffnet das Blechteil, überfliegt, was darin liegt, schließt den Kasten. Auf der Ablage entdeckt sie das Buch unter einer Nierenschale. Beim Durchblättern rutscht Nadjas Brief aus den Seiten direkt vor ihre Füße. Sie hebt den Umschlag auf, zögert einen Moment … zum Glück ist er nicht verschlossen. Nach dieser seitenlangen Gefühlsduselei legt sie das Blatt wieder zurück. Es sieht nicht aus, dass es im Wasser gelegen hat. Wie kommt dieses Buch mit dem Schriftstück hierher? Diese Frage stellt sie den Schwestern, deren Antwort sie fluchtartig aus dem Krankenhaus treibt.

Mit dem Taxi fährt David gleich weiter in die Berge, wo ein Bruder seines Sachverständigen auf ihn wartet. Gemeinsam planen sie einen Transport nach der bewährten Vorgehensweise. Die Einladungen zur Auktion gelangen über das Darknet an Interessenten mit ihren speziellen Wünschen, und der neue Treffpunkt ist Syrakus.

Nadja organisiert derweil in einem Reisebüro am Hafen die Flugtickets von Preveza nach Catania. Zu Hause packt sie die Koffer, deren Inhalt mit jedem Umzug wächst. Das Warten auf David, auf eine positive Nachricht, beschäftigt sie. Lebt Mark, willigt er auf das Vorhaben ein? Ohne es zu wissen, bringt es ihn in absolute Gefahr.

Ihre Nachdenklichkeit unterbricht David, der lautstark eintrifft: „Hallo Nadja, jetzt hilft Beten, dass dein Mark bald aufwacht, den Brief liest und davon liebestrunken nach Syrakus segelt", sein Lachen ist zynisch. „Ich habe ein positives Gefühl."

„Und wenn er den Hafen nicht verlässt, was dann?"

„Es gibt genug Segler da draußen, die nach Sizilien übersetzen", er überlegt. „Wir müssten die Montageteile auswechseln, das Zeit kostet, ansonsten bleibt der Ablauf gleich."

„Morgen früh, David …!" Nadja wedelt mit den Flugtickets.

„Ausgezeichnet, meine Liebe, ich gehe zur Bank, lass uns die Koffer packen." Er zieht seine Jacke an. „Du verlässt auf keinen Fall das Haus, wegen der Russen."

Eine ruckartige Bewegung von Markus reißt das Überwachungskabel aus der Steckdose und löst einen Piepton aus, der die Stationsschwester aufschrecken lässt. Am Krankenbett behebt sie das Problem, wischt ihm mit einem feuchten Tuch den Schweiß von der Stirn.

Sein Fieber zeichnet seltsame Bilder von duftenden Fliedern und Schatten spendenden Obstbäumen. Unter denen ruht er zufrieden im grünen Gras, kein Vogel singt, nur ein monotones Rauschen ist zu hören. Er versucht, die Augen zu öffnen – sie gehorchen ihm nicht, wie sich seine Hand nicht bewegen lässt.

Die Pflegerin bemerkt die Unruhe, wischt ihm übers Gesicht, hält die Hand fest, um den Puls zu ertasten. „Das sind keine lebensbedrohlichen Verbrennungen, keine Sorge." Sie wiederholt es mehrmals – er antwortet nicht. Sie klatscht in die Hände neben seinem Ohr, er reagiert nicht.

Sie zieht die Bettdecke zurück, er öffnet die Augen. Erneut konzentriert sich der Patient auf ihren Mund, riecht ihren Duft, der ihn an den Fliederbusch im Garten seiner Eltern erinnert. Ihr zartes, zerbrechliches Äußeres lässt sie jugendlich erscheinen, obwohl ihr Haar Spuren von Grau zeigt. Mit einem Spatel verteilt die Schwester eine kühlende Paste auf Stirn und Brust, die sie mit steriler Gaze abdeckt. Ein Lächeln folgt, sie wendet sich zur Tür, kurz davor springt sie zurück.

„Oh Gott! Wie haben Sie mich erschreckt, mein Herz – ogottogott!"

„Entschuldigen Sie, Schwester, ich bin in Eile, habe vergessen anzuklopfen." Kommissarin Orselli betritt den Raum, begrüßt Markus, zieht den Stuhl zu sich heran und sagt: „Wir kümmern uns", dabei tätschelt sie seinen Arm.

Die Zunge in Sontheims Mund bewegt sich

zwar, langsam, es kommen undefinierbare Laute heraus.

Bei ihr dagegen sprudeln sie umso besser über ihre Lippen: „Leider haben wir mit solcher Klientel nicht gerechnet, haben Sie in diesem Buch geblättert?", sie zeigt es ihm. „Die Etrusker, es ist nicht die Lektüre, es ist dieser Brief von Nadja, denn der hat es in sich."

Er öffnet den Mund: „Lau …"

„Lesen Sie zuerst den Brief, wir bitten Sie, folgen Sie Ihrem Verlangen." Sie ignoriert, dass Markus die Augenbrauen hochzieht, mit dem Kopf verneint. Ohne dass er zuhört, redet sie vor sich hin.

Sie segeln nach Syrakus, Nadja wünscht, Sie zu treffen. Sie spricht von Gefühlen, von einer gemeinsamen Zukunft. Versucht es aus einem Grund, der mir unklar ist … Vorsicht, es ist nicht die Wahrheit. Sie beugt sich zu ihm und sagt: „Segeln Sie, darum bitte ich Sie, denn das ist unsere Chance!"

Er bewegt die Hand, um ihren Redeschwall zu stoppen. Wiederholt bittet sie ihn, nach Syrakus zu segeln, um herauszufinden, was diese Dame vorhat. Wenn es gelingt, die Kontaktleute auf Sizilien zu enttarnen, wäre das der absolute

Hauptgewinn. Wir sind bereit, ein Begleitboot zu Ihrer Absicherung zu schicken.

Markus dreht sich zur Seite, aber die Kommissarin redet weiter. Sie versteht, seine Gesundheit ist von Wichtigkeit. Der Arzt sagt, es gibt keine ernsthaften Schäden und entlässt ihn in ein paar Tagen.

Markus liest Bruchstücke von ihren flinken Lippen ab und wünscht sich, dass sie verschwindet.

Die Schwester kommt wieder ins Zimmer: „Entschuldigen Sie, Frau Kommissarin, ich hatte vergessen, Ihnen zu sagen, dass Herr Sontheim Sie nicht hören kann, die Explosion, wissen Sie."

„Ach so, na!" Sie schreibt in kurzen Sätzen, legt das Blatt ins Buch, steht auf und verabschiedet sich mit einem Klopfen auf die Matratze.

„Im Inneren des wasserdichten Behälters benötigen wir eine Polsterung", sagt David, „denn das Meer ist oft rau und hier diese Beutel, sie saugen die vorhandene Restfeuchtigkeit im Behälter auf, bitte gleichmäßig verteilen zwischen den Gegenständen." Nadja erhält eine Anweisung nach der anderen. Nachdem alles versiegelt ist, bringt er das Paket zum Kurier, der die notwendigen

Maßnahmen einleitet. Stößt ihm etwas zu, hat Nadja einen Roberto Rotollo den Anwalt in Syrakus, zu kontaktieren. Dieser Herr genießt sein absolutes Vertrauen. Wichtig ist, den Namen auf keinen Fall aufzuschreiben, sondern ihn nur im Kopf zu behalten. Für die Polizei ist der Name bei einer Verhaftung tabu.

Mit dem Taxi fährt David in die Berge, Nadja bringt in der Zwischenzeit die Wohnung auf Vordermann. Während sie den Putzeimer mit Wasser füllt, schaut sie aus dem Küchenfenster. Fremde stürmen auf das Haus zu. Nadja bleibt wie angewurzelt stehen.

„Polizei, wir sind von der Polizei!", brüllen die Herren vor der Haustüre. Einer betritt die Küche und hält ihr ein Dokument entgegen, das in englischer Sprache verfasst ist und einen Durch-suchungsbescheid vermuten lässt. „Bitte Ruhe bewahren!", wiederholt er mehrmals.

Rücksichtslos durchsuchen sie das Häuschen. Sie wühlen in den Schubladen, öffnen die Küchen-schränke, heben die Matratzen an, durchwühlen die Bücherregale, wobei ein Buch nach dem anderen auf dem Boden landet. Danach räumen sie die gepackten Koffer wieder aus. Nadjas kreidebleiches Gesicht starrt auf das hektische

Treiben. Wie sie gekommen sind, verlassen sie das Haus, bis auf zwei, von denen einer inmitten des Durcheinanders Fotos auf dem Küchentisch ausbreitet:

„Bitte schauen Sie sich diese Bilder an und tippen Sie auf die Personen, die Ihnen bekannt vorkommen."

Nadja schüttelt den Kopf: „Wer sind diese Personen, ich kenne keinen von denen."

„Lassen Sie sich Zeit, wir suchen den Besitzer eines Motorbootes, einen Herrn David Gutmann."

Sie kapiert und sagt schnippisch: „Wenn Sie ihn suchen, warum durchsuchen Sie die Schränke, das Bücherregal?", sie hebt auf, was am Boden liegt und redet dabei weiter. Das ist ein alter Freund, ein gebrechlicher Herr, um den ich mich kümmere. Er ist vor einer Stunde mit dem Taxi zur Bank gefahren, im Anschluss hat er mir gesagt, er hat einen Termin beim Arzt. Sein Motorboot hat er vor ein paar Tagen einem Deutschen geliehen. Mehr weiß ich nicht!

Der Beamte sagt: „Okay, sagen Sie ihm bitte, dass die Polizeistation auf ihn wartet und sie ist durchgehend geöffnet!"

Nadja nickt.

„Bitte sagen Sie ihm, es ist von Bedeutung!"

„Ich werde es ihm ausrichten!"

Der Polizist deutet auf die Fotos. „Wie sieht es aus, inzwischen jemanden erkannt?"

„Nein! Woher auch?"

„Schade, Sie hätten uns damit geholfen", der Beamte deutet auf ihren Arm. „Ein Verbandswechsel wäre ratsam, bei einer derart blutenden Wunde. Ein Unfall?"

„Oh nein!", sie lacht. „Am Haus die Hecke."

„Gute Besserung, auf Wiedersehen!"

Der Spuk verlässt wieder das Haus und Nadja ihre Kräfte. Am Küchentisch grübelt sie: Eine planlose, stümperhafte Aktion war das. Sie steht auf, schaut aus dem Fenster, hofft, dass David bald zurückkehrt. Wieder fängt sie an, zu packen und aufzuräumen. Gutmann begrüßt das restliche Chaos, bleibt aber gelassen: „Zum Glück sind die verräterischen Sachen außer Haus, Pech für die Polizei."

Nadja erzählt ihm, was sie den Beamten gesagt hat: „Bitte David, geh sofort, klär das mit dem Boot, wir haben keine Zeit, das Flugzeug – denk an morgen!"

Sie räumt im Wohnzimmer die Bücher vom Boden auf. Die Uhr dreht ihre Runden, David lässt auf sich warten. Mit den Tickets in der Hand:

Keiner der Beamten hat nach meinem Namen gefragt, nach meinem Ausweis. Wenn sie ihn auf der Wache behalten, fliege ich und melde mich bei diesem … wie heißt er … Rotollo. Ich habe einen Auftrag zu erfüllen. Sie füllt ihr Glas mit Cola, blättert in der Zeitung und schläft am Tisch ein.

Kurz vor Mitternacht hält ein Taxi vor dem Haus. David kommt zurück:

„Hallo Nadja! Ich bin dem Knast entkommen!", lacht er.

Schlaftrunken erwidert sie den Gruß und fragt gleich, ob es Probleme gab.

Seine Antwort war, dass es nichts Wichtiges gab, den Grund, das Boot und ihre Geschichte hat er bestätigt. Bis der Kranke aufwacht und seine Version erzählt, sind sie auf Sizilien. Morgen um 5 Uhr ist das Taxi bestellt.

Nach dem Aufstehen fehlt es Nadja an Schlaf, um fit für eine geregelte Flucht zu sein. Ihr Arm schmerzt. Die hektische Suche des Alten nach den Flugtickets lässt ihre Stimmung weiter sinken. Er wühlt in den Schubladen, fragt ständig, ob sie sich erinnert.

„Diese verdammten Tickets sind die in deinem neuen Pass?", alles ist durcheinander. „Hoffentlich hast du bei der Buchung den richtigen Namen angegeben!"

„Ich bin nicht blöd, da steht Karin Bauer drauf!" Sie schimpft am Küchentisch: „Das ist ein negatives Omen, wir fliegen lieber nicht." Sie blättert durch die Tageszeitung, ohne einen Artikel zu lesen. „Sie schnappen uns, ich spüre das." Mit ihrem plötzlichen Aufschrei zuckt der Alte zusammen.

„Hier die Flugtickets, sie waren aus Versehen zwischen die Blätter der Zeitung geraten, lass uns fahren!" Der Taxifahrer vor der Haustür schnappt sich die Koffer und drängt zum Einsteigen.

Im Krankenhaus bereitet die Krankenschwester die morgendliche Wäsche vor. Behutsam weckt sie Markus aus dem Schlaf, entfernt die Kabel von seinem Körper. Verschlafen klagt er über das fehlende Ende seines Traumes, über Schmerzen. Die Schwester serviert Malventee, Weißbrot mit Marmelade. Markus nickt wohlwollend. In Wirklichkeit sehnt er sich nach einem deftigen Braten mit Knödeln.

„Schwester, schauen Sie bitte nach meiner Brille!"

Sie durchsucht den Nachttisch, die Stofftasche mit den Kleidern und sagt: „Leider Herr Sontheim, von der Brille keine Spur, die liegt mit Sicherheit auf dem Grund des Hafenbeckens."

Ein Arzt mit Gefolge betritt den Raum und wünscht mit kräftiger Stimme einen guten Morgen. Seine Diagnose löst Diskussionen auf Griechisch aus, wechselt dann ins Deutsche:

„Bald haben Sie es geschafft, Ihr Gehör verbessert sich zunehmend! Herzlichen Glückwunsch!", er schüttelt dem Patienten die Hand und überreicht ihm die Entlassungspapiere.

Markus hört kaum: „Ich fühle mich elend, Herr Doktor".

„Keine Sorge, das ist bald vorbei", entgegnet der Arzt und verschwindet mit seinem Gefolge.

Markus liest, steht auf, schwankt, setzt sich aufs Bett: Solange meine Ohren nicht funktionieren, bleibt mein Gleichgewichtssinn gestört. Das Buch, der Brief, die persönlichen Papiere, die Medikamente, alles passt in die Stofftasche, in der vorher die Kleider waren. Die Schwester packt ein neues Hemd aus, hängt es über die Stuhllehne.

„Was ist das?", fragt er. „Das gehört mir nicht!"

Sie schreibt auf einen Zettel: Das ist ein Geschenk von Frau Orselli. Ihr verbranntes Hemd ein einziger Fetzen, hier der Brief, ist für Sie.

Sontheim schlüpft in die Hose, entdeckt

Brandflecken, die ihn zum Scherzen verleiten: „Wissen Sie, Schwester, diese Flecken sind ab heute der letzte Schrei in der Modebranche?"

Sie lacht beim Hinausgehen.

Schwankend verlässt er das Krankenhaus, als hätte er sich literweise Alkohol einverleibt. Das gleißende Sonnenlicht, die schwüle Luft, daran hat er sich erst zu gewöhnen. Auf dem Weg zum nächsten Supermarkt, das Portemonnaie von der Feuchtigkeit verformt, kauft er Käse, Brot und eine Lesebrille vom Drehständer. Kurz wartet Markus auf einer Parkbank, bis ihn ein Taxi zum Hafen fährt. Überraschenderweise liegt sein Schlauchboot festgezurrt, luftleer, eine Handbreit unter Wasser neben dem Steg. Die Riemen hatte er an der Unterseite verzurrt. Ein Urlauber, der die Luftmatratze seiner Kinder aufpumpt, verhilft der Gummiwurst von Markus wieder zu einer funktionstüchtigen Form. Auf dem Weg zum Segelboot wird jeder Ruderschlag zu einer anstrengenden Ewigkeit. An Bord verstaut Markus die Einkäufe und verschwindet in der Koje, wo er zwei volle Tage daliegt. Er hat keine Lust mehr auf den von der Kommissarin verordneten Segeltörn.

DIE ÜBERFAHRT

Aus der Wettervorhersage mit den zu erwartenden Bedingungen berechnet Markus die voraussichtliche Zeit für die rund 300 Seemeilen nach Syrakus. Ordentlich trägt er den Kurs in die Seekarte ein. Ein letztes Übersetzen zum Festland, um die notwendigen Lebensmittel einzukaufen; vorrangig schleppt er Kanister mit Trinkwasser zum Beiboot. Sein Telefonat mit Lucy hinterlässt einen bitteren Nachgeschmack, leider hat sie kein Verständnis für sein Vorhaben. Reine Zeitverschwendung, sagt sie, denn es gäbe genügend Arbeit für die gemeinsam geplante Ausstellung.

Nach einer Woche Ruhe ist er bereit, den Anker zu lichten. Die Helligkeit der Sonne verschluckt mit ihrer Intensität die Kraft der Farben. Mühsam vertreibt der aufkommende Wind das Flimmern über dem Festland. Die Mittagshitze lähmt, schwerfällig sammelt Markus seine Kräfte, um die Segel zu setzen. Je länger er darüber nachdenkt, desto mehr schwindet sein Glaube an das, was er vorhat. Der Verband, um den Brustkorb, und der eingewickelte Schädel behindert derart, dass die Arbeiten an Bord im Schneckentempo ablaufen. Egal, Zeit ist reichlich vorhanden, ob ein Manöver Minuten, Stunden oder einen halben Tag dauert.

Sanft gleitet der Schiffsrumpf aus der Bucht, vorbei an der Kapelle Agia Kyriaki. Durch den Kanal von Meganissi segelt die Jacht nach Süden. Vor ihm prahlt der Horizont mit seiner unendlichen Weite. Schaut er zurück, verschwinden die Inseln im Dunst der Vergänglichkeit.

Mit Schaufel und Besen entfernt er die letzten Krümel vom Frühstück. Wenn der Wind bleibt, ist es für den Autopiloten ein Leichtes, den vorgegebenen Kurs zu halten. Markus sortiert die Zeichnungen, um an trüben Tagen daran zu feilen. Solange die Jacht selbstständig eine Seemeile nach der anderen zurücklegt, döst er vor sich hin, gönnt seinem Geist und vor allem seinem Körper Rehabilitation.

Logbucheintrag: Dritter Tag. Kompasskurs: 260 Grad. Gesetzte Segel: Genua / Großsegel. Vorkommnisse: Delfine begleiten mich seit Stunden. Schiff achtern in beträchtlicher Entfernung gesichtet. Abstand konstant.

Notiz: Meine Wunden heilen, die nachwach-senden Haare jucken. Brandwunden – regel-mäßiges Eincremen, pünktliche Einnahme der Tabletten. Der Schwindel lässt nach.

Markus legt den Stift beiseite, im Grunde ist er zufrieden mit der verlässlichen Begleitung durch die Polizei. Man sieht sie zwar nicht, allein das Wissen gibt Sicherheit. Mehrmals am Tag kontrolliert er sein gebunkertes Trinkwasser, rechnet aus, wie viele Tassen am Tag erlaubt sind. Hunger wäre für ihn kein Problem, nur der Durst macht ihm Sorgen.

Die Einsamkeit ordnet die Gedanken, weckt Erinnerungen an die frühere Euphorie, die ihn nach dem Stapellauf seines Bootes überkam. Das Unbekannte trieb ihn auf die andere Seite der Adria, nach Istrien. Inspiriert von dieser mediterranen Landschaft, skizzierte er unermüdlich. Nadjas Auftauchen behinderte ihn, die Zeichenmappe sah dürftig aus. Kostbare Zeit, die verstrichen ist, aufgefressen von all den Problemen einer undurchschaubaren Geschichte.

Aufgequollene Zigarren heben den Deckel der Holzkiste an, und die Kleidung ist klamm. Die

Tabletten unterstützen sein Gleichgewicht, die Langsamkeit bleibt eine unfreiwillige Begleiterin. Im Hintergrund spielt unbeachtet das Radio, zum Zeichnen fehlen ihm die Bilder in seiner Kopfgalerie. Sein Blick durch das Fernglas schweift über ein blaues Seidentuch ähnliches Wasser, das sanfte Wellen schlägt. Ein Tuch, das unter einem hellblauen Horizont im wolkenlosen Dunst verschwindet. Kein Schiff, keine Möwe, nichts, was in dieser Wasserwüste eine aufkommende Melancholie vertreibt. Auf Postkartengröße schreibt er nieder, was ihn an Eindrücken im Innersten berührt. Ohne dass seine Worte je einen Leser erreichen, landet ein Blatt nach dem anderen im Meer, treibt mit seinen Gedanken dahin.

Wieder greift er zum Fernglas, in dessen Optik ein fahrendes Schiff in rasch schrumpfender Entfernung auftaucht. Markus seufzt – ein kräftiger Motor, und am nächsten Tag stünde auf Sizilien ein Espresso für ihn bereit. Offen gesagt gefällt ihm dieses Leben unter Segeln, ohne Motorenlärm, ohne tickende Uhr. Wie sagt man: Schaf und Geld, beides funktioniert nicht!

Ins Schreiben vertieft, hört er das Schlagen eines Bugs. Sein Kopf taucht aus den Blättern auf, mit bloßem Auge erkennt er einen Bootsmann, der breitbeinig an Deck steht und ihm Zeichen zum Anhalten gibt. Markus springt auf, holt die Segel ein. Das 75-Fuß-Schiff verlangsamt seine Fahrt, um längsseits zugehen. Der Bootsmann, ein Bärtiger mit Sonnenbrille, dessen Narben im Gesicht einer Kraterlandschaft gleichen, deutet auf die Fender. Sie hängen außerhalb der Bordwand und er wartet darauf, dass Markus seine Fender an der Reling ausbringt. Damit ist beim Längslaufen einer Beschädigung vorgebeugt. Der Fremde zeigt auf die Leine am Bug, am Heck. Markus wirft sie ihm zu, der Motor verstummt. Eine Männerstimme ruft aus der Luke des Steuerstandes:

„Kommen Sie an Bord, Herr Sontheim, frischer Espresso!"

Sontheim klettert über eine Strickleiter an Deck, der Bootsmann führt ihn zum Kapitän. Beim Anblick der gefüllten Tasse sagt er: „Herr Kapitän, diese nachtschwarze, höllisch heiße, zuckersüß dampfende Köstlichkeit mitten auf dem Meer, was für eine Überraschung!" Die Crew lacht. „Ich hoffe, Sie servieren nicht nur Kekse, sondern positive Nachrichten."

„Keine Sorge, Herr Sontheim, wir sind da, um Ihre Gesundheit zu überwachen, und wenn Sie ausgetrunken haben, untersucht Sie unser Arzt."

„Danke für Ihre Fürsorge, da fühle ich mich gleich besser." Sontheim greift nach der Tasse und trinkt sie in einem Zug leer.

Die Inspektion erinnert ihn an seinen Militärdienst, kurze Fragen, kurze Antworten, das war's. Bis auf die zeitweise pfeifenden Ohren keine Beanstandungen.

Der Arzt sagt: „Das sieht nicht übel aus."

Markus genießt den Besuch, der ihm drei Packungen Mineralwasser, eine Schachtel Amaretti, Parmesan, Salami und frische Eier überreicht. Krächzende Worte aus einem Lautsprecher beenden abrupt die Runde.

Der Kapitän erklärt: „Wir drehen wieder auf Position, ein Boot nähert sich aus östlicher Richtung, wir vermuten Touristen."

Vier Tage sind vergangen, Markus zählt jede Seemeile auf dem Weg nach Sizilien. Der Mond erhellt das Deck, kein Lüftchen streicht über die glatte See, die Stille ist bedrückend. Er setzt die Segel, legt sich in die Koje. Seine Augen wandern zum Wasserkessel, zum Bücherschapp, müde vom Nichtstun, kämpft er mit dem Einschlafen.

Ein fernes Grollen, ein Blitz reißt ihn aus dem Schlaf. Ein Gewitter? Markus springt auf, schließt die Decksluke im Vorschiff. Ein Beben erfasst den Rumpf, ein grelles Licht hüllt ihn ein. Vom Niedergang aus zielt der gebündelte Schein einer Taschenlampe direkt in Markus' Augen. Geblendet vermutet er die Kommissarin dahinter – dabei ist diese Art des Besuchs nicht ihr Stil.

„Keine Bewegung!", hört Markus eine Männerstimme brüllen. „Keine Bewegung!"

Der Bedrohte ist wie erstarrt. Unvermittelt stülpt man ihm einen Sack über den Kopf. Mit brachialer Gewalt verlieren seine Hände, seine Füße ihre Freiheit. Um ihn herum ein Wühlen in all den Sachen, er hört Teile zu Boden fallen. Markus prallt hart gegen die Innenseite der Bordwand. Er atmet schwer unter dem stinkenden Stoff, der ihn an Mutters Kartoffeln erinnert. Von draußen dringt ein unverständliches Brüllen durch das dichte Geflecht, und es herrscht beängstigende Stille. Das Plätschern der Wellen ist zu hören, vor ihm ein Röcheln, es folgt ein Schlag. Aus seinem Schädel schießt ein stechender Schmerz die Wirbelsäule hinunter. Er sackt zusammen, hört flüchtende Schritte, das Aufheulen eines Motors, begleitet von heftigem Schaukeln. Seine rechte Gesichtshälfte benetzt Warmes, das sich in seinem Mundwinkel sammelt. Ist es Blut? Ist es der

Geschmack eines trägen Hinscheidens?

Ein gleichmäßiges Schaukeln lässt einen Gegenstand über die Bodenplatten rollen, hin und her, hin und her. Der Kopf schmerzt, ein Zeichen, Leben steckt in ihm. Die Fesseln schneiden in die Haut, mit jedem Tropfen Blut sickert Körperkraft aus der Kopfwunde, aufgesogen von diesem Jutesack. Das Rollen des Rumpfes verstärkt sein Unbehagen, er hört, wie der Baum zur Seite schlägt. Der Versuch, sich zu befreien … das Jucken der Jute ist eine Qual. Die Frage, wohin es ihn treibt, macht Platz für aufkommende Panik.

Ein Quieken, ein Pfeifen, es sind Delfine, die ihn begleiten. Seine gefesselten Füße schlagen auf den Boden, prompt antworten sie mit einem Pfeifkonzert. Ein Schiffsmotor lässt ihr Treiben verstummen, Angstschweiß perlt von seiner Haut. Kommen diese Verbrecher zurück? Je heftiger er atmet, desto knapper der Sauerstoff. Ohnmächtig kippt er nach hinten. Stimmen lösen die Fesseln, geben ihm zu trinken. Markus öffnet die Augen. Inmitten des hinterlassenen, Durcheinanders aus durchwühlter Kleidung, verstreuten Lebensmitteln, Zeichenblättern, zerfledderten Büchern sitzt Kommissarin Orselli an der Kante seiner Koje:

„Herr Sontheim, hören Sie mich?"

Er nickt, kommt langsam wieder zu Kräften, atmet erleichtert die frische Luft ein und sagt mit zitternder Stimme: „Verdammt mein Schädel, ich war mir sicher, mein Leben ist vorbei!"

Ein Sanitäter versorgt die Platzwunde, die Kommissarin fragt: „Kennen Sie diese Personen?"

„Signora, mein Kopf steckte unter einem Sack und diese Verbrecher haben sich mir nicht vorgestellt." Er wischt seinen Mund ab. „Ich weiß nicht, welcher Nationalität sie angehören, obwohl sie ihm die Befehle auf Deutsch gaben." Markus reibt mit den Handflächen über sein Gesicht.

Kommissarin Orselli spricht zu den Anwesenden. Es sieht aus, meine Herren, als hätten sie einen speziellen Gegenstand gesucht. Wurde vor der Abreise ein Paket oder Dokumente abgegeben? Sie schaut Markus an. Unsere Informanten sagen, dass Kunstsammler aus Übersee nach Syrakus reisen, wir vermuten, dass auf diese Jacht gewartet wird. Sie fragt Sontheim: „Arbeiten Sie mit denen zusammen?"

„Nein! Mit jemandem, der mich schier zu Tode prügelt, ich bitte Sie, Kommissarin Orselli!"

Orselli steht auf: „Eines ist verwirrend. Wenn keine Kunstgegenstände an Bord sind, warum lockt diese Nadja Sie nach Italien?"

„Das steht in dem Brief, sie schreibt, dass sie mich liebt!" Mit diesem Satz entlockt Markus der Kommissarin ein breites Grinsen, gefolgt von einem verächtlichen Augenrollen. Haben wir uns in Sontheims Unschuld getäuscht? Unverhofft rutscht man hinüber zu den Verdächtigen. Die Jacht brauchen wir nicht zu durchsuchen, das haben andere erledigt. Orsellis Begleitung verlässt wieder die Kajüte und sie befiehlt: „Segeln Sie weiter, wir sehen uns in Syrakus wieder." Sie bringt ihre Zweifel zum Ausdruck: „Bis dahin lassen Sie es sich durch den Kopf gehen, auf welcher Seite Sie stehen."

Markus atmet tief durch, senkt seinen Kopf. „Wieder werde ich verdächtig", er versucht sich aufzusetzen. „Wenn ich könnte, würde ich jetzt alles hinschmeißen, ihretwegen sitzt der Tod ständig in meinem Nacken."

Die Kommissarin sagt: „Wir bemühen uns, besser zu werden, bis zum nächsten Treffen, Tschau!" Als Letzte verlässt sie die Segeljacht.

Seine Unsicherheit wächst, denn sie sollte dankbar sein für seinen Einsatz. Sofort verschwinden – wohin, wenn nicht, wie Jesus übers Wasser laufen? Er streckt die Beine von sich, ein kräftiger Schluck vom Hefe-Brand räumt seinen Magen auf, nicht das Chaos unter dem Deck.

Auffrischende Winde reißen ihn aus dem Halbschlaf, treiben ihn hinaus, um die Segel zu reffen und dem Autopiloten einen neuen Kurs zuzuweisen. Am Horizont durchbricht ein Blitz die Wolken. Markus legt die Schwimmweste an, kontrolliert seine aktuelle Position auf der Seekarte und überträgt sie ins Logbuch. Mit ein paar Minuten Verspätung zeigt das Wetter ein eindrucksvolles Schauspiel: Die Wolken leuchten, kein Donner ist zu hören, die See mit seiner Rauheit – der Autopilot versagt. Gesichert mit einem Lifebelt reitet Markus auf seiner Segeljacht über die Wellen wie auf einem buckligen Wildfang. Überkommende Brecher spülen das Deck, füllen die Plicht mit Wasser. Er überprüft die Rollfock, die auf Handtuchgröße eingeholt ist und unerbittlich an der Schot zerrt. Der Winddruck spannt das Tuch der Fock derart, dass ein Riss direkt neben dem Schothorn klafft. Dieses Segel wechseln, ohne eine Hand am Ruder zu haben? Auf keinen Fall. Über ihm explodiert der Himmel, lässt seinen Körper zusammenzucken. Sturzbäche ergießen sich erbarmungslos auf ihn nieder. Der vollgesogene Verband drückt, der Kopf schmerzt. Bei jedem Blick nach achtern – Wellenberge rollen bedrohlich auf ihn zu, heben den Rumpf schubweise vorwärts. Gebannt starren seine Augen auf den Kompass, der ihn durch dieses höllische Toben führt.

Mit der Nacht verschwindet das Gewitter, der Wind schläft ein, der Regen bleibt, das Ruder klemmt. Der Druck der achterlichen Wellen war gewaltig und hat die Aufhängung verbogen. Er legt den Bug in den Wind, um das Vorsegel zu tauschen und die Steuereinheit notdürftig zu reparieren. Bevor er wieder auf den alten Halbwindkurs dreht, schwenkt Markus sein Fernglas. In der Ferne der Stiefelabsatz Italiens und mit Abstand die Silhouette einer Insel – dort liegt sein Ziel: Sizilien.

In den Wolken blitzen blaue Nester. Scheinheilig brennt die Sonne vom Himmel, nichts erinnert mehr an das Tosen der vergangenen Nacht. Genug Zeit, um in aller Ruhe das Focksegel zu reparieren.

Nach getaner Arbeit, den Eintragungen ins Logbuch, genießt er ein Glas Rotwein. Zwischen den Zeilen grübelt Markus über den Grund seiner Reise, ob sich die Strapazen gelohnt haben, um dieser Kommissarin seine Loyalität zu beweisen. Nadja zu vertrauen, das ist sinnlos, zwangsweise lässt er sich überraschen, was dieses Fräulein auf Sizilien mit ihm vorhat.

Eine Nacht liegt vor ihm, zwischen Fischtrawlern, Fähren, Passagier- und Containerschiffen. Als sie näher kommen, hofft er, dass er ausreichend Druck in den Segeln hat, um den Abstand zu den zerhackenden Schiffsschrauben beizubehalten.

DIE ENTSCHEIDUNG

Trotz Sweatshirt, Wollpullover und Segeljacke kauert Markus fröstelnd an der Pinne, als er die erleuchteten Fischerboote umsegelt. Vor ausgeworfenen Netzen, unbeleuchteten Bojen, die aus Plastikkanistern bestehen, ist Vorsicht geboten. Umso weiträumiger ist der Abstand in der Dunkelheit einzuhalten. Eine ständig wechselnde Brise erfordert Korrekturen der Segelstellung, um bei der vorherrschenden Strömung nicht an Fahrt zu verlieren. Erst nach Mitternacht frischt der Wind auf, bläht die Segel und schiebt die Jacht in Richtung Syrakus. Je näher es dem Festland kommt, desto deutlicher zeichnen sich die Lichter der Insel ab. Wenn keine Piraten das Schiff kapern, der Wind mitspielt, läuft Markus im Morgengrauen in den Hafen ein.

Lebhaftes Treiben am Rande der Stadt. Flottillen von Segelbooten verlassen den Hafen zur sonntäglichen Regatta. Markus steuert geradewegs zwischen den beiden Molen hindurch in die Hafenanlage des Jachtklubs.

Auf Anweisung des Hafenmeisters findet er einen Platz am Rande des dritten Quer-Stegs vor dem Klubgebäude. Er holt den Kiel ein und scheitert erneut. In der Höhle hat es problemlos funktioniert? Dieser Mangel verlangt nach einer sofortigen Lösung, vor allem da es hier eine Werkstätte hat.

Markus schaut sich vorher auf dem Gelände um, entdeckt die Duschen, die Toiletten, das Telefon neben dem Eingang zum Klubhaus. Er findet einen Lagerraum mit Werkbank, Werkzeug für die Reparaturen, um seine schwimmende Behausung wieder auf Vordermann zu bringen.

Der Kiel, der seit Fažana Probleme verursacht, hat entweder Muschelbefall oder es klemmt Plastikmüll im Kielkasten. Da hilft nur eins – rein in die Badehose, Plastiktüte über den Kopfverband, mit Klebeband fixieren, Tauchmaske auf und ab in die Tiefe.

Das trübe Hafenwasser erschwert die Sicht, zumindest erkennt er den Bewuchs, der in grünen Fäden vom Unterwasserschiff herabhängt. Sein Kopf taucht auf, holt Luft für einen neuen Tauchgang direkt zum Kiel. Ein wulstartiges Gebilde umklammert den oberen Teil? Mit beiden Händen rüttelt er am Fremdkörper, der absolut fest sitzt.

Kein Plastik, sondern Metall in Form eines Torpedos. Markus holt erneut Luft, taucht unter, das Teil lässt sich auf die Schnelle nicht entfernen. Wie es aussieht, das ist kein Zufall! Ihm schießt der wahre Grund seiner Reise durch den Kopf!

Über die Badeleiter zurück an Bord sucht er durchnässt nach der Telefonnummer der Kommissarin und rennt zum Münztelefon. Hastig tippt er die Nummer ein – nichts passiert. Ein erneuter Versuch bringt einen Anrufbeantworter in Gang, der einen Rückruf verspricht. Markus grinst: Wie funktioniert das, ich habe kein Handy? Er formuliert seine Beobachtungen und den genauen Standort, in der Hoffnung, dass die Kommissarin rechtzeitig seine Nachricht abhört.

Zurück an Bord zieht er sich frische Kleidung an, stülpt seinen aus der Form geratenen Panamahut über den Kopfverband. Nadjas Brief beschreibt den Monat, den Treffpunkt am Apollo-Tempel, und verlangt einen Anruf unter der Handynummer am Ende des Textes. Genervt macht er sich wieder auf den Weg zum Clubgebäude. Mit dem Hörer am Ohr erwartet er Nadjas Stimme am anderen Ende der Leitung. Es meldet sich dieser David Gutmann, der mit übertriebener Begeisterung sagt:

„Mein Freund, was bin ich beruhigt, dass Sie heil in der Marina angekommen sind, oder wo liegt Ihre Jacht?"

„Meine Jacht liegt am Steg vor dem Clubgebäude", antwortet Markus, „wie Sie es im Brief beschrieben hat."

Dieser Gutmann erzählt über Nadjas Sorge und dass diese Berichte über den Sturm sein Mädel um den Schlaf brachten. Um 16 Uhr wartet sie auf ihn am Apollo-Tempel, trägt einen weißen Strohhut, mit markanter Krempe!

Markus bestätigt dem Alten kurz und legt auf. Ein erneuter Anruf bei der Kommissarin scheitert. Was ist mit dieser Orselli? Wenn ich sie brauche, ist sie nicht verfügbar. Markus schlendert zurück, legt sich in die Koje und wartet auf den Nachmittag.

Über Brücken, vorbei an den Anlegestellen der Kreuzfahrtschiffe, erreicht Markus den oberen Stadtteil, den Apollotempel. Ein Fußweg umrundet das Areal mit den Resten der antiken Mauern wie den gebrochenen Steinsäulen. Von Weitem sieht er den weißen Strohhut. Markus lässt sich Zeit, spaziert auf sie zu, bleibt reserviert. Sein Gruß ist nüchtern, wie bei einer flüchtigen Bekannten.

Nadja zeigt übertriebene Freude, umarmt ihn,

küsst ihn. Sie entschuldigt sich für die vergangene Zeit, in der sie ihn an der Nase herumgeführt hat. Sie sagt mit sanfter Stimme: „Mark, ich hoffe, du verzeihst mir!", sie hebt seinen Hut an. „Was ist mit deinem Kopf passiert? Ist die Wunde frisch?"

Markus schiebt den Panama wieder zurecht: „Das Gewitter, eine Unachtsamkeit, der Groß-baum."

„Hoffentlich nichts Gefährliches, benötigst du einen Arzt, mein Lieber?"

„Danke, nein, in ein paar Tagen ist das verges-sen."

Ständig ist diese Explosion in meinem Kopf, sie steckt mir in den Knochen. Gott sei Dank, Mark, dass du es überlebt hast. Lass uns ver-schwinden, nicht weit von hier, am Porto Marina ist ein Café, dort gehört der Nachmittag uns beiden.

Er lässt sich auf ihr Spiel ein: „Nach dieser Überfahrt wieder bei dir zu sein, ich habe dich vermisst." Gleichzeitig stärkt er in seinem Inner-sten den Vorsatz, sich von ihrer Weiblichkeit, hauptsächlich von ihrer Schauspielkunst, nicht täuschen zu lassen.

Nadja hängt sich an seine Armbeuge, führt ihn durch Häuserschluchten hinunter in einen Park, der zwischen einem Freiluftcafé und dem Giardino

Aretusa liegt. Vor einer mit Muschelkalk-Quadern imposant gebauten Wand stehen Parkbänke unter Schatten spendenden Platanen. Platz genug für die sich ausruhenden Rentner, Mütter und Liebespaare. Umringt von Kindern surrt, hupt, knattert ein bunt blinkendes Helikopterkarussell neben einem Zeitungskiosk.

Nadja erzählt vom Geld verdienen, von Ausgrabungen nahe der Stadt, die den Umzug ausgelöst haben. Wie es aussieht, bleiben sie länger. Sie hat wieder mehr Zeit für sich und all die anderen Bedürfnisse im Leben. Sie redet über sich, sagt kein Wort über die gemeinsamen Ziele, so wie es in dem Brief steht. Mark spielt darauf an, aber sie umgeht es in einem Satz:

„Geduld, mein Lieber, über unsere Zukunft nachzudenken, das hat Zeit."

Mark verbringt den Rest des Nachmittags mit ihr im Café mit banalem Geplauder.

Auf dem Werftgelände neben dem Jachthafen bereitet sich die Organisation von David Gutmann auf die Auktion vor. Ein Froschmann zieht die Sauerstoffflaschen über, steigt in unmittelbarer Nähe der Werkhalle ins Hafenbecken.

Am Rande der Steganlage legt derweil eine

Motorjacht an, auf der man lautstark den obligatorischen Manöverschluck zelebriert. Nichts Anormales, wie es scheint, eine Chartercrew in Urlaubsstimmung. Eine Person aus der Gruppe beobachtet aufmerksam, mit dem Handy am Ohr, platzende Luftblasen an der Wasseroberfläche. Deren Spur reicht bis zum Rumpf der Jacht von Sontheim. Erst nach einer halben Stunde ziehen die Blasen sich wieder zurück in Richtung Werftgelände. Dort wartet Gutmann gemeinsam mit Mitgliedern seiner Vereinigung und einigen angereisten Kunstsammlern auf den Taucher.

Helfer bergen die von ihm am Ufer abgelegten Teile, die sie in die Mitte der Werkshalle zu einem ausladenden Tisch aus rostigem Stahl transportieren. Umringt von acht Interessenten antiker Kunst liegen die beiden Hälften in einer Pfütze Meerwasser und warten darauf, ihre Geheimnisse preiszugeben. Gutmann schlägt mehrmals mit seinem Stock auf den Tisch:

„Einen Augenblick, meine Damen und Herren, Ruhe bitte!", er klopft erneut auf den Tisch. „In unserer Runde fehlen die Amerikaner, sobald wir vollzählig sind, öffnen wir die Behälter." Gutmann wischt das restliche Meerwasser vom Tisch. In diesem Moment öffnet sich das Hallentor und gibt den Weg frei für vier Herren mit Aktenkoffern, die auf die Gruppe zukommen.

„Hi Guys! Worauf warten wir?", ruft ein stattlicher Herr mit Hut.

Ein Werftarbeiter löst die Muttern, hebt die beiden Deckel von den Gummidichtungen. Alle starren auf die kleinen Beutel, die verstreut an der Plastikfolie kleben. Mit Bedacht sticht dem Gutmann sein Messer in die Vakuum-Verpackung. Man hört, wie die Luft zischend ins Innere strömt. Dann breitet er eine grüne Decke direkt daneben aus. Mit weißen Stoffhandschuhen entnimmt er einzeln die in Seidenpapier eingewickelten Objekte. Beim Entfernen des Papiers entsteht ein Raunen in der Runde. Sobald das Gold der Mondsichel im Licht der einfallenden Sonne glänzt, herrscht Ruhe.

Gutmann fordert die Staunenden auf: „Sie haben zehn Minuten und ich höre eure Gebote", er tritt zur Seite, tippt eine SMS in sein Funktelefon.

Gleichzeitig bestellt Nadja einen Espresso, als es in ihrer Handtasche brummt. Sie kramt, zieht ein Notizbuch heraus, legt es auf den Stuhl neben sich und zückt ihr Handy. Beim Lesen der Nachricht umspielt ein zufriedenes Lächeln ihren Mund.

„Diese Handys, überall erreichbar sein, das brauche ich nicht", sagt Markus verächtlich.

„Da gebe ich dir nicht recht", antwortet Nadja. „Heute Abend treffen sich Freunde, ohne mein Handy bekäme ich nichts davon mit. Keine Sorge, bis dahin ist genug Zeit für uns beide." Sie steht auf, packt ihre Tasche und flüstert: „Die Toilette ist, glaube ich, dort hinten bei der Hafenpolizei, entschuldigst du mich kurz?"

Markus dreht den Kopf, sucht nach observierenden Personen, die ihr folgen. Wo ist diese Kommissarin Orselli? Die Beamten der Hafenpolizei könnten sie sofort verhaften. Seine Augen verfolgen sie, bis sie hinter dem Gebäude verschwindet. In diesem Moment sehnt er sich nach einem Handy, obwohl er sich beharrlich von dieser modernen Technik distanziert hat.

In der Werkhalle begutachten die Interessenten den Halbmond, die Münzen, die Miniaturen aus Gold. Ein lebhaftes Feilschen um den besten Preis erregt die Gemüter. Für die Amerikaner ist einzig der goldene Halbmond ausschlaggebend. Siegessicher öffnet einer von ihnen seinen Koffer, gefüllt mit Bündeln von Dollarscheinen. Es gibt keinen, der ihr Gebot überbietet. Per Handschlag ist der

Kauf besiegelt, die Sichel wandert in den zweiten, mit Schaumstoff und Seide ausgekleideten Koffer der Amerikaner.

In emotionsgeladene Verhandlungen vertieft, bemerkt keiner der Anwesenden das Öffnen der Nebeneingänge. Ein Warnschuss gibt das Kommando für die vermummten Gestalten in schusssicheren Westen. Aus allen Ecken schallt es: „Polizia! Stehen bleiben! Polizia! Hände hinter den Kopf! Das Gebäude ist umstellt!" Die Zahl der Pistolen- und Gewehrläufe verunsichert die Angesprochenen. Erneut fallen Schüsse, die Warnrufe wiederholen sich, setzen eine Handvoll Wachleute der Organisation außer Gefecht. Das Sondereinsatzkommando ist zahlenmäßig im Vorteil. Das einstudierte Szenario hat Erfolg. Kommissarin Orselli ist voller Freude, den richtigen Moment erwischt zu haben. Nachdem die Verdächtigen abgeführt sind, drängt die Kommissarin zum Café im Park.

„Guten Tag, Herr Sontheim! Wo ist Ihre Freundin abgeblieben?"

„Hallo Kommissarin Orselli, erstens ist sie nicht meine Freundin, zweitens hat Nadja eine SMS erhalten und ist dort hinten am Gebäude der

Hafenpolizei verschwunden, drittens ist von ihren Beamten keiner zu sehen."

Sofort rennt ihr Kollege in Richtung Aretusa Brunnen, sie dagegen setzt sich gelassen dorthin, wo Nadja vorher saß. Sie greift zum Stuhl neben sich: „Ist das Ihr Buch, Herr Sontheim?", mit einem Lächeln fährt sie fort, „bedrohlich die Schlange, diese Schlangenhaut, für meinen Geschmack zu kitschig", sie legt es auf den Tisch.

Markus schluckt zweimal, zieht es zu sich neben seine Tasse und sagt: „Das Notizbuch war wegen des Aufdrucks ein Sonderangebot."

Ich befürchte, jemand hat diese Nadja gewarnt. Mein Kollege, den Sie nicht bemerkt haben, ist leider auf diese banale Täuschung hereingefallen. Schade, kein Problem, Hauptsache alle Hauptdarsteller in diesem Deal sind verhaftet.

„Meine Überfahrt war nicht umsonst?", sagt er zufrieden.

„Die Dame ist eine Mitläuferin, wir schreiben sie zur Fahndung aus und wie ist das für Sie, von uns haben Sie jetzt Ruhe".

„Das ist eine Nachricht, Kommissarin Orselli, die mich freut." Er klatscht in die Hände. „Ich hoffe, man hat Ihnen gestanden, wer der Mörder des Breuers und seiner Frau ist, oder stehe ich weiterhin auf der schwarzen Liste?"

„Ach die Breuers!", sie lächelt. Die griechischen Kollegen haben in ihrem Haus auf Rhodos die gleiche Giftessenz gefunden wie im Wassertank der Jacht. Das Ehepaar kam in Körperkontakt mit dem Halbmond, dessen Stein eine tödliche Substanz absonderte. Beide waren kontaminiert und bemerkten, dass ihre Gesundheit sich stetig verschlechterte. Dies teilten sie diesem Nico mit, der es in den bei ihm gefundenen Unterlagen vermerkt hatte. Die häufigen Probleme mit der Organisation sind ein weiterer wunder Punkt. Mit dem Gift ersparte Herr Breuer sich und seiner Ehefrau die Qualen. Er füllte eine beträchtliche Menge in den Wassertank, versuchte damit auch diese Nadja zu töten, da sie mit ihrem Wissen der Organisation hätte schaden können.

„Ist Nadja von diesem Gift bzw. Strahlungen betroffen?" Fragt er besorgt.

Die Presse berichtet ausgiebig über dieses Phänomen der goldenen Mondsichel. Hoffentlich macht ihr der Artikel Angst und mit Glück sucht sie einen Arzt auf. Spätestens dann haben wir sie. Sie hatte kaum Kontakt mit dem Stein, meiner Meinung nach besteht keine Gefahr, worüber wir natürlicherweise nichts verbreiten.

Markus schlägt mit der flachen Hand auf den Tisch: „Kommissarin, Sie hatten Kenntnis, dass ich nicht der Mörder bin und haben mich erpresst?"

Der Beamte kommt außer Atem vom Brunnen zurück – Kommissarin Orselli steht auf:

Einen Moment, ich komme. Entschuldigen Sie meine Verpflichtungen, Herr Sontheim. Wir sehen uns in zwei Tagen, solange dauern die ersten Befragungen. Wir beide fertigen ein Schluss-protokoll an. Ich melde mich bei Ihnen!

Markus schnauft: „Sie sagten, ich hätte meine Ruhe vor Ihnen?"

„Herr Sontheim, halten Sie die zwei Tage durch – ohne Ihre Aussage inklusive Ihrer Unterschrift gibt es keine Belohnung."

Markus richtet sich auf: „Welche Belohnung?"

„Eine beträchtliche Summe, die zur Ergreifung der Täter ausgeschrieben war, es lohnt, zu warten!" Sie zwinkert ihm zu, als ihr Kollege sie drängt, zu verschwinden.

Markus brütet vor sich hin: Ein unverhoffter Geldsegen, wo meine Reserven am Schrumpfen sind? Zufrieden bestellt er einen weiteren Espresso mit einem Stück Kuchen zur Feier des Tages. Wiederholt ertappt er sich dabei, wie seine Augen nach Nadja suchen.

Es war sicher ein Fehler, Nadjas Notizbuch vor dieser Orselli zu verstecken. Was für eine Ähnlichkeit mit dem Buch in der Tiefe meiner Jacht. Die Brillenschlange, ein Zeichen, das zu Nadja passt. Beim Durchblättern hält er bei jeder Seite inne. Er fängt von vorn an, ist durcheinander, was er da entdeckt. Bodenlos, was für ein Miststück, schreit es in seinem Innersten. Bis auf die Ergänzungen kenne ich jedes Wort, das darin steht. Wann hatte dieses Weibsstück die Gelegenheit, unbemerkt in meinen Sachen herumzuschnüffeln? Hat sie diesen Überfall organisiert, mir eins über den Schädel gezogen, um an das Buch zu gelangen?

Am Nebentisch binden die Kellner die Stühle mit einem Seil zusammen. Für Markus ist es Zeit, zu verschwinden. Bevor er seinen Platz verlässt, wirft er einen letzten Blick auf das Gebäude am Ende des Parks. Die Polizei ist vor Ort und nichts ist passiert. Der Kiosk schließt die Rollläden, zuletzt verliert der Hubschrauber sein buntes Licht.

Lasse mir nicht den Abend verderben und verweile hier ein paar Minuten. Markus holt sein Zigarrenetui aus der Tasche, zündet sich eine an und schreibt unter der Laterne mit dem Montblanc-Füllfederhalter in das Buch:

Abschied ist Ankommen
Von Wellen benommen
Mit tanzenden Augen
Eindrücke saugen
Freunde gewonnen
Die aus der Ferne gekommen
Von einem Wegpunkt zum andern
Triebhaftes Wandern
Gefangen in der Idee, das Ende sieht
Ankommen ist Abschied

Nachdem Nadja Markus verlassen hatte, spazierte sie nicht zur Toilette, sondern an der Polizei vorbei zum Aretusa-Brunnen. Dort tauchte sie in der Menschenmenge unter, flüchtete oberhalb der Hafenmauer entlang der Häuser in Richtung Werftgelände. Als sie sich näherte, bemerkte sie die Absperrung durch die Polizeiautos, die lautlos vor sich hin blinkten und ihr den Weg versperrten.

Sofort entnahm sie den Akku aus ihrem Handy, um einer Ortung der Polizei zu entgehen. Ein öffentliches Telefon in den Zeiten des Mobiltelefons entwickelt sich zum Problem. Ein nahe gelegener Tabakladen versprach die Lösung. Sie kramte in ihrer Ledertasche, die Platz bot, um Kleinigkeiten

zu verschlucken, aber auf keinen Fall ein Notizbuch. Mit Tränen in den Augen stand sie vor dem
Geschäft und erahnte, wo sie es vergessen hatte.
Ihre letzte Rettung ist dieser Anwalt Rotollo, der
Vertraute von David Gutmann. Seine Adresse
herauszufinden, ein weiteres Problem, das nur mit
einem Telefonbuch zu lösen ist.

Markus ist wieder in der Marina angekommen.
Lucys Stimme aus dem Telefonhörer dröhnt in
seinen Ohren. Erklärungen helfen, Ihren Ärger zu
besänftigen. Erst nach seinen entschuldigenden
Worten, der Bitte, nach Sizilien zu kommen, da
scheint bei ihr alles vergessen. In der Kajüte packt
er das Schlangenbuch in eine Plastiktüte, befestigt
es mit Klebeband unter der Tischplatte: Egal, wo
ich das Buch verstecke, diese Nadja findet es.

Am nächsten Tag ist Markus mit der Demon-
tage der Ruderanlage beschäftigt. Ein Beschlag ist
eingerissen und benötigt eine Schweißnaht. Die
Seele des Jachtklubs, der Hafenmeister, der
wichtigste Mechaniker in der Marina, löst das
Problem für ihn. Gleichzeitig verlängert Markus
seinen Aufenthalt und bittet um eine Übernachtung
in einer Pension für seine Lucy. Ohne zu zögern,
hat der Sizilianer eine Lösung parat. Denn der

Bruder der Schwester seiner Ehefrau usw. usw.

Markus verbringt die Tage damit, die Ausgrabungen und Museen der Stadt zu besuchen, bis ihn eines Morgens das tiefe Brummen eines Dieselmotors weckt. Durch die Luke erblickt er ein Polizeiboot, dessen Anlegemanöver zum Ausbringen der Leinen vier Beamte an Deck erfordert. Wenn die Größe des Bootes ein Zeichen für Erfolg ist, hat Kommissarin Orselli es mit Bravour geschafft. Markus zieht sich an, setzt den Strohhut auf und begibt sich an Deck.

„Bitte, Herr Sontheim, kommen Sie an Bord, wir sind in der Messe." Zur Begrüßung reicht sie ihm die obligatorische Tasse Espresso und erkundigt sich nach seinem Wohlergehen.

Sontheim jammert über seine abgebrannten Haare, die flotter wachsen könnten und die Schmerzen sich zum Glück nur mehr sporadisch melden.

Die Kommissarin bedankt sich für die Mitarbeit und für die geopferte Zeit. Worauf er lächelnd sagt: „Hatte ich denn eine andere Wahl?"

Sie bietet ihm weiterhin Hilfe an, fragt, ob sich diese Nadja bei ihm gemeldet hat. Mit einem Lachen bemerkt sie, wie geschickt das mit ihm eingefädelt wurde.

Er runzelt die Stirn: „Zum Glück hat sie es nicht — was ist mit ihr?", ohne auf Antwort zu warten, fragt er: „Sagen Sie, warum haben die Schmuggler diesen Nico umgebracht?"

Die Orselli beginnt mit einer Geschichte über den Menschen, der seinen Erfolg im Geldbeutel einschätzt. Um ihn zu füllen, schreckt er vor einem Mord nicht zurück. Ich erinnere mich, was Albert Einstein gesagt hat: Geld zieht den Egoismus an und verführt zum Missbrauch. Nicos übertriebene Forderungen nach mehr Beteiligung ließen ihn lästig erscheinen. Der Mord, eine voreilige Aktion, denn die Obduktion der Leiche ergab ein ähnliches Krankheitsbild wie bei den Breuers.

David Gutmann, der Chef, zog im Hintergrund geschickt an den Fäden. Kroatien, Griechenland, Rom waren die Eckpfeiler seiner Organisation. Jahrelang verkaufte ein zuletzt 74-jähriger Römer für ihn Objekte in aller Welt. Erst nach dessen Verhaftung übernahm Gutmann den Verkauf. Bei den Radikalen in der Gruppe verlor er mehr und mehr an Respekt. Sie, Herr Sontheim, haben die Brutalität am eigenen Leib erfahren. Die Organisation benötigte Nadja, weil sie die Verbindungen des Breuers kannte, und der Umgang mit den Grabungstechnikern ihr vertraut war.

Markus unterbricht sie: „Was ist mit der Mondsichel?"

Nach der Sicherstellung verwahren die Wissenschaftler das Stück im forensischen Labor und untersuchen derzeit das Gestein. Vermutungen, dass es sich bei dem Material um einen Meteor handelt, stoßen in der Fachwelt auf Widerspruch. Die Kommissarin schiebt ihre Tasse beiseite, schaltet den Laptop ein. Bei dieser Gelegenheit, Herr Sontheim, auf solch ein simples Versteck wie das des Kiels sind wir nicht gekommen. Wissen Sie, wir schicken nicht jedem Touristen einen Froschmann unters Boot, aber wir haben daraus gelernt! Herr Sontheim, konzentrieren wir uns auf Ihre Aussage, damit wir hier fertig sind.

In der nächsten Stunde brüht die Maschine ständig Kaffee, bis Markus seine Unterschrift unter das Protokoll setzt. Die Höhe des Schecks, den sie ihm überreicht, lässt ihn innerlich jubeln. Ein Betrag, der die Schmerzen der letzten Wochen wettmacht.

„Signora Orselli, wann findet der Prozess statt?"

„Das dauert eine Weile, Sie sind zwar Kronzeuge, aber Ihre Anwesenheit ist nicht nötig, denn alle haben gestanden."

Gelächter draußen auf dem Steg lässt die Signora aufhorchen: „Erwarten Sie jemanden, Signore Sontheim?"

„Mein Besuch kommt erst in ein paar Tagen", ich habe keine Verpflichtungen.

Sie steht auf, verlässt die Messe. Nach kurzer Zeit kommt die Kommissarin zurück, hinter ihr eine Dame, die er für eine Sinnestäuschung hält.

„Hallo Mark, was hast du nur mit mir durchgemacht? Ich schäme mich!" Sie setzt sich ihm gegenüber und bestellt einen Espresso bei einem der Beamten.

Verwirrt antwortet er: „Nadja, ich sage lieber nichts."

Kommissarin Orselli liest angespannt in einem mitgebrachten Ordner und Sontheim entdeckt in Nadjas Gesicht eine Unbekümmertheit. Der Beamte reicht ihr das Getränk – Markus runzelt die Stirn: Solche Aufmerksamkeit haben sie mir in Susak nicht geschenkt. Die Kommissarin schließt den Ordner, lehnt sich zurück:

„Ja, Signore Sontheim, wundern Sie sich nicht", sie dreht sich zu dem neuen Gast. „Aus reiner Gewohnheit – wenn Sie nichts dagegen haben, nenne ich Sie weiterhin Nadja".

Sie lacht, nickt entspannt: „Kein Problem,

Kollegin!"

Darauf stellt Kommissarin Orselli vor: Interpol hat unsere Kollegin diesen Fall zugewiesen. Wir waren benachrichtigt, hatten keine genauen Daten über die Person, da verdeckt ermittelt wurde, hauptsächlich bei Geldwäsche im Zusammenhang mit den Kunstdiebstählen. Bitte geben Sie Nadja das Sonderangebot zurück, das Sie, Herr Sontheim, uns bis heute vorenthalten haben. Die Namen und Adressen sind für weitere Verhaftungen von enormer Bedeutung. Hoffentlich ist es noch in Ihrem Besitz?

„Ja, Kommissarin, Sie haben es mir im Park überreicht." Er schaut zu Nadja. „Momentan klebt es unter der Tischplatte in meiner Kajüte, entschuldige Nadja, es war wegen … Ich habe versucht, dich vor Problemen zu schützen."

Meine Ungeschicklichkeit, beteuert sie, das ist unverzeihlich, ich werde daran arbeiten. Wenn dieses Beweismaterial unterschlagen wurde, verzeiht es die Kollegin. Ich hoffe, du verzeihst mir auch, dass ich dich ausgetrickst habe. Die Zeit ist knapp, mein Flieger! Sie steht auf und sagt: „Kollegin, ich schicke Ihnen den Bericht und Mark, bitte, lass uns die Notizen holen!"

Überwältigt von den Neuigkeiten, begleitete er

sie zur Jacht. Als das Notizbuch wieder in ihren Händen lag, umarmte Nadja den verdutzten Deutschen und verabschiedete sich mit einem Kuss. Sie bedauert wiederholt, dass der Flieger ihr leider keine andere Wahl lasse.

Am Abend versucht Markus erneut, Lucy anzurufen, er erreichte nur den Anrufbeantworter. Umso erstaunter ist er, als sie am nächsten Morgen vor seiner Jacht steht. Er ist fasziniert davon, wie sie als Malerin überlebt. Trotz ihres Alkoholkonsums bringt sie geniale kreative Prozesse auf die Leinwand. Leider folgt darauf eine tagelange Depression, begleitet von endlosen Diskussionen. Zum Glück endet nach zweiwöchigem Aufenthalt in Syrakus der Stress für seine Leber.

Nach ihrer Abreise entscheidet Markus: Das Segelboot bleibt ein gesünderes Zuhause, weit weg von Lucy und ihrem geliebten Whisky.

Er wischt den Staub des Straßenverkehrs von Deck, sucht nach einer Entscheidung: Bleibe ich auf der Ostseite, segle ich entlang der Küste bis in die Lagune von Venedig oder umsegle ich Sizilien, vorbei an Neapel bis rauf nach Elba? Markus verstopft die beiden Lenzlöcher am Heck mit seinen Socken, löst die römische Münze vom

Halsband: weist der verschlissenen Rückseite die westliche Route nach Elba zu. Markus wirft sie in die Luft – hüpfend landet sie auf dem Boden der Plicht, rollt im Kreis, bleibt liegen. Das Antlitz des Kaisers Augustus auf der Vorderseite weist ihm den Weg.

Zweiter Teil

Die Kunst des spekulativen Kniffs

ANKUNFT IN DER LAGUNE

Sontheims, halb nackter Körper ruht in der Steuerbordkoje, am Mast die Segel mit den geflickten Spuren besiegter Stürme. Wunden entstanden entlang der Küsten von Kroatien, Griechenland über Sizilien bis hierher nach Venedig.

In der glatten See spiegelt sich die senkrecht stehende Sonne, der Wind vertreibt die Wolkenreste der vergangenen Tage. Am Rande des Mittelmeers erwärmen ihre Strahlen alles, was sich aus dem Schatten wagt.

Unter Deck gleicht die Kajüte einer Sauna, in deren bleierner Luft eine Musca domestica ihre Kreise zieht. In der Mitte des Tisches, umgeben von Kugeln aus zerknülltem Papier, folgt ein Grafitstift rollend der Bewegung des Rumpfes. Daneben ein Stapel unbenutzter Blätter, die auf kreative Ideen warten. Das Schlagen der Wellen gegen die Bordwand, das Knarren des Baumes, übertönt das monotone Schnarchen von Sontheim.

Sein Zucken, begleitet vom Gähnen, endet abrupt in Bewegungslosigkeit. Der Finger wandert im Unterbewusstsein zur Stirn, denn dort saß die Fliege. Blitzschnell flieht sie zum Bauchnabel – ein Schlag mit der flachen Hand folgt. Benommen suchen Sontheims Augen nach dem Plagegeist. Wieder kreist sie über seinem Bauch. Ohne seine Position zu verändern, ergreift er das neben ihm liegende Buch und schlägt so lange darauf ein, bis die Blätter knittern. Sekunden des Aufbegehrens, und Sontheim fällt wieder in Gleichgültigkeit. In kürzeren Abständen wiederholen sich die flatternden Buchseiten mit ihren gezielten Attacken.

„Es reicht", dröhnt seine Stimme in der Einsamkeit. Schwerfällig erhebt er sich und sucht nach einem Tuch, um das Tier zu töten. Entweder sind seine Bewegungen zu langsam, oder er hat sein Ziel knapp verfehlt. In Todesangst flüchtet das Miststück über die Pantry in einen offen stehenden Schapp, direkt auf einen vergessenen Tetrapak, dessen hoher Innendruck? Impulsiv fährt sein Arm aus, das Tuch peitscht … „Verdammt!", brüllt er, denn mit einem dumpfen Knall platzt die Papphülle. Übel riechend verteilt sich die Milch weiträumig. Eilig zieht die Fliege weiter ihre Runden. Trotz gründlicher Reinigung steigt ihm der saure Milchgeruch in die Nase.

Markus Sontheim klettert aus der Kajüte an die

Pinne, korrigiert den Kurs, den der betagte Autopilot sporadisch einhält. Kaum Wind, zu langsame Fahrt, dafür zu viele Schweißperlen, die über den Nasenrücken zur Nasenspitze rollen.

„Nicht auszuhalten", seufzt er.

Die letzten Wochen auf Sizilien veränderten sein Leben von Tag zu Tag. Gefangen in den Träumen mit einer Weibsperson, deren Gespräche ihn an Sesshaftigkeit erinnern. Rechtzeitig erkannte er das Problem, an einer gemeinsamen Zukunft zu arbeiten, die der Whisky diktiert.

Sontheim plappert zu seinem Spiegelbild auf der polierten Winsch nahe am Niedergang: „Mein Gesicht brennt, wenn der Teufel drauf säße, wüsste ich, woher!" Behutsam streicht er sich über die rote Nase. Erneut greift er zum Fernglas, schwenkt es hinüber zum Strand des Lido. Entdeckt die prächtigen Luxushotels mit ihren sonnenhungrigen Menschen auf ihren Liegen unter bunten Sonnenschirmen. Exakt aufgereiht demonstrieren sie Ordnung am Strand.

Jugendliche spielen Volleyball, durchbrechen vergnüglich die Ruhe. Im Wasser tummeln sich vereinzelt Badegäste mit ausgefallenen Sonnenhutkreationen. Auch wenn der Sommer seine Schuldigkeit erfüllt hat, zeigt er sich von seiner besten Seite. Wiederholt taucht Sontheim sein Hemd ins Meer, zieht es tropfnass über seinen erhitzten Körper, dass ihm kurz die ersehnte Abkühlung bringt.

Sein Blick schweift dorthin, wo der Himmel auf das Meer trifft, wo ein Ozeanriese auf die Lagune zusteuert. Sontheim stellt das Okular seines Fernglases darauf ein, entdeckt eine Herde von Urlaubern – Nachschub, von denen Venedig lebt.

Im Hafenhandbuch überfliegt er die Geschichte der Etrusker, die im vierten Jahrhundert Verbindungskanäle zwischen den Inseln nutzten. Er erfährt von einer Bevölkerung, die sich vor den Hunnen und Langobarden auf die Inseln zurückzog. Ein Schmunzeln umspielt seine Lippen bei dem Gedanken, wie bereitwillig heute Platz geschaffen wird, um fremdes Geld einströmen zu lassen.

Die flachen Wellen erwecken den Eindruck, seine Jacht treibe nach Achtern. Schaut er zum Stander hinauf, spielt der Wind, kommt mal von vorn, mal von hinten, am Ende schläft er ein. Die Fock hängt schlaff am Vorstag und gibt den Blick frei, direkt auf drei nackte Grazien. Surferinnen, die zwanzig Bootslängen von Sontheims Position entfernt auf ihren Brettern ruhen. Ihre Segel liegen ausgebreitet auf dem Wasser und umschließen die Nackten wie Blütenblätter. Als die drei den Fremden entdecken, verhüllen sie eilig ihre Körper und winken ihm mit erhobenen Armen zu. Ein dunkelhaariges Fräulein mit tiefbrauner Haut steht auf dem schwankenden Brett und wirbelt ein buntes Tuch durch die Luft.

Sontheims Brust schwillt an, seine linke Hand hebt den Panamahut vom Kopf und winkt mit cooler Freude. Dabei sprudeln seine Gedanken euphorisch, über die Zunge:

„Nach all den Tagen der Einsamkeit, vortrefflich. Ihr makellosen Geschöpfe – avanti, ich bin bereit für euch!"

Ein Ächzen, gefolgt von einem Krachen, setzt sich durch den Rumpf, durch die Takelage. Bedrohlich hebt sich das Heck, der Bug des Schiffes taucht ins Wasser, der Baum schlägt in die Wanten, Sontheim stürzt. Gestreckt liegt er da, sein Hut rollt in die Kajüte, wo es fürchterlich scheppert. Lose Gegenstände rollen umher, Glas splittert, die Jacht kippt auf die Seite, es kehrt Ruhe ein. Argwöhnisch beobachtet er über den Bootsrand, wie die Dunkelhaarige, bis zu den Knien im Wasser, auf ihn zukommt. In diesem Moment ist ihm bewusst, dass der Kiel im sandigen Grund steckt. Ist die Entfernung zum Ufer ein Rechenfehler? Sontheim rappelt sich auf, streicht die Segel, verschwindet unter Deck, dreht an der Kurbel des Hubkiels. Zurück im Cockpit gleitet er ins Wasser, versucht, den Rumpf aus den Klauen der Untiefe zu befreien – vergeblich.

Inzwischen hat ihn die Surferin erreicht: „Hallo, alles in Ordnung?", sie streckt ihm die Hand zur Begrüßung entgegen. „Mein Name ist Sandra!"

Der Sonnenbrand überdeckt die Röte, die dem Gestrandeten ins Gesicht steigt. Kleinlaut stolpert es über seine Lippen: „Freut mich … Markus. Ich habe vergessen, das Echolot einzuschalten. Zum Glück schläft der Wind gemeinsam mit den Wellen."

„Wir haben uns gefragt, wohin er segelt", sie lächelt, verkneift sich mühsam ein Lachen. „Unser Versuch, vor dem Hindernis zu warnen – wir sehen, es ist uns nicht gelungen."

Markus atmet auf, spitzt die Lippen: „Ich interpretierte es als nette Begrüßung."

„Ach nein?", ein Lachen überzieht ihr Gesicht, „wir kommen aus Ca' Savio, wir kennen die Untiefen vor dem Lido. Diese Sandbänke verändern ständig ihre Position, ebendarum sind sie nicht in den Karten verzeichnet."

„Sie sind keine Italienerin?", erneut versucht Markus, die Jacht zu wenden.

„Ich bin Italienerin, ich bin in Udine geboren."

„Dafür sprechen Sie ein ausgezeichnetes Deutsch!"

„Danke für das Kompliment", sie streicht sich die strähnigen Haare aus den Augen. „Ich studiere Germanistik an der Universität."

Gemeinsam schieben sie die Jacht am Bug nach achtern. Es dauert ein paar Anläufe, bis sich der Rumpf von der Sandbank gelöst hat. Freude-strahlend sagt Sontheim: „Ihre Hilfsbereitschaft, Sandra, werde ich in meinem Herzen tragen, Tausend Dank!"

„Ist in Ordnung, Markus, pass auf dich auf, tschau!"

Zurück an Bord gibt der Elektromotor sein Bestes, um die Untiefe hinter sich zu lassen. Kichernd auf ihren Surfbrettern verabschieden sich die Mädels vom Deutschen, der mit dem Segel-setzen beschäftigt ist. Die untergehende Sonne sorgt für eine abendliche Brise, die die Jacht in Richtung der beiden Leuchttürme treibt. Ihre imposanten Bauwerke markieren die Einfahrt in die Lagune, an deren Innenseite, unweit der Anlege-stelle Punta Sabione, die Marina di Lio Grando liegt. Nach zähen Verhandlungen über die Gebühren des Liegeplatzes findet die Segeljacht mit Markus Sontheim hier ihre Ruhe.

S O H O

Tausende Seemeilen von Venedig entfernt, im New Yorker Stadtteil Greenwich Village, dreht ein Postbote seine tägliche Runde. Verschlafen liegen die Bürgersteige neben winzigen Vorgärten der geduckten Reihenhäuser, zu deren Eingängen Treppen mit schmiedeeisernen Geländern führen. Eine davon endet vor einer dunkelgrün lackierten Tür mit glänzenden Messingbeschlägen. Durch den Briefschlitz schiebt der Postbote ein Anschreiben, das dem Empfänger direkt vor die Füße flattert. Unschlüssig hebt der Hausherr den Brief auf, reißt den Umschlag auf und entfaltet ein Blatt, das nach Parfüm duftet. Die Pupillen folgen flatternd dem Rhythmus der Zeilen. Mit jedem Satz presst er die Lippen fester zusammen. Empört zündet er sich eine Zigarette an, prustet den Rauch aus sich heraus und folgt weiter den anklagenden Worten:

Hallo Lügner,
diese Frage stelle ich dir so lange, bis du dein
niveauloses Verhalten eingestehst. Du wendest

dich ab, von einem Tag auf den anderen, zerstörst mein Leben. Du nennst mich eine Muse, versprichst mir Erfolg durch eine Reise nach Venedig. Dafür habe ich meinen Körper bis in die kleinste Falte deinen Bildern hingegeben. Und dann dieser Nelkenstrauß, mit all den Lügen, den fadenscheinigen Begründungen. Du lässt anderen den Vortritt? Dafür wirst du büßen! Ich verfluche deine Arbeit, dein Leben! Niemand wird für dich da sein, dafür sorge ich. Und wenn ja, sterben sie in der Ausführung deiner Aufträge. Die Toten tragen eine Nelke, zum Zeichen meines Fluches, der am Ende auch dich treffen wird.

Deine von Hass erfüllte Muse

Für einen Moment scheint der Herr selbstkritischen Gedanken nachzuhängen, aber sein süffisantes Lächeln widerlegt diesen Eindruck. Selbstgefällig reißen seine Hände das Briefpapier in Stücke und lassen sie verächtlich zu Boden schweben. Dem letzten Fetzen folgt ein „Fuck you!", dazu eine abfällige Handbewegung. Der Blick auf seine Armbanduhr lenkt ab. Flott zieht er sich eine silbergraue Jacke über, eilt aus dem Haus, denn die Zeit drängt zu einem dringenden Termin.

Neonlichter geben der Nacht ein buntes Kleid,

bis sie in der Morgendämmerung ihre Leuchtkraft verlieren. Dafür zaubert die frische Morgenluft ein Lächeln auf die Gesichter der Frühaufsteher. Zwischen den Alleebäumen mit ihren zwitschernden Vögeln taucht der silbergraue Anzug am Ende der Straße in eine gewaltige Häuserschlucht mit ihren qualmenden Auspuffrohren. Daneben hasten Menschen, deren Eile an den roten Ampeln für einen Moment erstarrt. Über ihren Köpfen verdeckt der Smog den Himmel und taucht die Stadt in ein diffuses Licht.

An diesem Samstag erwachen wie jeden Tag die Geschäfte, die Büros, die Chefetagen. Dort, wo früher schwitzende Arbeiter in Lederschürzen überladene Sackkarren schoben, schwebt heute der exquisite Duft von Verkäuferinnen und Bürodamen. Ihre Schritte durchqueren die einst weitläufigen Lagerhallen, in denen marmorverkleidete Boutiquen und Galerien den Glanz der Moderne verbreiten.

In einem der Hochhäuser aus der Gründerzeit fährt ein Lastenaufzug quietschend und ohne anzuhalten ins oberste Stockwerk. Die eiserne Gittertür der Kabine öffnet sich, der Herr im silbergrauen Anzug betritt ein weitläufiges Loft. Seine locker gebundene, bordeauxrote Krawatte mit grünen Streifen setzt ihm einen Farbtupfer auf. Der offene Hemdkragen widerspricht einer Kleiderordnung, die in der Geschäftswelt angesagt zu sein scheint. Die schlaksige Gestalt schlendert bedächtig an Holzkisten und Kartons vorbei auf eine hohe Fensterfront zu. Skulpturen, an denen Holzwolle hängt, lagern zwischen Gemälden, deren Ausmaße von üppigen Quadratmetern beeindrucken. Je weiter er sich dem Fenster nähert, desto mehr blendet ihn das einfallende Sonnenlicht. Mit zusammengekniffenen Augen steuert er auf eine Gruppe von Menschen zu.

„Guten Tag, Mr. Fork, ausgezeichnet, dass Sie Zeit für uns haben", tönt es aus der Runde. „Bitte setzen Sie sich zu uns!"

Fork ordnet die Stimme Castaldi zu, einem hochgewachsenen, hageren Herrn mit italienischem Akzent. Herzlich schüttelt er ihm die Hand und führt ihn zu einem freien Platz zwischen zwei Damen. Ohne auf den Herrn zu achten, verteilt Fork Nettigkeiten an seine weibliche Nachbarschaft. Das taufrische Wesen zu seiner Linken, das aussieht wie ein Blumenmädchen der 70er-Jahre, ordnet unbeeindruckt ihre Papiere. Ihr knallbuntes Kleid mit den weiten Ärmeln durchbricht die Eleganz des Tisches. Auf ihrem runden

Gesicht liegt ein Lächeln, das keine Veränderung zeigt. Die um Jahre, reifere Dame zur Rechten zieht sofort die ganze Aufmerksamkeit auf sich. Ihr Äußeres erinnert an die steifen, blassen Puppen, die in den Schaufenstern der Modehäuser ausgestellt sind. Ihre geschminkten Gesichtszüge übertreffen ihre extravagante Kleidung. Beide kennen sich aus Stunden gemeinsamer Arbeit in den Ateliers der Künstler. Sie, das Erotikmodel Fiora Steiner, diente Mr. Fork als Vorlage für manche Liebesszenen in seinen derzeit veröffentlichten Werken. Das macht Lust auf Unterhaltung ohne Rücksicht auf den Rest der Anwesenden.

Der smarte Mr. Fork, dessen Aftershave die verrauchte Luft des Lofts dominiert, ist bei den Damen beliebt. Das Lächeln auf seinen Lippen verrät nicht seine wahre Stimmung, denn sein Pokerface spielt eine Rolle im Geschäft mit der Kunst, wie dem Kapital.

„Wir drängen Sie nicht", unterbricht der Italiener Mr. Forks Zerstreuung, uns rennt momentan die Zeit davon. Ihre Arbeiten hängen derzeitig in Venedig, leider haben wir nicht das erwartete Presseecho auf Ihre Ausstellung. Trotz ihrer gemalten Provokationen finden wir in den Tageszeitungen nichts, was die Kunstwelt aufrüttelt. Welche

Ideen haben Sie, welche Aktionen schlagen Sie vor?

Der Italiener Castaldi ist der Manager, er trägt die Verantwortung für die Projekte der Galerie. Über ihm wacht eine grau melierte Dame, die sie Ms. Gold nennen. Ihr Einfluss in der Szene und ihr finanzieller Hintergrund sichern die riskanten Geschäfte ab. Ein unscheinbarer Herr am Tisch organisiert, mit seiner blumenhaften Assistentin, die Medienarbeit.

Mr. Fork ist bei der Galerie unter Vertrag, die in diesem Jahr den Zuschlag für den amerikanischen Pavillon auf der Biennale in Venedig erhalten hat. Um seine Ideen zu verwirklichen, hat Ms. Gold viele Dollar investiert. Ateliers verschiedener Künstler und Handwerker übernahmen die Umsetzung. Seine Signatur hatten die Meister in die Objekte eingraviert, was Fragen aufwirft, auf die er wie folgt antwortet: „Meine Hände beschmutzen diese Werke auf keinen Fall!"

Über der blank polierten Tischplatte prallen die Vorschläge für medienwirksame Maßnahmen aufeinander. Sie münden in eine zunehmend hitzige Diskussion. Anlass ist die Idee einer Kunstauktion, deren Vorgehen an Betrug grenzt. Es sind Millionen, die sie damit verdienen könnten, um die bisherigen Kosten zu decken. Die letzten Bedenken von Mr. Fork zerstreuten Ms. Gold, indem sie die Summe auf ein Blatt Papier schreibt. „Erinnert Sie das an etwas?"

„Für meine Visionen, Ms. Gold, reicht dieses Ergebnis absolut nicht aus, denn um Großes zu schaffen, bedarf es mehr." Sein gekünsteltes Lächeln über ihre naive Beweisführung unterstreicht eine abfällige Handbewegung. „Ich vergesse Ihr Geld nicht, fliege morgen mit Signora Steiner nach Venedig, dort arbeiten wir verstärkt an meiner Publicity, initiieren Aktionen auf dem Ausstellungsgelände gezielt für diese Medienmeute."

Auf ein Zeichen der Zustimmung hoffend, sagt die Blumenhafte kopfschüttelnd: „Der Zeitgeist rast an uns vorbei, Ende des Monats ist alles vorüber", sie lacht hämisch, „diese Spielchen sind zu langwierig, zu ineffektiv."

Mr. Fork steht auf. „In Ordnung, wenn ihr das für Spielchen haltet, macht, was ihr für angemessen findet. Ich bin raus! Morgen komme ich ins Büro, ich benötige die Verträge für die Handwerker in Venedig. Hoffentlich sind sie fertig. Wir sehen uns!"

Ein Räuspern, gefolgt von einem heftigen

Husten, lässt Ms. Gold nach Luft schnappen. Nachdem der Tischnachbar ihr auf den Rücken geklopft hat, sagt sie:

„Aufmerksam, mein Lieber, danke, es reicht." Ein Taschentuch streicht über ihren Mund, dann ruft sie Fork hinterher: „Bleiben Sie, keine Eile, bitte setzen Sie sich wieder", Ms. Gold räuspert sich erneut, „wir haben bisher eine Million Dollar in Ihre Arbeiten investiert, und die negativen Kritiken der Experten, das ist erschreckend. Manche sprechen von Kitsch, von Nachahmung."

„Entschuldigen Sie, meine Erfahrung …", Ms. Gold unterbricht Mr. Fork in seiner Rechtfertigung.

„Ich bitte Sie, Mr. Fork, hören Sie mir erst zu." Die Seniorin klopft mit ihrem Stift auf den Tisch und erklärt, dass der bisherige Erfolg allein aus dem Finanztopf der Galerie stammt. Diese Schreiberlinge von der Presse sprechen von einem Aufwärmen des ‚Readymade'. Langweilige Artikel in den Zeitungen über ihre Person lassen die Verkäufe stagnieren. Wir erwarten einen Künstler, der sich vom Tagesgeschäft der Kunstszene abhebt. Negative Publicity schafft zwar Popularität, aber Vorsicht, übertrieben, bewirken sie das Gegenteil. Wenn in Ihrem persönlichen Umfeld im Kontext Ihrer Kunst nichts aus dem Rahmen fällt, finanzieren wir Ihre Projekte in Zukunft nicht mehr.

„Solch ein Ultimatum hat mir bisher keiner gestellt", er steht wieder auf, der Stuhl rumpelt nach hinten. „Ich werde daran arbeiten." Der Kugelschreiber fliegt aus seiner Hand mitten auf den Tisch und springt wie ein Tischtennisball über die Platte. Forks Gesichtszüge verlieren bei seinen knurrenden Rechtfertigungen an Freundlichkeit. „Ich realisiere Ideen, kümmere mich um die Umsetzung, vermarkten ist nicht mein Job, das Geld müsst ihr euch verdienen." Zwei, drei Schritte in Richtung Ausgang, er dreht sich abrupt um. „Das Wichtigste hatte ich vergessen. Wegen der Medien plane ich demnächst unsere Hochzeit mit Ms. Steiner", er zeigt auf sie. „Ihre Popularität als Erotikmodel garantiert uns solch ein Spektakel."

„Oh ja. Warum nicht? Das klingt vielversprechend", jubelt Mr. Castaldi.

Fork kehrt an den Tisch zurück. „Ein Vertrag begrenzt die Ehe auf ein Jahr.", sein Zeigefinger tippt mehrmals auf den Tisch. Kein Wort von diesem Vertrag verlässt diesen Raum, ich hoffe, das ist klar. Die Scheidung nach Ablauf der Frist setzt dem Spektakel die Krone auf. Sie liefert den Zeitungen zusätzlichen Stoff für ihre nach Skandalen lechzenden Blätter. Das zu sagen, hatten wir ursprünglich erst nach der Italienreise geplant.

„Das ist eine inspirierende Geschichte", fügt Ms. Gold hinzu, dabei nickt Mr. Castaldi zufrieden. „Wir lassen sofort von unserer Rechtsabteilung Verträge aufsetzen, die sie diesem Impresario vorlegen. Da haben wir offen gesagt, ein Wörtchen mitzureden."

„Der Agent von Ms. Steiner erwartet uns in Venedig, denn ohne ihn entscheidet sie nichts", er verabschiedet sich und Fiora folgt ihm, denn es wartet eine Menge Arbeit. Eilig verschwindet Fork mit seinem Modell im quietschenden Fahrstuhl.

Es ist 9 Uhr vormittag. An diesem verregneten Wochenende pulsiert das Leben in SoHo. Die Bürgersteige ähneln einer Bühne für Menschen, die ihr Äußeres gerne in Szene setzen. Sie gleichen einem Laufsteg für die neueste, schrillste Mode. Aktionskünstler erregen Aufmerksamkeit mit ihren umgestalteten Hydranten, den bizarr gepackten und dekorierten Einkaufswagen aus dem Supermarkt. Hier fallen die aufpolierten Luxuskarossen des Geldadels vor den Galerien ins Auge. Schaulustige füllen die Ausstellungsräume, betrachten all die Retrospektiven, die Werke der leuchtenden Kometen am Kunsthimmel. Mit Sonderangeboten „Kunst im Ausverkauf" versuchen die Unbedeutenden den renommierten Galerien den Rang abzulaufen. Um die kaufkräftigen Passanten von der Straße zu locken, ist den Machern in der Kunst jedes Mittel fragwürdiger Werbung recht.

Die größte Ansammlung von Kunstgalerien findet man in South Houston. Ursprüngliche Lager- und Fabrikhallen bauten die Kreativen zu Ateliers um. Am Ende zog die wohlhabende Bohème in das Viertel und bewahrte viele Gebäude vor dem Abriss. Automatisch siedelten sich mondäne Geschäfte neben Cafés an.

ORIENTIERUNGSLOS

Dieser regnerische Vormittag in Soho ist gleichzeitig ein sonnendurchfluteter Nachmittag in Venedig, dessen Hitze Sontheim aus den Federn reißt. Arbeiten rund um die Jacht warten auf ihn. Bevor er das Deck schrubbt, vertraut er der Marina eigenen Waschmaschine die vom Meerwasser salzig gewordene Kleidung an. In der Kajüte gibt es wegen der Grundberührung vor der Küste einiges zu überprüfen. Nach getaner Arbeit genießt Markus ein Glas Wein, die Betonung liegt auf „ein Glas", bevor er wieder in der Koje verschwindet. Die geplante Besichtigung der Lagunenstadt Venedig am nächsten Tag mit all ihren Gassen, Kanälen und Sehenswürdigkeiten erfordert einen klaren Kopf.

Früh am Morgen steigt Sontheim an der Anlegestelle Treporti in das Vaporetto. Beschaulich zeigt sich das Meer, gibt der Überfahrt einen Hauch von Meditation. Voller Entdeckerfreude durchstreift er ein Stadtviertel nach dem anderen. Seine Neugier treibt ihn zur Biennale mit ihren internationalen Kunstwerken. Pausen verbringt er inmitten der Tagestouristen in Cafés unter Schatten spendenden Markisen. Die Darstellungen der Lagunenstadt, die manche Bücherregale füllen, vermitteln nicht annähernd die Eindrücke, die man in der Realität vorfindet.

In den von Geschäften gesäumten Gassen herrscht eine lebendige Atmosphäre. Solange er durch diese Vielfalt schlendert, hält er nebenbei Ausschau nach Händlern für den Verkauf seiner eigenen Arbeiten. Leider ist es vergeudete Zeit, die ihm ebenso davonläuft wie die finanziellen Mittel angesichts der hohen Kosten des Jachthafens.

Die Tage vergehen, Sontheims Stimmung wechselt, wie das Wetter – scheint die Sonne, kommt der Regen, zieht er die Segeljacke an, verdrängt das Blau die Wolken. Am Ende eines jeden Tages wartet das letzte Linienschiff auf ihn. Eines Nachts, ein Glas über den Durst getrunken, endete eine Gasse an einem Kanal. Es folgt eine zeitraubende Suche, die Umwege lassen ihn am Steg zurück. Das Mondlicht, die Laternen bleiben. Die sich entfernenden Positionslichter waren seine letzte Chance, das Festland zu erreichen.

Ein zielloser Spaziergang führt in diverse Kneipen seiner Rotweintour. Zur Polizeistunde bleibt nur eine Parkbank in den Giardini übrig. Nebelschwaden schwappen wie Wellen an Land bis in die hintersten Winkel des Arsenalviertels, dazu zeigen die mondbeschienenen Baumkronen ihre reglosen Schatten. Ein Winseln schreckt ihn auf, das er streunenden Katzen zuschreibt, die ihren Gefühlen freien Lauf lassen. Vom Alkohol geschwächt, schläft er auf der Parkbank ein.

Das Toben der verwilderten Katzen, übertönt von einem Schrei – klirrendes, zerbrechendes Glas. Die Kieselsteine des Ausstellungsgeländes verraten flüchtende Schritte.

Sontheim rennt auf San Marco zu, durch die Gassen mit ihren schattenlosen Winkeln, vorbei an all den nebelverhangenen Korridoren der Angst. „Warum renne ich?", sagt er – und bleibt stehen. Heftig atmend dreht er sich um, starrt in die Schwärze der Nacht. Bemerkt die fehlenden Minuten seines Gedächtnisses von dem Moment an, als er eingeschlafen ist. Wie es aussieht, häufen sich seine schlafwandlerischen Eskapaden.

Er tastet sich mit der Hand an den Fassaden der Häuser entlang, die ihm ein verlässliches Gefühl von Sicherheit vermitteln. Vom Weg abzukommen, in einem dieser Kanäle zu landen, wäre fatal. Unbewusst stößt seine Hand auf Klingelknöpfe inmitten runder, glatter Messingschalen. Ein schriller Ton und der Zorn derer, die aus dem Schlaf gerissen, treiben ihn weiter.

Dichter Nebel, das Plätschern der Wellen, ein rhythmischer Klickklack nähert sich. Aus welcher Richtung? Zu verwirrend ist das Echo zwischen den Fassaden. Dann versetzt das Heulen der Sirenen, im Einklang mit den aufheulenden Motoren, ihn erneut in fliehende Hektik. Egal wohin, sie folgen ihm! Seine Hände streichen über die grobkörnige Oberfläche des Putzes – sie fallen ins Leere. Kühle Seeluft berührt sein Gesicht, dieses Klickklack, Klickklack, dessen Rhythmus sich beschleunigt. Wie gelähmt rührt er sich nicht von der Stelle: Verdammter Nebel, woran ich mich klammere, gibt nach. In dieser Suppe weglaufen? Zwecklos. Seine Nase saugt einen Geruch auf, etwas schlägt mit voller Wucht gegen seine rechte Körperhälfte. Stolpernd, die Hände nach Sicherheit suchend, rettet sich Sontheim vor dem Sturz.

Seine Finger klammern sich krampfhaft an das, was ihm der Fremde zu entreißen versucht. Erfolglos verschwindet er im Nebel. Markus rollt, was sich nach einem Tuch anfühlt, zusammen und steckt es in die Innentasche seiner Segeljacke. Von den Sirenen verfolgt, tasten sich die Hände weiter zum Campo Santo Stefano. Dort verstummt der Lärm, was bleibt, ist ein leises Plätschern im Nebel. Vorbei an einem Brunnen durchdringt diffus ein rotes Leuchtfeuer diese Nebelwand. Sontheim sieht darin ein Seezeichen, warum auf einer Piazza? Allmählich nähert er sich dem Rot, das ihn direkt in eine Bar lockt.

Der morgendliche Duft von Espresso neben frisch gebackenem steigt ihm in die Nase. In einer Ecke des belebten Gastraums ein freier Tisch. Geschwächt von den Ereignissen der letzten Stunden, der geeignete Ort, um sich zurückzuziehen. Sontheim ruft dem Barista an der Theke seine Bestellung zu. Im fahlen Neonlicht sieht seine weiße Segeljacke wie die eines Metzgers aus. Mit einer Serviette reibt er über die wasserabweisende Oberfläche. Blutflecken sind schwer zu entfernen. Getrocknetes Blut verändert seine Farbe ins Rostbraun – er beschließt, die Flecken zu akzeptieren.

Auf dem Stuhl neben ihm liegt eine deutsche Tageszeitung. Verstohlen sucht er unter den Gästen nach dem richtigen Besitzer. „Alles Italiener", murmelt er, greift nach der Zeitung, blättert bis zum Kulturteil. Ein Foto lässt ihn flüsternd aufbegehren: „Wieder dieser Fork, mit seinen abscheulich obszönen Werken, dieser Mist schreit nach Vernichtung." Sontheim wirft die Zeitung beiseite, konzentriert sich auf seinen Cappuccino. Beim Trinken schmerzt seine Schulter, die ihn an ein Stück erinnert, das in der Innentasche seiner Jacke steckt. Nachdem er das zusammengerollte Tuch vor sich ausgebreitet hat, stellt er die Tasse auf das eine Ende und den Unterteller auf das andere. Er bestellt einen Espresso.

Da bemerkt er wieder diesen Duft, der seine Nase wie ein Magnet anzieht. Es ist dieser Hauch von Moschus, kein Zweifel, denn auf seinen Geruchssinn ist Verlass. Sontheim tritt zurück, studiert das altmeisterliche Gemälde. Ein Weib mit nacktem Hintern, dessen schlanke Beine sich quer über die Leinwand strecken. Daneben der Rest eines Nackten … bei seinem ersten Besuch der Biennale weckte dieses Bild Aggressionen in ihm. Diese süßlichen Farben in Verbindung mit der naturalistischen Malweise, diese Effekthascherei ist ihm ein Gräuel. Rosen, die das Geschlecht des vermeintlichen Liebesaktes umspielen, daneben neuzeitliches Sexspielzeug, was für ein Kitsch, ein Angriff auf seine Ästhetik. Sontheim, in seinen Gefühlen versunken, zuckt zusammen.

Der Kellner serviert eine weitere Tasse Cappuccino, beugt den Kopf nach vorn und sagt: „Un bello dipinto, Signore!"

Sontheim sagt nichts, schiebt ihm die ausgetrunkene Tasse mit dem Teller entgegen – die Leinwand rollt sich zusammen. Zurück in der Innentasche, wendet er seine Aufmerksamkeit wieder der Zeitung zu.

Das geschäftige Treiben der Frühaufsteher hält die Eingangstür der Bar in Bewegung. Das Zischen des Wasserdampfs aus der Kaffeemaschine, begleitet vom Gurgeln des Espressos, übertönt die lebhaften Gespräche der Venezianer. Schwaden von Zigarettenrauch ziehen direkt auf den Ventilator über der Tür zu, die sich energisch öffnet. Ein gebräuntes Fräulein betritt die Bar. Mit einem „permesso" schiebt sie ihren schlanken Körper durch die diskutierenden Gäste. Sontheim starrt auf ihr schwarzes Haar, auf ihre Ledertasche mit den silbernen Applikationen. Das Gesicht, die Hautfarbe, das ist die Studentin Sandra, diese Sportlerin mit dem Surfbrett. Zwischen zwei flirtenden Italienern tritt sie an die Theke, auf der ein doppelter Espresso für sie griffbereit wartet. Die Umstehenden begrüßen sie mit Herzlichkeit. Sontheims Meinung: sie ist ein Stammgast, keine

Frage.

Markus dreht sich in die entgegengesetzte Richtung. Es wäre ihm peinlich, betrunken, übermüdet, keine vorteilhafte Visitenkarte. Zwanghaft krallt sich Sontheim in einem Gang an einem Spielautomaten fest, mit seinen bunten Zahlen, den flackernden Lichtern, den Tönen, die das Gerät von sich gibt. Unbemerkt schlendert Sandra mit ihrem Getränk zu seinem Tisch.

„Das ist keine Täuschung! Hallo Markus, sind Sie ohne Grundberührung in Venedig gelandet?"

„Buona giornata Sandra! Bitte erinnern Sie mich nicht daran, der Gedanke an dieses Missgeschick ist mir peinlich." Er bewegt sich zurück an seinen Platz.

„Ist es erlaubt, mich zu Ihnen zu setzen?" Sandra stellt die Tasse auf den Tisch, wirft ihre Tasche auf den freien Stuhl neben sich.

„Freut mich, bitte setzen Sie sich", er faltet die Zeitung, macht den Tisch frei und wirft sie auf den Nebentisch.

„Dieser Anhänger an Ihrem Hals, eine echte Münze? Der gefällt mir! Wo findet man derartiges?"

Er antwortet: „Ein Römer! Mein Talisman, der mich auf meiner Seereise begleitet. Dieser Münze habe ich es überlassen, zu entscheiden, an welcher Küste des italienischen Festlandes mein Weg nach Norden führt. Wie Sie sehen, hat sie mich zu Ihnen geführt." Mit einem Augenaufschlag hält er ihr den Anhänger entgegen, versteckt ihn sofort wieder unter seinem Hemd.

„Markus, verbringen Sie hier in Venedig Ihren Urlaub?"

„Ich suche eine Möglichkeit, meine Arbeiten auszustellen." Die Wahrheit ist, er sucht die Ruhe, er hat keine Wahl und fährt fort: „Wenn ich Glück habe, finde ich eine Galerie, einen ähnlichen Laden, aber das ist ein Traum." Markus sieht sie desillusioniert an. „Letzte Möglichkeit, wenn mein Geld aufgebraucht ist – Rückzug nach Deutschland. Diese Biennale mit ihrem Überangebot an Kunst erzeugt ein Gefühl der Übersättigung. Niemand hat ein Auge für meine Objekte."

„Ah ja – Sie arbeiten künstlerisch", Sandra nippt an ihrem Espresso. „Haben Sie viele Produkte?"

Ihre Frage klingt banal, als wären seine Objekte Seifenwürfel. „Ein ganzes Jahr Arbeit, genug für ein, zwei Ausstellungen", antwortet er und kratzt sich mit dem Mittelfinger am Hinterkopf, „leider habe ich keine einzige in Aussicht. Mal sehen, notfalls lege ich meine Arbeiten auf das

Pflaster einer Piazza und versuche, dadurch an Geld zu kommen." Markus schaut sie an: Sie ist eine von denen, die nicht begreifen, dass jede Zeichnung, jede Skulptur meine Kinder sind. Kinder, die aus einer ekstatischen Eingebung heraus reifen, bis sie mit der Geburt Teil dieses Lebens sind. Wie viele Zweifel räumt man durch den gesamten Schaffensprozess aus. Stücke, die man für vollendet hält, zerstört man wieder, überdenkt die Idee, verbessert sie. In dieser Nacht in eine tiefe Diskussion einzutreten, zwecklos?

„Einen Moment", bricht es aus Sandra heraus, sie hebt den Zeigefinger, an dem ein silberner Ring hervorsticht. „Mir fällt da was ein!"

Sie stellt die Tasse wieder auf den Tisch. Orientierungslos kramt sie, ihre Hand steckt in der geräumigen Ledertasche. Ein Gegenstand nach dem anderen kommt zum Vorschein: Bücher, eine Hershey`s Milk Chocolate, ein Notizblock, eine Packung Indiana Beef Jerky XXL, ein Spiegel, ein Schminktäschchen, eine Großpackung Gummis, ein Seidenschal. Bei den Kondomen schaut sie ihn an, lächelt, zuckt mit den Achseln, steckt sie mit einer Entschuldigung zurück. Der Rest bleibt vor Markus auf dem Tisch liegen. Neugierig greift er nach dem Indiana Beef, wegen der seltsamen Verpackung. Seine Nase nimmt einen Duft wahr, den er am Bild erschnüffelt hatte, aber es kann sein, das sind Spuren der Leinwand, die vorher auf dem Tisch lag. Er fragt nach ihrem Parfum, das sie benutzt, und sie antwortet nur „Crystal Noir". Als sie ein Adressbuch mit Handy in den Händen hält, kehrt wieder Ruhe in ihre Tasche ein. Das folgende Telefonat begleitet eine bewegte Gestik, die den Eindruck erweckt, dass der Gesprächspartner sie beobachtet. Ein mehrmaliges Tschau lässt das Handy wieder in der Tasche verschwinden, dann sagt sie zu Markus:

„Kennen Sie dieses Trockenfleisch aus Amerika? Probieren Sie, ein Snack für zwischendurch wird Ihnen schmecken!"

„Nein, danke!", er schüttelt den Kopf und legt die Packung wieder zurück.

Dann verschwindet der Rest der Utensilien im Bauch aus feinstem Leder. Markus weiß nicht, was diese Aktion bringt, was ihr Filzstift hastig auf einer Papierserviette hinterlässt. Mit unbeirrter Stimme erklärt sie:

Dass er heute mit dem Vaporetto nach Murano fährt, zu dieser Adresse. Dort arbeitet eine gewisse Maria Grazia Santin. Sie spricht Englisch und kümmert sich um sein Problem. Mitzubringen sind ein paar Ihrer besten Arbeiten. Leider habe ich jeden Montag Vorlesungen und demzufolge fahren Sie ohne mich dorthin. Morgen früh sehen wir uns an dieser Stelle.

„Danke, Sandra. Ich revanchiere …"

„Kein Problem", fällt sie ihm ins Wort. „In Italien benötigt alles Beziehungen – die Zeit rennt mir davon, ich wünsche Ihnen Glück!" Sie steht auf, packt ihre Sachen, winkt an der Theke vorbei und verschwindet durch die Tür.

Der Rückweg nach Punta Sabione, der Weg zur Marina, das Aussuchen der Zeichnungen, der Fotos, der Kleinplastiken – die Armbanduhr drängt zum Vaporetto nach Murano. Vor dem Betreten des Linienschiffes wartet Sontheim mitten in der Menge, bis sie sich an Bord verteilt. Nach einer Überfahrt legt das Vaporetto an der Insel der Glasmacher an. Ohne auf die Touristen zu achten, macht er sich auf die Suche nach dem Rio del Vetrai. Entlang dieses Kanals mit seinen bunten, an Holzpfählen vertäuten Kähnen reihen sich winzige Glasgalerien, Werkstätten neben Souvenirläden, dazwischen Tische, die zum Verweilen einladen.

Sontheims Suche rund um den Kanal führt ihn

zu einem geschmiedeten Rundbogentor. Betritt er die Arkaden mit den Schaufenstern, entdeckt er eine Vielzahl bunter Glasobjekte. Das Firmenschild, die goldene Schrift am Eingang, vergleicht er mit der Notiz auf der Serviette. Zögernd betritt er die lichtdurchflutete Glasgalerie, die durch ihre Größe beeindruckt. Auf seinem Rundgang, hinter einem Tresen, eine Person mit hochgestecktem Haar. Unschlüssig schleicht er auf sie zu.

„May I help you?", fragt sie mit einem professionellen Lächeln.

„Hallo Signora, Entschuldigung! Sandra schickt mich. Ich suche …"

„Buona giornata, Sontheim, ist das korrekt?"

„Ja, mein Name ist Markus Sontheim!"

„Ich bin unterrichtet und gespannt auf Ihre Arbeit."

Er versucht, seinen Werdegang zu erzählen, doch sein Gegenüber bleibt stumm und blättert in seiner Mappe. Ohne aufzuschauen, sagt sie: „Bitte folgen Sie mir, Signore Sontheim!" Mit wiegendem Gang führt sie ihn direkt zu einem breiten Flur, der vom Verkaufsraum in die Werkstatt mündet. Es gibt genügend Platz für die Arbeiten. Das Positive daran ist, die Kunden kommen über diesen Weg zu den Glasmachern, um zu sehen, wie aufwendig die Herstellungsprozesse sind.

Sontheim durchschreitet den langgestreckten Raum mit einer schachbrettartigen Fensterfront auf der einen Seite. Reizvoll daran ist der Blick in einen begrünten, blumengeschmückten Innenhof. Gegenüber eine Wand aus rotbraunen, rustikalen Vollziegeln, die bis unter das Dach reicht. Nachdem er alles in seinen Vorstellungen eingerichtet hat, überschüttet er die Signora mit Fragen über die notwendigen Sockel, den Bilderrahmen und nach einem Baumarkt.

„Signore Sontheim, ich erinnere mich: In unserem Lager haben wir Holzkisten, die nur nach Farbe verlangen".

Seine Begeisterung springt auf die Signora über, die ihn zu einem Gespräch in ihrem Büro einlädt. Es sind ein paar Quadratmeter, abgetrennt durch einen Tresen aus Teakholz, der im rechten Winkel zur Wand steht. Der Durchgang ist, wie es aussieht, für schlanke Menschen geeignet. Auf dem Boden erschweren gestapelte Aktenordner, Kunstbücher neben Packungen von Kopierpapier das Eintreten. Auf dem Schreibtisch steht ein Laptop, daneben eine Espressomaschine, davor zwei Korbstühle, von denen einer als Ablage dient. Er sieht abgenutzt aus.

Signora Santin macht erst den Weg frei, dann den Stuhl. Sie erzählt von ihrer Familie, deren Leben dem Glas gewidmet ist. Leider verraten ihre Worte, was Sontheim missfällt:

„Die Stücke in den Vitrinen sind eher für Werbezwecke geeignet", sie unterstreicht ihre Aussage mit einer abwertenden Handbewegung. „Jeder findet Gefallen daran, kaum jemand kauft sie! Zu ausgefallen im Design, zu überteuert! Zum Glück ist unser Hauptgeschäft die Auftragsfertigung nach dem Geschmack des Kunden. Verspielt, teilweise kitschig, das lieben sie."

Ihre Einstellung zur Kunst kommt bei Sontheim kritisch an, dennoch schwärmt er insgeheim für sie. Wenngleich diese Signora für ihn zu pragmatisch ist, sieht er über diesen Makel hinweg.

RUSTIKALES AMBIENTE

Am Flughafen Marco Polo öffnet ein Linienflug aus New York seine Ausgänge. Auf dem Weg zur Gepäckausgabe drängt Mr. Fork sein Modell Fiora Steiner, sich zu beeilen. Er hat Handgepäck, sie dagegen erwartet fünf Koffer plus eine Hutschachtel, deren filigraner Inhalt eine Sonderanfertigung aus SoHo ist. Wegen dieser Schachtel droht Forks Zeitplan zu kippen. Sicher ist sie in einer der Verzweigungen des Gepäckzentrums vom Band gerollt. Sein Kommentar heizt die angespannte Lage an, denn Signora Steiner besteht darauf, dass die Hutschachtel am Gepäckschalter zur Abholung bereitsteht. Und das dauert. Mr. Fork wartet, bis ihm der Geduldsfaden reißt:

„Ich kaufe dir zehn nagelneue Hüte, lass uns von hier verschwinden! Dein Deckel kostet mich meinen ganzen Zeitplan!"

Mit dem Wassertaxi erreichen die Koffer plus Hutschachtel inklusive der beiden Reisenden das Hotel Gritti Palace. Direkt am Canal Grande gelegen, bietet es den Gästen einen Blick auf die

Paläste, die Gondeln und das Treiben der Menschen. Als Fiora Steiner die Empfangshalle betritt, schwärmt sie von dem Ambiente, Fork hört ihr nicht zu. Ihm ist langweilig, denn er misst die Qualität des Hauses an der Programmvielfalt des Hotelfernsehens.

Auf dem Flur zu den Zimmern trennen sich ihre Wege. Ein Versuch, den spekulativen Beziehungsstatus noch vor den Augen der Öffentlichkeit zu verbergen. In Fioras Domizil, unweit des prunkvollen Treppenhauses, stellt der Kofferträger das Gepäck mitten in das geräumige Schlafzimmer. Sofort entledigt sie sich ihrer Kleider, verschmäht die köstlichen Pralinen auf dem Kopfkissen und schlüpft erschöpft unter die Bettdecke.

Fork, von Terminen getrieben, hält sich kurz in seiner Suite am anderen Ende des Flurs auf. Erfrischt taucht er wieder vor der Rezeption auf, bestellt ein Wassertaxi nach Murano. Verschiedene Ateliers stehen auf der Besuchsliste für eine skizzenhafte Besprechung seiner Ideen. Fork hat es eilig, denn am Abend ist der Termin mit Fiora Steiners Impresario.

Der Stundenzeiger an der Rezeption dreht seine Runden, das Sonnenlicht verschwindet vor den Fenstern, die prunkvollen Glaslüster erhellen den Salon. Auf die Minute betritt ein Herr mit Aktentasche die mit Schnitzereien und üppigem Blattgold verzierte Hotellobby. Eine ältere Dame, die bei einer Tasse Tee in einer Modezeitschrift blättert, wirft ihm einen kurzen Blick zu. Beim Kellner bestellt der Herr im Vorbeigehen und nimmt in einem der gepolsterten Sessel Platz.

Das servierte Glas Bier verliert langsam seinen Inhalt, wie der Herr seine Geduld. Fiora Steiner, verschlafen, flüchtig zurechtgemacht, kommt verspätet an seinen Tisch und bittet den Kellner um eine Flasche Champagner. Der Impresario kennt ihre Vorlieben, der frühe Zeitpunkt ist neu. Von der Rezeption aus verbreitet sich der Lärm einer Großfamilie, die von einem Tagesausflug zurückkehrt, mitten hinein in die vornehme Stille. Während der Ober dem Agenten das Champagnerglas füllt, erinnert Fiora ihren Fork über ihr Handy an die Verabredung. Es meldet sich die Mailbox! Ein Verhalten, das sie von ihm nicht kennt. Fiora entschuldigt sich:

„Fork hat Verabredungen bisher strikt eingehalten, lass uns warten, denn verschieben, nein, das macht er nicht, er kommt, das ist zuverlässig … zumindest bei mir." Ihre gebleichten Zähne blitzen beim Lachen.

Pünktlich tritt Fork die Rückfahrt von Murano an. Das Wassertaxi mit dem auf Hochglanz polierten Holzlack schiebt sich stampfend durch die Wellen. In seinen Terminkalender vertieft, bemerkt er nicht, mit welchem Knall die Maschine ihre Arbeit eingestellt hat. Erst bei den Startversuchen des Bootsführers hebt Fork den Kopf. Der Rauch am Heck, das Stottern des Motors geben keine verlässlichen Töne von sich. Die Fragen des Amerikaners verwehen, denn der Italiener steckt kopfüber unter Deck. Die Schönheit der Inselwelt lädt zum Träumen ein – Fork hasst Unterbrechungen jeder Art! Notdürftige Reparaturversuche scheitern, das Handy findet kein Netz. Typischerweise löste er Probleme mit Geld, nur hier ist es bedeutungslos. Mit italienischer Gelassenheit vergeht die Zeit, bis der Bootsführer einen vorbeifahrenden Fischer anhält, ihn bittet, Mr. Fork mitzunehmen. Eingehüllt im beißenden Duft der toten Fische hüpft das Boot mit dem Amerikaner über die Wellen. Das Knattern des Diesels, das aufspritzende Wasser zeigen ihm den Unterschied zum gewohnten Luxus.

Als er im Hotel ankommt, trübt seine Stimmung Fioras beschwingte Begrüßung. Er ignoriert sie. Ohne eine Erklärung abzugeben, bringt er seine

Ziele mit finanziellen Argumenten ins Gespräch. Das reicht dem Agenten, um den Vertrag mit der Galerie bereitwillig zu akzeptieren. Fiora findet sein vom Fisch geprägtes Parfum inakzeptabel.

Der Morgennebel ist verschwunden, dafür schieben sich Regenwolken wie ein Vorhang vor die Sonne. Sontheim, bepackt mit einem Rucksack, einem Seesack, ist auf dem Weg nach Venedig. Beim Schlendern durch die Gassen erinnert er sich an die Irrwege jener nebeligen Nacht. Trotz der Hilfe des Stadtplans findet er nur auf Umwegen diesen Campo wieder. Ohne Nebel sieht der Platz anders aus, effektvoll von Gebäuden eingerahmt, mit üppigen Ornamenten, Gesimsen neben Allegorien, wie bei einer Theaterkulisse. Jeder, der den Platz betritt, verwandelt sich automatisch in einen Darsteller, ebenso in einen Zuschauer. Dieses Spiel der Selbstdarstellung beherrschen die Venezianer perfekt. In ihren Dialogen setzen sie hauptsächlich ihre Hände mit der ihnen angeborenen Choreografie ein. Dazwischen erklingt der Sprechgesang eines Losverkäufers neben dem Klappern der Sackkarren. Für Markus ist es ein Theaterstück mit Endlosschleife.

Als Sontheim die Piazza überquert, sieht er die

rot blinkende, geschwungene Leuchtschrift über dem Eingang der Café-Bar. Dort erwartet ihn der Tisch vom Vorabend und der Oberkellner, bei dem er bestellt:

„Bitte – einen Cappuccino, ein Tramezzini mit Rührei und Parmaschinken." Sein Finger zeigt auf das Bild der Speisekarte, der Ober bestätigt mit einem Nicken, wischt mit einem Tuch über den Tisch und verschwindet wieder. Als Sontheim die Karte aufklappt, entdeckt er die Beschreibung der italienischen Spezialität auf Englisch, Französisch und Deutsch.

Lieber Gast!
Unser Brot mit Milch von heute. Poren fein, weißer von Farbe, Vergleich mit Toastbrot normal. Füllung variiert. Alle Zutaten frisch aus den Regionen Veneto.
Gut Appetit!

Sontheim schmeckt es derart, dass er sich wiederholt der üppig bestückten Vitrine zuwendet. Zum Glück hält ihn sein schmaler Geldbeutel von der aufkommenden Völlerei ab. Um sich abzulenken, schweift sein Blick über die Gästeschar. Es sieht aus, als ob die Venezianer, bevor sie in ihre Büros und Geschäfte strömen, bei einer Tasse heißem Espresso ihre Kontakte pflegen. Sontheim wartet nicht lange und Sandra betritt das Lokal. Ihre Erscheinung beeindruckt durch jugendliche Frische. Sie küsst, begrüßt im Vorbeigehen die Herren an der Theke, erhält ihren Espresso vom Barista und schwenkt direkt auf Sontheim zu.

„Hallo Skipper, guten Morgen, erzählen Sie von Ihrem Tag auf Murano!"

„Hallo Sandra! Danke für die Empfehlung, denn ohne Sie hätte ich Italien sicher bald wieder verlassen. Dank Ihnen und dieser Maria Grazia Santin habe ich eine Chance zu bleiben. Sie ist eine inspirierende Dame!" Markus gerät ins Schwärmen, erwähnt ihren Namen nach jedem Satz.

„Markus, mir scheint, diese Manufaktur ist nicht das Einzige, was Ihnen gefällt?" Sie blinzelt.

„Wie war Ihr Tag an der Uni, Sandra?" Markus lenkt sie ab, sieht sich ertappt.

„Nichts Aufregendes, neuerdings akzeptieren sie das Fehlen unter Vorbehalt, zu meinem Bedauern!" Sie nippt genüsslich an ihrer Tasse und fragt: „Heute Zeitung gelesen?"

Markus zuckt mit den Schultern.

Sie erzählt, dass es für einen Künstler sicher seltsam erscheint, wenn in der Nacht jemand auf das Biennale-Gelände einbricht und einen Wachmann lebensgefährlich verletzt. Bilder des Amerikaners Fork sind zerstört, Einzelne gestohlen, aber der Dieb blieb unerkannt.

Markus rutscht auf seinem Stuhl herum: „Ich habe keine Gelegenheit gefunden, ein deutsches Blatt zu kaufen!", seine aufrechte, angespannte Haltung fällt auf.

„Ich habe es in der Lokalpresse gelesen", korrigiert Sandra. „Der Dieb schnitt eine Leinwand aus dem Rahmen und in das freie Rechteck malte er mit roter Farbe ‚PORCINO', direkt auf den weißen Putz der Wand." Sie kramt in ihrer Tasche. „Auf zwei weiteren Bildern fand man Farbspuren über den Genitalien."

„Der Kram von diesem Fork ist eine Zumutung!", Markus schlürft einen Schluck aus seiner Tasse und schimpft weiter. „Warum stellt man das aus, das Wort ‚Schwein' an der Wand ist im Gegensatz zu diesem Idioten mit seinen Bildern, kreativ", er lacht. „Sein Naturalismus ist abstoßend." Markus ereifert sich dermaßen, dass er den bayerischen Dialekt nicht bemerkt, als er sich rechtfertigt. „Mit diesem spekulativen Trick, die Grenzen zu überschreiten, um Erfolg zu haben, Schweinekram." Er trinkt die Tasse fast leer. „Wie weit nutzt man heutzutage die künstlerische Freiheit aus, nur des Geldes wegen?"

„Ich verstehe nicht", antwortet Sandra und starrt ihn mit geöffnetem Mund an. Dabei heben sich ihre Handflächen mit den Schultern zu einem, was meint er damit?

Markus starrt mit hochrotem Kopf vor sich hin.

Sandras Entschuldigung fällt dezent aus: „Keine Ahnung, ich war nicht in der Ausstellung."

Er antwortet mit einem Lächeln, rührt hektisch mit dem Löffel im restlichen Cappuccino und wechselt abrupt das Thema.

„Ich fahre heute mit meinen Arbeiten zu Signora Santin, wenn der Aufbau beendet ist, kommen sie dann auch, denn Signora Santin erwartet Sie".

„Ein Wiedersehen nach einer Ewigkeit, oh ja". Sandra entfaltet eine Papierserviette, „ich bin gespannt auf Ihre Arbeiten." Sie schreibt darauf, schiebt die Serviette über den Tisch: „Bitte, hier meine Handynummer", ihr Zeigefinger tippt auf die Anzeige des Handys: „Die Zeit rennt", sie steht auf, der Tragriemen ihrer Tasche fliegt über ihre Schulter. „Tschau, wir sehen uns!"

Markus hält kurz inne, grübelt über Sandras Nachricht und winkt dem Kellner zu. Er kapiert nicht, warum der Wächter in Lebensgefahr schwebt und das wegen eines … der Kellner steht vor ihm.

Markus zuckt zusammen, verlangt die Rechnung und bezahlt mit einer Handvoll Münzen.

Es ist früh am Morgen, die Geschäfte auf Murano öffnen zu unterschiedlichen Zeiten. Transportkähne schlängeln sich durch die Kanäle, beladen mit Getränken für die Bars, Restaurants, und es hat Lieferungen für die Souvenirläden. Auf den Fußwegen fehlen zu dieser frühen Stunde die flanierenden Touristen. Vor der Eingangstür der Glasmanufaktur hängt ein Schild mit der Aufschrift ‚CHIUSO'. Sontheim setzt sich auf eine Steintreppe, die zum Kanal führt. Sein Blick schweift über die Lagune zum Turm der Toteninsel San Michele. Das silberne Geglitzer der Wellenspitzen, das gleichmäßige Schlagen des Wassers gegen die Steinmauern ist beruhigend.

Ein Fischerboot knattert durch den Kanal, auf eine mannshohe Holzstange zu, die aus dem Wasser ragt. Mit einem gekonnten Leinenwurf vertäut der Fischer das Boot und zieht eine hellblaue Plastikkiste unter Deck hervor. Ihr Gewicht erfordert Kraft, um es auf den mit Marmor eingefassten Rand des Kanals zu wuchten. Ein herbeigeeilter Koch vom nahen Restaurant feilscht lautstark mit dem Fischer und ein Handschlag folgt für den gesamten Fang.

Das dröhnende Gurgeln eines Linienschiffs überquert die Kanalmündung und steuert direkt auf die Anlegestelle zu. Wie eine Schüssel voller Oliven entleert sich das Schiff seiner menschlichen Fracht. Darunter schlendert Signora Santin mit vornehmer Gelassenheit ihrem Arbeitsplatz entgegen. Eine Duftwolke, vom Windhauch getragen, eilt ihr voraus.

„Herr Sontheim, Buon Giorno, ich habe Sie erst am Nachmittag erwartet, entschuldigen Sie die Verspätung!"

„Guten Tag, Signora Santin, solch ein Morgen und diese Aussicht. Ich warte gerne!"

Sie öffnet die Tür zum Verkaufsraum, tritt hinter den Tresen, legt ihre Sachen geordnet auf den Schreibtisch. Sontheim beobachtet jede ihrer Bewegungen, eine innere Stimme sagt: Nein, bitte keine Ablenkung durch Gefühle, der Kopf bleibt gefälligst bei der Arbeit. Beherzt greift er zur Tasche, trägt sie zum Durchgang, wo ein Eimer mit weißer Farbe wartet.

„Einen Espresso, Signore Sontheim?", schallt es durch die von Besuchern verschonten Räume.

Seine Zustimmung folgt prompt, er bedankt sich, legt sein Werkzeug bereit. Langsam kommt Leben in den Laden. Signora Santin sitzt am Computer, Sontheim pinselt, bringt die Holzsockel in Position, obwohl Touristengruppen durch seine Baustelle pilgern. Nervig in diesem Moment, doch positiv in der Zukunft, da sich ein reger Parteienverkehr ankündigt. Das rustikale Ambiente mit den vergilbten Kugellampen aus Milchglas, die bröckelnde rotbraune Ziegelwand des ausladenden Ganges, ein Kontrast zu seinen Miniaturen aus Holz wie dem weißen Muschelkalk. Sontheim schmunzelt: „Die Ausstellung findet zwar nicht in Venedig statt, ihre Ausmaße erscheinen eher winzig, egal, das Ziel ist erreicht."

„Was ist denn das?", fragt die Signora, sie steht vor der zweiflügeligen Stahltür.

Sontheim starrt sie an.

„Wo verstecken Sie denn Ihre Zeichnungen? Die gehören hierher!", sie deutet auf die Backsteinwand.

„Ich benötige Bilderrahmen, die gibt es im Baumarkt in Mestre, den ich heute Nachmittag besuche."

Die Signora greift nach seinem Arm, zieht ihn mit sich. „Kommen Sie!" Sontheims Nase taucht für den Bruchteil einer Sekunde in ihre Aura ein, genießt ihren Duft beim Durchqueren des weitläufigen Lagers. Staub, Spinnweben, ein unübersichtliches Durcheinander. Nachdem er Kartons, Kisten, Werbeplakate beiseite geräumt hat, lehnen in der hintersten Ecke Bilderrahmen. Die richtige Größe für mindestens zehn Zeichnungen. Signora bahnt sich einen Weg dorthin durch das Gerümpel, da bemerkt Sontheim, mit welcher Eleganz sie diese körperliche Anstrengung bewältigt. Gemeinsam graben sie die Rahmen aus. Ein Arbeiter aus der Glaswerkstatt übernimmt mit seiner singenden Bohrmaschine das Aufhängen.

„Jetzt gefällt es mir", dabei strahlt ihr Gesicht, „solange genug Kunden kommen und kaufen", das Eisentor in den Verkaufsraum fällt hinter ihr ins Schloss.

Sontheim schaut träumend in den Innenhof, urplötzlich stürmen Touristen aus der Werkstatt und drängen ihn aus dem Flur bis zum Tresen der Signora. Dort gelingt es ihm, der Meute zu entkommen, um sich in einer Ecke für einen Moment zu sammeln. Da lachen ihn die Augen seiner Gönnerin an. Erschrocken entweicht Sontheim Sinnloses aus seinem Mund:

„Signora, danke für Ihre Haare – ähhh – ich

meine – Ihre Hilfe." Sie winkt ihm zu, er stammelt weiter: „Heute – nein morgen, ich hoffe, Ihre Planung lässt das zu?" Ihr Mund schmunzelt. „Sie und Sandra – ich werde einen Tisch reservieren. Ein paar Häuser weiter, das Restaurant, auf dieser Seite des Kanals."

Sie steht auf, beugt den Kopf über die Theke und flüstert:

„Ich denke, diese gelungene Aktion ist auf jeden Fall einen Schluck wert. Ich bin in jedem Fall dabei."

„Bitte geben Sie der Sandra Bescheid … ich habe kein Telefon", er reicht ihr die Serviette mit der Nummer. Sontheim schaut auf ihre langen Fingernägel, die es schaffen, die winzigen Tasten ihres Handys zu drücken. Mehr beeindruckt ihn, wie diese Signora die Luft zum Atmen findet, in dem impulsiven Wortwechsel, den sie mit dieser Sandra führt. Ein Ende des Gesprächs scheint nicht in Sicht, deshalb winkt er ihr zu beim Verlassen der Glasgalerie.

DER KUNDE

Das Handy wandert zum anderen Ohr, der Körper rutscht in die Ruheposition. Das Zucken des Minutenzeigers schafft eine Umdrehung, da betritt ein hagerer Herr im Anzug den Verkaufsraum, dreht sich zum Tresen, bleibt davor stehen.

„Guten Tag, Mr. Fork!", sofort würgt sie das Telefonat ab, steht auf. „Was für eine Überraschung, letztens waren Sie in Eile und ich hoffe, das ist heute anders."

„Ihr Werkmeister, Signora, benötigt Details über den Ablauf der Produktion, und Sie wissen ja, der Ausstellungstermin in Chicago drängt."

„Verehrter Mr. Fork, worauf warten wir, dort bitte, Sie kennen den Weg zu den Glasmachern!" Sie sagt es und mit gezielten Schritten durchquert sie den Verkaufsraum, den neuen Galerieflur, vorbei an den Exponaten von Sontheim.

„Stopp, bitte, Signora!" Er zögert – bleibt vor den Objekten stehen. Aufmerksam umkreist er jeden Sockel und sagt: „Letztens war hier nichts." Fork sucht nach Informationen, fragt, ob dieser

Bildhauer Aufträge annimmt.

Maria Grazia dreht sich auf den Absatz, geht zu ihm und schwärmt von den Qualitäten des Künstlers.

Sontheims abgetragene Kleidung passt nicht zu einem abendlichen Rendezvous mit Damen. Der Wochenmarkt von Treporti kommt ihm da wie gerufen. Dort kauft er ein weißes Hemd mit dezenten Nadelstreifen und eine ärmellose schwarze Weste, die am besten zur gleichfarbigen Jeanshose passt.

Den Panamahut zurechtgerückt, macht er sich wieder auf den Weg nach Murano. Auf dem Achterdeck des Linienschiffes sinniert er über seine mondsüchtigen Eskapaden nach. Vor allem diese Nacht auf der Parkbank beschäftigt ihn. Sein zweites Ich gerät öfter und länger außer Kontrolle, denn bis zu dieser nebelverhangenen Gasse fehlt ihm jede Erinnerung.

Möwengeschrei begleitet eine Männerstimme aus dem Lautsprecher, die den nächsten Stopp ankündigt. Das Aufheulen des Dieselmotors leitet das Anlegemanöver in Murano neben dem Leuchtturm ein. Festmacherleinen legen sich um die dicken Holzpfähle, quietschend kommt der Stahlkoloss zum Stehen. Sofort setzt ein kollektives Schieben der Touristen ein, im Gegensatz zu den Einheimischen, die gelassen abwarten, um in aller Ruhe das Schiff zu verlassen.

Rechts der Kanal, links die Schaufenster. Beim näheren Hinsehen fallen die ausländischen Produkte auf, die das lokale Kunsthandwerk verdrängen. Neben den Eingangstüren der Souvenirläden hängen Postkarten aufgereiht an der Wand und bunt bedruckte Seidentücher flattern im Wind. Spitzelt man in die Läden hinein, überfluten die Sehnerven farbenfrohe Glaskunst für den erschwinglichen Geldbeutel.

Vor einer Eisdiele zupfen Kinder an den Röcken ihrer Mütter und zeigen aufgeregt auf die Leckereien. Markus verzichtet auf ein Eis, denn er weiß nicht, welches Budget dieser Abend von ihm fordert. Er rechnet, wie viele Exponate zu verkaufen sind, um weiterhin in dieser teuren Lagune zu überleben.

Bevor er das Lokal betritt, greift er nach seinem Hut und streicht sich mit den Fingern das Haar glatt. Insgeheim hofft er, dass die Damen bis jetzt nicht auf ihn warten. Als er die Tür zum Gastraum öffnet, rempelt er einen Kellner an, dass dieser sein Tablett mit Mühe vor dem Herunterfallen rettet. Sontheims Entschuldigung erntet ein genervtes Knurren. Der Lärm der Gäste, das Klappern des Geschirrs, das Zischen aus der Ecke des Baristas zwingen Sontheim zu einer kräftigen Stimme. Mit aufgesetzter Höflichkeit fragt er den Kellner nach seiner Reservierung, der sofort mit der Speisekarte unter dem Arm voran eilt. An einem Tisch in der Ecke des Lokals angekommen, peitscht er mit einem weißen Geschirrtuch über die Tischdecke und hält ihm die Karte unter die Nase. Sontheim bestellt Wein, schaut auf die Uhr. Im Glas lässt er den Rebensaft kreisen.

„Hallo Markus, entschuldige die Verspätung, nach langer Zeit dann ein Treffen, da hat man sich manches zu erzählen." Sandra reicht ihm die Hand. Er steht auf, eingeklemmt in unvorteilhafter Haltung zwischen Tischkante, Stuhl und Wand. Sein Blick wandert an Sandra vorbei, direkt zu Signora Santin. Sie begrüßt ihn mit einem Kuss, der an Markus' Wange ins Leere streift. Verwirrt von ihrer Liebenswürdigkeit rutscht Sontheim zurück auf den Stuhl, fragt, ob der Wein den Damen genehm sei, und verteilt den Rest der Flasche in die Gläser.

Der Kellner kommt, mit der Serviette in der Armbeuge. Mit überzeugender Stimme gibt er seine Empfehlungen aus der Speisekarte. Signora Santin bestellt für drei einen gemischten Vorspeisenteller, Prosecco aus der Region, dann das Hauptgericht: eine gegrillte Fischplatte. Nebenbei erfährt Markus von den Damen, warum in einer Boutique die neueste Kollektion von Handtaschen auf sich warten lässt. Uninteressiert wandert sein Blick zum Weinglas, taucht ein in eine Welt aus konkaven und konvexen Gedanken. Die Frage von Signora Santin überhört er.

„Herr Sontheim, Entschuldigung", mit einem Schubs am Arm holt sie den Träumer zurück in die Runde.

Sandra unterbricht, sagt mit erhobenem Glas: „Könnten wir uns nicht auf ein gemeinsames freundschaftliches Ansprechen einigen?"

Maria Grazia nickt, hält Markus ihr Glas entgegen. Markus prostet den beiden zu, mit dem Gefühl, dass dies ein Schritt direkt in Marias Arme ist.

„Markus, mich beschäftigt eine Frage", Maria stellt ihr Glas wieder ab, ohne getrunken zu haben, „wie sieht es im Moment mit deinen Finanzen aus?"

Diese sachliche Intimität, im Taumel seiner Euphorie, welche Alternative bleibt ihm, um den drohenden Ruin kultiviert aussehen zu lassen:

„Ich bin seit über einem Jahr auf einem bescheidenen Segelboot unterwegs und das kratzt an meinen Ersparnissen, um ehrlich zu sein, meine einzige Hoffnung ist diese Ausstellung."

„Das heißt, deine Lage, sie ist nicht Komplet pleite", antwortet sie.

Mit einem Lächeln übergeht er ihre Unverblümtheit.

Mit ruhiger Stimme erzählt sie von der Anfrage eines Kunden, der da wohl im richtigen Moment erscheint, denn er sucht einen Bildhauer für Auftragsarbeiten. Ein lukratives Geschäft sei es, denn es handelt sich um ein größeres Objekt. Markus würde mit einem Schlag seine Sorgen verlieren.

Sein Blick klebt an ihrem Mund, ohne zu wissen, was ihn erwartet, kommt sofort seine Antwort: „Früher in Deutschland habe ich von solchen Auftraggebern gelebt, ich bin jederzeit bereit."

Maria Grazia trinkt einen Schluck Wein, dann sagt sie: „Was für eine Erleichterung, verzeih, Markus, meine Eigeninitiative, habe, ohne zu fragen, einen Termin für ein erstes Arbeitsgespräch vereinbart."

„Salute!", prostet Markus den beiden zu und fragt, wer der Kunde sei.

„Es ist ein Amerikaner, ein Mr. Fork aus New York."

Sein Gesicht verhärtet sich, denn was er da hört, versetzt ihm einen Schlag ins Gemüt. Dieser Gewissenskonflikt an diesem Abend – keine Diskussionen. Sandra merkt sofort, was in ihm vorgeht. Sie kennt Markus' Einstellung zu diesem Künstler, Sandra hat in der Bar seine Abneigung gegen dessen Werke erlebt. Geschickt wechselt sie das Thema gegenüber Maria Grazia. Markus bleibt in seiner Gedankenwelt, in der ein Krieg ausbricht. Auf der Suche nach einem Ausweg unterbricht seine Idee das Gespräch der Damen.

„Entschuldigt, wenn ich unterbreche – momentan habe ich keine Werkstatt dafür." Die beiden verstummen, er redet weiter: „Auf meiner Jacht, solche Arbeiten, in dieser Größenordnung, unmöglich."

„Das habe ich mit dem Management der Glasmanufaktur besprochen", beruhigt ihn Maria Grazia lächelnd. „Wir finden eine passende Lösung, keine Sorge, in unserer Manufaktur ist genug Platz." Sie lässt sich nicht beunruhigen, sondern plaudert, wie Damen gewohnt sind, zu plaudern.

Markus weiß, dass er das Geld dringend benötigt, es ist absurd – warum diese Mistgabel? Ist das die göttliche Strafe für meine Angriffe auf diesen Amerikaner? Der Kellner entkorkte eine Flasche Weißwein. Die Damen wünschen kein Dessert, sondern einen Espresso, selbst dafür ist Markus der Appetit vergangen.

Sandra sieht ihn an, sie sagt mit überdeutlicher Stimme: „Du hast ein Problem mit dem Amerikaner, lass die Finger davon, er ist der Teufel, das bringt Unglück!"

Markus strahlt sie an für ihre Offenheit. „Ich verstecke mich nicht vor der Wahrheit, Sandra, ich verabscheue die Arbeiten von Fork, lehne diesen Auftrag ab!"

Maria Grazia bleibt gelassen, obwohl die Enttäuschung ihr im Gesicht geschrieben steht. „Markus, dein Geld ist knapp, hast du eine andere Wahl, denn solch eine Chance steht nicht jeden Tag vor der Tür!"

„Wenn ich mich prostituiere …" Markus starrt auf den Löffel, der in seiner Tasse kreist, „für ein paar Hunderter springe ich nicht über meinen Schatten."

„Das brauchst du nicht", lacht Maria Grazia.

„Das sind Zehntausende, dieser Auftrag kommt von einer führenden Galerie, und sie stellen Folgeaufträge in Aussicht."

Der Druck in seinem Inneren ist unerträglich, er schweigt.

„Markus, überleg es dir", Maria Grazia gibt nicht auf, „du wirst Wege finden, ihn über das Design zu beeinflussen, abzulehnen, würde das Ende deiner bisherigen Reise bedeuten."

Er holt tief Luft: „Entschuldige, gib mir eine Nacht", und beendet damit die Diskussion.

„Okay, ich erwarte deine Entscheidung morgen früh um 10 Uhr. Ruf mich an, nein, komm vorbei, bitte sei pünktlich." Maria Grazia kapiert sein Zögern nicht. Sie versucht zu erklären, warum sie auf beide hoffen, denn es handelt sich um die Sicherung der Arbeitsplätze in diesen schwierigen Zeiten. Die Geschäftsleitung hat beschlossen, ein ehemaliges Büro des Lagerverwalters für diese Kunden zur Verfügung zu stellen. Es steckt mehr dahinter.

Dieser Abend scheint für ihn erledigt zu sein, zumindest was seine Gefühle für Maria betrifft. Fortan fällt am Tisch kein Wort mehr über dieses Thema. Die Damen unterhalten sich unterein-ander, kaum mit ihm. Eine Stunde vor Mitternacht verabschieden sie sich, Markus kehrt in seine Koje zurück, wo er lange weiter grübelt. Im Grunde ist es eine Entscheidung, die er den beiden Damen gegenüber zu rechtfertigen hat. Keiner weiß von seiner Freude, die ihn heimgesucht hat, als sie die Zerstörung auf der Biennale veröffentlichten. In seiner Koje beruhigt ihn nur langsam das Knacken der Seeigel. Mit ihnen fällt er in einen Schlaf, in dem sich Realität und Traum vermischen.

Die aufgewühlte See, seine Jacht schaukelt, rollt den Körper in der Koje. Gleichzeitig rutscht ein Messer auf der Tischplatte über die Kante hinaus und bleibt mit einem dumpfen Geräusch in der Bodenplatte stecken. Seine Muskeln zucken, überall riecht es nach Farbe, nach Leinöl, nach Terpentin, nach den roten, zähen Farbflüssen, in denen eine Leinwand schwimmt. Die Finger umklammern den Griff des Messers, dessen Klinge sich in die Leinwand bohrt. Jeder Stich entfacht seine gefühlte Genugtuung. Markus wacht auf, merkt, wie seine Faust auf eine graue, verwitterte Holzbohle des Stegs trifft. Durch die Ritzen spritzt ihm das aufgewühlte Meerwasser ins Gesicht. Tropfnass sucht er nach einer Erklärung, steht auf, schaut sich um, kriecht in seine Koje zurück. Dieses Schlafwandeln begründet er mit dem

Schlafmangel all der Nächte auf hoher See.

Verwirrt sitzt er auf der Kante seiner Koje, sieht sich um – bin ich noch am träumen? Nichts ist mehr da, wo es vorher war, Töpfe, Becher, eine zerdrückte Packung Butterkekse liegen auf dem Boden. Auf dem Tisch sein linker Schuh, darin eine weiße Papiernelke, daneben ein von Wassertropfen unleserlich verschmiertes Stück Papier:

Heute 23 Uhr – Fi...markt Venedig – unter E.serner Laterne – Bild Fork Plast..sack! K..ne Pol...!

Er weiß nicht, von wem das ist. Markus duscht, bereitet sich auf Murano vor. Wer, außer Sandra, hat eine Ahnung von seiner Jacht? Jetzt ist keine Zeit für diesen Unsinn, denn Maria Grazia wartet auf Antwort. Hektisch rennt er los.

Verspätet meldet sich Markus bei ihr im Büro. Mit seiner Unterschrift fließt ein beachtlicher Vorschuss aus Amerika auf sein Konto. Dem finanziellen Tal entronnen, bezahlt er die teuren Gebühren der Marina, gibt die anstehenden Reparaturen an der Jacht in Auftrag. Dabei ist ihm Maria Grazia eine Helferin, die mit Rat und vor allem mit ihrem Organisationstalent zur Seite steht.

Sontheims Kritik gegen die Kunst von Fork wird auf Eis gelegt, solange dieser Pakt mit Murano besteht. Sandra verurteilte am Abend sein Engagement aufs Schärfste und drohte ihm mit dem Ende der Freundschaft. Er fragt sich, warum, sie kennt ihn nicht? Wie ein nasser Hund schüttelt Markus die widrigen Gedanken ab.

DAS ATELIER

Auf dem Weg durch die dämmrige Lagerhalle wirbelt Markus mit seinen Segelschuhen den Staub der vergangenen Jahre auf. Holzkisten stehen vergessen in einer Ecke, daneben Kartons mit roten Aufklebern „Vorsicht zerbrechlich". Damals beschloss die Geschäftsleitung, diesen Teil der Glashütte aufs Festland zu verlagern. Auf einer Insel, wie Murano, ist eine moderne Logistik, mit Containern, zu umständlich. Markus knöpft seine Jacke zu, denn hier klebt die eingeschlossene Kühle an den Wänden. Vereinzelt finden die Sonnenstrahlen durch den vom Rost zerfressenen Stahl des Tores. Die winzigen Öffnungen formen ihr Licht zu leuchtenden Nadeln und erhellen spärlich die Halle. Bei jedem Schritt vernimmt er das Plätschern der Wellen, das Stöhnen des Windes und das Knirschen von Glasscherben. Auf der Suche nach einer Tür, die in das zukünftige Atelier führt, säumen erloschene Öfen den Weg. Im fahlen Licht sind die Wände mit ihren stählernen Abluftrohren nostalgisch und bedrohlich zugleich. Zwischen einer abgenutzten Pinnwand, einer ausgedienten, mit Spinnweben überzogenen Sackkarre aus Holz, blitzt eine Messingklinke auf. Beim Herunterdrücken rieselt der Putz von der Wand. Je weiter sich die Tür öffnet, desto mehr strömt Markus dem mit Fischaromen vermischten Geruch von Moder entgegen. Er fragt sich: Ist diese heruntergekommene Hütte wahrhaft mein Atelier?

„Meine Herren, bitte keine Zeit verlieren!", dröhnt die Stimme der Signora im Hintergrund. Mit ihrer Lebendigkeit treibt sie die Arbeiter an und verhindert, dass Markus Negatives an diesem Raum findet. Die Arbeiter schleppen Möbel, montieren Lampen, entsorgen die verstaubten Akten. Die antike Schreibmaschine bleibt, so ist sein Wunsch. Ein wirbelnder Putzlappen benötigt zig Eimer Wasser, damit die Frische hier Einzug hält. Ab diesem Zeitpunkt überwiegt in dieser Werkstatt das Abenteuer mit unbestimmtem Ausgang. Nach dem Abzug der helfenden Hände ist Markus erschöpft von der ungewohnten Räumaktion und sucht Ruhe an dem in der Mitte stehenden Buchenholztisch. Im gedämpften Schein einer Kerze, die zuvor auf der Jacht gebrannt hat, tippt er seine Gedanken auf Papier fürs Logbuch:

Es wird eine Weile dauern, bis in diesem Raum, in dem bisher Spinnen, Kakerlaken und Mäuse ungehindert ihr Unwesen trieben, Kreativität einzieht. Zeit vergeht, bis es nach frisch geschnittenem Holz und Leinöl riecht. Gegenüber dem Eingang, wo früher Akten lagerten, stapeln sich Papierbögen neben dicken Rollen aus Ölton. An die Stelle des Schreibtisches mit dem Computer ist ein abgewetztes, geschwungenes Ledersofa im Stil des italienischen Neubarocks getreten. In einer Holzkiste sind die Bildhauerwerkzeuge ordentlich aufgereiht, Meißel neben Fäustel und Schlägel.

Die Eingangstür gleicht eher einer Schuppentüre, deren Scharniere eine Menge Öl benötigen. Die gekalkten, mit Tausenden Wasserflecken übersäten Wände führen hinauf zu einer Holzkonstruktion, auf der ein Blechdach ruht. Vom Boden her nagt die Feuchtigkeit am Putz, löst ihn von den Mauersteinen. Auf der Ostseite, dort, wo das Meer an die Fundamente schlägt, überspannt ein Fensterband mit braunschwarzen Schlieren von Ruß das obere Drittel der Außenwand. Das Licht ist diffus und wenn die Sonne scheint, reicht es zum

Arbeiten. Ansonsten sorgen zusätzliche Leuchtstoffröhren mit ihrem dezenten Flackern für eine
fahle Atmosphäre.

Inmitten einer funktionalen Möblierung, die aus
den Beständen der Manufaktur stammt, stehen um
den Arbeitstisch drei unterschiedliche Stühle, deren
Stabilität akzeptabel erscheint. Eine Staffelei und
daneben eine Kommode, sind an der Seeseite
platziert. Auf diesem Möbelstück mit drei Schubladen steht eine Elektroplatte, ausreichend für
meine Bedürfnisse. Was fehlt, ist ein Kühlschrank.
Nicht weit von der rechten Ecke führt eine Tür in
einen Sanitärraum mit Duschkabine, in duftigem
Türkis gekachelt. Risse und handbreite Löcher in
den Wänden zeugen von einer nachlässigen
Instandhaltung. Nach stundenlangem Putzen strahlt
auch dieser Raum Sauberkeit aus. Material, wie
Spezialwerkzeuge, die für zukünftiges Arbeiten
fehlen, bestellt man gleich morgen im Baumarkt
bei Mestre.

Markus zieht das Blatt aus der Maschine und
legt es neben die Skizzenbücher voller Visionen,
die auf Umsetzung warten. Träumend sitzt er da,
bis die Kerze erlischt.

Mehrmals öffnet er am nächsten Tag das eiserne Schiebetor der Lagerhalle und genießt den Blick auf die Weite der Lagune. Ein weiteres Plus dieses Auftrags: Seine Segeljacht hat direkt vor seiner Nase am Verlade Steg einen Platz gefunden. Welch ein Luxus, der Gebühren spart.

Das ‚Vorhaben Markus' unterstützt Maria Grazia vom ersten Tag an, indem sie alle notwendigen Abwicklungen bei der Bank und den Behörden übernimmt. Die Termine, die sie mit Mr. Fork vereinbart, werden von ihr mit Aufmerksamkeit überwacht, denn ihr Schützling hat einen Makel: Was seiner Kreativität lästig erscheint, erledigt er durch Zufall, sonst nicht.

Aufgeregt sitzt Markus Sontheim am Tisch, zweifelt an seiner Zurückhaltung im Umgang mit diesem Mr. Fork. Pünktlich betritt der Amerikaner in Begleitung einer Dame das Atelier. Was auf dem Tisch liegt, schiebt er mit einer Hand beiseite. Bepackt mit Katalogen, bunten Prospekten, breitet er die unaufgefordert dort aus. Zielstrebig gibt er sich zu erkennen, vergisst seine Begleitung, die verunsichert an der Tür wartet. In Sontheim brodelt es, zum Glück lenkt ihn diese Weiblichkeit ab, die er nicht mehr aus den Augen lässt. Optisch fällt diese Signora mit ihren knallrot übermalten Lippen und den pfeilgerade gezupften Augen-brauen aus dem Rahmen. Das Gesicht ist entstellt durch die gebleichten, senkrecht fallenden Haare, den aufgetragenen Puder. Sontheim bietet dieser Dame einen Platz auf dem Ledersofa an. Gefesselt von ihrer Künstlichkeit, ihrem unergründbaren Alter, folgt er widerwillig den Ausführungen seines Kunden.

Mr. Fork steht am Tisch, redet, blättert in den Katalogen, nebenbei bemerkt er, Sontheims Aufmerksamkeit gilt mehr seiner Begleitung.

„Ihr Atelier, Herr Bildhauer, ist perfekt. Ich vergaß, dort sitzt mein Aktmodell, Fiora Steiner", er dreht sich kurz zu ihr. „Wir heiraten in ein paar Wochen, das wird ein Pakt fürs Leben?", er zwinkert mit einem Auge, als er sich an den Tisch setzt.

„Gratuliere!", sagt Sontheim knapp, setzt sich ihm gegenüber, schaut weiterhin über seine Schulter in Richtung der Signora. Ihre Körperhaltung ist unnatürlich steif. Liegt es am Sofa, das an dieser Stelle eine durchgesessene Mulde bildet? Denn trotz ihres geringen Gewichts sinkt sie tief in die Lederpolsterung ein.

Fork hantiert mit den Prospekten, spricht über Details, die nicht verlockend klingen. Nach jedem zweiten Satz bekundet Sontheim sein Interesse mit einem „I am with you!", das nicht immer passt, ihm aber egal ist. Er bleibt weiterhin fasziniert von dieser Signora, die mit ihren Augen das Gespräch sucht. Abwechselnd schlägt sie die Beine übereinander, zupft den Rocksaum Richtung Knie. In dem Moment, in dem sie ihren Oberkörper nach vorn beugt, kracht es unter ihr. Eine Sprungfeder, die an ihre Existenz erinnert, findet stechend einen Platz direkt auf ihrer Pobacke. Erschrocken springt sie zur Seite. Ein zartes „Ahhh iuto" entweicht ihren Lippen und Röte schießt ihr ins Gesicht.

Sontheim ist peinlich berührt, ignoriert die Panne und konzentriert sich weiter auf den vor ihm liegenden Katalog. Fork bietet ihn als Vorlage an, obwohl darin nur kitschige Nippes zu finden sind.

„Herr Sontheim, diese Bilder warten auf Ihre künstlerische Umsetzung, wie Sie sehen, sind meine Favoriten angekreuzt."

Sontheim träumt davon, aus diesem Raum zu verschwinden, träumt von einem schwarzen Loch, verschluckt zu werden und auf einem fremden Planeten, sich ausgespuckt vorzufinden. Er nickt wohlwollend zu den ausschweifenden Erklärungen von Mr. Fork, der die angebliche Genialität seiner Ideen feiern lässt. Die Vorlagen sind in Passbildformat, für die man eine Lupe benötigt.

Mehrmals bittet Sontheim, Fork um eine Skizze des geplanten Spiegelrahmens mit all seinen Verzierungen. Die Antwort des Amerikaners ist enttäuschend. „Ich kann nicht zeichnen!"

Sontheim stutzt – was für ein Blender, alle applaudieren ihm für seine Fertigkeiten, seine hohe handwerkliche Kunst, obwohl er nicht zeichnen kann. Versucht man, die verbalen Ideen des Mr. Genial zu Papier zu bringen, wird es schwer, denn ständig redet er dazwischen, korrigiert seine ungenauen Vorstellungen. Dabei pflegt er einen Spruch, den er ständig wiederholt:

„Please, a little more sexy."

Sontheim kapiert nicht, was er damit meint? Die Zeichnungen, die in die engere Wahl kommen, tragen auf der Rückseite Notizen zum Material, wie Details zur Ausführung. Diese Skizzen stapeln sich auf dem Tisch, der Rest landet im Papierkorb oder daneben auf dem Boden. Zusammengefasst entsteht ein Holzobjekt, bestehend aus Ornamenten, übersät mit Hunderten Blüten. Um den Preis in die Höhe zu treiben, wird das Ganze mit 24-karätigem Blattgold überzogen.

Unbeeindruckt von dem Ergebnis, das nach stundenlanger Arbeit am Tisch entstanden ist, sitzt die Dame in der Ecke des Sofas. Ihre Augen ruhen zwischen zwei weißen Kabeln, die aus ihren Ohrmuscheln hängen. Sie schlängeln sich zu einer Handtasche, deren Außenseite mit Zirkonia besetzt ist. Sontheim fragt sich, welche Musik dieser Paradiesvogel bevorzugt. Oder ist sie eingeschlafen?

Mit Getöse springt die Tür auf, ein Lieferant poltert mit den bestellten Werkzeugen, Materialien in die Werkstatt. Dahinter folgt ein Arbeiter der Glashütte mit einem Kühlschrank auf einer Sackkarre. Den Abschluss des ungeplanten Durcheinanders macht Maria Grazia mit Espresso und Mineralwasser.

Gestört von dem quirligen Gedränge beendet Fork die Besprechung. „Wir sind alle Produktionsfragen durch, Herr Sontheim, wir sehen uns in zwei Wochen wieder", dann schaut er auf die Uhr, zeigt auf Ms. Steiner, die nicht reagiert. „Wir sind fertig, hast du gehört, komm!", ruft er und verlässt den Raum.

Mit vornehmer Gelassenheit trinkt sie ihre Tasse leer, steht auf, richtet ihr Kleid, bevor sie dem Amerikaner folgt. Ihre hochhackigen Schuhe tippeln an Sontheim vorbei, dabei haucht ein „Tschau" über ihre roten Lippen. Markus schaut ihr nach, entdeckt eine Laufmasche an ihrer Wade.

Aus seinem Mund folgte ein tiefer Seufzer, als die Tür ins Schloss fiel. Welch eine Wohltat, er hat sein Atelier wieder für sich. In dieser Ruhe hört er das Rauschen des Meeres und das monotone Kreischen der Möwen. Überraschenderweise hat er es geschafft, sich mit Kritik an Forks Arbeit zurückzuhalten.

Markus bereitet das Modellieren vor: Ölton kneten, Holzplatte an der Staffelei befestigen, Skizzen mit Reißnägeln an die Wand heften. In der ausgerollten Werkzeugtasche aus Leinen finden sich verschiedene Modellierhölzer, Messer, Spachtel. Mit lockerem Strich zeichnet der Grafitstift den Grundriss der Ornamente auf die Holzplatte, der Hammer schlägt im Abstand von zehn Zentimetern Nägel ein. Blumendraht spannt sich kreuz und quer über das Gezeichnete und am Ende sieht es aus wie ein monströses Spinnen-netz. Nacheinander legt er daumengroße Ton-klumpen auf, drückt sie fest. Was er geformt hat, korrigiert er, schneidet ab und setzt es an anderer Stelle wieder auf, um es dann mit einem Spatel zu glätten.

Solange er arbeitet, vergisst er die Welt mit ihren Widersprüchen, bis nach Stunden der Entwurf Gestalt annimmt. Unbemerkt von ihm verschwindet die Sonne aus dem Atelier, die elektrische Beleuchtung des Verlade-Stegs wirft Licht durch die Fenster. Im Hintergrund dudelt ein Radio und bringt einen Hauch von fremdem Leben in die Stille der Arbeit.

Ein Duft durchströmt den Raum, den seine Nase genüsslich aufnimmt. Maria Grazia knipst die Deckenlampen an.

„Markus, deine Augen, arbeitest du heute länger?"

„Ich verliere beim Modellieren das Zeitgefühl."

Sie tritt näher. „Ich finde, bei dem Thema, das du bearbeitest, braucht dein Stilgefühl nicht zu rebellieren!", sie legt ihm die Hand auf die Schulter. „Markus, wir sehen uns morgen, für mich ist Feierabend, tschau!"

Er zögert, sie anzusehen. „Buona serata Maria!", ruft er in die Dunkelheit der Halle.

Auf einem Klavierhocker sitzend, den Blick auf die Arbeit gerichtet, vertieft er sich in seine Gedanken. Verhandeln, das ist ihr Talent. Nie habe ich bei einem Auftrag einen höheren Preis erzielt. Ihre Ausstrahlung, ihr mit Goldschmuck behängtes Äußeres beeindruckt die Kunden. Markus fixiert das leer getrunkene Glas – für heute reicht es – ab in die Pizzeria.

DER COMMISSARIO

Mit knurrendem Magen spült er sich den Lehm von den Händen und den müden Blick aus dem Gesicht. Gurgelnd kommt es eiskalt aus dem Wasserhahn. Mit dem Zudrehen wird das Fließen leiser, dafür ein fremdes Geräusch außerhalb des Bades dominanter. Markus sucht nach dem Handtuch, schimpft auf die lärmenden Glasmacher von nebenan. Die Ateliertür knallt gegen die Wand, Stühle klappern.

„Sontheim, wir wissen, dass Sie hier sind!", ruft eine kräftige Männerstimme. „Verlassen Sie sofort das Bad!"

„Einen Moment bitte!", brüllt Markus zurück, nachdem ihm vor Schreck die Zahnbürste samt Becher ins Waschbecken gefallen ist. Er öffnet die Tür, streckt sein von Wasser triefendes Gesicht durch den Spalt. Es sieht erbärmlich aus, wie er in die Mündung einer Schusswaffe starrt.

Sie zerren ihn aus dem Bad, die Waffen sind auf ihn gerichtet. Einer der Uniformierten tastet seinen Körper ab, da bemerkt Sontheim unter den

Eindringlingen Nadja, die ihn mit hochgezogenen Augenbrauen anstarrt. Am Tisch sitzt ein massiger Mensch in ziviler Kleidung. Sein Bauch zwingt die Beine in eine gespreizte Haltung. An den Schultern gepackt, stellen sie Markus direkt vor den Fleischberg.

„Entschuldigen Sie, das gehört zu unserem Job", sagt er in holprigem Deutsch. „Herr Sontheim, ist das Ihr Name?"

„Markus Sontheim, korrekt."

„Ihren Pass bitte, den übergeben Sie meiner Kollegin Ispettore Nadja Novotná."

Der Eindringling wippt mit dem Fuß, der bei jeder Bewegung ein beunruhigendes Ächzen an dessen Sitzmöbel verursacht.

„Mein Name ist Commissario Sorino." Er zeigt ihm seine Polizeimarke. „Wo waren Sie letzten Dienstag zwischen zwei und sieben Uhr morgens?"

Sontheim übergibt seinen Pass. Nadja schürzt ihre Lippen, bleibt im Hintergrund. Besorgt verschränkt Sontheim die Arme, unterdrückt damit das Zittern seiner Hände. „Schwer zu beschreiben", sagt er verunsichert.

„Versuchen Sie es, Signore Sontheim!"

„In Venedig bin ich durch die Straßen spaziert,

einfach so."

Inmitten eines brünetten Haarkranzes spiegelt sich das Neonlicht auf der Glatze des Commissario. Diese Erscheinung in der abgewetzten Jacke mit den Lederflicken an den Ellenbogen lässt seinen Bleistift auf einem Blatt Papier kreisen.

„Einfach so, was ist das für eine Antwort, einfach so?", er schreibt auf einen Block. „Ich nehme an, Sie finden einfach so keine Zeugen, Herr Sontheim, überdenken Sie, denn wir haben einen Augenzeugen!"

„Commissario, dichter Nebel, die Gassen menschenleer, ich war allein unterwegs", sagt es, wirkt eingeschüchtert.

„Sie reisen mit einer Segeljacht, die zufällig draußen am Steg liegt?"

„Warum fragen Sie? Ja, die Jacht gehört mir."

„Bitte geben Sie dem Offizier den Schlüssel, die Kajüte ist mit Sicherheit verschlossen."

Ein älterer Herr mit polierten Messingknöpfen an der Uniformjacke reicht Sontheim die Hand.

„Einen Moment, bitte!" Er versucht, mit Worten die Ungeduld des Fremden zu besänftigen. „Der Schlüssel liegt da auf dem Tisch, Entschuldigung!" Hastig schiebt er die Zeichenblätter beiseite, unter denen eine Korkkugel zum Vorschein kommt.

Der Alte greift zu und verschwindet mit einem Kollegen. Ein scheinbar unerfahrener Polizist durchsucht derweil das Atelier, fragt ständig den Commissario, wo er zu suchen hat. Viele Versteckmöglichkeiten gibt es hier nicht. Ispettore Nadja beobachtet wortlos das Geschehen. In der Stille des Wartens kratzt der Bleistift des Dicken über das Papier. Die Polizisten kehren zurück, triumphierend, mit der besudelten Segeljacke, die ihr Chef sofort überprüfte.

„Wie kommen diese Flecken dahin, eindeutige Blutflecken, sie hatten diese Jacke an jenem Morgen getragen?"

„Das ist meine Einzige, ja!", antwortet Sontheim.

„Erzählen Sie mir, wie Sie die Stunden der Nacht verbracht haben." Sorino senkt den Kopf, lächelt dabei über seinen Erfolg.

Die drei Beamten mit der Kollegin stehen nebeneinander aufgereiht, starren Sontheim an. Mit einem Räuspern verschafft er sich Zeit. „An dem Sonntag war ich abends in verschiedenen Kneipen, die letzte hatte bis drei Uhr morgens geöffnet."

„Sind Sie jeden Abend so lange unterwegs?"

„Nein, normal nicht, nur an diesem Abend legte das letzte Schiff nach Treporti ohne mich ab und ich beschloss einen Spaziergang durch Venedig."

Der Commissario notiert es auf dem Papier. Seine Verrenkungen ziehen ein Taschenmesser aus der Hose, dessen Perlmutt im Licht glänzt. Den Bleistift spitzend, sagt er:

„Bitte erzählen Sie weiter, vergessen Sie keine Details!"

Sontheim berichtet über den Nebel, in den er geraten war und sich vorwärts tasten musste. Dann das Klickklacken von Schuhen direkt vor ihm. An einer Wegkreuzung stoppte ihn ein Schlag, dabei zerrte diese Person so sehr, dass Sontheim stolperte und nach Halt suchte. Für einen Moment blieb dieser Fremde stehen, der ein heftiges Atmen von sich gab, begleitet von Pfeifgeräuschen, umhüllt von einem markanten Duft. Die Schulter schmerzt noch heute.

Sorino unterbricht ihn. „Wir suchen ein Gemälde, zumindest einen Teil davon."

„Was für ein Gemälde, Commissario?"

„Herr Sontheim, erinnern Sie sich gefälligst, dieses Stück Leinwand, Sie hatten es im Café ausgerollt."

„Ach ja, das ist ein kitschiges Souvenir gewesen, das habe ich beim Verlassen der Bar in den Müll geworfen."

„Welches Getränk regt ihre Fantasie derart an?", der Commissario grinst, „dass ein Gespenst mit Pfeifgeräuschen auftaucht, Sie hatten an diesem Abend getrunken, jemand hat Sie auf einer Bank neben dem Ausstellungsgelände liegen sehen." Wieder dieses Kratzen seines Stiftes, wobei es mehr ein Zeichnen ist. „Ist es möglich, dass Sie einfach in das Biennale-Gelände einge-drungen sind, aus purer Langeweile, um Ihren Frust loszuwerden?"

„Welcher Frust?", schießt es aus Sontheims Mund.

„Das werde ich herausfinden." Sorino verzieht spöttisch das Gesicht. Wieder spitzt er seinen Bleistift. „Die Jacke wandert in unser Labor, ebenso Ihren Pass, der bleibt bei uns."

Sontheim kommt die ständige Schreiberei dieses Commissario seltsam vor. Er öffnet die Tischschublade, wirft den Schlüssel von der Jacht hinein, da kippt der Oberkörper des Commissario nach vorn. Sein Arm greift in die Schublade und zieht ein Skizzenbuch hervor, das er sofort aufschlägt. „Zeichnungen von Ihren Reisen, eine zeitraubende Methode im Vergleich zu den heutigen Handyfotos." Die Hand blättert vor, zurück.

„Nein, Commissario, keine Reiseskizzen, das sind Entwürfe für eine neue Skulptur."

„Herr Sontheim, ich sehe Skelette mit nackten Mädchen, makaber, finden Sie nicht?"

„Der Tod tanzt jeden Tag mit uns, nur wir verdrängen das."

Sorino legt das Buch zurück, kontrolliert den Pass und aus ihm entspringt ein Redeschwall.

Bevor ich es vergesse: Verlassen Sie nicht die Lagune! Bleiben Sie zur Verfügung, bis ich die Ermittlungen abgeschlossen habe. Wenn Sie das nicht befolgen, stehen Sie auf der Fahndungsliste. Ich sehe, Ihr Geburtsdatum ist der 06.12.1953 – Ihre Lebenszahl ist die Neun. Aus der Innentasche seiner Jacke zieht er ein schwarzes, bibel-ähnliches Büchlein, aus dem er mit kräftiger Stimme vorliest: Die Neun ist dem Mars zuge-ordnet, dem Sternzeichen Fische, wie dem Widder. Sie ist die Zahl des Universums. Neuner haben die Fähigkeit zum Mitgefühl, gepaart mit einer Vision, einer Entschlossenheit. Ihre Fähigkeit, denen zu helfen, die vom Schicksal benachteiligt wurden, ist bemerkenswert. Ihre Schwächen: Mangel an Geduld, unfähig persönliche Kritik anzunehmen, dazu ihre Neigung zu übermäßigem Essen und Trinken. Ihr künstlerischer Beruf kommt ihnen entgegen. Solche Menschen sind in einer religiösen Gemeinschaft erfolgreich. Gehören Sie zu einer solchen Gemeinschaft?

Sontheim weiß nicht, was der Koloss ihm damit zu sagen versucht?

„Kapieren Sie nicht? Sind Sie Mitglied einer solchen Gemeinschaft, die diese Arbeit von Fork verwerflich findet?"

„Nein, ich gehöre keiner Sekte an", antwortet er und schaut Nadja verdutzt an.

Der Commissario hebt seine Pfunde vom Stuhl, dessen Knarren wieder den Raum erfüllt. Mit der Hand gibt er ein Zeichen, woraufhin die Gefährten das Atelier verlassen.

„Beten Sie, Herr Sontheim, das Überleben des Wachmanns ist mitunter Ihr Freispruch, denn er ist Ihr einziger Zeuge!", sagt Sorino und eilt den anderen hinterher.

Versteinert in seinen Bewegungen bleibt der Verdächtige auf dem Stuhl sitzen, zündet die Kerze an, löscht das Licht, setzt sich wieder. Die Gedanken schweifen ab, erst bedroht ihn jemand wegen des Bildes, dann dieser Stress mit der Polizei, und jetzt taucht Nadja auf. Was hat Nadja hier in Venedig zu suchen? Ist es Zufall oder verfolgt sie mich? Das passt nicht in mein Leben, nicht, wo ich wieder anfange, an meiner Sesshaftigkeit zu arbeiten! Dieser Stress mit der Polizei. Sontheim verfällt in einen traumatisierten Zustand, dabei starrt er in die obere Ecke der Wand mit all ihren Wasserflecken. Gefangen im Licht der flackernden Kerze, sucht er Ruhe. Im Traumschlaf versunken, zucken seine Arme wie ein Hund, der von der Jagd träumt. Sein Stuhl wackelt unter den ruckartigen Bewegungen.

Die Wasserflecken gleichen einem Tanz, einer pulsierenden Struktur, deren Frequenz seinem Herzschlag gleicht. Aus diesen Flecken entsteht ein in Gold gerahmtes Bild mit zwei flatternden Augen, aus denen Blut fließt. Lebenssaft, der über das Edelmetall die Wand hinunter bis zu seinen Schuhen rinnt, die von roten Strömen umspült werden. Daraufhin dringt ein heftiges Rauschen von Sturzfluten an seine Ohren, begleitet von Schwanken … die Hände umklammern …

Sontheim zuckt zusammen. Ein kühler Luftzug erfasst seinen Nacken, fröstelnd dreht er sich um. Maria Grazia steht im Zwielicht des frischen Tages in der offenen Tür.

„Guten Morgen, Markus, bist du aus dem Bett

gefallen, bei gedämpftem Licht zu arbeiten, das schadet den Augen!" Sie drückt auf den Lichtschalter und stößt ein „porca miseria" aus. „Alles ist nass, sieh da oben in der Ecke, das Wasser rinnt vom Dach an der Wand herunter. Markus, deine Zeichnungen! Ich hole gleich den Werkmeister!"

Das Prasseln der Regentropfen, vermischt mit dem Rauschen des Meeres, klingt wie eine aufgedrehte Dusche. Markus rennt hinaus auf den Steg, überprüft die Jacht. Der Wind tobt, treibt die Wellen unter die Holzplanken, sie spritzen explosionsartig in Fontänen zwischen ihnen empor. Die Jacht tanzt, zerrt an den Leinen, Markus, nass vom Regen, schlappt zurück, direkt ins Bad.

Vollmond, das ist die einzige Erklärung. Er versucht, der Ursache einen Grund zu geben.

Mit eifrigem Hämmern reparieren sie das Dach, Maria Grazia entfernt mit Eimer und Wischmopp, was die Holzdielen mit ihren Fugen nicht sofort verschlucken. Am Ende der Aktion wartet sie auf dem Sofa, bis Markus aus dem Bad kommt.

„Du gefällst mir heute nicht, setz dich", fordert sie ihn auf. Ihre Hand sucht tröstend die seine.

Zuerst schweigt er, starrt vor sich hin, dann sprudeln die Worte aus ihm heraus. Gestern

Abend haben Polizisten das Atelier gestürmt. Sie werfen mir den Anschlag auf die Biennale vor. Vermute, der Kellner war es, der mich anzeigte, denn er hat dieses Stück Leinwand gesehen. Gestohlen, nein, damit habe ich nichts zu schaffen. Das ist alles …

Maria Grazia legt ihm die Hand auf die Schulter, sieht ihn an: „Ein Missverständnis, lass dich nicht von deiner Arbeit abhalten."

„Es gibt einen Grund, Maria – mein Schlafwandeln, meine Schuldgefühle – man liest, wozu die Mondsüchtigen fähig sind."

Der Lärm auf der anderen Seite der Wand steigert sich mit der Geschäftigkeit der Glasmacher. Maria Grazia steht auf und sagt mit sanftem Blick: „Es sind Geschichten von Vollmondnächten, über die man gerne schreibt, Fantasien eben."

POSSENSPIELE

In den Parks von New York City färbt der Herbst das Laub der Bäume. Die Luft ist kühl, die Mäntel der Menschen dick. Weißer Dampf steigt aus den U-Bahn-Schächten deren dichte Schwaden den Blick versperren. Aus den Schaufenstern blinken die ersten Christbaumkugeln mit buntem Glitzer. Daneben warten Weihnachtsmänner aus Plastik auf den bevorstehenden Kaufrausch der Vorweihnachtszeit.

Zurück in New York, bereitet Mr. Fork seine Hochzeit für die Medien vor. Es gehört sich, dass sein Name auf den Gästelisten neben den Prominenten steht, die in den Medien wiederholt für Schlagzeilen sorgen.

Mr. Castaldi und die Mitglieder des ISAC-Klubs setzen den Vorschlag der Werbeabteilung um. Sie versteigern Arbeiten von Mr. Fork. Auf dem Papier des Auktionators wechselt der Besitzer, in Wirklichkeit bleiben die Werke bei Ms. Gold. Gebühren, Kleinigkeiten für eine Galerie mit ihren weltweiten

Verbindungen. Hauptsache, der höhere Preis der Auktion steht in den Katalogen der Kunsthändler. Die Galeristen werben mit einer steigenden Rendite bei den Sammlern, den Museen. Hinzu kommt, man macht einen besseren Eindruck bei den Kritikern, wie der Presse, denn wer wagt es, bei dieser hochkarätigen Kundschaft an der Qualität zu zweifeln?

Fiora Steiner erfreut sich in der Kunstszene wachsender Beliebtheit an der Seite von Mr. Fork, dessen Einwände gegen ihre Pornofilme für Streit sorgen. Heftige Argumente lassen ihr italienisches Temperament zu einem Feuer speienden Vulkan werden. Fork bleibt gelassen und löscht die Flammen mit einem simplen Verweis auf ihren Vertrag. Die Presse erfährt von den Unstimmigkeiten nichts, sie verkauft den Lesern eine Romanze, wie aus einem Märchen: Das Erotikmodel verführt den Künstler, die daraus entstandenen Werke, die Kulturwelt.

Der Anschein einer echten Beziehung erfordert ein gemeinsames Wohnen in Greenwich Village. Privat leben die beiden in einer rein geschäftlichen Partnerschaft und in der Öffentlichkeit geben sie sich als Liebespaar. Fiora verbringt einen Teil ihrer Zeit mit Shoppen. Nebenbei trifft sie sich mit

Geschäftsleuten aus der Erotikfilmbranche und nutzt die Gelegenheit, den prüden amerikanischen Markt zu erobern. Fork dagegen pendelt mehrmals zwischen Galerie und Club, verhandelt mit Handwerkern, besucht Kunden.

Ausgesuchte Mitarbeiter der Kunsthandlung erledigen die administrativen Aufgaben für Fork. Die E-Mails der Fanpost beantwortet eine Praktikantin. Die Briefe, die zu Hause durch seinen Türschlitz fallen, öffnet Fork persönlich. Eines Morgens fiel ihm ein Umschlag auf, mit handgeschriebener Adresse.

Sehr geehrter Mr. Fork,

Sie haben von meiner Arbeit in Venedig aus der Presse erfahren. Dadurch erhielten Sie mehr Medienaufmerksamkeit für Ihre Ausstellung. Zu meinem Bedauern hatte ich Probleme am Pavillon. Die Maßnahmen der italienischen Polizei erforderten eine sofortige Änderung. Daher halte ich es für angebracht, mein Honorar zu erhöhen. Eine detaillierte Aufstellung liegt bei. Bitte veranlassen Sie umgehend die Zahlung.

Ich habe mich mehrmals an die Galerie gewandt und keine Antwort erhalten. Stößt mein

*Anliegen bei Ihnen auf taube Ohren, sehe ich mich
leider gezwungen, härtere Maßnahmen zu
ergreifen.*

   *Mit freundlichen Grüßen
T. Wulf*

Fork knallt mit der Faust auf den Schreibtisch, greift zum Telefon, legt gleich wieder auf, weil Fiora ihn mit den Erlebnissen ihres Einkaufs überfällt. Fork schiebt sein Problem vor sich her, bis zum Verlassen des Hauses. Umso aufbrausender stürmt er in die Galerie. Dort landet Wulfs Brief mitten auf dem Glastisch des Ausstellungsraums:

„Bitte sagen Sie mir, Ms. Gold, warum?“, Fork erhebt seine Stimme. „Dieser Schauspieler arbeitet für mich, macht Werbung für mich, und was macht Ihr? Wenn die Öffentlichkeit davon erfährt, schadet das meinem Ruf, das wissen Sie.“

„Mr. Fork, bitte entspannen Sie sich, wir kümmern uns.“ Beruhigt ihn Ms. Gold. „Entschuldigen Sie die Widrigkeiten, es handelt sich um ein Versehen, keine Sorge.“ Sie steht von ihrem Bürosessel auf und sagt: „Ich bin sicher, dass der erwähnte Brief bei der Sekretärin liegt, außerdem hassen wir genauso Unannehmlichkeiten.“

„Ich benötige diesen Schauspieler!", sagte Fork mit geballten Fäusten in den Hosentaschen.

„Dieser Mann ist entbehrlich, austauschbar, vertrauen Sie mir, wir kümmern uns", sagt sie gelassen. „Vorrang hat der heutige Abend, auf den Sie sich bitte konzentrieren."

„Ich hoffe, Sie schicken uns nicht wieder auf eine dieser unsinnigen, langweiligen Partys", Mr. Fork räuspert sich, „keine Sorge, wir kommen pünktlich."

Er verlässt die Galerie, Ms. Gold den Ausstellungsraum. Sie legt den Brief auf den Tisch ihrer Vorzimmerdame.

„Wir haben jetzt die Probleme, vor denen ich gewarnt habe. Dieser Tom Wulf ist eine Plage, geben Sie den Mitgliedern Bescheid, ich erwarte alle im Klubhaus."

Fiora kommt spät von ihrem Einkaufsbummel zurück, denn die Boutiquen in SoHo haben ihre ungeahnten Bedürfnisse geweckt. Mr. Fork steht in der Abendgarderobe bereit und drängt zur Eile:

Ich habe den Chauffeur für Punkt neun Uhr bestellt. Fiora, bitte beeil dich! Das Kleid, besser gesagt, dieses löchrige Nichts deiner Designerin, der Kurier lieferte es vor zwei Stunden.

Wer seinen Status zeigt, lässt sich mit der

Limousine direkt vor den Eingang der Location fahren. Aufgeblasener Luxus, der von den Paparazzi mit ihren Kameras ausgiebig kommentiert wird. Es dauert eine Weile, bis sich ein Auto, nach dem anderen, seiner schillernden Fracht entledigt hat.

Im großzügigen Eingangsbereich des Penthouse stehen die Gäste und lauschen den Worten eines Redners, der den Kunstmaler zum Thema ‚Dilemma einer Farbbeziehung' vorstellt. Im Anschluss traktiert ein Pianist den Flügel mit dezenter Salonmusik, solange das Catering mit Häppchen und Cocktails sein Bestes leistet.

Fork findet Zuhörer für seine neuen Kunstkonzepte. Eine Ecke weiter erregt Fiora mit ihren Versionen des sexuellen Marketings die männlichen Besucher. Die Gäste plaudern in den Abend hinein, bis sie ihre Köpfe zur Eingangstür drehen. Lautstark macht ein Cocktailkleid beim Eintreten auf sich aufmerksam und kämpft obszön, mit vulgären Entgleisungen gegen einen Gentleman an. Ein Szenario Alkohol getränkter Eifersucht, begleitet von Attacken fliegender Fäuste. Der Pianist verleiht dem Geschehen Bedeutung, bringt die Gäste zum Tuscheln, lässt dem Voyeurismus freien Lauf. Dicht gedrängt findet niemand mehr ein Auge für die Bilder an den Wänden.

Die Menge verliert den Blick auf die Streithähne, die im hinteren Teil des Lofts weiter toben. Mr. Fork und Ms. Fiora posieren für die anwesende Presse, lautstark krachen Gegenstände zu Boden, Glas zerbricht. Wimmernde Hilferufe ziehen die Aufmerksamkeit auf sich. Zwei frivol gekleidete Dirnen thematisieren den Vorfall mit pseudo prosaischen Texten über Liebesbeziehungen und deren Eifersüchteleien. Der Kellner serviert Häppchen, eine Sängerin huldigt dem Freigeist mit Liedern.

Mr. Fork pflegt ungestört seine Kontakte zu den Managern der Banken, der Industrie. Der Pianist spielt gegen den Lärm an, denn die Streitereien eskalieren, bis ein schriller Schrei den Ablauf zerreißt. Manch einer erschrickt, verschüttet unbeabsichtigt den Inhalt seines Glases auf den Boden. Das Cocktailkleid taumelt blutüberströmt und mit einem Messer in der Brust mitten durch die Menge. Stöhnend bricht sie auf dem Marmorboden zusammen, dessen Oberfläche ihre Hand mit einem blutroten Streifen überzieht. Auf den reglosen Körper streut ein Kellner weiße Lilien und verkündet theatralisch in Reimen den Grund der Schandtat.

Surreale, skurrile Abläufe lassen Vorwürfe und Vermutungen aus den Mündern der Besucher sprudeln. Im Hintergrund spielt der Pianist, das Servicepersonal serviert weiter Getränke und Häppchen.

Fioras Zustand verändert sich mit jedem weiteren Glas Cocktail. Fork schreitet ein und bittet sie, das Trinken zu unterlassen. Das Stück ist ihm zu konstruiert, und dann die mittelmäßigen Schauspieler. Es scheint, als seien Possenspiele auf Partys die Modeerscheinung in der New Yorker Szene. Fork nimmt sie an der Hand und sie wechseln nach draußen an die frische Luft.

Eine Handvoll der Anwesenden folgt in die sternenklare Nacht. Von der Straße empor dringt das Rauschen des Verkehrs. Schaut man über die Brüstung, sind blau-rot pulsierenden Lichtbalken zu sehen. Sie spiegeln sich in den Fenstern der gegenüberliegenden Hochhäuser. Zwei Polizeiwagen, gefolgt von einem Krankenwagen, sorgen für Verwirrung.

Ein Mädchen vom Servicepersonal stürmt auf die Dachterrasse und sagt mit piepsiger Stimme: „Vorher haben sie Theater gespielt – mein Gott – da drinnen hat es einen erwischt.“

Fork trifft auf die Stille des Foyers, beobachtet

das Cocktailkleid mit dem Messer in der Brust, wie sie neben einer gekrümmten Person kniet:

„Tom, mein Junge, sprich mit mir, warum du?"

Ein Arzt, der ein Gast ist, reanimiert und erklärt nach Minuten das Opfer für tot. Fork erkennt in der Leiche Tom Wulf, in dessen linker Hand eine weiße Papiernelke steckt. Dieses Miststück, er erinnert sich, an ihre Drohungen. Im Vergleich zur gespielten Version sorgt das reale Vorgehen der Polizei für gewaltigen Wirbel. Fork verschweigt bei seiner Vernehmung eine Verbindung zu diesem Wulf und verlässt, nach der Befragung, mit Fiora fluchtartig das Desaster.

Am nächsten Morgen grinst die Sekretärin über ihren Bildschirm hinweg. Sie fragt Mr. Fork, ob alles nach seinen Wünschen gelaufen ist und ob er in Hochzeitslaune sei? Sofort meldet sie ihn bei Ms. Gold, die in ihrem Büro ist, an.

Ausgelassen empfängt ihn die Chefin, bietet ihm einen Platz an. „Gestern Abend eine gelungene Vorstellung, wie ich höre."

„Wir sind müde, Ms. Gold. Fiora benötigt Zeit, um sich von dem Schock zu erholen."

„Okay. Mr. Fork, eins vorweg, wir haben uns um die Sache gekümmert, Ihre Verärgerung gestern", Ms. Gold greift nach ihrer Brille, „haken

Sie diesen Brief, diesen Schauspieler ab."

„Tom Wulf abhaken?", seine Stimme stockt, bevor er fortfährt: „Wissen Sie nicht, was gestern vorgefallen ist?", er dreht sich von ihr ab. „Dieser Wulf ist tot, ermordet vor all den Gästen!"

„Oh mein Gott, wir haben das Geld umsonst überwiesen." Emotionslos übergeht sie den Vorfall und wechselt zum nächsten Punkt auf ihrer Agenda. „Konzentrieren Sie sich auf das Interview heute Nachmittag, denn wir legen Wert darauf, dass Sie die Fragen des Moderators korrekt beantworten", sie überprüft ihren Ordner. „Sagen Sie das Ihrer Ms. Steiner. Hier bitte, das ist das Konzept." Sie reicht ihm die Unterlagen über den Tisch. „Das ist eine Livesendung im Stadtfernsehen."

„Viele Fragen", sagt Fork und blättert prüfend. „Hoffentlich merken wir uns alle Vorgaben", grinst er und schüttelt ungläubig den Kopf.

„Versuchen Sie zumindest Ihre Antworten sinngemäß darzustellen, 30 Minuten Sendezeit, das schaffen Sie, dann stimmen die Verkaufszahlen." Ms. Gold schneidet den Filter ihrer Zigarette ab, zündet sie an und bläst den Rauch in den Raum. Was diesen Angriff auf Ihre Arbeit betrifft – ein absoluter Glücksfall, der Popularitätszuwachs übertrifft alle Erwartungen. Die Menschen finden Vergnügen am Chaos, am Leid anderer, und das spiegelt sich in den Auktionen positiv wider.

Mr. Fork nickt mit bleichem Gesicht und sagt: „Eure Auktion hat sich also gelohnt?"

Ms. Gold stößt erneut eine Rauchfontäne in die Luft und erklärt mit überheblichem Ton, dass es genügend Mitbietende aus Sammlerkreisen gab, die eine Manipulation vertuschten. Für die Galeristen aus Europa war es demnach kein Problem, den aufgerufenen Preis in die Höhe zu treiben. Nicht legal, aber effektiv.

„Meine Arbeiten sind, wie ich sehe, nicht uninteressant!", sagt er und steht auf.

„Wir sind auf dem richtigen Weg, Mr. Fork, Ihre Verkaufszahlen explodieren."

„Okay, ich verlasse Sie, wir sehen uns spätestens in Venedig, auf meiner Hochzeit?"

DAS LAGUIOLE-MESSER

Markus' Schlafenszeit ist durch die zusätzliche Arbeit an seinem Skizzenbuch eingeschränkt. Wenn Maria das wüsste, würde sie ihn mit Zurechtweisungen bestrafen. Jeden Abend umdenken, denn sobald sie den Schlüssel ins Schloss der Ladentür steckt, zeichnet und modelliert er, bis seine Augen nicht mehr mit-machen. Am Ende fällt sein Körper schlaftrunken in die Koje. Unter der Woche sieht man sich kaum, da Markus mit den Glasmachern den Hintereingang benutzt.

An diesem Mittwochabend ist es nicht anders. Er lauscht dem Lärm der nach Hause eilenden Arbeiter. Wartet, bis die Hintertür mit letztem Knall ins Schloss fällt, holt dann sofort seinen neuesten Entwurf aus der Kommode. Eine gefühlte Stunde Arbeit vergeht und es klopft an der Ateliertür. Niemand in der Firma klopft an und dann so spät? Eilig wirft er ein Tuch über das Tonmodell, öffnet – grüßt mit: „Hallo San ...", im letzten Moment stockt er.

Die Dame, die da vor ihm steht, sieht aus wie Sandra, mit ihrem stockdunklen Solarium braun. Anders sind die kurzen Haare, die reizvolle Kleidung, die roten Schuhe mit den zu hohen Absätzen. Wer ist sie, deren Augen stumme Eiseskälte ausstrahlen?

„Bitte kommen Sie herein, suchen Sie sich einen Stuhl aus", sagt er locker.

Die stille Dame setzt sich, senkt den Blick auf ihre rote Ledertasche, in der ihre Hand verschwindet.

Aufmerksam beobachtet er – Taubheit wäre ein Grund. „Was wünschen Sie?" Wieder fragt er dieses Mal langsam auf Englisch: „Ein Glas Wasser?"

Ihr Blick, den sie suchend durch den Raum schweifen lässt, hat Unheimliches. Wieder senkt sie die Augen, zieht ein Blatt Papier aus der Ledertasche, es folgt ein Gegenstand, dessen Enden silbern glänzen. Sie hält ihn mit den Fingerspitzen und mit einer blitzschnellen, für seine Augen nicht nachvollziehbaren Handbewegung, schnellt eine dünne Klinge hervor. Es ist ein Laguiole-Messer mit geschwungenem Holzgriff. Versteinert sieht Sontheim zu, wie sie das Blatt Papier in zwei Hälften schneidet. Das flüsternde Gleiten kennt er von seinen Schnitzmessern.

Nachdem sie den Abschnitt in ihren Schoß gelegt hat, gibt sie ihm das Blatt mit den Worten: „Mein Name ist Deborah, kennen Sie dieses Mädchen?"

Er schaut auf ein unscharfes gedrucktes Foto, das eine Gestalt auf einer Wiese zeigt. „Leider nein, diese Person habe ich nie gesehen! Wer sind Sie? Sind Sie Reporterin?"

Sie keift zurück: „Falsche Antwort!"

Über das Blatt hinweg mustert er erneut die Fremde, deren Rock ihre Oberschenkel umspannt, deren Brüste an den Knöpfen ihrer Bluse zerren. Wie es aussieht, hatte sie ihre Kleidung eine Nummer zu eng gekauft.

„Sie arbeiten für Mr. Fork?", fragt sie, faltet das Papier und steckt es zurück in die Tasche.

„Ja, seit ein paar Wochen. Warum?"

Ihr Kopf zuckt. „Ist es Ihnen nicht peinlich, sich mit einem Dilettanten abzugeben?" Sie schlägt ein Bein über das andere und schlingt den Fuß hinter die Wade, der Rocksaum sucht sich eine Stelle, an der er nicht mehr diesen Spannungen ausgesetzt ist. Sie zupft am Saum, um die entblößten Oberschenkel wieder zu bedecken.

„Entschuldigung, Herr Sontheim, hören Sie mir zu?"

„Ja, ich bin angetan!", reißt es ihn aus seinen Gedanken. „Sagen Sie zu mir, Markus, Sie sprechen mir aus der Seele. Dieser Fork ist ein Dilettant, aber wissen Sie das Geld, diesen Grund außer Acht lassen, wäre töricht."

Sie spricht von der Verantwortung in der Kunst, kritisiert den Verlust von Idealen. Markus stimmt nicht jedem Wort zu, doch er genießt ihre Einstellung. Es dauert eine Weile, bis er sie unterbricht: „Warum sind Sie bei mir?"

„Warte, bis ich fertig bin!", drängt sie ihn, und ihre gefühlvollen Worte über die Sexualität in der Kunst driften in unflätige Bemerkungen ab: „Ich schneide diesem kaputten Dreibein die Eier ab, das werde ich und dagegen ist die Verwüstung seiner Ausstellung, armselig."

Sontheim wundert sich über ihre Wut, die ihr die Luft raubt. Hektisch zieht sie ein Döschen aus ihrer Tasche und führt es an ihre Lippen. Markus hört den Sprühstoß aus ihrer Hand, das Zischen in ihrem weit geöffneten Mund, es erinnert an den Nebel, an den schmerzhaften Schlag.

Markus betrachtet die Klinge in ihrer geballten Faust, ein halber Armlängen-Abstand, der ausreicht, um wahllos zuzustechen, seine Kehle zu verletzen, in sein Herz einzudringen. Er bemerkt, wie seine Schweißdrüsen arbeiten, wie ihm das Hemd am Rücken klebt. Um sie abzulenken, bietet er ihr wieder zu trinken an. Wie ein Oberkellner zählt er die vorhandenen Getränke auf. Zuerst zögert sie, dann gibt sie sich mit einem Glas Rotwein zufrieden. Beim Servieren lässt Markus abfällige Bemerkungen über Fork und dessen Arbeit fallen. Er hofft auf ihren wohlwollenden Gesichtsausdruck.

Markus erinnert sich an den Duft der Nacht, seine Nase in ihrer Nähe erkennt nur den Geruch von Zigaretten.

„Warum suchen Sie dieses Mädchen bei mir?"

Sie lächelt, gibt keine Antwort, trinkt einen Schluck vom Rotwein und schimpft weiter über Fork. Dabei fuchtelt sie mit ihrem Messer. Sontheim weicht zurück, wünscht sich, dass jemand in sein Atelier kommt, der ihn aus dieser misslichen Lage rettet.

Dieses Messer kreist mehrmals gefährlich nahe: Ein Vorteil ist, dass die scharfe Schneide, wenn sie durch die Haut gleitet, schmerzfrei ist. Er hat Erfahrung, denn oft genug verletzte er sich bei der Arbeit mit dem Schnitzmesser. Markus starrt auf ihren Rocksaum, der durch ihre Erregung weiter nach oben rutscht. Aus ihrem Schoß schießt die Klinge in ihrer Hand direkt auf ihn zu.

Markus zuckt zusammen, denn ein heftiger Schlag mit der geballten Faust landet auf der Tischplatte. Sie fuchtelt mit dem Messer vor seiner Nase herum und schreit ihn an: „Verdammt, glotze mir nicht auf die Beine, ihr benehmt euch alle gleich", ihr Messer kommt seiner Nase gefährlich nahe. „Das nächste Mal trete ich dir dahin, wo es am meisten wehtut!"

Markus versucht, sich zu entschuldigen, aber sie lässt ihn nicht zu Wort kommen. Entweder steht diese Furie unter Drogen oder es ist eine von diesen Frauenrechtlerinnen, die neuerdings in Italien einen steigenden Zulauf erfahren. Kurz wendet er den Blick von ihr ab, konzentriert sich sofort wieder auf das Messer.

Diese Fremde erzählt, dass dieses Mädchen auf dem Foto erst achtzehn ist, vier Jahre vergangen sind und ihre Familie Palone heißt. Wir sind Geschwister und dieser Fork ist schuld an ihrem Verschwinden. Dieser Hurenbock hat sie mit Versprechungen in ein amerikanisches Bett gelockt. Ich werde ihm die Eier abbeißen, damit er meine Schwester nie vergisst. Diese Kuh ist weggelaufen, erst aus Scham, dann aus Angst vor unserem Vater. Besser so, denn er hätte sie umgebracht.

Markus erkennt auf dem Bild eine dürre, mädchenhafte Gestalt, aber keine Ähnlichkeit mit dieser Verrückten.

„Entschuldigung, fragen Sie lieber diesen Mr. Fork, sie war mit ihm, deswegen bin ich die falsche Adresse." Er hofft auf ein Ende, hofft, dass sie aufsteht und verschwindet.

Sie macht keine Anstalten. „Der war nicht auf seiner Ausstellung anzutreffen, denn dort hätte ich mich um den Hurensohn gekümmert."

„Wenn Fork in Venedig ist, wohnt er im Hotel Gritti Palace und der Portier hilft mit Sicherheit weiter", verrät Markus gelassen.

„Okay, lassen wir das für heute, ich rate dir, wenn du diesem Mistkerl Informationen zusteckst, komme ich zu dir zurück, dann ergeht es dir, wie es ihm ergehen wird."

Ihre Hand entreißt ihm das Blatt, klappt die Klinge in den Holzgriff ein, wirft beides in die Tasche. Beim Aufstehen streift sie den Rocksaum bis zu den Knien: „Du begleitest mich nach draußen, oder?"

Markus zuckt zusammen, die Dunkelheit, das

Messer. Er rennt ihr hinterher, in sicherem Abstand, hin zum Nebeneingang. „Tschau Markus, halte deine Klappe, ich warne dich, zeige dir ungern, was man mit bösen Jungs anstellt", sie tätschelt ihm dabei die Wange.

„Tschau, Deborah", kommt es ihm zögerlich über die Lippen. Dieses Weibsbild verschwindet in der Gasse hinter Stapeln von Holzpaletten.

Oft vergisst er, die Tür abzuschließen, nach diesem Besuch dreht er den Schlüssel zweimal um, rüttelt vorsichtshalber kräftig am Türgriff. Auf dem Weg zum Atelier hat er einen Funken Mitleid mit dieser Deborah, anderseits hätte er ihr am liebsten mit der Rotweinflasche einen Scheitel gezogen.

ANSCHULDIGUNGEN

Dicht gedrängt schlendern die Touristen vorbei an Schaufenstern, den Bars. An den gedeckten Tischen vor den Restaurants genießen die Gäste die letzten Sonnenstrahlen, bevor die aufziehenden Wolken winterliche Schattenkälte verbreiten.

Signora Santin steckt heute in Stapeln unerledigter Korrespondenz. Die Galerie quillt von Besuchern über. Die meisten davon sind Japaner, die sich vor jedem Glasobjekt mit Selfies verewigen. Anders sind die Amerikanerinnen, die lautstark ihre Meinung kundtun: „drop-dead gorgeous" (zum Sterben schön) oder „it's such a cutey" (so süß). Sie wiederholen und überbieten sich in ihrer kollektiven Bewunderung, indem sie ihre Stimmlage bis zum Quietschen erhöhen. Hypnotisiert von den leuchtenden Farben des Glases, verpassen sie den Anschluss an ihre Reisegruppe. Aufgeregt bitten sie die Signora um Hilfe. Die winkt ab und zeigt auf eine Auszubildende inmitten der Galerie.

Eine anspruchsvolle Arbeit sieht anders aus. Durch ihre Familie ist sie seit je her eng mit dem

Unternehmen verbunden. Man gewöhnt sich an alles, erst recht an die lästigen Fragen. Heute bleibt sie aber hartnäckig in ihrer Schreibarbeit stecken und lässt sich nicht an den Tresen locken. Bei Commissario Sorino ist das nicht anders, heftig klopft er auf die Theke – sie zeigt mit dem Finger auf die Auszubildende. Ein erneuter Versuch entlockt ihr, den Blick am Bildschirm, ein genervtes „Bitte, was wünschen Sie?".

„Signora, ich benötige ein paar Minuten Ihrer kostbaren Zeit."

„Heute kümmert sich unser Lehrling dort." Wieder zeigt ihr Finger in Richtung der Besucher.

„Mein Name ist Commissario Sorino, bitte entschuldigen Sie, ich störe Sie ungern."

Das Zauberwort Commissario schreckt sie auf: „Üben Sie Nachsicht, meine Korrespondenz drängelt", sie steht auf. „Kommen Sie zu mir, dieser Korbstuhl, bitte. Einen Espresso?"

„Gern, Signora, mit Zucker, bitte – ich stehle Ihnen ungern die Zeit, es sind zwei, drei Fragen."

Sorino schiebt seinen massigen Körper durch die zu enge Öffnung der Ladentheke. Der rechte Ärmel wischt an der Farbe des Wandputzes, der linke streift einen Bücherstapel zum Boden. Verzeihen Sie, er hebt ein Buch nach dem anderen wieder auf. Das Mahlwerk der Espressomaschine zerkleinert geräuschvoll die Bohnen, füllt automatisch mit einem brummenden Gurgeln die Tasse. Das Aroma, der cremig-braune Schaum, sieht appetitlich aus in der Espresso-Glastasse.

„Bitte, Signore Commissario", sie reicht ihm die Tasse, „ich stehe für Ihre Fragen zur Verfügung."

Nachdem es ihm durch Rühren gelungen ist, einen Teil des Inhalts in die Untertasse umzufüllen, kneift er beim Sprechen die Augen zusammen:

Ich wundere mich, dass man diesem unbekannten deutschen Bildhauer eine Ausstellung und ein Atelier zur Verfügung stellt. Welche Beziehungen waren dafür nötig? Weiß man, in welchen Kreisen dieser Künstler seine Freizeit verbringt?

Commissario Sorino, meine Freundin, hat ihn zu mir gebracht. Entschuldigen Sie, seine Freizeit ist für mich uninteressant. An manchen Wochenenden treffen wir uns bei einem Glas Wein, rein geschäftlich, das ist alles. Hier im Verkauf hält er sich nie auf, er kommt und verlässt uns durch die Hintertür, wie die Glasmacher aus der Werkstatt.

Sorino nickt, setzt die Tasse an den spitzen Mund für einen Schluck.

Mit Mühe verkneift sie sich ein Lachen, denn beim Trinken hebt er das Kinn wie ein Vogel den

Schnabel. Mit erzwungenem Ernst fährt sie fort, dass Sontheim den Abend in der Pizzeria auf der anderen Seite des Kanals verbringt. Wir kennen uns bislang flüchtig, er arbeitet oft bis spät in der Nacht. Meiner Freundin zuliebe habe ich mich bei meinem Vorgesetzten für ihn eingesetzt, und ihn hat seine Arbeit überzeugt. Maria Grazia erzählt umsichtig, um keinen Schaden anzurichten.

Sorino notiert, fragt weiter: „Ihre Freundin, wie ist ihr Verhältnis zu diesem Deutschen, kennt sie ihn länger?"

„Herr Commissario, wie mir bekannt ist, hat sie ihn zufällig getroffen, im Gespräch von seiner Tätigkeit erfahren."

„Wissen Sie Signora zufällig ihren vollen Namen und Adresse?"

„Mir ist nur ihr Vorname Sandra bekannt, die Handynummer, ich schreibe beides auf, Adresse kenne ich keine." Sie schreibt und sagt: „Sie pendelt zwischen Amerika und Italien, am besten bei ihr anrufen oder an der Uni nach ihr fragen."

„Danke, ich glaube, das ist nicht nötig. Zur zweiten Frage, warum das Atelier?"

Der Bildhauer erhielt die Zusage, nachdem er einen Auftrag von einem amerikanischen Kunden, einem Mr. Fork, erhalten hatte. Ein überdimensionaler Spiegel, aufwendig gearbeitet, mit Holzornamenten. Für diesen Herrn stellen wir in der Manufaktur weitere Glasobjekte her. Er ist ein lukrativer Kunde, wissen Sie, wir hoffen auf Folge-Aufträge. Weltweite Werbung für unsere Firma sichert Arbeitsplätze.

Sorino füllt seinen Notizblock. Er greift mit gestrecktem Körper in die Hosentasche und zieht ein Taschenmesser hervor. Flink schnitzt er in das Holz des Bleistifts und lässt die Späne ungeniert auf den Boden fallen. Zur Kontrolle hebt seine Hand die gespitzte Bleistiftmine gegen das Licht, dreht sie, schreibt weiter.

„Signora Santin, entschuldigen Sie die Frage, wann sind Sie geboren?"

„Kein Problem, Commissario, am 03.04.1962, zumindest steht es in meinem Pass", sie lacht.

Er rechnet, runzelt die Stirn, wissen Sie, dass Ihre Lebenszahl die Sieben ist. Eine okkulte Zahl. Wieder schaut er in sein Büchlein: Die Sieben ist dem Mond, dem Planeten Neptun und dem Sternzeichen Schütze zugeordnet. Ihre Bedeutung in der Mystik ist nicht zu übersehen. Die Antike kannte die sieben Planeten, die diatonische Tonleiter hat sieben Töne, die Woche hat sieben Tage. Menschen mit der Lebenszahl Sieben finden sich in hohen Positionen, sie erleben erfolgreiche Karrieren. Auch bevorzugen Sie helfende Berufe und kreative Tätigkeiten. Sie liebäugeln mit der Schriftstellerei, arbeiten eher in der Reisebranche. Letzteres trifft, wie ich sehe, auf Sie zu.

„Schräge Analyse, Commissario, wie kommen Sie zu diesem Ergebnis?"

„Das Berechnen von Lebenszahlen und deren Interpretation ist mein Hobby", er steckt das Büchlein wieder ein. „Ich treffe jeden Tag die unterschiedlichsten Menschen, bei denen ich wiederholt Übereinstimmungen feststelle."

„Commissario, das ist Zufall?", Maria Grazia lächelt. „Ich glaube nicht an astrologische Wahrsagerei."

Sorino verstaut seine Schreibutensilien in einer der Innentaschen seines Jacketts. Kraftvoll hebt er seinen Körper vom Stuhl.

Signora Santin, danke für Ihre kostbare Zeit, ich lasse Sie wieder an Ihre Arbeit. Wissen Sie, wir haben bis heute keine Anzeige von der Galerie erhalten. Ich verstehe das nicht, bei einem Schaden wie diesem. Wenn die Sache mit dem Wachmann … wegen dieses Vorfalls ermitteln wir.

Signora Santin eine Frage: „Sprach man zwischen Sontheim und diesem Fork, darüber?"

„Signore, niemand hat in meiner Gegenwart ein Wort darüber verloren, aber bitte, wie ist der Zustand dieses alten Herrn?"

„Signora, ich fahre nachher zum Patienten, der Zustand hat sich gebessert, sagt zumindest der behandelnde Arzt." Mit einer Verbeugung wünscht er ihr einen erfolgreichen Tag. Es dauert eine Weile, bis sein voluminöser Körper den Ausgang erreicht.

Signora stellt die Tassen beiseite und freut sich über diese Nachricht. Markus wird erleichtert sein, auch wenn er nie ein Wort darüber verliert. Die Ermittlungen hängen ihm wie ein Klotz am Bein. Ein Scheitern des Auftrags wegen eines solchen Vorfalls wäre fatal für die Firma. Beim Durchqueren der Lagerhalle kommt ihr klassische Musik aus dem Atelier entgegen. Sie schleicht geradewegs auf das Sofa zu, bemerkt sofort den Fortschritt am Spiegelrahmen. Das Geräusch einer Sprungfeder begleitet ihr Hineinsinken in eine entspannte Sitzposition.

Die goldenen Riemchen ihrer flachen Lederschuhe blitzen im Licht der Deckenlampe. Gold, ihr Lieblingsmetall, glänzt an ihren Fingern, an den Handgelenken, über dem hochgeschlossenen Pullover. Aufmerksam schaut sie Markus bei der

Arbeit zu. Zurückgelehnt greift sie in ihre brünette Haarpracht und dreht die wehenden Locken mit Schwung zu einem Knoten. Markus dreht die Musik leiser und sie erzählt von Sorinos Besuch. Er legt das Werkzeug beiseite, reibt seine Hände in ein Tuch ab und setzt sich zu ihr.

Maria, du bist der einzige Mensch, dem ich vertraue und mit dem ich darüber spreche. Mit gesenktem Kopf wischt er sich den Rest Lehm von den Fingern. Diesen Fork kannte ich nicht. Beobachtete die Besucher, wie sie sich über Forks Arbeiten auf der Biennale empörten. Auffallen um jeden Preis, nicht um der Kunst, sondern um des Kommerzes willen. In diesem Moment erkannte ich, dass es diese Freiheit ist, mit der man mit bedacht umzugehen hat.

Maria Grazia zupft die Holzspäne aus Markus Pullover. Mit geschlossenen Augen genießt er ihren Duft. Mehrmals klopft es an der Ateliertür. Zögert und öffnet. Dieser unnütze Albtraum steht vor ihm. Zwei aufdringliche Menschen, der eine mit Fotoapparat, der andere mit Presseausweis.

„Einen Moment bitte, Herr Markus Sontheim! Ein paar Fragen zu Mr. Fork. Sind die Vorwürfe der Polizei gerechtfertigt?"

Markus wirft ihnen ein „Nein" entgegen.

Maria Grazia versucht, die Journalisten abzuwimmeln.

Sein Arm schiebt sich dazwischen: „Lass sie, ich verheimliche nichts, das ist alles Quatsch, was die verbreiten!" Er lacht. „Warum meinem Arbeitgeber Schaden zufügen, damit benachteilige ich in erster Linie mich selbst."

Der mit dem Ausweis bleibt hartnäckig: „Sie haben ein Fragment des Gemäldes, von wem haben Sie das?"

„Das beantwortet Ihnen derjenige, der das behauptet, lassen Sie mich bitte weiterarbeiten!"

Mit weiteren Fragen kommt der Fotoapparat zum Einsatz.

Markus bricht mit einer Handbewegung ab und wirft genervt die Tür ins Schloss.

„Beruhige dich", sagt Maria Grazia, sie legt ihre Arme um ihn, „entschuldige, mein Schreibtisch ruft, sonst spazieren mehr von diesen Schreiberlingen zu deinem Atelier durch". Sie streicht ihm das Haar aus dem Gesicht. „Wir reden heute Abend in Ruhe darüber, bei einem Glas Wein. Keine Sorge, bald ist dieser Albtraum vergessen." Zärtlich streichen ihre Fingerrücken über Markus' Wange.

An diesem Tag drängen sich die Besucher im Ausstellungsraum der Glasmanufaktur. Aus dem

Büro im ersten Stock kommt ihr eine weitere Kollegin zu Hilfe. Trotz der Schreibarbeit schaut Maria auf die Uhr und freut sich auf den nahen Feierabend, auf Markus.

„Permesso!", brüllt eine Stimme, die verdutzten Besucher springen zur Seite. „Maria, wo bist du? Permesso! Lasst mich vorbei!" Sandra stürmt um die Ecke, bleibt mit hochrotem Kopf an der Theke stehen. „Verdammt, was für eine Gemeinheit!"

„Sandra, was ist passiert? Bitte beruhige dich! Die Kunden! Komm zu mir und setz dich!"

Sie setzt sich, steht sofort wieder auf, dabei sagt sie aufgeregt: „In meiner Stammkneipe erfahre ich, dass Sontheim den Wachmann umgehauen hat."

„Bitte, Sandra! Lass die voreiligen Anschuldigungen. Ich weiß nicht, woher sie ihre Informationen haben, sie behaupten das ohne Beweise."

Sandra setzt sich wieder, lächelt süffisant. „Du schützt diesen Deutschen? Ich gehe zu ihm. Ärger mit der Polizei wäre für mich das Letzte."

„Sandra, nein! Bleib bitte! Die Aufregung an diesem Tag – die Arbeit leidet darunter!"

„Dir, Maria, steht der Auftrag, das Geld an erster Stelle. Sei nicht so scheinheilig, dir geht es nicht um ihn." An den Besuchern vorbei stürmt

Sandra durch die Lagerhalle auf das Atelier zu. Ungestüm reißt sie die Tür auf und schreit ihn an: „Du bist das Letzte, du betrügst, du benutzt meine Freundin und mich! Was für ein Theater ziehst du hier ab?"

Mit Schwung plumpst ihr Po auf das Sofa, dessen Federn lautstark bis auf den Bretterboden durchbrechen. Durch die fehlende Spannung der gesamten Polsterung sinkt Sandra ein, dabei verlieren ihre braun gebrannten Beine den Kontakt zum Boden, und baumeln in der Luft. Es sieht komisch aus, wie sie da eingeklemmt, weiter am Schimpfen ist. Markus steht vor ihr, lacht, was ihre Stimme sofort explodieren lässt:

„Du läufst frei umher? Es ist besser, dich wegzuräumen, du verdammter Idiot." Sie versucht, sich aus ihrer misslichen Lage zu befreien, und rudert wie ein Käfer, der auf dem Rücken liegt.

Maria Grazia kommt hinzu, beschwichtigt sie, reicht ihr die Hand, befreit sie aus ihrer fatalen Lage. Sandra schimpft weiter:

„Bei unserer ersten Begegnung in der Bar, deine blutverschmierte Jacke, ich erinnere mich, das passt zu diesem Verbrechen."

Markus versucht, zu antworten, sie lässt ihm keine Chance.

„Ich schlage dich zum Krüppel, wie du den armen Alten …", sie atmet aus und sagt kaum hörbar, „Feigling!"

„Sandra, bitte sei entspannt!" Maria Grazia legt den Arm um sie. Etwas stimmt an der Geschichte nicht. Der Commissario war bei mir und hat gesagt, der Verdacht richte sich eher gegen die New Yorker Galerie als gegen Markus. Von den Verantwortlichen gibt es bis heute kein Interesse an einer Anzeige. Ist das nicht merkwürdig? Der Wachmann, der auf dem Weg der Besserung ist, kommt spätestens dann, mit seiner Erinnerung auch die Wahrheit ans Licht.

Sandra schaut sie an, klatscht mit der Hand auf die Stirn: „Der Alte weiß nichts. Wie denn, es war Nacht, der hat nichts gesehen. Du schützt diesen verrückten Deutschen!"

„Meine Liebe, du verstehst nicht, er ist unschuldig, ich vertraue ihm."

„Maria, er steckt mit dieser Galerie …" Sandra spricht nicht zu Ende, schüttelt den Kopf, holt tief Luft, setzt sich auf einen der Stühle am Tisch.

Markus spricht zu ihr: „Gib mir eine Chance, Sandra, bitte, lass mich erklären!" Er vergräbt die Hände in den Hosentaschen, um ihr nicht aus Versehen die Kehle zuzudrücken, damit sie schweigt.

„Bitte, wenn du meinst, rede!"

Es spricht vieles gegen mich, aber ich bin nicht der Täter! Ich war zur falschen Zeit am falschen Ort! Zum Zweiten, meine Zusage zu dieser Kooperation mit der Galerie beruht auf eurem Zuspruch in der Trattoria.

Sandra winkt ab. „Von einer Zusammenarbeit mit Fork habe ich dir abgeraten!", sie stupst ihn mit dem Zeigefinger an. „Du verabscheust seine Arbeit, ich hatte gehofft, du lehnst den Auftrag ab. War mir sicher, du bleibst deiner Einstellung treu, diesen Versager nicht zu unterstützen, du bist ein Weichei."

„Nicht zu fassen", erwidert Markus. „Warum hast du mir nicht geholfen, mich gegen Maria Gracia durchzusetzen?", er prustet. „Du wusstest, wie pornografisch er arbeitet."

Sandra starrt an die Wand. „Das ist nicht der Grund. Nacktheit in der Kunst ist durch alle Epochen hindurch ein zentrales Thema und …"

Markus unterbricht sie, erklärt, dass es kein moralisches Problem ist, es gehe um Ästhetik. Nacktheit, zumindest was die Natürlichkeit betrifft, hat eine Faszination. Wir haben uns an den Anblick gewöhnt, das ist Normalität, ist nicht mehr provokant genug. Für die Zeitgenossen des Biedermeiers war ein nacktes Knie ein Skandal … dieser Fork versucht es mit knallharter Pornografie.

„Okay, Markus, Nacktheit in ihrer Ambivalenz ist okay, nur diesen verlogenen Drecksack unterstütze ich nicht", sie hustet aufgeregt. „Ich lasse mich nicht in diese Verschwörung hineinziehen, verstehst du? Ich meide jedweden Ärger mit der Polizei." Sie ist so erregt, dass ihr der Schweiß auf der Stirn perlt. Markus riecht Reste von Parfüm an ihr …? Er atmet in kurzen Zügen durch die Nase, erschnuppert, was ihn ins Grübeln bringt und sagt:

„Warum mischst du dich da ein? Das ist eine Sache zwischen dem Commissario und mir."

Sandra steht auf, dreht sich zur Wand, starrt auf die angehefteten Skizzen. An der Tür verfolgte Maria Grazia die Unterhaltung. Sie sagt: „Mein Laden ruft, ich hoffe, ihr vertragt euch."

Beide nicken ihr zu.

„Okay, ich verstehe dich, Markus, aber wenn du seinetwegen alles verloren hättest, gedemütigt wirst, dann würdest du anders urteilen. Du profitierst von ihm, da ist man von Blindheit geschlagen."

„Sandra, ich bin mir sicher, dass eine Gruppe

gewissenloser Geschäftemacher dieses Spektakel geplant hat, dieser kriminelle Kommerz hat in der Kunst nichts zu suchen."

„Du redest, als verschenktest du deine Werke?", dabei grinst sie abfällig.

„Sandra, nein, ich entwerfe in erster Linie für mich, meine Philosophie steckt in jedem Stück. Fork plant umgekehrt, er lässt produzieren, was den Menschen gefällt, und schiebt der Presse eine passende Weltanschauung hinterher".

Hartnäckig provoziert sie Markus' Träumereien, lässt ihm kein letztes Wort. „Wer entscheidet, was Kunst ist, reicht nicht allein die Idee?"

Maria Grazia zählt derweil die Minuten, bis sie ihren Schlüssel in die Ladentür steckt, um in die nahe gelegene Pizzeria zu eilen. Mit belegten Teigfladen und einer Flasche Rotwein kehrt sie zu den Streithähnen ins Atelier zurück. Gemeinsam lästern sie beim Essen über die Skurrilität der Touristen und verdrängen den vorangegangenen Streit. Spät am Abend steigt Sandra auf ihrem Heimweg auf das letzte Schiff nach Punta Sabione. Maria Grazia fährt gemeinsam mit Markus, dem Vaporetto nach Burano.

DIE VERLASSENE INSEL

Murano liegt in einer silbergrauen, nebelverhangenen Lagune. Trotz des Gasofens erspüren
die Finger den Frost, der sich im Eisen der Raspel
festgesetzt hat. Sobald Markus eine Pause einlegt,
ist er nebenan bei den Glasmachern mit ihren
heißen Öfen. Anders als im Sommer erleben sie
die Temperaturen bei ihrer Arbeit als wohltuend.
Aufmerksam schaut Markus zu, wie sie die
zähflüssig glühende Glasmasse teilen. Wie sie an
den Enden von Röhren, den sogenannten Pfeifen,
kleben. Sie ziehen, drehen, quetschen die Klumpen, schieben sie wieder in die glühenden Öffnungen und bringen sie mit der Hilfe von
Grafitschiebern in Form. Mit dicken Backen blasen
die Meister durch die Pfeifen und ihr geübtes
Gefühl dreht die heiße Substanz gleichmäßig, bis
ein Ballon entsteht. Bevor dieser abkühlt, schieben
sie alles wieder in die fauchenden Ofenmäuler,
sobald das Stück gelbrot glüht, holen sie es
heraus. Mit Stahlzangen picken sie flink Verzierungen aus dem zähflüssigen Material, um sie dann

mit der Schere abzuschneiden.

Ein Handwerker dreht abseits einer Ecke Perlen mithilfe einer Lampe. Das Erstaunliche daran ist, dass es keine Ähnlichkeit mit einer Lampe hat. Zu ihr würde Markus Gasbrenner sagen, der es auf über 1000 Grad-Celsius bringt. Das entstandene haselnussgroße Produkt ist die Akorieperle, sie repräsentiert die hohe Kunst der Herstellung von Glasperlen. Die zylindrischen, eiförmigen Perlen aus farbigem Glasfluss lagen einst neben Gold- und Silbermünzen in den Truhen venezianischer Kaufleute. Jahrzehntelang waren sie ein beliebtes Tauschmittel für begehrte Gewürze wie die Naturseide aus dem Orient.

Trotz der konzentrierten Arbeit haben die Glasmacher ihren Humor nicht verloren. Sie amüsieren sich, wenn Markus sein handwerkliches Geschick in deren Kunst ausprobiert. Sein Problem ist das Drehen der Pfeife, denn es entstehen bei ihm krumme Würste. Gelingt es mit Glück, ein Ei zu formen, vergisst er vor Freude, das heiße Stück in den speziellen Ofen zu schieben, der die Wärme langsam reduziert. Das Resultat ist, sein Versuch zerplatzt in tausend Stücken.

In den Arbeitspausen erfährt Markus von den Anfängen der Glaskunst. Geschichten von den

Symbolen der Mineraliensucher, die sie an ihren Fundorten von Kobalt und Mangan zurückließen.

Markus lauscht, denn hinter vorgehaltener Hand erzählt einer der Arbeiter, was früher den Arm oder den Kopf gekostet hätte: Sein Verrat ist eine spezielle Farbe, deren Rohstoff aus den Algen der Lagune besteht. Die Monopolstellung der damaligen Glasherstellung in Venedig stand bei solchen Enthüllungen auf dem Spiel. Zum Glück gab es die Geheimpolizei der Dogen, die über die Geheimhaltung der Rezepturen wachte. Die Händler brachten ihre Glaswaren bis in die entferntesten Kolonien Roms.

1291 verließen die Glasmacher Venedig wegen der Brandgefahr und siedelten sich per Edikt auf Murano an. Die Arbeiter waren dort hochgeschätzte ‚Gefangene' mit allen Ehren und bester Bezahlung. Sie hatten das Recht, eine Adlige zu heiraten. Der Versuch, das Land zu verlassen, war für die Geheimpolizei ein Grund, den Abtrünnigen zu suchen. Aufgespürt, eliminierten sie den Verräter auf der Stelle.

Markus fragt den Ältesten unter den Arbeitern, der keine Zähne mehr hat, aber die deutsche Sprache am besten beherrscht: „Wann kam die Glasherstellung nach Venedig?"

6. Jahrhundert? Nein? Er legt das Brot beiseite, das war im 7. Jahrhundert, Kaufleute brachten das Wissen aus Ägypten und Syrien mit. Durch die verfeinerte Technik des Meisters in Verbindung mit den ausgefallenen Rezepturen entstand unser heutiges Glas. Der weiße ‚Stoff‘ des Glasmachers bestand aus feinstem Quarzsand, Oxiden und Karbonaten. Aus diesen Materialien entstand ein Produkt, das sich der Adel, vorwiegend der Klerus, leistete. Man merkt ihm an, mit welcher Ehrfurcht er darüber spricht.

Ein letztes Mal in diesem Jahr bereitet sich Markus darauf vor, die Segel zu hissen, um mit seiner Jacht ein Inselhüpfen zu veranstalten. Bevor er ablegt, greift er nach der Bugleine. Sein Körper zuckt zusammen, die Leine fällt ihm aus der Hand – von Geisterhand platziert, steht diese Deborah auf dem Steg, direkt neben ihm. Mit einer Lederjacke bekleidet, starrt sie ihn stumm und mit gefrorener Miene an.

„Hallo, haben Sie mich erschreckt", sagt er und greift zum Seil.

Sie spielt mit ihrem Schweigen, aber das ist für ihn nichts Neues. Aus den Augenwinkeln beobachtet er, wie sie ihren Rock hochschiebt, um über die

Reling zu steigen. An Bord beansprucht sie zielstrebig ihren Platz, direkt neben dem Niedergang.

Markus richtet sich auf, zeigt auf ihre Schuhe. „Das an deinen Füßen ist ein Angriff auf mein Schiff, auf die Sitten an Bord. Die Absätze bohren Löcher in die Planken! Bist du verrückt?"

„Entschuldige, Markus, das habe ich vergessen!" Sie zieht ihre Stöckelschuhe aus und wirft sie in die Kajüte. „Worauf wartest du? Leg ab."

Seine Hände verkrampfen sich, seine Zähne knirschen, seine Gedanken erschlagen dieses Weib und werfen sie über Bord.

Mit einem Befehlston fragt sie, ob bei ihm alles so lange dauert.

Markus schaltet den Elektromotor an. Schwerfällig schiebt sich die Jacht gegen die Wellen. Als der Abstand zum Steg das Setzen der Segel erlaubt, schiebt die Jacht im späten Herbstwind an der Insel Murano vorbei. Stunden, frei von allen Sorgen, waren geplant, jetzt sitzt dieser Racheengel auf seiner Jacht. Deborah genießt es, ihn schweigend anzusehen. Er ignoriert sie, schaut hinaus auf die Wellen. Was, wenn Maria Grazia ihn mit diesem Weib auf der Jacht entdeckt? Er hofft, eine Ausrede ist nicht nötig.

„Deine Schwester, diesen Fork, hast du einen von beiden gefunden?"

„Dann wäre ich nicht hier!" Ihre Antwort klingt beunruhigend.

Mit rauschender Bugwelle steuert er auf eine verlassene Insel zu. Eine von Efeu überwucherte Ruine weckt Deborahs Interesse. Beim Umrunden des Erdfleckens offenbart sich ein verfallenes, dennoch nutzbares Hafenbecken.

„Anlegen, das ist ein echt cooler Platz", befiehlt Deborah.

„Der stete Wind, das ideale Wetter, warum anlegen?"

„Beabsichtigst du, einer Dame einen Wunsch abzuschlagen, die sich vorgenommen hat, den Tag mit dir zu verbringen?", ein süffisantes Lächeln folgt. „Denk nicht nach, tu es!"

Reste von poliertem Marmor als Uferbefestigung zeugen von verblasstem Reichtum. Ein halbwegs intakter Poller steht zum Festmachen bereit. Beim Landgang entdeckt man vierbeinige Inselbewohner, deren Schatten erschrocken hinter brüchigen Mauern verschwinden. Markus folgt Deborah, die zielstrebig die Insel überquert. Ihre kräftigen Beine, in glänzende Nylonstrümpfe gehüllt, an deren Enden hochhackige Schuhe durchs hohe Gras stolzieren. Ein jeder ihrer Schritte ist für ihn eine Provokation.

Der Pfad schlängelt durch flaches Gestrüpp, vorbei an Müll, zu einer vormals grünen Wiese, die von der Sonne verbrannt aussieht. In der Mitte ragt zwischen Büschen ein gemeißelter Marmorblock aus dem Boden, auf den sich Markus setzt. Sie spaziert dagegen weiter, barfuß, bis ans Ufer. Er genießt die Ruhe, das Meer, es fällt ihm schwer, dieses Weib zu ignorieren. Lasziv zieht sie ihre Strumpfhose aus – tastet mit den Füßen im Wasser – erschrickt vor der Kälte. Motorboote durchbrechen die Idylle im dämmrigen Grau des Nachmittags. In der Ferne die Silhouette Venedig mit ihren Häusern, den Türmen, die in den Himmel ragen. Seine Augen hält er geschlossen, gibt sich dem Rauschen des Meeres hin, das an Stimmungen vergangener Seereisen erinnert.

Hier sieht der Alltag anders aus, nicht wie das gepriesene zuckersüße Leben. Geregelte Tagesabläufe wie in Deutschland, das passt nicht zu seiner Art. Maria Grazia hält an dieser Disziplin fest. Sie sagt zu seiner Mentalität, er sei Jahrzehnte von einer modernen Produktivität entfernt. Gleichwohl liebt er es, auf Murano zu arbeiten, verehrt Maria Grazia, die ihm das alles ermöglicht.

In Gedanken kurz vor dem Einnicken, explodiert ein Schmerz, der sich in seinen Armen, auf seiner Brust ausbreitet. Erschrocken bemerkt er seine eingeschränkte Bewegungsfreiheit. Der Versuch, aufzustehen, scheitert, denn in seinen Augen-winkeln blitzt ihr Messer auf – wieder dieses spitze, scharfe Klappmesser, das direkt auf seine Halsschlagader drückt. „Das ist verrückt, was ist los mit dir?", schreit er sie an. Ohne dass die Klinge von seinem Hals weicht, klemmt sie mit den Knien seine Beine ein.

Ihr Messer spielt mit seiner Haut. „Keine Bewegung", lacht sie hämisch, „nerve mich nicht mit deinem Gejammer, glaubst du, die Ratten hier kommen aus ihren Löchern und helfen einem falschen Hund?"

„Was ist los mit dir, Deborah, wo ist dein Problem?", brüllt er.

Sie streichelt ihn mit der Klinge, nähert sich mit ihrem Gesicht, dass Markus ihren Atem riecht. „Sag mir in aller Ruhe, wo meine Schwester ist!", sie bohrt die Klinge in seine Haut. „Du arbeitest mit diesem Fork. Du kennst sie! Warum sagst du es mir nicht? Wo ist sie?"

Markus fragt sich, woher sie diese fixe Idee hat. „Wenn du mich tötest, nützt es dir nichts.

Sobald ich rede, von dem ich keine Ahnung habe, führt es dich nicht zu ihr. Hör auf, ich kenne sie nicht, ich kenne nicht Ihren Namen!"

„Was schwafelst du da? Glaub nicht, weil ich ein weibliches Wesen bin, lasse ich mich von dir verarschen!", mit jedem Leugnen herrscht sie ihn mehr an. „Bastard, diesen Tag wirst du niemals vergessen, das schwöre ich dir!"

Markus' Gesicht erbleicht, seine Augen tränen, ein Schmerzensschrei dringt von innen durch seine Kehle. Sie drückt ihm die Klinge an den Hals, aber es ist nicht das Metall, das diesen Schmerz verursacht, es ist der Griff ihrer Finger in seinen Schritt. Sie drückt mit einer Gewalt zu, die er ihren zarten Frauenhänden nicht zugetraut hätte. Übelkeit überkommt ihn, ausgelöst durch einen höllischen Schmerz.

Mit gequälter Stimme fragt er nach dem Namen ihrer Schwester und sie sagt: „Antonella heißt Sie, meine Schwester heißt Antonella, fällt dir dazu etwas ein?"

„Nie gehört", ihm zittern die Knie.

Sarkastisch bemerkt sie: „Hoffst du, diese Insel auf deinen Beinen wieder zu verlassen, wenn ja, sprich!", sie drückt das Messer stärker in die Haut. „Findest du Gefallen an der Qual, schweige, denn im Quälen bin ich spitze."

Markus, unfähig zu sprechen, beißt die Zähne zusammen. Sie fährt weiter mit der Klinge über seine Wange, die Kühle des Metalls wechselt in ein Brennen, sie sagt:

„Oh, ich bin untröstlich, mein schreckliches Messer – es hat dich geschnitten." Erneut quetscht sie, als würde sie den letzten Tropfen aus einer Zitrone pressen. Markus' Schreie schrecken die Vögel auf, Deborah kommt mit ihrem Mund wieder dicht an seine Augen. Ihre feuchte Zunge leckt ihm das Blut von der Haut. „Lass mich deine Angst schmecken, ein Geschmack, den ich liebe, aber mach dir keine Sorgen, solange du den Schmerz empfindest, lebst du."

Sie weicht zurück, verschafft ihren Beinen mehr Bewegungsfreiheit, indem sie den Rock rafft. Benommen sieht er, wie sie den rechten Fuß anhebt – von diesem Moment an vergisst er zu atmen. Seine tränenden Augen erkennen verschwommen ihren Absatz, den sie ihm in den Unterleib drückt. Als der Druck nachlässt, schreit er: Verdammt! Ich kenne deine verdammte Schwester nicht, ich kenne dich nicht. Lass mich in Ruhe!

„Entschuldigung!" Sie entfernt den Absatz,

schlägt ihm mit der Faust ins Gesicht, direkt auf die Nase. „Du wirst mich kennenlernen. Wo ist meine Schwester, ansonsten hältst du dein Maul!", schreit sie ihn an, drückt mit dem Absatz erneut zu.

Trotz des Schmerzes der gebrochenen Nase, der gequetschten Männlichkeit, presst er die Lippen zusammen.

Sie lacht: „Warum nicht gleich so!", dann zieht sie ihren Fuß aus seinem Schritt.

Markus senkt den Blick, entdeckt ihre Strumpfhose, die seinen Oberkörper umspannt – die Beine sind frei, das ist die Chance. Deborah, das Messer in der Hand, stellt sich breitbeinig vor ihn, kurz davor seine Knie erneut zu packen. Markus überwindet den Schmerz, kippt mit dem Oberkörper nach hinten, um seinen Fuß mit Schwung in die Luft zu schleudern. Mit geballter Kraft trifft er ihren Unterleib. Sie fällt rückwärts zu Boden, das Messer fliegt aus ihrer Hand ins hohe Gras. Mit einer Drehung kommt Markus auf die Beine, tritt nach ihr. Wiederholt tritt er, berauscht von ihren Schreien, mit aller Kraft gegen ihren Körper. Mit jedem Schlag erstirbt ein Stück mehr ihre Stimme, bis das Rauschen des Meeres seinen aufgewühlten Geist beruhigt. Sie liegt in embryonaler Haltung vor ihm, wie ein friedlich schlafendes Kind, aus dessen Mundwinkeln dunkelrotes Blut rinnt.

Schmerz gebeugt schleppt er sich zur Ruine, an deren Wand er sich die Strumpfhose vom Oberkörper streift. Zurück auf dem Schiff trinkt er mehrmals kräftig vom Rebbrand. Gelassen setzt er sich an den Tisch, in den Spitzer steckt er den Bleistift hinein, dreht ihn gegen das Messer. Markus philosophiert über den Sinn eines solchen Tages, dabei tropft Blut aus der Schnittwunde und der Nase direkt auf das Papier. Sontheim formuliert den letzten Eintrag ins Logbuch vor dem Winter:

Die aufkommenden kühlen Winde verstärken sich. Schatten auf dem Wasser zeigen die wechselnden Richtungen der einfallenden Böen an. Der Schlag des Baumes gegen die Nase – sie ist gebrochen und blutet. Wegen des zunehmenden Seegangs ist es besser, umzudrehen und den Rückweg anzutreten.

Nach dem Anlegen vor der Lagerhalle macht er das Schiff winterfest: Die Segel mit dem laufenden Gut, den Stromerzeuger mit den Batterien verstaut er in der Werkstatt. Den Kopf gebeugt, fällt es ihm vor Schmerzen schwer, die Schrauben am Ruder zu lösen. Weiterhin tropft Blut aus seiner Nase. Mit einem Tampen zieht er den Baum fest, legt die Persenning, eine wasser-abweisende Plane, über die gesamte Plicht. Markus benötigt Zeit, sein schmerzender Unterleib zwingt ihn zu pausieren. Warum bin ich zurück in den Norden? Im Süden überwintern, in gemäßigten Gewässern, ohne Termindruck, weit weg von bedrohlichen Hexen? Sein beliebter Spruch gilt ebenso hier: Das Schaf und das Geld, beides zu behalten, ist unmöglich.

Seine Gedanken lassen den Tag Revue passieren, sie enden bei Maria Grazia, die ihn seit jenem Abend bei sich wohnen lässt. Es ist nicht die geheizte Wohnung, es ist ihre menschliche Wärme, die Markus das Leben verschönt. Wo wäre er heute ohne sie, zumal sein italienischer Wortschatz lückenhaft ist? Abgesehen von ihrer Einstellung zum künstlerischen Schaffen gibt es zwischen uns keine Differenzen. Gemeinsam zur Arbeit, gemeinsam nach Hause, gemeinsam abends vor dem Fernseher. Mit der Zeit verheilen die Wunden in seinem Gesicht, seine Nase bleibt gekrümmt. Die Geschichte vom Schlag des Großbaums hat Maria Grazia überzeugt, mit den blauen Flecken auf seinem Unterleib hatte sie Probleme.

DER GEBURTSTAG

Venedig mit seinen Gondeln, Murano mit seinen Lastkähnen, die Cafés mit all ihren Tischen ruhen unter feinstem, flockigem Schnee. Wie Pusteblumen lassen sich die weißen Hauben wegblasen, nur nicht den Frost, der durch die dicksten Kleider dringt. Der Winter am Meer bietet neben der gefühlten Qual der feuchten Kälte optische Reize. Täglich kontrolliert Markus seine Jacht, entfernt das Eis von der Persenning. Sein Augenmerk gilt den Leinen, die sich steif gefroren mit dicken Eiszapfen vom Steg bis zu den Belegklampen an Deck ziehen. Das Spritzwasser aus den Kanälen vereist die Wege, der Modergeruch hängt an den Wänden. Seit fünfzehn Jahren, wenn man den Fischern vertraut, ist in der Lagune kein Wasserhahn mehr zugefroren. Heute erspürt man in den Häusern jede Ritze im Mauerwerk.

Die Zeitungsartikel, die die Reporter über die Biennale schrieben, verschwinden aus den Papierkörben, das Interesse an dieser Bilderzerstörung, an dieser Hochzeit des Mr. Forks ist Vergangenheit. Weiterhin sind zwei Menschen ständig auf der Suche: der Commissario nach klärenden Indizien, der Wächter nach seinen Erinnerungen. Sorinos überfällige Frage an Sontheim, ob Fork sich zu den Zerstörungen auf der Biennale geäußert habe, stiftet erneut Verwirrung. Denn der Amerikaner sprach von den Attacken einer „Nigger Whore". Wer diese Hure ist – Sontheim hat keine Erklärung, vermutet einen Übersetzungsfehler. Nadja hat er seit dem Erscheinen in seinem Atelier nicht mehr gesehen. Den Commissario über sie auszufragen lässt er lieber sein, da er von ihm weiterhin verdächtigt wird, gilt Nadja als befangen.

Sandra hält sich von Maria und Markus ebenso fern. Signora Grazia lernte inzwischen ein paar Worte Deutsch, die sie geschickt in die seltenen Reibereien einbaute. Überwiegend herrscht Frieden in der Wohnung auf Burano, denn sie pflegt eine Häuslichkeit, die bei Markus Speck auf die Hüften setzt. Mit jedem Kilo ebbt seine Streitbarkeit ab und führt zu langen, gemeinsamen Spaziergängen an den Wochenenden. Diese Zweisamkeit bringt für sie eine ungewohnte Nähe mit sich, denn eine Beziehung liegt bei ihr lange zurück. Mit Markus auf 40 Quadratmetern erfordert Organisation, um nicht in einem Nervenkrieg zu enden. Es gibt Momente, in denen man sich eine intime Ecke sucht.

Ihre Zuneigung zu Markus … seine Visionen kollidieren mit denen ihres Managements. Ständig versucht er, sich aus dieser Abhängigkeit zu befreien. Die Möglichkeiten des Ateliers sind zwar eifrig genutzt, aber ohne das Wohlwollen der Firma undenkbar. Vor allem Maria Gracia fehlt der Mut, mit ihm auszubrechen, aus ihrer Bürowelt, einer über Jahrzehnte bewährten Existenz.

Mancher dieser Kreativen hat sie erlebt, am Rande des finanziellen Abgrunds, abhängig vom Glück, gepeinigt von Gefühlen. Für sie bedeuten solche Menschen Stress, den sie nach Feierabend gerne im Büro zurücklässt. Das alles aber hat sie nun mit nach Hause geschleppt. An manchen Tagen verließ Markus morgens heiter die Woh-nung und kam abends trübsinnig zurück.

Jede Auftragsarbeit ist mit einem Zeitplan verbunden, dessen Druck Markus verabscheut. Denn bei der Arbeit benötigt er einen visuellen Abstand, um selbstkritisch zu bleiben. Fehler schleichen sich ein, hauptsächlich unter Zeitdruck. Diese Ruhephasen sind keine Schlafphasen, sondern gehören zur Kreativität, mit der er seine Ideen kontrolliert entwickelt.

Voller Begeisterung arbeitet Markus an einem Entwurf, über den Maria Grazia lächelt und eine ernüchternde Frage stellt: „Wer findet Gefallen an einem Knochenmann, der ein nacktes Mädchen im Arm hält, wer kauft das?"

Dieses barocke Thema des Totentanzes passt in den Augen von Markus in die heutige Moderne. Seine Visionen zu akzeptieren, ist für sie undenkbar, und das ist für ihn enttäuschend. Leider gewinnt Maria Grazia den kreativen Momenten nichts Positives ab, da sie den von ihr gesetzten Zeitrahmen in ein Finanzierungsschema presst. Die daraus resultierenden Diskussionen enden mit den Worten der Geschäftsleitung: „Das Atelier ist unser Kapital und ist für Aufträge zu nutzen, nicht für Spielereien."

Damit keine dieser Diskussionen eskaliert, zieht Markus sich zurück. Wie gerufen kommt ihm der örtliche Pfarrer mit seinen Heiligenfiguren gelegen. Unter dem Vorwand, den Termin für die Restaurierung einzuhalten, bleibt Markus über Nacht in der Werkstatt. Da das Schlafen auf dem Ledersofa mit den unberechenbaren Sprungfedern Unruhe bringt, kriecht er in die Koje seines Bootes. Bei diesen winterlichen Temperaturen eine Herausforderung für den Schlafsack.

An einem dieser Abende entdeckt er beim Betreten des Ateliers Gegenstände, die nicht mehr dort sind, wo er sie vermutet hat. Die Zeichnungen liegen zerknüllt auf dem Tisch, der Inhalt seiner Segeltasche ist auf dem Boden verteilt. Die Überprüfung der Schnitzwerkzeuge ergibt: Zum Glück fehlt nichts. Eine Blechdose mit Kleingeld liegt unberührt in der Tischschublade, die herausgezogen einen chaotischen Inhalt zeigt.

Er erinnert sich sofort an die Polizei, aber Commissario hat bei ihm sein zweites Zuhause gefunden. Und der kennt sein Inventar bis ins kleinste Detail. Wer hat ein derart destruktives Interesse? Beim Aufräumen entdeckt er auf dem Tisch eine Packung Kleenex Pocket Tissues, die nicht nach Italien passt. Daneben liegt ein Asthmaspray, dessen abgeknicktes Mundstück abgefallen ist. „Deborah?", bricht es aus ihm heraus. Sofort entsteht dieser stechende Schmerz im Unterleib und erinnert an ihre kraftvolle Hand. Ist ihr Geist zurückgekehrt? Keine Vorwürfe lässt er zu, denn es war reine Notwehr! Dieses Weib hätte, ohne mit der Wimper zu zucken, mich den Ratten zum Fraß vorgeworfen. Ich vermute, mein Versuch ist mir misslungen, diesen Vierbeinern Leckeres zu hinterlassen. Der Racheengel hat denen, wie es scheint, nicht geschmeckt. Markus wirft die fremden Sachen in eine Schüssel in der Mitte des Tisches. Wie es aussieht, fehlt nichts. Sicher hat wieder ein Arbeiter vergessen, die Hintertür abzuschließen.

An diesem Abend ist jeder Ärger verpönt, denn es ist Zeit zu feiern. Im Schein der brennenden Kerzen füllt er den Becher mit Rotwein, klassische Musik von der CD rundet die Stimmung ab. Versunken in dem zum wiederholten Mal reparierten Sofa, verschwindet die Realität mit jedem Schluck. An der Wand sein eigener Schatten, der die selbst gesprochenen Glückwünsche entgegennimmt, bis der letzte Tropfen aus der Flasche geflossen ist.

In dem Moment, als sein Glas erneut auf den Schatten anstößt, quietscht die Tür durch Geisterhand bewegt. Markus starrt in die Dunkelheit der Lagerhalle. Sofort berührte seine Hand die Narbe in seinem Gesicht. Die andere sucht nach einem Gegenstand, um sich zu wehren. Da draußen blitzt es kurz auf. Er greift nach dem Hals der Weinflasche, sieht ein zartes Flackern. Diese verdammte Seitentür! Sein Atem ist flach, das Licht bewegt sich. Es erhellt den Türrahmen und eine Gestalt tritt hervor … Maria Grazia steht da, mit einem Kuchen, auf dem eine Kerze brennt. Sie singt in schiefen Tönen: „Tanti auguri per te, Tanti auguri per te, mio caro Marco". Trotz der Unstimmigkeiten der letzten Monate hat sie seinen Geburtstag nicht vergessen.

Welch ein Wunder, weit weg vom Alltag, zeigt sie Gefühle auf dem kurzen, unbequemen Sofa. Unkontrolliert fliegen die Kleider. Eingehüllt im Schein der Kerzen, schwirren die gemeinsamen Zukunftspläne mit der Intensität ihrer Atemzüge durch den Raum. Nachdem das Flackern der letzten Kerze erloschen ist, beschließt Maria, diese Zweisamkeit nach Burano auszuweiten.

Seit dieser Nacht, nachdem Markus auf die Insel zu Maria zurückkehrt ist, steigt in ihm ein Glücksgefühl auf. Bisher war er ein unüblicher Gast, jetzt ist er Teil von den Fischern, von denjenigen Bewohnerinnen, die vor ihren Haustüren klöppeln. Da ist diese Lebensfreude der Inselbewohner, die sich in den Farben der Häuser widerspiegelt. Die Bars neben den Restaurants zwischen den Souvenirläden rund um den Hauptplatz gehören zu seinem Alltag. Wenn die Touristen nach Venedig zurückgekehrt sind, versammeln sich abends die Inselältesten in Gruppen. Die Jugend dagegen flaniert von einem

Ende des Platzes zur Kirche am anderen Ende und wieder zurück. Laternen an den Häusern erhellen den langsamen Zug, beobachtet von den Großmüttern, wie den Müttern, die mit ihren Kindern den Klängen eines nostalgischen Akkordeons lauschen.

Maria Grazia und Markus verbringen ihre Abende in dieser traditionellen Idylle, sofern das Wetter mitspielt. Dass es in den Wintermonaten kaum Freizeitangebote gibt, stört nicht, man sucht Abwechslung an den kilometerlangen Stränden des Lido. Man bleibt zu Hause und wie überall auf der Welt schläft man abends vor dem Fernseher ein.

DIE FARBE DES BLUTES

Zwischen Amerika und Europa pendelt Mr. Fork auch weiterhin, nur Fiora bleibt der Szene fern, denn das bunte Treiben des Kunstsommers bei den Giardini ist in einen tiefen Schlaf gefallen. Commissario Sorino dagegen schläft nur sporadisch, denn in ihm nagt die Unzufriedenheit. Eines Abends schaut er aus dem Fenster im Obergeschoss der Questura und schickt seine Selbstgespräche zum Mond.

„Mist, ich komme nicht weiter, warum antworten die Amerikaner nicht? Die Galerie, dieser Sontheim, zu viele Rätsel. Das Blut auf seiner Jacke ist identisch mit der verschmierten Wand im Pavillon, direkt daneben, DNA-Spuren einer Frauenperson, woher? Oh Gott, was für ein Durcheinander, wenn Sontheims Geschichte stimmt, existiert da draußen jemand mit der zweiten Hälfte des Bildes. Verdammter Mist, wie verfahre ich weiter?"

Seine Kollegin Ispettore Nadja Novotná, die in dieser Nachtschicht mit Schreibarbeiten beschäftigt ist, lächelt beim Zuhören, wirft beiläufig ihre Gedanken ein. „Commissario, das sind die immensen Gewinne, das macht die Verantwortlichen der Galerie erfinderisch."

„Warum Gewinne?", entgegnet Sorino. „Was hat man davon, wenn eine Ausstellung zerstört ist, da verliert man eher Geld?"

Die Kollegin schaut erstaunt und entschuldigt sich, da es ihr nicht zusteht, dreinzureden. Aber bei der Eröffnung der Biennale war das Interesse an diesen pornografischen Werken gering. Seit dem Vorfall gab es Tage, an denen die Besucher in Schlangen standen, um in den Pavillon hineinzukommen. Die Medien mit ihren reißerischen Berichten – kostenlose Werbung für die Galerie. Forks Wert steht seitdem auf der höchsten Stufe des Preisindex. Schauen Sie sich die Zahlen im Internet an.

Sorino kratzt sich an der Kopfhaut, dass die restlichen Haare zu Berge stehen. „Ist das der Grund?"

„Chef, man hielt es nicht für nötig, die zerstörten Gegenstände zu beseitigen, im Gegenteil, man kokettierte damit." Sie öffnet im Internet eine Seite. „Hier sehen Sie einen Bericht von einer Ausstellung in Chicago, wo man diese chaotischen Zustände nachgestellt hatte."

„Warum ist mir das nicht früher aufgefallen, ich danke Ihnen, Kollegin." Sorinos Augen blitzten auf. „Informationen über diese Galerie, und wenn Fork in Venedig auftaucht, beides sofort zu mir ins Büro!"

Sorino erwacht aus seinem Pessimismus. In den vergangenen Jahren war er mit mittelmäßigen kriminalistischen Aufgaben beschäftigt. Man hat ihn übergangen, so behauptet er. Es fehlt ihm der Dottore vor dem Namen, er verdient sich den Respekt seiner Kollegen nur durch Leistung. Leider behinderten seine Ticks, die ihn für andere verrückt erscheinen ließen, an seinem Aufstieg. Nicht allein die Unruhe seiner Hände, sondern ebenso das Stapeln von Notizblöcken, deren Inhalt außer ihm niemand kapiert. In seiner Sammlung sieht er für sich den sichtbaren Beweis geleisteter Arbeit.

Neben der Anlegestelle der Linienschiffe auf Burano lässt Markus in einer Bar den Tag mit einem Gläschen Rotwein ausklingen. Die Wirtin, mit ihrem Aussehen, erinnert an das Gemälde „Die Tänzerin" von Otto Dix. Ihr rotes Kleid, der spitz zulaufende rot geschminkte Mund, einzig die fleischigen Proportionen stimmen nicht mit dem Original überein. Ihr resolutes Auftreten inmitten der männlichen Gäste beeindruckt dafür umso mehr. Markus' gegenüber verhält sie sich reserviert, auch bei den Stammgästen findet er keinen Kontakt. Gelegentlich verirrt sich ein Gläschen Grappa an seinen Tisch. Die Frage nach dem Spender entlockt der Wirtin folgende Beschreibung: Eine Signora von der Sonne verwöhnt, bestellt, bezahlt und verschwindet. Lächelnd vermutet sie eine Verehrerin.

Er grinst, zumal ihn die dunkelbraune Haut an Sandra erinnert, warum dieses Versteckspiel? Seine Besuche häufen sich, nicht wegen des Grappas, nein, er sucht nach dieser angeblichen Verehrerin.

Sontheim steht kurz vor der Vollendung des Spiegelrahmens, als Mr. Fork seinen letzten Besuch abstattet. Er findet einen geschnitzten Rahmen vor, der an einzelnen Stellen mit der Holzraspel nach Bearbeitung verlangt. Das Aufrauen des blanken Schnitts ist die Vorbereitung für den Vergolder. Zuvor passen die Glasmacher den schweren Spiegel aus Muranoglas in die Holzkonstruktion ein. Im Anschluss zimmert Markus aus Brettern eine Kiste, in der das Stück, ohne

Spiegel, in die Vergolder-Werkstatt nach Venedig transportiert wird. Eine aufwendige Aktion, den drei Meter hohen Rahmen über das Wasser zu transportieren. Die erfahrenen Transporteure erledigen die Aufgabe ohne Beanstandungen.

Im Atelier ist wieder Platz, um seine aufgestauten Entwürfe fertigzustellen. Leider währt die Freude kurz, denn Maria Grazia verkündet Forks Zufriedenheit und stellt weitere Aufträge in Aussicht.

Marcus sagt nichts, seine Miene verrät den lautlosen Schrei der Ablehnung.

Wie am ersten Tag kreuzte Mr. Fork auf, mit einem Stapel Kataloge. Ausschweifende Beschreibungen seiner Ideen verwirren: „Nach meinen Vorstellungen, Herr Sontheim, ist es notwendig …"

Mitten im Satz platzen zwei Carabinieri in das Gespräch. Sie halten Fork einen Brief unter die Nase, den er kurz mustert.

„Kein Italienisch! Bin Amerikaner!"

Daraufhin begleiteten die beiden Uniformierten ihn unter seinem Protest auf die Questura. Diese Aktion erstaunt Sontheim, gleichzeitig atmet er auf, da er nicht mehr im Visier der Polizei steht. Seine Hoffnung ist, dass der Amerikaner lange in Haft bleibt. Markus beschließt, den Ort zu wechseln und legt die Nachricht über seinen Verbleib auf den Tisch: „Maria, bin auf Torcello, Gedanken ordnen, bis heute Abend." Sie akzeptiert den Abstand, den er sucht, um in seine eigene Welt einzutauchen. Bei allem Verständnis, nur unter einer Bedingung, dass er nach seiner Rückkehr umso mehr für die Firma arbeitet.

Die Nachbarinsel Torcello besteht aus ein paar Ruinen neben zwei Kirchen, der Rest ist eine Handvoll Neuzeit: Wohnhäuser, Souvenirstände, Restaurants und eine Osteria, die aus dem Rahmen fällt. Sie heißt „Al Ponte del Diavolo", liegt inmitten von Gärten und bietet eine traditionelle Küche für Feinschmecker. Zwischendurch gönnt sich Markus hier ein Bigoli mit Salsa, die mit frischen Kräutern verfeinert ist. Die gesalzenen Sardellen, die mit dem Geschmack der Pinienkerne harmonieren, würzen nicht allein die Pasta, sondern unterstreichen die Geschmeidigkeit des Hausweins. Die Bigoli sind ein traditionelles, langes Nudelformat, das in der venezianischen Kultur im 18. Jahrhundert vorkommt.

Markus beflügelt ein Gläschen Grappa zum Dessert, um Entscheidungen zu treffen. Heute? Zwischen dem Geld und der Kreativität fällt es ihm extrem schwer zu wählen, dafür reichen all die

Spirituosen im Keller des Hauses nicht aus.

Mitten in seinem kulinarischen Ausflug entdeckt er Nadja, die im weitläufigen Garten des Restaurants einen Platz sucht. Markus wedelt mit seiner Serviette und erntet ein Lachen. Nadja kommt an seinen Tisch, umarmt ihn, küsst ihn und setzt sich.

Was um alles in der Welt führt dich, Nadja, nach Venedig? Was ist mit Interpol, mit Amerika, mit all den Grabräubern? Seit deiner Abreise habe ich ständig auf ein Wiedersehen gehofft, und jetzt steckst du wieder mitten in meinem zwielichtigen Umfeld.

Leider, mein Freund, bin ich an meiner Ungeschicklichkeit gescheitert. Die Vorgesetzten behaupten, dass ich durch mein Handeln die Ermittlungen behindert habe. Ein beherzteres Eingreifen ihrer Meinung nach und dieser Nico wäre heute noch am Leben. Außerdem gehe ich zu lax mit Daten um. Sie verweisen auf meine Ausreden bei den verspäteten Datenübermittlungen, weil mein Notizbuch nicht auffindbar war. Mein größter Fehler war, dass ich das Geld aus dem Kartentisch eingesteckt habe. Es steht mir nicht zu, auch wenn der Observierte nicht bezahlt, da ich meinen Lohn ohnehin von Interpol erhalte. Und nun bin ich hier gelandet, strafversetzt, und treffe auf einen Kriminalfall Sontheim, der wohl überall Ärger anzieht.

„Gegen mein Karma bin ich machtlos, Nadja und hoffe, dein Chef hat inzwischen einen anderen Verdächtigen im Visier."

„Sich äußern, Mark, bei einem laufenden Verfahren, ungünstig."

„Ich verstehe das, Nadja."

„Wo das Geld tanzt, ob im Antiquitätenhandel oder in der modernen Kunst, überall gedeihen die mafiösen Strukturen", Nadja äußert sich gelassen.

Geschickt bei einer Flasche Rotwein flechtet Markus seine Unschuld mit Fragen ins Gespräch ein und erntet keinerlei Informationen. Zukunftspläne lassen offen, ob und wann sie realisierbar sind. Spät kehrt Markus in die Manufaktur zurück, und Nadja auf die Dienststelle, um ihre Nachtschicht anzutreten. In der Galerie trifft er Maria Grazia vor ihrem Computer an. Auf ihren Schreibtisch legt er eine ausgefallene Süßigkeit aus Mandeln, Puderzucker und Pistazien. Auf all seinen Ausflügen hat er sie nie vergessen. Die zufällige Begegnung mit Nadja verschweigt er.

Maria Grazia schließt ihre Arbeiten ab, unterdessen spaziert er ins Atelier. Auf dem Weg dorthin entdeckt er mitten auf dem Boden des Lagerraums ein einzelnes Blatt Papier. Bei näherem Hinsehen stellt er fest, dass es aus seiner Tischschublade stammt. Er wirft einen Blick zur Werkstatttür – sie steht sperrangelweit offen. Der Schlüssel, den er zweimal umgedreht hatte, steckt in seiner Hosentasche. Auf der Türschwelle liegen zerrissene Zeichnungen, die Stühle gekippt, der Tisch abgeräumt, die Wände mit roter Farbe beschmiert. Auffällig ist der Geruch von Moschus, der schwer im Raum hängt. Er flüstert: „Mein Gott, Deborah ist auferstanden!" Sofort rennt er zu Maria Grazia und fragt, ob sie Seltsames bemerkt hat. Sie schüttelt den Kopf. Zugegeben, ihre Kontrollen waren lückenhaft, bei der Beaufsichtigung der Reisegruppen hatte sie kaum eine Chance. Kennt jemand den Nebeneingang, ist es unmöglich, ihn zu überwachen. Mal ist er verschlossen, mal vergessen es die Arbeiter.

Zwei Tage lang sperrte die Polizei das Atelier. Die Spurensicherung, der Commissario mit seiner Kollegin Novotná und deren nervtötende Fragen blieben erfolglos. Die Schmiererei mit Hühnerblut ähnelt der auf der Biennale. Neu ist der dicke Pinselstrich über dem Sofa: „La musa della morte di Fork!"(Forks Todesmuse!). Auffällig platziert auf dem Sitzmöbel, eine diffizil gefaltete weiße Papiernelke. Markus droht Maria Grazia: „Das ist ein Zeichen, sich sofort von dem Auftrag des Mr. Fork zu distanzieren", er hebt seinen Zeigefinger, „du siehst, welche Probleme auf uns zukommen."

Sie hat das Gefühl, dass die Geschichte blendend in Markus' Entscheidungsfindung passt. Sie lässt keine Diskussion darüber zu. Ispettore Novotná fragt nach einem Schreiben, fragt, ob Teile fehlen. Mr. Fork scheidet definitiv aus, da er zu diesem Zeitpunkt Gast der Questura ist.

Nach der Freigabe der Polizei bringen Markus und Maria Grazia das Durcheinander wieder in Ordnung. Der verschüttete Rotwein hat viele Zeichnungen beschädigt. Markus deutet an, sie solle die Finger von dem Amerikaner lassen. Maria Grazia hört nicht auf ihn. „Wir nutzen die Presse zu unserem Vorteil, bei Fork hat es funktioniert, warum nicht bei uns." Markus verweigert sich. Die Geschäftsleitung ist anderer Meinung und hat sofort Fotos von der Verwüstung an die Lokalpresse verteilt.

Der Schriftzug mit den roten Tränen an der Wand bleibt, denn jeder, der das Atelier betritt, sieht sofort, wie umstritten Forks Kunst ist.

DIENSTREISE

„Was für ein Sauwetter!", jammert Sorino, entledigt sich seines Mantels, zwischen Tür und Schreibtisch.

Seine Kollegin Nadja Novotná ruft hinter ihrem Bildschirm hervor, dabei schwenkt sie ein Blatt Papier in der Luft: „Commissario, Commissario, die Ameri-kaner, man braucht Sie in New York!"

Sorino lacht herzlich, antwortet mit überheblichem Unterton: „Famos, dass die sich melden, sind die nicht fähig, ein Fax zu schicken, warum nach Amerika fliegen?", seine heimliche Neugier starrt auf das weiße Flattern. „Das ist ein Irrtum, Sie haben nicht korrekt gelesen."

Die Kollegin Novotná steht auf, übergibt das Fax. „Ich habe richtig gelesen, es kommt direkt vom New York Police Department!"

In diesem Moment schwillt seine Brust an, der fünfte Finger streckt sich nach oben. Die Kollegen im Haus schmunzeln über diese Aufforderung und bei seinem Vorgesetzten verlangt es von ihm Überzeugungsarbeit.

„Ich hoffe, Sie wissen, was Sie von mir verlangen, Sorino", sagt sein Chef. „Unnötige Steuergelder dafür zu verschwenden – beherrschen Sie die Sprache der Amerikaner, wenn nicht, verlangen Sie eine Dolmetscherin?"

„Nein, Vice Questore, ich …", setzt Sorino zur Antwort an, sein Chef unterbricht ihn im Befehlston.

„Eine Unterstützung hätte ich Ihnen nie zugeteilt! Verschwinden Sie, passen Sie auf, wo Sie übernachten, keine überteuerten Hotels, ich ziehe jeden übertriebenen Cent vom Gehalt ab!"

Sorino nickt und eilt davon, bevor es seinem Chef anders einfällt. Mit einem abgewetzten Lederkoffer, der von seinem Vater stammt, macht er sich auf den Weg. Der ACTV-Bus Nr. 5 bringt ihn vom Piazzale Roma zum Flughafen Marco Polo. An einem Wasserspender in der Abflughalle schluckt er vorsorglich ein Beruhigungsmittel gegen die Angst vor dem Absturz. Dann eilt er zum Schalter der Fluggesellschaft und betritt als letzter das Flugzeug. Die Passagiere an Bord sitzen auf ihren Plätzen, Sorino nicht. Erst nachdem ihn die Stewardess darauf hinweist, setzt er sich ans Fenster. Sie hilft ihm beim Anschnallen, da er keinen Sitznachbar hat. Die Augen schließen sich, die Hände sind gefaltet, das Flugzeug hebt ab. Das Essen an Bord, das monotone Brummen – zum Nachtisch bevorzugt er eine Schlaftablette, die den ganzen Flug über anhält.

Nach der Landing an der Gepäckausgabe übersieht Sorino in seiner Aufwachphase seinen Koffer. Eine Ehrenrunde auf dem Förderband folgt, es ertönt der Lautsprecher, der mehrmals seinen Namen krächzt. Sofort eilt er mit dem Gepäck im Schlepptau zum Informationsschalter, für neue Anweisungen. Geplättet erreicht er den Ausgang, dort wartet ein Dienstwagen der Polizei auf ihn. Die Fahrt zum New York Police Department (NYPD) setzt seinem Staunen eines drauf: Hochhäuser mit Glasfassaden, dazwischen chromblitzende Blechkarossen, die über die Straßen rollen, ein Gewimmel von Menschen auf den Bürgersteigen, die in ihrer Geschäftigkeit an Ameisen erinnern.

Bei seiner Ankunft treibt ihn die Neugier auf seinen vorübergehenden Arbeitsplatz in einer für ihn neuen Welt. Erstaunlich, wie viele Menschen dort in einem einzigen Raum arbeiten. Sein gesamtes Commissariato hätte hier locker Platz gefunden. Stellwände schirmen die Blicke zu den Tischen ab, aber nicht das Stimmengewirr.

In dieser für ihn ungewohnten Umgebung stellt Detektiv Fuller ihm kurz seine Kollegen vor. Eine reserviert wirkende Dame tritt an den Schreibtisch. Auf ihr ‚Hallo' folgt ein Stapel Protokolle mit Fotos. An ihr schiebt sich ein Fräulein in Arbeitsschürze vorbei und stellt eine Kanne mit Papierbechern seitlich auf den Tisch. Sontheim bedankt sich, probiert, was nach Kaffee aussieht. Der erste Schluck reizt zum Ausspucken, er nickt wohlwollend denen zu, die diesen Service als lukullisches Geschenk bezeichnen.

Vor Wochen hat die New York City Police die Personen auf den von ihm angeforderten Passagierlisten überprüft. Von den Verdächtigen hat einer kein wasserdichtes Alibi – ein gewisser Tom Wulf. Leider schweigt er zu dem Vorfall, da er derzeit nach einer Obduktion im Kühlfach friert. Die Ermittlungen dauern an, denn im Staat New York warten zu viele Mordfälle auf ihre Aufklärung.

Sorinos erste Arbeit, Papiere sortieren, nichts scheint für seinen Fall verwertbar, kein Hinweis auf Personen wie diesen Fork oder Sontheim. Das Gespräch mit den amerikanischen Ermittlern gibt Hoffnung: Die Lösung liegt bei einem Fotografen, der 3D-Fotos von der Wohnung des Toten angefertigt hat. Leider kommt dieser Fotograf erst am nächsten Tag aus dem Urlaub zurück. Sorinos Ungeduld verabschiedet sich, ein Taxi bringt ihn zum Hotel unweit der 12th East Street. Todmüde fällt er aufs Bett, grübelt kurz über ein mögliches Scheitern nach, über die drohenden Konsequenzen, die sein Chef in Italien bereithält, und schläft ein.

Am nächsten Morgen prasselt der Regen gegen das Fenster des Hotelzimmers, sein Handy ersetzt den Weckdienst: „Mr. Sorino, bitte kommen Sie ins Department, es liegen Neuigkeiten für Sie auf dem Schreibtisch".

Raus aus dem Bett, rein in die Hose, rein ins Hemd, rein in den Pullover. In der Eile bemerkt er nicht, dass die Innenseite des Pullovers nach außen zeigt, das weiße Pflegeetikett im Nacken flattert wie ein Fähnchen im Wind. Im Coffeeshop neben dem Hotel drückt man ihm eine Frühstückstüte in die Hand, mit der er sich an den Straßenrand stellt. Für ihn ist es in Italien kein Problem, ein Taxi anzuhalten, aber hier in New York ignorieren ihn die gelben Wagen reihenweise. Sorino lernt, mit Körpereinsatz bringt er sie zum Anhalten. Mit der Langsamkeit eines sizilianischen Esels rollt das Gefährt durch die verstopften Straßen, die abrupte Fahrweise lässt den Kaffee auf die

Sandwiches schwappen. Unbewusst, morgens auf dem Weg zur Arbeit, mit einer braunen Papiertüte, verhält sich der Venezianer nahezu wie ein New Yorker.

„Guten Morgen! Hatten Sie eine geruhsame Nacht? Entschuldigen Sie, Mr. Sorino", der Detektiv ist überfreundlich und legt seine Hand auf die Schulter des Italieners. „Es dauert, bis man an Informationen kommt, vor allem, wenn der Mord in einem anderen Bezirk stattgefunden hat." Der Detektiv nimmt eine CD aus einem Kuvert. „Die CD des Kollegen ist eingetroffen, hoffentlich zeigt sie uns die gewünschten Bilder." Beim Einlegen in den Computer erkennt das Laufwerk die Scheibe nicht. Ein externer Ersatz verursacht einen kollektiven Applaus. Auf dem Monitor erscheint Tom Wulfs Zimmer – dreidimensional.

Bitte klicken Sie, Mr. Sorino, bewegen Sie die Maus, so durchwandern Sie das Zimmer mit all seinen Details. Drehen Sie im Kreis, rauf und runter, stöbern Sie in Ruhe, sobald Sie Hinweise gefunden haben, zoomen Sie die einzelnen Gegenstände heran. Das ist die modernste Software, die wir für Dokumentationen testen. Sehen Sie – dort an der Wand, ein Hut, klicken Sie darauf, sofort vergrößert sich der Ausschnitt.

Sorino ist begeistert, übersieht den Hut, weil ihm Wichtigeres ins Auge fällt. Er klickt auf ein Bild an der Rückwand. Hochinteressant – der Vergleich mit dem Foto in seiner Jackentasche räumt alle Zweifel aus. Sorino spreizt den fünften Finger seiner rechten Hand. Euch in Venedig wird das Lachen vergehen. Sein Blick bleibt an der Decke hängen: Was ich hier bearbeite, sieht nach einem internationalen Fall aus, es ist Großes, das meine Karriere beflügelt.

Ein Kollege, der neben ihm steht, stupst ihn an: „Mr. Sorino, Hallo … Mr., was ist los, hier ist die Vergrößerung – wünschen Sie eine Kopie?"

Von dort oben, zwischen den Leuchtstoffröhren, reißen sie ihn aus seinen Gedanken. Alle Details, die von den Aufnahmen ausdruckt worden sind, wandern in seinen Ordner. Wer ist dieser Wulf, wer steckt dahinter, mit wem hat er gearbeitet, seine Freizeit verbracht? Dieser Schauspieler hatte einen weitläufigen Bekanntenkreis, Bewunderer und Kritiker. Sorinos Interesse: die Suche nach Verbindungen zur Galerie. Er schlägt vor, zuerst Wulfs Wohnung zu durchsuchen, dann das Atelier von Mr. Fork. Der Amerikaner lässt sich widerwillig auf den Vorschlag ein, da er kaum Zeit hat, mit ihm eine Gegend zu besuchen, die der

Polizei verhasst ist.

Das ganze Viertel, in dem der Wohnblock von Mr. Wulf liegt, kontrollieren Banden. Müllsäcke, Schrottautos, der sichtbare Müßiggang der Menschen prägen den ersten Eindruck. Nicht jeder in diesem Viertel hat das Geld für die Miete, da es in den Drogenkonsum fließt. Erwerbslosigkeit, der Zerfall, ist hier am deutlichsten sichtbar. Menschen, die in Kartons leben, die sich in aller Öffentlichkeit eine Spritze setzen.

Mit zwei Polizeiautos, fünf Polizisten, dem Detektiv und Sorino parken vor dem Mietshaus. Die Beamten betreten ein marodes Gebäude ohne Aufzug, dessen Treppenhaus einer verlassenen Baustelle gleicht. Jene uniformierte Begleitung ist hier die Garantie, unbehelligt an den Missbilligungen der Bewohner vorbeizukommen. In den Gängen sieht er Lederjacken, Baseballmützen, weibliche Personen in Leggins, Hausschürzen, dazwischen eine rosa Kunstpelzjacke. Aggressivität scheint hier normal zu sein, die Polizisten haben zur Sicherheit eine Hand am Schlagstock. Es stinkt nach Urin, Müllsäcke stehen vor den Türen, die Wände sind chaotisch mit Farbe besprüht, schummriges Licht tarnt die huschenden Gestalten.

Ein Polizist öffnet die versiegelte Tür zu Tom Wulfs Wohnung in der South Bronx. Im Raum hängt ein muffiger Geruch. Der erste Eindruck: aufgeräumt, das Inventar gepflegt. Ohne Zeit zu verlieren, durchsucht Sorino den Kleiderschrank mit dem Hinweis, dass die Spurensicherung vor Tagen Beweisstücke eingesammelt hat. Auf dem Boden ein Hartschalenkoffer, vollgepackt mit Kleidung, zumindest der Gepäckanhänger stammt aus Venedig? Sorino gibt die Anweisung, den Koffer ins Labor zu schicken, wie das Ölfragment an der Wand. Beides sind Puzzleteile im Fall Sontheim! Auf einem Schreibtisch unter dem Fenster entdeckt er einen prall gefüllten Stiefel-Schuhkarton. Die Briefe, Rechnungen und Notizen darin bedürfen seiner Meinung nach einer genau-en Untersuchung.

Der Detektiv ist anderer Meinung und überprüft seine Armbanduhr: „Unsere Spurensucher haben jeden Winkel durchsucht, Mr. Sorino, sie finden nichts", genervt dreht er zur Tür. „Vergessen Sie nicht diesen Fork, die Zeit ist knapp! Packen Sie den Karton ein, im Büro ist mehr Ruhe, um darin zu stöbern."

Sorino zeigt keine Eile, sondern klemmt sich die Pappkiste unter den Arm, wirft einen letzten

Blick in den Raum und folgt dem Detektiv nach draußen. Ein Beamter versiegelt erneut die Tür mit Bändern und Warnhinweisen.

Zurück im Dienstwagen schlängelt sich der Fahrer durch den zäh fließenden Verkehr bis zum Atelier. Nach mehrmaligem Klingeln öffnet Fork.

„Hallo, Mr. Fork, hatten Sie einen guten Tag?", grüßt Sorino übereifrig.

„Commissario, Sie in New York?"

„Für einen Verbrecher ist die Entfernung heute kein Hindernis mehr und für einen Commissario?", erwidert Sorino schnippisch. „Ich bin hier, um zu sehen, wie das Atelier eines Künstlers aussieht, der nichts mit seinen eigenen Händen macht." Er tritt auf die Stufen. „Erlauben Sie, dass ich mich umsehe, stören wir? Wenn ja, für mich kein Problem". Ein gekünsteltes Lachen folgt.

Fork ignoriert die provokante Anspielung. „Treten Sie ein, Commissario."

Sorino hat viele kreative Werkstätten besucht, hier sieht es nicht nach Arbeit aus. Es fehlt das Chaos der Farbtuben, der Pinsel zwischen halb fertig bemalten Leinwänden, er sucht vergeblich nach einem Modellierbock, nach Werkzeugen neben vertrockneten Tonklumpen. Wie viele unvollendete Versuche es bei Sontheim gibt. Hier, in dieser Ordnung, liegen keine Skizzenblätter, es hat keine überfüllten Papierkörbe.

Steril präsentiert sich der über zwei Stockwerke hohe Raum mit seinen Schwarz-Weiß-Fotografien, den nackten, sonnengebräunten Damen in Überlebensgröße. Deren Torso dieselbe Person ist und in Variationen auf den Bildern zeigt. Auf einer Abbildung liegt ihr Arm über den Brüsten mit einem zwanzig Zentimeter Wundmal, die Hand ist zur Faust geballt. Sieht nach einer Tätowierung aus, oder ist das eine echte Narbe? Deutlich sichtbar ein roter Faden, der sich von Einstich zu Einstich kreuzt und in einer Schleife endet. Dieser auffällige Schmuck veranlasst Sorino zu einer Bemerkung: „Dieses Modell hat es Ihnen angetan. Schade, dass ihr das Gesicht fehlt".

„Man findet seine Vorlieben, Commissario, zeigt, was einem wesentlich erscheint", Fork lächelt bei der Antwort. „Der Titel dieses Bildes ist ‚DIE MUSE', ein zarter Name, der im Kontext einer brutalen Ausstrahlung steht, die kein Gesicht und keine zusätzliche Mimik benötigt."

„Bitte notieren Sie mir den Namen des Fotografen und seine Adresse", er vermutet, dass die Fotos nicht aus Forks Hand stammen.

Auf einem Tisch liegen unzählige Broschüren

mit internationalen Souvenirs.

„Sie sammeln Kataloge, Mr. Fork?"

„Diese Zeugnisse unserer Kultur geben mir Anregungen."

Bizarre Blumenarrangements in liebreizenden Farben schmücken ein Sideboard, das Sorino genauer betrachtet. Er greift nach dem Stück. „Sie arbeiten mit Porzellan?"

„Das ist ein Werk aus meiner früheren Schaffensperiode. Ich habe mit einer Münchner Manufaktur zusammengearbeitet. Vorsicht, der Wert übersteigt ihr gesamtes Einkommen!", Fork sitzt in seinem Sessel und beobachtet die Beamten. „Wissen Sie, Herr Sorino, ich arbeite mit den unterschiedlichsten Materialien."

Sorino legt es zurück, lächelt und sagt: „Sie meinen, Sie lassen arbeiten." Der Commissario dreht sich zu einem Grafikständer. „Ist es erlaubt, zu blättern?"

„Schauen Sie, Commissario, ich verberge nichts."

Seine Neugier entdeckt Fotos im A0-Format, auf denen Fiora Steiner mit Mr. Fork zu sehen ist. Er überfliegt die Blätter, hauptsächlich jene, die ihn erröten lassen, und zieht ein Foto heraus. Es ist das im Fokus stehende Gemälde der Biennale, in seiner Unversehrtheit.

„Einen Drink?", fragt Mr. Fork.

„Wir sind im Dienst", antwortet sofort einer der wartenden Beamten.

Sorino prüft im Bild jedes Detail.

„Wenn es Ihnen gefällt, behalten Sie es. Im Übrigen, hier ist die Adresse des Fotoateliers", sagt Mr. Fork.

Flink rollt er das Bild und übergibt es dem Beamten. Es dauert eine Weile, bis Sorino zum Aufbruch bereit ist. Fragen nach dem Anschlag bringen dem Italiener keine befriedigenden Antworten, denn der Künstler weicht ihm geschickt aus.

„Mir eine Mitschuld zu geben, wo ich der Geschädigte bin, vergessen Sie es!"

„Nicht Ihnen allein, Mr. Fork", Sorino lacht, „sondern ebenso den Verantwortlichen Ihrer Galerie.", er winkt den Beamten zu: „Für heute, meine Herren, lassen wir es sein, ich habe genügend gesehen".

Mr. Fork steht auf, um den Besuch hinauszubegleiten. Dabei lässt Sorino seinen üblichen Spruch fallen: „Solange die Ermittlungen im Gange sind, hoffe ich auf Ihre Kooperation, es warten viele Fragen."

Fork zeigt sich nicht sonderlich beeindruckt, denn ohne beweisbaren Grund hat der Italiener in den USA kein Recht, gegen ihn vorzugehen.

Beim Verlassen des Hauses bleibt Sorino mitten auf dem Bürgersteig stehen und traut seinen Augen kaum. Markus Sontheim kommt gemächlich über die Straße auf ihn zu.

„Herr Sontheim, Sie in New York?" Sorinos Stirn legt sich in Falten.

„Hallo, Commissario." Ruft er und versucht zu erklären, dass es an der fehlenden Luftfeuchtigkeit in den überhitzten, trockenen Räumen der Galerie liegt. Bei dem Rahmen hat das zu Rissen geführt. In ein paar Tagen ist das behoben und er fliegt zurück nach Italien."

„Ihr Pass?", Fassungslosigkeit steht dem Commissario ins Gesicht geschrieben. „Wer hat Ihnen das Dokument ausgehändigt?"

„Keine Sorge, ich laufe nicht davon, Commissario, ihr Chef war so nett, bei diesem Notfall zu helfen, die Firma auf Murano bürgt für mich."

Ein Streifenwagen bringt Sorino zum Hotel. Sontheim in Soho, Zufall, oder ist er ein Teil dieser mafiösen Struktur? An der Rezeption beantwortet man seine Frage nach Alkoholischem mit einer Flasche Whisky. „Sonderangebot, bitte!" Sorino stutzt, denn in Italien trinkt er zum Essen Wein, zum Schluss einen Grappa! In Amerika ist es ohne Essen, Whisky – auf zu neuen Erfahrungen.

Gleich neben dem Bett führen die Heizungsrohre ohne Isolierung in die Etage darüber. Er dreht das Thermostatventil auf null, diese Rohre strahlen weiterhin eine enorme Hitze ab. Ein Zischen, Gurgeln, mit wiederkehrenden Klopfgeräuschen in den Rohren, begleitet vom Rattern des Ventilators, der sogenannten Klimaanlage, ist nervtötend. Leider bläst sie muffige Gerüche in den Raum. Ein Öffnen des Fensters im 20. Stock verhindert die Verschraubung im Rahmen. Ruhe gibt es hier nicht, er schaltet den Fernseher ein, der unter der Decke hängt. Sorino legt sich aufs Bett, flucht über das knappe Spesenkonto, das ihn in diese Absteige zwingt, zappt frustriert durch hundert Programme.

Sorino richtet sich auf, das Kissen hinter sich gestopft, die Beine auf der Wolldecke ausgestreckt, ein Glas Whisky in der Hand. Sein Bleistift arbeitet: Anschlag Biennale – Wulf oder doch Sontheim? Kollision, wer mit wem? Das Blut auf dem Fragment? Sorino stellt das leere Glas ab, wühlt im Inhalt des Schuhkartons, findet es amüsant, was dieser Mensch Wulf für wichtig hielt.

Quittungen, Postkarten, Parkscheine, Briefe von Mädels, die vor Bewunderung mit ihrer Liebe übertreiben, nur um ein Autogramm zu erhaschen. Es scheint, seine Fans huldigen ihm.

Zwischen den Zeilen trinkt Sorino vom Whisky. Beim Umblättern fällt ein kräftiges Büttenpapier mit goldenem Emblem auf. Darunter steht: I.S.A.C., international Sponsorship of Art Club. Der Brief ist zwei Wochen vor dem Attentat datiert. Dem Text nach hat Wulf einen Auftrag für die Galerie auf der Biennale in Venedig erhalten.

Sorino entnimmt den nächsten Zettel, ein kariertes Blatt, auf dem sich jemand für eine nicht bezahlte Lieferung entschuldigt. Am Ende verspricht die Person, dies umgehend nachzuholen. Unterschrieben von einer ‚Nella', darunter in der letzten Zeile steht:

P.S. Danke! Ich schicke dir ein Ölgemälde. Du liebst diese Art von Kunst – ich hoffe, es gefällt dir. Sorino legt diesen Zettel zum Brief des Klubs.

Müdigkeit, gegebenenfalls der Whisky auf leeren Magen, die Augenlider klappen herunter, im selben Moment dreht sich alles. Er steht auf, benötigt frische Luft. Beim Verlassen des Hotels fällt ihm an der Rezeption eine rosa Kunstpelz-jacke auf, die mit dem Portier und weiteren Damen des horizontalen Gewerbes ausgelassen scherzt.

East Street in Richtung Broadway, vorbei an Geschäften, Restaurants mit blinkenden Leuchtreklamen. Aus einzelnen Schächten quillt der Dampf der Fernwärme, daneben stapeln sich schwarze Plastiksäcke. Müll, den die Obdachlosen, die Armen dieser Stadt nach Brauchbarem, vorwiegend Essbarem durchsuchen. Der Winter zieht Sorino einen weißen Schneekittel über und den Mantelkragen in den Nacken. Schneeflocken wirbeln an ihm vorbei, im Licht der Imbissbuden, die von koscher bis chemisch unverderblich alles anbieten. Das Knurren seines Magens, die zufriedenen Gesichter vor ihren Tellern hinter den Scheiben des Schnellimbisses locken ihn ins Warme.

„Bitte! Zweimal Hähnchen mit Pommes und einen Becher Kaffee." Diese Bestellung kostet ihn Überwindung. Was er erhält, ist ein Tablett mit bunten Verpackungen. Zuerst benötigt er einen Tisch am Fenster, er liebt es, das Treiben auf der nächtlichen Straße zu beobachten. Ein Schluck Kaffee wärmt seinen Magen, leider schmeckt er nicht besser als der im Büro. Voller Neugier öffnet er die Kartons, paniertes Fleisch kommt zum Vorschein. Sorinos Finger wundern sich – heute essen wir ohne Besteck? Nachdem der Inhalt des ersten Kartons in seinem Magen gelandet ist, knabbert er weiter an den Pommes. Wie voll sind die Bürgersteige am Broadway um Mitternacht. Trotz des Sauwetters fällt ihm am Straßenrand wieder diese rosa Pelzjacke auf, deren Füße vor sich hin tänzeln. Nach einem heftigen Schneegestöber, der ihm die Sicht raubt, ist die Schneetänzerin verschwunden.

Mit vollem Mund und klebrigen Fingern sieht Sorino von seinem Tablet auf zu dieser Pelzjacke, die direkt vor ihm steht.

„Ist hier ein Platz für mich frei?", fragt sie mit einem breiten Lachen. Auf ihrem Tablett eine Verpackung mit der Aufschrift Hamburger, daneben ein Becher Cola.

„Bitte setzen Sie sich!" Sorino deutet auf die freie Bank gegenüber. „Gemeinsam speisen ist aufmunternd."

Sie bedankt sich, stellt das Tablett auf den Tisch und streift ihre Kunstpelzjacke ab. Ein mit Strass besetztes T-Shirt kommt zum Vorschein. Sorino betrachtet die seltsame rosa gefärbte Jacke. In seinem Hotel gab es eine an der Rezeption und wo noch? Sorinos Gehirnzellen hinken dem Kauen hinterher.

„Sir, ich kenne alle Bars der Stadt, ich zeige

Ihnen die, die nur für Mitglieder öffnen", sie zwinkert mit einem Auge und verzieht den Mund zu einem breiten Grinsen.

Sorino schluckt, bevor er antwortet: „Kein Interesse, es ist eine Hungerattacke, im Anschluss verschwinde ich wieder in mein Hotel." Er wischt sich den Mund ab. „Ich glaube, ich habe Sie hier in der Stadt gesehen – ihr Akzent passt nicht zu Amerika".

„Mein Vater ist Italiener, meine Mutter kommt aus South Carolina." Sie wischt sich die Finger mit einer Serviette ab und reicht ihm die Hand: „Ich heiße Nella, geboren in Udine."

„Sorino – freut mich, ich bin Venezianer. Was für ein Zufall, eine Italienerin mitten im Big Apple!" Sie nickt, die Nase steckt in der Mayonnaise des Burgers.

„Nella, haben Sie zufällig ein Hotel besucht?"

„Ja, heute, gestern, vorgestern und Tage davor." Ihr Lachen umrahmt die Soße. „Ich besuche jeden Tag ein Hotel." Sorino kritzelt auf einer Serviette herum, hinterlässt Fettflecken, die das Papier aufweichen.

Bevor sie wieder in den Burger beißt, fragt sie: „Ist das von Belang, dass sie es gleich aufschreiben?"

„Nein, der Filzstift scheint eingefroren zu sein." Sorino steht auf, holt sich erneut einen Becher Kaffee, ohne die Brühe zu verschütten.

„Erwartet Sie niemand zu dieser späten Stunde, Nella?"

„Niemand", sagt sie mit einem breiten Lachen.

„Entschuldigen Sie meine Neugier. Was ist Ihr Job, wenn Sie oft in Hotels verkehren?"

Sie faltet die Verpackung ihres Burgers auf dem Tablett zusammen und steckt ihre Finger in die Serviette. „Ich bin Prostituierte. Stört Sie das?" Sorinos Blick zwingt ihr die Frage auf.

„Nein, bei diesem Wetter, mein Gott, ist das kein kuscheliger Job?"

„Stimmt! Heute ist es besser, ich sitze hier im Warmen." Genüsslich nippt sie an ihrer Cola. „Was führt Sie, Signore Sorino, nach New York City? Urlaub – Geschäfte?", sie kramt in ihrer Tasche und holt ein Spray hervor, dessen Inhalt sie sich in den Mund sprüht. „Entschuldigen Sie, mein Asthma."

„Kein Problem, darf ich Sie auf einen heißen Kaffee einladen, Nella?"

„Gerne, davon kann ich nie genug bekommen, danke!"

Sorino steht auf, holt Kaffee. Die beiden leeren

Becher um Becher zu vorgerückter Stunde. Mit ihren Geschichten dringt er in das New Yorker Rotlichtmilieu ein. Wiederholt versucht sie, von ihm zu erfahren, was er denn macht. Er hält sich zurück, gibt vor, ein Kunstliebhaber zu sein, auf der Suche nach einem Ölgemälde von einem gewissen Fork.

Sie senkt den Blick und versucht zu erklären, dass es viele Bilder in den Galerien hat und dieser Name ihr nichts sagt. Es ist schwer, in New York unter Tausenden Künstlern einen herauszufinden. Ihre Ahnung von Kunst ist gleich null, sie pflege mehr eine Leidenschaft fürs Kickboxen. Das Training ist zweimal die Woche. Sie erzählt von ihren Kämpfen, fragt zwischendurch nach Sorinos Bildersuche, kommt in einem Atemzug zurück, auf ihre Zukunftspläne zu sprechen: „Wenn ich ausreichend Geld gespart habe, eröffne ich in Italien eine eigene Schule."

Was für ein Enthusiasmus, überlegt Sorino, obwohl ihr das Athletische fehlt, sie ist eher zierlich gebaut.

Aber sie versichert ihm, sie werde herausfinden, was die Szene über dieses Gemälde sagt, und bittet ihn, für sich ein geeignetes Studio in Venedig zu finden. Sie fragt nach einem Foto des

Gemäldes und rät, dass die Polizei dafür besser geeignet wäre.

„Nein, die brauche ich nicht", sagt Sorino und grinst. „Einen geeigneten Raum für Sport, ich gebe Ihnen Bescheid."

Er zieht eine Kopie aus seiner Manteltasche und legt sie in die Mitte des Tisches. Aufmerksam betrachtet sie das Bild. „Davon suchen Sie den zweiten Teil?", ohne eine Antwort abzuwarten, wandert es mit einem Seufzer in ihre Handtasche. Sie entschuldigt sich, steht auf und verschwindet auf der Toilette. Als sie zurückkommt, bemerkt er eine Narbe an ihrem Arm, die eine Schicht Make-up verdeckt und fragt: „Nella, an Ihrem Arm, diese Wunde, eine schmerzhafte Geschichte?"

„Ein Freier mit seinem Messer hat mir weh-getan." Mit einem übertriebenen Gähnen macht sie sich zum Aufbruch bereit. „Entschuldigung! Es ist Zeit für mich. Danke für die nette Stunde. Wenn ich von dem Bild erfahren habe, lasse ich es wissen!" Nella verdeckt den Strass im Schein der Leuchtstoffröhren mit ihrer Pelzjacke. „Tschau Sorino und einen erfolgreichen Aufenthalt."

„Grazie Signora! Buona notte!"

Er schaut ihrem lasziven Gang nach, der in die letzten Stunden der Nacht eintaucht.

Auf dem Rückweg zum Hotel frischt der eisige Wind auf, Sorinos Gedanken arbeiten: Melde mich. Wie denn? Ohne meine Telefonnummer? Das unbeschädigte Gesamtbild auf dem Foto wirft keine Fragen auf, aber sie spricht von einem zweiten Teil. Das ist seltsam?

Am nächsten Tag klopft es an seiner Zimmertür: „Zimmerservice!"

Verschlafen wimmelt er die Frauenstimme ab, es dauert, bis er sich aus den Federn quält. Eine ausgiebige Dusche vertreibt zum Glück die kurze Nacht. Die Zeit drängt, denn ihm bleibt ein Tag und im Anschluss folgt er wieder dem Ruf Italiens.

Beim Verlassen des Zimmers – der Flur mit den Türen, wie bei diesem Tom Wulf, jetzt fällt es ihm wieder ein. Unter den Bewohnern stand diese bunte Kunstpelzjacke im Treppenhaus. Wenn das dieselbe war, dann hatte sie mich erkannt. Verdammt, ihre Telefonnummer, sie hätte mir ohnehin die Falsche gegeben. Souverän hält er ein Taxi an, das ihn zum Polizeipräsidium bringt. Vor versammelter Truppe benötigt er Überzeugungskraft, um die Zusammenhänge zu erklären: angefangen bei der Galerie, Tom Wulf, dem Club, plus dieser Prostituierten Nella. Ob es sich dabei um Nella aus dem Schuhkarton handelt, zeigt erst eine genauere Überprüfung.

In jedem Fall versprechen die Beamten, seinen Vermutungen mit aller Kraft nachzugehen. Sorino bleibt skeptisch, denn die amerikanische Höflichkeit mit ihren Zugeständnissen leidet unter chronischer Vergesslichkeit.

FAKTEN

Mit gleichmäßigen Bewegungen drückt ein Achat auf das matte Blattgold, poliert es, bis sich das Licht darin fängt. Den ganzen Tag über repariert Sontheim den Spiegelrahmen, derweil Commissario Sorino im Flieger nach Venedig sitzt. Trotz der Arbeit genießt Markus die Ruhe im Depot der Galerie im dritten Stock, zwischen all den gelagerten Kunstwerken, den Transportkisten. In den Pausen hockt er an den bodentiefen Fenstern, schaut hinunter auf das quirlige Leben der Straße, auf die aneinander angelehnten Häuserfassaden, die in den Himmel ragen.

Seine Ruhe unterbricht die Ankündigung des Lastenaufzugs. Ein ihm Unbekannter wirft Filzdecken, einen Eimer Leim und eine Werkzeugkiste auf den Parkettboden. Zwei Flaschen der Marke „Four Roses Bourbon Whisky" stellt er daneben. Hektisch trabt der Fremde umher, schleppt Spanplatten ins Loft. Markus bietet ihm seine Hilfe an, diese an die Wand zu stellen. In einem schwer verständlichen Kauderwelsch mit alkoholisierter

Aussprache beschwert sich der Fremde: Unver-
schämtheit, Betrüger! Stellen aus, was verkauft ist
ohne Genehmigung, nur um Transportkosten zu
sparen. Ich schaffe Unikate, nur Unikate und jetzt
produziere ich Kopien. Das ist Betrug an den
Kunden, den Sammlern! Brüllt er durch den Raum.

„Warum lehnst du es nicht ab?", fragt Markus
zwischen seinen Wutattacken.

Blind reißt er die Folie von der Rolle Filz.
„Wenn ich mich weigere, kürzen sie mir die
monatlichen Zuwendungen, ich bin ihr Sklave!", er
wirft die Folienfetzen durch die Luft. Verträge, das
sind diese verdammten Verträge! Es sind diese
verdammten Macher da unten im Büro! Glaubt
denen nicht alles, die bescheißen dich. Der Alte
brüllt seinen Frust heraus, damit es jeder hört.
Markus horcht auf, erfährt vom Geschäftsgebaren
der Galerie, für die er arbeitet. Leider drängt die
Zeit zum Weitermachen, denn der Abflug von der
Metropole am Hudson River nach Venedig erlaubt
keinen Aufschub.

Auf dem Rückflug gehört der Spiegelrahmen
endgültig der Vergangenheit an. Zeit für Visionen,
die in seinem Herzen nach Umsetzung drängen.
Kreationen aus Glas in Verbindung mit Holz

stoßen bei den Glasmachern der Firma auf Zustimmung, bei seiner Partnerin bedauerlicherweise auf Ablehnung. Sein momentanes finanzielles Polster erlaubt ihm Experimente, solange die Miete gleich bleibt, sowie die Fürsprache von Maria Grazia bei der Geschäftsleitung Erfolg hat. Sie kümmert sich um Markus administrative Aufgaben, fordert im Gegenzug von ihm Arbeiten, die mehr dem Publikumsgeschmack entsprechen. Er teilt daraufhin seinen Arbeitstag auf: Die erste Hälfte gehört dem Kommerziellen, die zweite den Entwürfen seines Totentanzes. Ihm liegt das harmonische Zusammenleben mit Maria am Herzen.

Commissario Sorino hat andere Sorgen, er sitzt in seinem Büro über einen Bericht, der Fragen aufwirft: Auf Wulfs Leinwand-Fragment fand die Forensik Spuren von Frauenblut und keine DNA von Sontheim. Sie bestätigen aber die Identität des Hühnerblutes auf der Leinwand und den Flecken auf Sontheims Jacke. Wulfs Reise nach Venedig, bezahlt von einem Club. Die Untersuchung der Kleidung in seinem Koffer war negativ. Sorino schiebt die Fakten hin und her, wie beim Scrabble. Zum Glück verbessert sich der Zustand des Wärters allmählich. Er ist der Einzige, der Licht ins

Dunkel bringt, und demzufolge besucht er den Patienten in regelmäßigen Abständen.

Als der Commissario auf der Betreuung eintrifft, schiebt man ihm einen gebrechlichen Alten im Rollstuhl entgegen. Seine Bewegungen sind träge, sein Blick getrübt, aber er spricht heute wenigstens zusammenhängende, verständliche Worte. Trotz eines Blutgerinnsels, das Teile seines Gehirns blockiert, hofft Sorino, auf eine Täterbeschreibung:

„Persönchen – Mädchen – braune Haut!" Die Augen fallen ihm zu, Stille herrscht, bis er unvermutet Wortfetzen ausstößt: „Atm..em, sie kei.. Luft." Schweigend entschwindet er in eine Welt hinter seinen starren Augen.

Sofort fällt Sorino dieser Wulf ein, dessen Größe von über eins achtzig, ein Riesenunterschied zu diesem Alten ist. Sontheim liegt mit einer Kopflänge darüber, Atemnot hat sicher keiner von beiden. Ein Persönchen klingt nach einem Mädchen, aber mit solcher Kraft?

Der Alltag in der Lagune gleicht einem trägen Fluss. In den Lokalzeitungen findet man nichts, worüber es sich zu diskutieren lohnt. Die Besucher der Cafés konzentrieren sich auf den Klatsch und

Tratsch in der Nachbarschaft. Sie streiten über das Vorgehen der Stadtväter, über die Probleme mit dem ausufernden Tourismus. In der Questura handeln die Protokolle von Jugendlichen mit ihren rasenden Motorbooten, von unkontrollierter Müllentsorgung, von den üblichen Familienstreitigkeiten. Ispettore Nadja Novodná hat ihren Schreibtisch voll mit all diesen Akten, die sie abzuarbeiten hat. Dagegen sind die Ermittlungen Sontheim / Fork ins Stocken geraten, der Fall ruht in der Ablage, bis eines Tages ein Fax in Sorinos Büro eintrifft:

Sehr geehrter Herr Commissario Sorino,
wir haben die Galerie überprüft, deren Inhaberin eine Frau Gold ist. Sie gehört zu den Gründungsmitgliedern des Clubs I.S.A.C., der sich aus Kunsthändlern zusammensetzt, deren Verkaufshallen über die ganze Welt verteilt sind. Ihre Verbindungen ermöglichen es, Einfluss auf die wirtschaftlichen Interessen der Kunstszene zu nehmen.
Dieser Club vermittelte Tom Wulf an ein Theater in New York. Die Gegenleistung war eine Performance auf dem Gelände der Biennale. Der Schauspieler stieß in Venedig auf Schwierigkeiten

mit den Kuratoren und der Polizei.

Der Name Tom Wulf findet sich im Bordellmilieu, das ihn mit Drogen in Verbindung bringt. Sobald wir weitere Neuigkeiten haben, melden wir uns.

Freundliche Grüße
Detektiv Fuller

DIE ENTSCHEIDUNG

Tief hängt der graue Himmel, der sich im flachen Meer spiegelt. Zerbrechlich dünnes Eis umklammert die Leinen von Sontheims Jacht.

Bei der Arbeit erinnert sich Markus an die harmonischen Tage mit Maria Grazia, an Momente der Zweisamkeit. Sobald die Berge des Veneto auftauchten, weckten sie in ihr eine unbändige Wanderlust. Am Meer aufgewachsen, hält sie sich vom Segeln fern. Bei Markus lösen die Steinriesen Höhenangst aus. Einziger Kompromiss: Spaziergänge rund um die Insel Burano.

Der Modellierton für seine Entwürfe schwindet rapide, der Skizzenstapel gleicht dem Schiefen Turm von Pisa. Wenn Markus Sontheim eine Pause einlegt, spaziert er hinaus auf den Bootssteg. Auf den grauen Planken genießt er die Seeluft, eingepackt in eine dicke Jacke entfliehen seine Gedanken dem Alltag. Eine Möwe landet auf dem Steg – Erinnerungen an seinen letzten Segeltörn werden wach. Obwohl man sich auf dem Meer den Gesetzen des Windes unterwirft, hat man unendliche Freiheit und Zeit. Bleibt der Wind aus, erreicht das Schiff sein Ziel nicht heute, nicht morgen, sondern mit Glück in einer Woche.

Auf Murano dagegen definiert man Zeit über Rentabilität, und wenn man nicht mitspielt, fliegt man raus aus dem kollektiven Drang nach Wohlstand. Markus ist Purist, denn er lebt den Vorsatz: Was man nicht kauft, braucht man sich auch nicht zu erarbeiten. Draußen auf dem Meer gibt es keinen Kaufrausch, aber auf Murano, bei Maria Grazia, da spart man an Freizeit. Darüber mit ihr zu diskutieren ist zwecklos, vor allem, wenn Mr. Fork neue Aufträge vorlegt, die von Markus Sontheim Lösungen verlangen. Maria Grazia gibt ihm dann nur einen Tag Bedenkzeit. Zu kurz für dieses alles entscheidende Problem: Akzeptiert er, was man ihm da vorgelegt, verdient er Geld, bleibt im Gespräch, lehnt er ab, gilt er als naiv, verantwortungslos.

Wie am ersten Tag steht Mr. Fork im Atelier, nur ohne Modell Fiora, bepackt mit Katalogen, deren Bildchen Schreckliches erahnen lassen: Nippes von Rosa bis Himmelblau und ‚a little more sexy‘, wie Fork zu sagen pflegt. Daneben, demonstrativ auf den Tisch gelegt, ein Scheck. Verlockend für Maria, für Markus heißt es Einfluss ausüben auf dessen Ideen. Schrittweise gelingt es ihm, Markus fühlt sich auf der sicheren Seite. Aber dann, grundlos, lehnt der Amerikaner die Vorschläge ab. Er duldet keinerlei Änderungen. Empört über Sontheims Uneinsichtigkeit steht Mr. Fork auf, lässt erst den Scheck und dann die Kataloge wieder in der Aktentasche verschwinden. Kühl verabschiedet er sich, beendet kompromisslos die Zusammenarbeit. Markus hat in Minuten seine gesicherte Existenz verloren, obwohl er mit Bedacht vorgegangen ist.

Das Geld, das durch die Ateliertür verschwindet, hinterlässt bei ihm ein dumpfes Gefühl. Maria Grazia, sie wird toben. Sein Gewissen raubt den Händen die Lust am Modellieren. Bis zum Abend bleibt er im Atelier, als ein kühler Luftzug seinen Rücken streift. Maria, im Mantel und mit übergroßer Umhängetasche, steht im Türrahmen, wartet wortlos, den Blick gesenkt.

Er schaut sie an und sagt: „Bitte setz dich zu mir, lass uns reden."

Sie wirft ihre Tasche auf den Tisch, rücksichtslos mitten auf die Skizzen. Dein unsensibles Verhalten bezüglich des Auftrags hat man mir mitgeteilt! Dein Verhalten ist in meinen Augen absolute Idiotie. Wie denkst du, hier auf der Insel ohne das Geld der Galerie zu leben? Das süffisante Lächeln um ihren Mund, das langsame Kopfschütteln, es ist für ihn wie eine Ohrfeige, die schmerzt.

„Reparaturarbeiten, die Verkäufe aus der Ausstellung, das reicht zum Leben", sagt er, um sie zu beruhigen.

„Die Einnahmen ohne Amerika, Markus, reichen nicht aus, um die gestiegenen Kosten für das Atelier, den Ausstellungsraum zu decken." Maria Grazia wendet sich von ihm ab und redet zur Wand. Die bisher niedrige Miete war an die Arbeit mit dem Amerikaner gebunden. Diese Wände rechnen mit Werbung, mit Aufträgen, mit Gewinn, sie sind keine Sponsoren. Die wenigen Einnahmen reichen, mit Glück, für die Stromkosten!

Sie übertreibt, denn Strom ist einer der günstigsten Posten, umso mehr trifft ihn ihr Verhalten mitten ins Herz. Markus zupft mit einer Hand an den Zeichenblättern, starrt auf den Boden, er steht wortlos auf und stellt sich vor den Modellierbock. Empört sagt er: „Vor meiner Anwesenheit verdienten sie mit dem Raum keinen Cent und jetzt bekommen sie nicht genug." Kurz betrachtet er seine Arbeit, versetzt voller Wut die Platte derart in Rotation, dass das Tonmodell durch den Schwung zu Boden klatscht. „Heißt das, meine Arbeit hier ist zu Ende?", er tritt mit dem Schuh in den Tonklumpen. „Was bedeutet das für unsere Beziehung?"

„In ein paar Monaten ist hier sicher Schluss!", sagt sie ernüchternd, greift nach ihrer Tasche und steht auf. Die Einnahmen durch die Touristen sind um diese Jahreszeit zu gering, wer zahlt die Kosten? Ich nicht! Momentan ist ein Polster auf deinem Konto. Ich habe ein unteres Limit gesetzt, wenn das erreicht ist, ist Schluss. Lass uns von hier verschwinden, mich friert!

Markus erschrickt über ihr Verhalten. Desillusioniert über ihre Reaktion ist ihm sofort bewusst, dass er mit ihr in einer rein geschäftlichen Beziehung lebt.

Die folgenden Tage bringen keine Besserung, Maria Grazia weicht ihm aus. Die Unbeschwertheit des Markus Sontheim ist verschwunden. Wenn sie sich begegnen, sprechen sie das Nötigste, er verurteilt sie nicht. Sie ist eine Geschäftsfrau, die rational lebt: Wenn der Umsatz stimmt, funktioniert auch ihre Zuneigung.

Leider bewahrheitet sich Maria Grazias Prophezeiung, denn der Rückgang der Besucherzahlen leert nicht nur seine Kasse. Jeder in seinem

Umfeld erahnt, was in ihm vorgeht. Einer hält ihm trotzdem die Treue: Commissario Sorino. Er nervt mit einer Theorie, die zu einem Solarium gebräunten Fräulein führt, nur ihm fehlen die Beweise. Markus schweigt, tippt insgeheim auf Sandra oder Deborah?

Jeden Tag taucht der quadratische Commissario auf, Nadja hält sich weiterhin von ihm fern. Es sieht belustigend aus, wenn seine Finger den dünnen Stift halten, der wiederholt Striche aufs Papier zaubert. Nicht mehr wegen Markus, sondern rein privat. Sorino erzählt aus seinem Leben, von diesem Fall, der zu scheitern droht. Von den Problemen mit den Kollegen, von seinem Kindheitstraum.

Der Vater, ein Carabiniere in Venedig, hoffte, dass der Sohn in seine Fußstapfen treten würde. Noch heute schwärmt Sorino vom Beruf des Gondoliere, von der vornehmen Art, in den schwarzen, asymmetrisch geschwungenen Rümpfen über das Wasser zu gleiten. Sein Wunschtraum war eine eigene Forcola (Rudergabel), ein hölzernes Unikat, welches auf die Körpergröße des Bootsführers und seinen Ruderstil abgestimmt ist. Sie ist wie eine Skulptur, die Steuerbord aus dem Rumpf ragt und dazu dient, das Ruder beim Manövrieren zu führen. Sorino träumt von einer schlanken Gondel voller Touristinnen, die er durch die Kanäle der Stadt lenkt.

Markus fragt nach Sorinos aktuellem Familienstand.

Commissario schließt die Augen und erzählt von seiner Erfahrung – einer Ehe, die er niemals eingehen würde. Denn wenn die vermeintlich Richtige vor ihm stünde, verfiel sie in Ausreden wegen seiner Eigenheiten. Stelle man sich vor, wie ich jeden Abend nach dem Büro die beschrifteten Zettel quer durchs Wohnzimmer verteile, um sie zu sortieren. Mit all den Papieren würde ich sofort hinausfliegen. Seit der Schulzeit habe ich Therapiestunden wegen meines Tics besucht. Beim Schreiben, wie beim Zeichnen, gelingt es mir, die nach Bewegung strebenden Hände zu kanalisieren.

Solange die Herren miteinander reden, sieht es für einen Außenstehenden aus, als säßen hier alte Freunde. Sorino steht auf, greift nach einem Blatt von einem Papierstapel neben der Staffelei und lässt seinen Gefühlen freien Lauf. Langsam entstehen Buchstaben, deren geschwungene, verschlungene Ornamente beeindrucken. Sontheims Bewunderung für diese kalligrafische

Kunstfertigkeit schmeichelt Sorino.

Worauf er sagt: „Ich zeichne seit meiner Kindheit.", dabei nimmt er ein neues Blatt. „Zuerst mit dem Pinsel, heute mit dem Bleistift. Bei den Japanern gehört das zur Kultur und ich finde, dass ihre Zeichen ästhetischer aussehen."

Das ist korrekt, Sorino, arbeiten Sie lieber wieder wie früher mit Pinsel und Tusche. Sofort stellen Sie fest, es gibt keinen Unterschied zu den Japanern. Dann fragt er den Signore Commissario, wie er die Arbeit von Mr. Fork beurteilt und bekommt die Antwort, dass ihn dessen Behauptung stört: Wegen der Millionen, die er verdient, sei es hochwertige Kunst und das ist inakzeptabel.

Markus ist froh über Sorinos Meinung, leider sieht das Maria Grazia anders. Für sie ist der Umsatz die Bestätigung, egal ob dabei die Ästhetik auf der Strecke bleibt. Ich entwerfe dagegen nicht nach dem Geschmack der Kunden, ich greife gegebenenfalls Trends auf. Provoziere mit meiner Handschrift, mit meinen Ideen.

Commissario fragt: „Warum hat dieser Niederländer, dieser … Sie wissen es, der in Arles gelebt hat?"

„Sie meinen van Gogh?"

Richtig, dieser Kunstmaler kämpfte mit seiner

Technik, jeder Pinselstrich war für ihn eine Herausforderung. Er setzte eine andere, eine neue Sichtweise um, trotz der Tradition der etablierten Kollegen im Pariser Salon. Wie viele Anfeindungen, Kritiken prasselten auf ihn ein. Heute gegen den Strom zu schwimmen, ist anstrengend der Konkurrenz und des Geldes wegen. Die Neuen schlagen den leichteren Weg ein, sie bedienen einen Markt, der auf den Geldbeutel der Wohlhabenden schaut. In der Kunst ist es besser, sich nicht von den Banken beeinflussen zu lassen.

Maria Grazia betritt das Atelier, setzt sich an den Tisch, schenkt sich Wein ein, lauscht dem Gespräch.

Sorino begrüßt die Signora, fährt ohne Luft zu holen fort: Redet über die Zeiten van Goghs, wie markant diese Äpfel von Cézanne sind, die mit einem Hauch von Farbe ausdrücken, was wesentlich erscheint.

Markus stimmt ihm zu: „Es sind zeitlose Bilder, die bis heute ihre Faszination ausüben".

Maria Grazia mischt sich ein: „Ich hasse diese unnatürlich gefärbten Äpfel, ich liebe glänzend runde, leuchtend rote. Kauf keine blass blaugrünen Früchte."

Markus sagt: „Den gefühlten Anblick erlebt

jeder anders und das macht das Leben spannungsvoll." Er schaut sie an. „Es kommt auf die Farbreflexe der Umgebung an, in die das Objekt ein-gebettet ist. Das zu erkennen, das umzusetzen, das ist die Kunst."

„Ach Markus, nicht jeder kauft deinen seelischen Zustand", Maria Grazia zuckt mit den Schultern, „tiefgründige Betrachtungen sind anstrengend, dafür nimmt sich heute keiner mehr die Zeit. Der Kunde entscheidet, wofür er bezahlt."

Sorino ergreift mit einer Handbewegung das Wort: „Signora, Kunst ist keine Hure, die sagt: Was bist du bereit zu zahlen, ich bediene dich." Er beugt sich mit dem Oberkörper zur Mitte des Tisches, um einen Stift aus der Holzschale zu entnehmen …? Einen Moment verharrt er in seiner Bewegung, zieht unter dem Krimskrams eine Spraydose hervor.

Maria Grazia widerspricht: „Commissario, die Kunst in unserer Zeit hat …"

Sorino richtet sich auf, wirft das Blatt auf den Tisch und fragt aufgeregt: „Entschuldigen Sie, wenn ich unterbreche, woher kommt dieses amerikanische Dosier-Aerosol?"

Markus zuckt mit den Schultern: „Keine Ahnung, es lag auf dem Tisch neben einer

Packung Taschentücher mit diesem abgewinkelten Sprühkopf, vermutete, ein Dieb, komischerweise fehlte nichts."

Verdammt, das ist diese Nutte, sie hat es im Imbiss in New York benutzt, exakt diese Marke! Ich stehe vor ihr und merke nichts, wie blind ich nur war. Der Commissario schnauft schwer. Solarium bräune – ein Persönchen, kräftig durch Kampfsport. Sie erzählte mir von ihrer Leidenschaft für Kickboxen und dazu ihrem Asthma. Ihre Reaktion beim Anblick des Bildes, verdammt, warum habe ich nicht reagiert? Sorino schnappt sich den Mantel, verlässt mit einem Tschau fluchtartig das Atelier.

„Was hat der Commissario? Wen meint er?", sagt Markus mit fragendem Blick zu Maria. Die beiden sehen sich seit Tagen heute wieder direkt in die Augen.

Markus fragt: „Habt ihr über meinen Verbleib entschieden?"

Sie packt ihre Tasche: „Ich habe einen Termin, leider", sie steht auf und verlässt das Atelier.

Die nächsten Nächte verbringt Markus auf dem Sofa, begleitet von der Sorge um sein schwindendes Budget. Wenn Maria Grazia seine Kontoauszüge mit den roten Markierungen auf den Tisch legt, stehen die Mäuse in Habachtstellung. Sie sind bereit, ihn abzulösen, um wie einst sein Atelier zu besetzen.

EINE PERFIDE STRATEGIE

Erst die Vermutungen der Boulevardpresse, dann die Bestätigung: Mr. Fork trennt sich von Fiora Steiner. Häppchenweise füttert das Management der Galerie die Presse mit Informationen. Rückblicke auf die Zerstörung der Bilder lassen erneut die Diskussion aufflammen, ob Pornografie in der Kunst akzeptabel sei. Die Lizenzgalerien des Künstlers nutzen die Gunst der Stunde und zeigen die Kopie von Mr. Forks Sommershow, indem sie die Situation des Anschlages in ihren Räumen exakt nachstellten.

Unbemerkt von der Presse trifft sich Fork weiterhin mit Fiora Steiner. Im Grunde sind sie sich einig, obwohl Fioras Geschäft mit Erotikfilmen ihm nicht mehr passt. Sie sieht in ihm einen Moralisten und sie argumentiert: „Mit meinen Filmen verdiene ich Millionen, du gewinnst durch mich Publicity, deine Kritik ist reine Heuchelei."

Zeitgleich trainiert Nella in einem Kampfsportstudio. Ihre Unkonzentriertheit verursacht schmerzhafte blaue Flecken, weshalb sie abbricht und durch die Straßen New Yorks joggt. Sie rennt sich den Frust von der Seele, stellt sich die Frage: Warum bleibt Fork von meinen Angriffen unberührt? Es ist an der Zeit, gegen dieses Arschloch vorzugehen.

Auf ihrem Weg stößt sie auf einen Kiosk, an dem die Titelblätter im Wind flattern. Bilder von Fork und seinem Modell Fiora im farbenfrohen Liebesakt, darunter die Schlagzeile über die bevorstehende Trennung. Aus Neugier kauft Nella verschiedene Zeitschriften, denn sie findet Gefallen an der Trennung der beiden, an seinem Scheitern. Neben der Straße, auf einem öffentlichen Basketballplatz, jagen Jugendliche dem Ball hinterher. Auf den verwaisten Zuschauerbänken sucht sie in den Blättern nach Informationen. Die Schlammschlacht zwischen dem Künstler und seinem Modell bringt sie zum Schmunzeln, aber dann mitten in einem der Artikel stößt sie auf Verstörendes:

Am Rande der Scheidung von Forks Ehe sucht die Polizei immer noch nach dem Bilderschänder der Biennale. Unsere Journalisten haben herausgefunden, dass der tatverdächtige Bildhauer M.S., der sich auf seinem Segelboot in der Lagune von Venedig aufhält, noch im Besitz eines Fragments ist. Damit will er seine Unschuld beweisen, denn auf der Leinwand sind, Blutspuren des Täters zu finden. Außerdem ist er bereit, seine Beobachtungen …

Sie wird unruhig und überdenkt die Lage: M.S., das ist definitiv Markus Sontheim, wenn, dann macht nur er Schwierigkeiten. Meine Ahnung, dass er im Besitz des Bildes ist, war kein Hirngespinst, ich habe nur an den falschen Stellen gesucht. Sofern das meine Blutspuren sind, wird es eng, für mich, dazu noch von ihm eine belastende Aussage? Hat er es wirklich auf mich abgesehen? Je länger sie darüber nachdenkt, desto überzeugter ist sie: Koste es, was es wolle, ich kümmere mich um dich, du Bildhauer, dir stopfe ich das Maul. Hektisch sprüht sie sich den Rest des Asthmasprays in den nach Luft ringenden Mund, wirft die leere Dose unter die Bank. Sie reißt den Artikel aus der Zeitschrift, steckt ihn in die Gürteltasche und murmelt dabei vor sich hin: „Bis er sich umgesehen hat, ist er mundtot, ist für die Polizei unbrauchbar", sie entwickelt einen Aktionismus, der nur ein Ziel kennt: Auslöschen, bevor Markus zum Problem wird! Dummerweise hatte sie es schon einmal versäumt und einen dieser Bildfetzen den Bullen überlassen, genau das passiert ihr kein zweites Mal. Sie plündert ihr Konto, packt das Nötigste in einen Koffer und ab zum Flughafen, ab nach Italien.

Die Tage des Veneto werden kürzer, dafür arbeitet Markus länger an seinen Entwürfen. Es fällt ihm schwer, einen Mittelweg zwischen seinen Vorstellungen und diesem sogenannten ‚Geschmack' der Kunden zu finden. Er bemüht sich, Maria Grazia zu zeigen, dass er bereit ist, sich auf ihr Spiel einzulassen.

Sie bleibt gelassen in ihrem still gewordenen Arbeitsalltag. Das Fach mit den unbearbeiteten Geschäftsbriefen sieht leer aus, so hat sie Zeit, sich ausführlich um die wenigen Besucher zu kümmern. Eines Morgens liegt auf der Computertastatur ein Briefumschlag mit der Handschrift ihres Chefs, der Adressat ist Markus Sontheim. Ohne ihn zu öffnen, weiß sie, was geschrieben steht. Sie atmet tief durch, denn sie hat diese Kündigung vorausgesehen.

Träumereien passen nicht in eine Zeit, in der die Kosten explodieren und die Umsätze stagnieren. Im Veneto war es seit jeher problematisch, Arbeit zu finden, dazu für einen Deutschen, der die Sprache nicht beherrscht. Marias Verdienst reicht nicht für eine zusätzliche Ateliermiete, die, wenn er bleibt, sich erhöht ohne die Aufträge aus Amerika. Diese Nachricht wird Markus ins Herz treffen: Warten oder den Brief sofort aushändigen? Die Entscheidung fällt auf Letzteres. Das Atelier ist verwaist, sie legt ihm den Umschlag auf den Tisch. Nach dem Ladenschluss ist genug Zeit, um in aller Ruhe gemeinsam über den Ablauf der Trennung nachzudenken. Zurück in der Galerie verbringt sie die Stunden ihres Arbeitstages, um Fragen des Steuerberaters zu beantworten.

Auf der Piazzale Roma starrt eine extravagant gekleidete Dame auf die vorbeifahrenden Autos. Ihr Kopf, die Art, wie sie ihn bewegt, gleicht der Unruhe eines Uhrwerks. Hinter ihren Beinen holpern Rollen über die Steinplatten des Bürgersteigs. Keuchend, vornübergebeugt, den Arm nach hinten gestreckt, umklammern ihre Finger den Griff des Trolleys, dessen Konstruktion unter der Last seines Inhaltes ächzt.

Diesen Koffer zu lenken, bei ihrem Tempo, unkontrollierbar, denn er gleicht einer sich windenden Natter. Das Gespann rast durch die Straßen von Santa Croce, einem Viertel nahe dem Bahnhof von Venedig. Mit erhobener Hand kämpft sie um die Aufmerksamkeit des Taxifahrers. Grimmige Blicke von Passanten zieht sie auf sich. Ihre schrille Stimme dringt durch den Straßenlärm:

„Taxi – Taxi – Stopp – Taxi, Si prega di Stopp!"

Ohne Reaktion fahren sie an jener zierlichen Brünetten mit den Stöckelschuhen vorbei. Von ihrer Machtlosigkeit genervt, eilt sie mit radikalen Gedanken vorwärts. Ich werde den nächstbesten Taxler, notfalls mit Knüppeln stoppen. Sie quert die Straße.

Bäume säumen im Wechsel mit parkenden Autos den Platz, auf dem Linienbusse ihre Fahrgäste ausspucken und gleich wieder neue aufnehmen. Kinder spielen zwischen den Kiosken, dem einzigen Ort, der nicht von Reisenden überfüllt ist. Ein Postbote, der über den Briefen brütet, schreckt auf, springt zur Seite, um nicht von dem ratternden Ungetüm überrollt zu werden.

Am Ende des Platzes, an der Ponte della Liberta, der erlösende Moment: „Beeilen Sie sich bitte, mein Flugzeug nach New York wartet nicht!"

Der Taxifahrer schaut skeptisch und kratzt sich im Haar: „Gute Frau, Rushhour, dann durch Mestre?"

Sie ermuntert ihn mit über die Schulter gereichten Geldscheinen, ihre Stimme schmeichelt: „Ein professioneller Chauffeur findet Wege, um Staus zu umfahren".

Der Fahrer gibt Gas. Im Vorbeifahren drückt die blau-weiße Schrift über den Eingang der Questura die Dame tiefer in den Rücksitz hinein. Bis zum Abflugterminal des Flughafens Marco Polo spricht sie kein Wort. Dort angekommen herrscht ein heil-loses Durcheinander, die Taxis auf der Straßen-schleife vor dem Eingang stauen sich, es dauert, bis er der Dame das Aussteigen gewährt. An den Schaltern der Fluggesellschaften drängen sich die Reisenden, andere verweilen auf ihren Gepäckstücken und beobachten. Kinder vertreiben sich die Langeweile mit Spielen, Babys schreien ihre Unzufriedenheit heraus. Herren in schwarzen Anzügen mit gestreiften Krawatten warten souverän an runden Stehtischen. Vor kolossalen Anzeigetafeln, die Köpfe in den Nacken gebeugt, suchen Menschen nach Informationen über ihre Flieger.

Durch ihren Trolley eingeschränkt, verliert die Dame die Zuversicht, ein Ticket nach New York zu bekommen. Im Wirrwarr der Fluggesellschaften sucht sie nach der Airline, mit der sie in New York gestartet ist. Die Zeit drängt, das zuständige Reisebüro ist nicht besetzt.

„Verdammt, was jetzt?", mosert sie.

Ein Schild weist auf einen geöffneten Check-in-Schalter am anderen Ende eines ausladenden Terminals. Rolltreppen befördern die Reisenden in die obere Etage. Lautlos gleiten sie vorbei an neonfarbenen Designinstallationen auf blankem Metall neben gläsernen Kunstobjekten. Für Betrachtungen bleibt keine Zeit. Sie rennt über den polierten Steinboden, der nasse Spuren einer Reinigungsmaschine aufweist. Der figurbetonte schwarze Hosenanzug engt sie ein, zwingt sie zu storchenhaften Schritten. Vor allem die hohen Schuhe erfordern einen Balanceakt, der in unregelmäßigen Abständen misslingt. In diesen Momenten zeigen sich ihre Bewegungen unbeholfen.

Am Schalter angekommen, sitzt gegenüber der Warteschlange eine Uniformierte der Fluggesellschaft mit gebleichten Haaren, von denen keines die Länge einer Büroklammer erreicht. Sie sticht aus der Reihe ihrer Kolleginnen heraus und glänzt vor ihrem Computer mit Gelassenheit. Vier Reisende warten vor der Dame, die mehrmals ihr Asthmaspray benutzt. Wiederholt schaut sie auf die Uhr und nach allen Seiten durch die belebte Halle. Ihr Gesicht ist verstört, als sie die Herren in ihren einheitlichen Anzügen entdeckt, die sich rücksichtslos zwischen den Reisenden durchzwängen. Ist die Polizei nach so kurzer Zeit hinter mir her? Verdammt, wenn dieser gebleichte Igelkopf nicht vorankommt, sie duckt sich hinter die Umstehen-den, bleibt am Boden und bangt um ihre Freiheit. Ihre Hand greift nach einem Teddybären, dessen Besitzer sie aus einem Kinderwagen heraus mit offenem Mund anstarrt. Das Kind erzwingt Aufmerksamkeit, indem es den Bären ständig aus dem Wagen wirft. Gleichzeitig ist es amüsiert, sobald sie ihm das Tier wieder zurückgibt.

Die Wünsche und Fragen der Wartenden am Schalter erfahren eine zügige Abfertigung, nur ein Herr erhält eine Abfuhr aufgrund seines negativen Verhaltens. Auf dem Boden kauernd, den Bären in der Hand, erfährt sie, dass die ‚Economy-Class‘ voll ist.

„Dieser Flieger fliegt nicht ohne mich!", sagt sie zu dem Kind, dem sie den Bären auf den Schoß setzt. Der Igelkopf fordert sie mit einer Geste auf, fragt nach ihren Wünschen und sagt gleichzeitig: „Leider nur ‚First Class‘, alle anderen Plätze sind ausgebucht! Ich reserviere für Sie morgen früh?"

Die Kundin schluckt: „Nein heute, ich fliege

heute zurück in die Staaten, egal, was es kostet."

Der Igelkopf am Schalter tippt die persönlichen Daten in die Tastatur. Dann fragt sie nach:

„Entschuldigung, ich habe Sie nicht verstanden, heißen Sie Palome oder Palone?"

„Sandra Antonella Palone! Bitte!", sie spricht überdeutlich und langsam.

„Bitte Ihren Pass, Signora Palone und ist das Ihr Sohn?"

Aus der Seitentasche ihres Trolleys holt sie eine Brieftasche, in der das Dokument steckt und sagt: „Das ist nicht mein Sohn", der Kleine schreit. Alle um sie herum schauen auf sie.

Ohne den Blick vom Bildschirm zu wenden: „Ihr Gepäck, Signora, stellen Sie es bitte auf das Band."

Sandra schließt den Reißverschluss, schiebt die Griffverlängerung in den Trolley. Die Weißhaarige beugt den Kopf vor, beobachtet, wie sie den Rollkoffer mit beiden Händen umständlich auf das Band legt, danach reicht sie ihr das Ticket und den Pass.

„Bitte beeilen Sie sich, die Passagiere sind an Bord!"

Sandra erreichte den Shuttlebus in letzter Minute. An Bord verleitet der bequeme Sitz der ersten Klasse, ihre Schuhe auszuziehen. Sie schiebt ihre Handtasche zwischen die Beine, greift hinein, sucht nach den Enden einer Lederkordel. Sie hebt das Schmuckstück in die Höhe, betrachtet die römische Münze mit dem keilförmigen Riss. Ein Lächeln folgt, als sie die beiden losen Enden um ihr Handgelenk wickelt: Dieser Talisman hilft dir nicht mehr. Zufrieden schiebt sie ihre Tasche unter den Sitz, zieht das Bordmagazin aus dem Netz an der Rückenlehne ihres Vordermannes und blättert gleichgültig darin. Das Flugzeug hebt ab.

Bei einer Flughöhe von neun Kilometern fragt eine Stewardess, ob sie Kaffee, Tee, Cola, Tomatensaft oder alkoholisches wünscht?

Bei einer Tasse Tee, dem gleichmäßigen Brummen der Triebwerke wiegt sie sich in der Gewissheit, einer möglichen Polizeiaktion entkommen zu sein.

SUIZID

Im Schein der Deckenlampe schmückte an diesem Spätnachmittag ein Teppich aus Holzspänen den Boden der Werkstatt. Auf der Kommode köchelt ein Topf mit Wasser, in dem ein Glasbehälter schwimmt. Sein Inhalt riecht ranzig nach Knochenleim.

Angelockt durch ein offenes Fenster sitzt ein Spatz auf dem wuchtigen Ateliertisch aus Buchenholz und pickt genüsslich an verstreute Brotkrumen. Neben dem Tischbein auf dem Boden gehören zwei Segelschuhe zu einer ausgestreckten Person. Die Haut sieht blutleer aus, den Augen fehlt trotz des gleißenden Lichtstrahls der Deckenlampe das Zwinkern. Diesem ersten Eindruck widersprechen das zarte Heben und Senken der Bauchdecke.

Man sieht es ihm nicht an, aber sein Gehirn arbeitet, es sucht die Minuten mit dieser Frauensperson. Wie lange liege ich schon hier? Der vollgefressene Spatz hüpft auf dem Tisch umher, sein mühsames Flattern zwingt ihn zur Pause an der

Tischkante. Mit flatternden Flügeln schwebt er, nein, er plumpst auf den Schoß des Leblosen. Nach zweimaligem Picken folgt sein Blick dem anderen Bein, das angewinkelt inmitten einer seichten Pfütze liegt. Umringt von wahllos verstreuten Zeichenblättern, die sich mit Nässe vollgesogen haben, flattern seine Flügel erneut, dann landen seine zarten Krallen auf der nackten Wade. In ihr steckt eine Metallnadel, daneben tropft eine Injektionsspritze. Der Spatz, der unermüdlich pickt, benetzt damit seinen Schnabel. Aufgeplustert rollt er zur Seite, bleibt liegen, mit kurzem Zucken seiner linken Kralle.

Markus Sontheim liegt ebenso starr da wie der Vogel. Sein Kopfkino zeigt die Nächte, die er seiner Arbeit gewidmet hat, es zeigt seine Segeljacht, eine Lagune, eine zärtliche Begegnung, die sich um ihn kümmerte, nur ihren Namen – den hat er vergessen. Er beschließt, nicht über seinen Verfall nachzudenken, sondern sich im Angenehmen zu verlieren. Sich erinnern an heiße Sonnentage, mit weißen Segeln entlang eines Küstenstreifens.

Das Vibrieren des Dielenbodens erspürt sein Rücken, der Versuch eines Aufschreis scheitert am Versagen seiner Stimmbänder. Nässe, die an seinem Po klebten, er hofft, dass es nicht das ist, was er vermutet. Keine Peinlichkeiten beim Sterben. Verdammt, warum rettet mich keiner?

Auf dem Weg zum Atelier ist es für Maria Grazia wie der Gang nach Canossa. Gestern Abend habe ich ihn nicht erreicht, wie wird er sich heute zu mir verhalten? Am Tisch, eine Flasche seines Lieblingsweines, und Markus ist wieder nirgends zu sehen. Sie ruft seinen Namen, ihre Stimme zittert. Klopft an die Tür des Badezimmers, die unverschlossen nach innen schwingt. Der tropfende Wasserhahn durchbricht die Stille. Zurück am Tisch sieht sie den geöffneten Brief neben der Schale mit den Buntstiften, bemerkt den dampfenden Topf mit Kleister: wie nachlässig! Sie stolpert zum Herd, tritt zur Seite, entdeckt Markus. Erstaunt sagt sie:

„Entschuldige, warum liegst du auf dem Boden, Markus?", sie stupst ihn mit dem Fuß an, er rührt sich nicht, ihr Herz rast. „Was ist los mit dir, steh auf!" Erst spricht sie mit bedacht, sieht diese Spritze mitten in einer Pfütze, es riecht nach Rotwein, daneben dieser tote Vogel. Urplötzlich überkommt ihr panische Angst.

Der Notruf Ihres Funktelefons – sie meldet ihren Standort, den Vorfall, ihre Hand liegt auf seiner Brust, die sich lauwarm anfühlt. „Er atmet unregelmäßig und flach, bitte, er lebt, beeilen Sie sich!", wiederholt spricht sie in ihr Handy. Sanft schüttelt sie ihn. „Jetzt nicht … hörst du, wach auf, wach auf!" Sie gibt ihm einen Klaps auf die Wange. Für einen Moment zittern seine Augenlider. „Was hast du angestellt, du Idiot?"

Sie rennt zum Eisentor der Lagerhalle, schiebt es bis zum Anschlag auf. Bange Minuten vergehen, bis der Notarzt mit seinem orangegelben Motorboot am Steg der Manufaktur anlegt. Sofortige Versuche, den Patienten ins Bewusstsein zurückzuholen, scheitern. Auf einer Trage bringen ihn die Sanitäter an Bord. Mit Sirenengeheul rast das Boot Richtung Venedig.

Maria Grazia begleitet Markus ins Krankenhaus, in die Fondamenta die Mendicanti. Das Gemäuer, dessen herrschaftliches Treppenhaus mit seinen Wandfriesen, Skulpturen die an Paläste erinnern, versetzt den Besucher in eine vergangene Zeit. Aus dem Fenster eines schmucklosen Wartezimmers sieht Maria in einen prunkvollen Innenhof mit Schatten spendenden Bäumen: Ich fühle mich schuldig – aber diesen Auftrag abzulehnen, von ihm eine wahrhaft törichte Entscheidung, genau wie dieser Selbstmord. Eine

Träne kullert über ihre Wange, bleibt an ihrem Kinn hängen. Voller Ungeduld verlässt sie den Raum, fragt die Stationsschwester, bleibt ohne Antwort. Zurück auf ihrem Stuhl wartet sie.

Ein kühler Luftzug berührt Maria Grazia. Sie zuckt zusammen, reißt die Augen auf, erkennt eine schwarze, monströse Gestalt direkt vor ihrer Nase. Schläfrig hebt sie den Kopf, es ist Commissario Sorino.

„Entschuldigen Sie, Signora, habe ich Sie erschreckt?", flüstert er, „die Ärzte haben die Carabinieri benachrichtigt, ich habe zufällig davon gehört. Jemand sagte, es sei Selbstmord, ich traue Sontheim das nicht zu."

„Wissen Sie, Commissario, das war abzuse- hen", sie kämpft mit den Tränen. Später hätte seine Arbeit in dieser Werkstatt mit Sicherheit geendet, mit der Ablehnung des Auftrags hat er sein Ende nur beschleunigt. Dieser Selbstmord ist absolut keine Lösung – ich verstehe diesen Deut- schen nicht.

Sie folgt Sorino auf den Flur, den Block in seiner Hand, sagt er:

„Nach dem Vorgehen und den Utensilien im Atelier tippe ich eher auf Mord, hatten Sie Streit mit ihm?"

„Unser Gefühlsleben hat sich abgekühlt, wir hatten unterschiedliche Auffassungen, haben aber nie gestritten", antwortet sie flüsternd.

Ein blonder Arzt im weißen Kittel kommt auf sie zu, begrüßt zuerst Maria Grazia Santin, dann bittet er den Commissario, ihm zu folgen. Beide verschwinden im Büro des Arztes, Signora Santin bleibt im Flur zurück. Sorino verharrt vor dem Schreibtisch und fragt den Dottore nach dem Befund.

Der Dottore erwähnt, er hätte einen instabilen Zustand festgestellt. Die Injektion fand gestern statt, wodurch eine Vergiftung vorliegt. Daraufhin erwähnt Commissario die Behauptung, dass es sich um Selbstmord handeln könnte.

Doch der Dottore widerspricht. Diese Heroinmischung hat jemand verabreicht, und das erst nach den K.-o.-Tropfen. Der erste Einstich ist oberhalb des Knöchels. Dann ein Zweiter, ich würde sagen beide waren stümperhaft, denn die Kanüle durchstach nur die äußere Hautschicht, ein Zeichen, der Täter oder die Täterin wurde gestört. Das Heroin verteilte sich dadurch außerhalb des Körpers. Die Zusammensetzung der Droge ist unrein, doch extrem gefährlich, wir warten auf die genauen Labordaten. Kein Selbstmörder spritzt sich derart umständlich, primär nicht nach der Einnahme dieser Tropfen. Wir haben bei ihm keinerlei Anzeichen für frühere Einstiche gefunden. Er ist sicher kein Junkie. Die Hämatome am linken Oberarm und die Platzwunde am Hinterkopf deuten auf einen normalen Aufprall auf den Boden hin. Größe und Form schließen Fremdeinwirkung aus. Merkwürdig ist der blutunterlaufenen Striemen um den Hals. Meiner Erfahrung nach hat man ihm eine Halskette nicht abgenommen, sondern entrissen.

„Das bedeutet, dass ihm jemand nach dem Leben getrachtet hat?", fragt Sorino, bei dem wieder sein Tick durchbricht, indem er den Stift auf dem Block kreisen lässt.

„Davon bin ich überzeugt, Commissario."

„Danke für Ihre Hinweise, Dottore, bitte erwähnen Sie die Fremdeinwirkung nicht seiner Lebensgefährtin gegenüber, das würde meine Ermittlungen stören."

Als die Herren das Büro verlassen, tapst Maria Grazia auf sie zu, ihre Ungeduld steht ihr ins Gesicht geschrieben.

Der Arzt beruhigt sie, indem er sie mit einer genauen Diagnose auf morgen vertröstet. Dabei auch bemerkt, dass ihr etwas Ruhe nicht schaden würde. Wenn sie es wünscht, gebe er ihr Tropfen zur Beruhigung. Unter Tränen bittet sie den Arzt, nichts unversucht zu lassen, diesem Pechvogel zu helfen.

Nachdem Sorino mit ihr das Krankenhaus verlassen hat, bietet er ihr eine Fahrt mit dem Polizeiboot an. Obwohl sie einen elendig müden Eindruck macht, nutzt er die Überfahrt nach Burano, um ihre Beziehung zu Sontheim genauer zu hinterfragen.

Über den Dächern von Venedig wechselt die Dunkelheit in ein lichtes Blau, das Polizeiboot verlässt zeitig an diesem Morgen die Questura in Richtung Murano. Sorino sieht aus, als würde er im Stehen schlafen. Erst kurz vor der Ankunft gibt er seiner Kollegin und den Kollegen der Frühschicht Anweisungen:

Zur Erinnerung, wir suchen eine weibliche Person mit gebräunter Haut. Sie ist zierlich von Statur, hat sich über Sontheim, sein Atelier, erkundigt! Egal, wo wir anfangen, die Geschäfte kommen zuerst! Jede Auffälligkeit bitte sofort melden.

Ispettore Novotná erklärt zusätzlich die Wichtigkeit, denn die Zeit drängt, bevor noch jemand zu Schaden kommt. Kein Polizist antwortet, sie befolgen die Anordnung, auch wenn sie von der Aktion nicht überzeugt sind. Ohne Motivation betreten sie die Insel, schwärmen aus, jeder für sich.

Müde von der kurzen Nacht kehrt Sorino am Nachmittag in der Bar eines befreundeten Ruderklubmitglieds auf einen Espresso ein. Auf die Frage, warum er bei der letzten Mitgliederversammlung nicht anwesend war, schiebt er die Schuld auf den aktuellen Kriminalfall. Er erzählt von dem Vorfall in der Nacht, von Sontheim, jener schillernden Persönlichkeit aus Deutschland.

Der Barbesitzer hört aufmerksam zu, berichtet, dass er dessen Lebensgefährtin, Maria Grazia Santin, seit der Schule her kennt. Jede Woche schaut sie bei ihm auf ein Glas Wein vorbei. Oft habe sie über die Probleme mit ihrem deutschen Bildhauer gesprochen. Außerdem erinnert er sich an ein Gespräch am Tresen zwischen einem fremden Fräulein, das der Beschreibung sehr ähnlich ist, und einem Amerikaner. Sie nannte im Gespräch mit ihm mehrmals den Namen Sontheim.

„Wann war das?", fragt Sorino dazwischen.

Schwer zu sagen, vor Monaten? Es war eine mit jugendlichem Charme, deren männlicher

Begleiter sie Nella nannte. Sie tauschten ein Päckchen gegen Geld. Dieses Fräulein war hektisch, zählte zweimal die Scheine in ihrer Hand, sprach von einer Verabredung, einem Abendessen mit ihrer Freundin Maria und diesem Sontheim. Sie drängte zu gehen, dieser zwielichtige Amerikaner war zornig: Hau ab, das nächste Mal kommst du mir nicht so davon! Er blieb zurück vor seinem Bierglas und ist nach einer halben Stunde auch verschwunden.

Sorino schüttelt den Kopf. „Nella ist eine Bekannte von Signora Santin und Sontheim hat mit ihnen gespeist, ungeheuerlich?", er trinkt aus, fährt fort: „Diese Freundin, bin mir sicher, heißt Sandra und nicht Nella?"

„Aber er hat sie mehrmals mit Nella angesprochen", versichert ihm der Wirt.

Über Funk ruft er den Bootsführer, ihn an der Bar abzuholen. Das Polizeiboot fährt zurück mit ihm ins Büro.

Aus dem Delirium erwacht, wandern die Augen des Patienten durch das Krankenzimmer. Er bewegt seine Glieder, sucht nach schmerzenden Stellen an seinem Körper. Die Geräte neben dem Bett erinnern an Griechenland, an seine Verbrennungen. Es scheint, als gehöre ein Krankenhausaufenthalt zu jeder Etappe seiner Seereise. Ohne darüber nachzudenken, schläft er wieder ein.

Nach einer erfolglosen Tour durch Murano verlegt Nadja ihre Nachforschungen ins Krankenhaus zu Markus Sontheim, denn der hat mit Sicherheit mehr Informationen für sie. Im Krankenzimmer angekommen, weckte sie vorsichtig und liebevoll Markus.

„Hallo Mark, ein solcher Mist, wer hat denn was gegen dich?"

„Nadja, ich bin noch wirr im Kopf, aber meine Erinnerung endet bei Sandra", Mark dreht sich zu ihr und verzieht schmerzhaft den Mund. „Ich bin leider keine Hilfe, bin durcheinander."

„Jede Kleinigkeit, mein Lieber, bringt uns ein Stück weiter."

„Dieses Pfeifen in ihrem Atem, der süßliche, schwere Duft mit seiner Moschusnote, das erinnerte mich sofort wieder an die Gestalt in jener Nacht."

„Das war die Person, mit der du zusammengestoßen bist?"

„Mit Sicherheit."

„Kennst du von Sandra ihren Nachnamen und vielleicht auch eine Antonella?"

„Nein, und Sandra hat mir nie ihren vollen Namen gesagt, aber frage Maria Grazia, sie ist ihre Freundin."

„Das hilft mir weiter, ich verlasse dich und recherchiere in Richtung Sandra und Santin – ich bin beruhigt, dass es mit dir aufwärtsgeht."

„Unkraut vergeht nicht, meine Liebe."

„Gute Besserung, ich versichere dir, wir sind dicht dran, Tschau, mein Lieber."

Am späten Nachmittag legt das Polizeiboot mit dem Commissario vor dem Krankenhaus an. Mit schweren Beinen steigt er die Treppe hinauf, erkundigt sich zuerst beim Arzt, dann besucht er Sontheim.

„Buongiorno signore! Was für ein Glück, Sie leben! Wissen Sie, wer Ihnen das angetan hat?"

„Commissario, eine halbe Stunde früher, und Sie hätten Ihre Kollegin bei mir angetroffen, Nadja ist auf dem Weg zu Signora Santin."

Sorino steht auf und sagt: „Dann ist sie auf dem richtigen Weg, denn wir haben keine Zeit zu verlieren, erholen Sie sich Sontheim, der Arzt ist mit Ihnen zufrieden, bis bald, Tschau!"

Zurück auf Murano besucht Ispettore Novotná die Signora Santin in der Galerie. Sie wundert sich bei der Frage, denn den Namen Sandra Palone mit ihrer Handynummer hatte sie dem Commissario notiert. Keine Adresse, nur Punta Sabione. Sofort benachrichtigt Novotná den Commissario, der ihr befiehlt, am Anleger bei Punta Sabione sich absetzen zu lassen und nachzufragen, da der Ort überschaubar sei und jeder jeden kenne. Er macht sich keine Hoffnungen, vermutet, dass sie über den Großen Teich verschwunden ist. Im Büro faxt er die Zusammenfassung der neuesten Erkenntnisse nach New York, auch dass er Sandra Palone für die Prostituierte Nella hält. Inzwischen hat er von seiner Kollegin die Adresse von Sandra Palone in Punta Sabione erhalten. Die Aussage der Nachbarin bestätigt, dass sie bereits nach New York abgereist ist.

DAS VERHÖR

Dem Wunsch von Commissario Sorino folgend, suchen die Kollegen in New York im Rotlichtmilieu nach dieser Nella. Aufgrund der Aussage einer Prostituierten, die von den Kurztrips nach Europa berichtet, lässt Detektiv Fuller die Passagierlisten überprüfen. Jedoch kurz vor den polizeilich angeordneten Sonderkontrollen beim Zoll des John F. Kennedy International Airport durchschritt Sandra Palone die Zollkontrolle. Unbehelligt tauchte sie unter in den New Yorker Großstadtdschungel. Zum Ausruhen blieb ihr keine Zeit, das Geld ist knapp, so kämpfte sie um jeden Freier. Das Leben in Amerika kostet wie auch ihr Studium. Von Anfang an verdiente sie ihren Unterhalt auf dem Bordstein. Ihr Pseudonym Nella, eine Abkürzung ihres zweiten Vornamens Antonella, bedient im Big Apple eine lukrative Stammkundschaft. Das passiert weit weg von ihrer Familie in Italien. Offiziell gibt es in Amerika keine Prostitution, doch die Branche findet Wege, das Verbot zu umgehen. Auf den dicht befahrenen

Straßen kämpfen die Liebesdamen täglich um den besten Platz zur lukrativsten Zeit.

Nach ihrer Rückkehr aus Italien schlendert sie wie gewohnt zu ihrem Stammplatz auf dem Broadway. Ihr fällt auf, dass niemand zu sehen ist, der sie beschimpft oder mit der Tasche nach ihr schlägt. Keiner aus dem Milieu, der ihr den Freier streitig macht. Wie es aussieht, hat ein Clan, oder ein Freier, eine der Bordsteinschwalben über den Jordan geschickt. Die dazugehörige Trauerfeier findet gewöhnlich in der Stammkneipe statt und dauert bis zum nächsten Tag. Bei solchen Anlässen drücken die Beschützer ein Auge zu, wenn die Damen ihr Geld in Alkohol umsetzen. Zum Glück benötigte Nella von Anfang an keinen dieser Luden, denn die Freiheit war ihr heilig. Dass sie heute auf der Straße steht, hat sie Mr. Genial zu verdanken, diesem Blender Fork. Er hat sie nach Amerika gelockt, mit Versprechungen umgarnt, hat sie am Ende, ohne einen Dollar in der Tasche, auf der Straße stehen lassen. Zum Glück gab es da diese Rentnerin aus Puerto Rico, die sie unterstützte, indem sie all ihre Erfahrung mit auf den Weg gab.

Wie jeden Tag strömen die Menschen aus den Büros in den Feierabend. Man trifft sich auf einen

Drink, zum Diner, verbringt den Abend mit Freunden, der Familie. Von Leuchtreklamen in buntes Licht getaucht, schlendert Nella die Straße entlang und wieder zurück. Es kommt ihr seltsam vor, sie vermisst diese einfältigen Schwalben, die ihr jeden Freier streitig machen. Der Verkehr rauscht an ihr vorbei, das Knattern der Motorräder, das Hupen, dazwischen die Rufe liebeshungriger Herren. Sie dreht sich um, zwei Limousinen fahren langsam auf sie zu, Jungs mit Bierdosen, einer hängt aus dem Seitenfenster, prostet ihr zu.

Lachend tänzelt sie auffällig, winkt zu den Feiernden. Jubelnd ziehen sie an ihr vorbei. Leider verschwindet die mobile Party an der nächsten Kreuzung. Sie trauert der verlorenen Truppe nach, aber der Abend ist frisch. Minuten vergehen, da winken ihr die Dosen erneut zu, so heftig, dass der schäumende Biersaft auf den Asphalt schwappt. Hupend stoppen die Autos direkt neben dem Bürgersteig. Mit tippelnden Schritten, denn das bringt ihren Po in Bewegung, steigt sie in den ersten Wagen. Naiv kichernd sagt sie:

„Welcher Bowlingklub ist heute unterwegs?", sie erkennt die bestickten Kegel auf den Trainings-jacken. „Ich verspreche euch, nicht allen gleich-zeitig, eine pikante Abwechslung."

Die Freundlichkeit, die sie ausstrahlt, kommt bei den Herren an. Hier feilscht keiner um den Preis, sondern um das Privileg, wer als Erster. Nella lässt sich vom Spaß mitreißen, gibt die Adresse einer Bar an, die für einen solchen Ansturm geeignet ist. Inmitten der männlichen Ausgelassenheit verschlägt es ihr erst vor dem Polizeigebäude die Sprache.

Dass Polizisten Dirnen von den Straßen in New York aufsammeln, kommt vor, Nella kennt das Prozedere. Sie regt sich nicht sonderlich auf, ihrer Erfahrung nach, ist das von kurzer Dauer. Bei der Kontrolle ihrer Papiere ist es aber anders. Kein langwieriges Ausfüllen von Formularen, ohne Umwege, landet sie direkt vor dem Schreibtisch von Detektiv Fuller der fragt: „Belehrte man Sie, Ms. Palone, über Ihre Rechte?"

„Ja, hat man!", sie bleibt cool, streckt die Beine aus.

„Ihr Name ist Sandra Antonella Palone und Ihr Künstlername ist Nella, Sie sind am 14.06.1963 in Udine / Italien geboren und besitzen die italienische Staatsbürgerschaft?", liest er aus den Unterlagen vor.

„Korrekt, Sir!"

„Wir beschuldigen Sie der Prostitution und es

gibt da einen ungeklärten Mord."

Mit einem Lächeln sagt sie: „Das ist unmöglich! Schauen Sie mich an, trauen Sie mir das zu, einen Mord?"

„Ich kenne Sie!", er zieht ein Foto von ihr aus der Akte. Sie sind nicht zum ersten Mal bei uns. Bisher hatten Sie Glück und sind einer Abschiebung entgangen, weil Sie an der Universität in New York eingeschrieben sind. Wir haben herausgefunden, dass Sie unregelmäßig die Vorlesungen besuchen. Die Prostitution ist nebensächlich, dieser Mord nicht!

„Das ist eine Verwechslung, Sir."

Leider nicht, denn eine Kollegin, mit der Sie die Vernissage besuchten, gab zu Protokoll: Sie schütteten einem Herrn Wulf ein weißes Pulver ins Trinkglas und schenkten ihm dann eine weiße Nelke. Schlafpulver, zumindest haben Sie das ihrer Freundin gegenüber behauptet.

„Ja, Detektiv, ein Scherz, um dem Schauspieler eins auszuwischen."

„Ms., dieser Mensch lag regungslos am Boden, man hat kurz darauf seinen Tod festgestellt."

Sie ringt nach Luft, bittet um das Medikament aus ihrer Handtasche. Sie benötigt Zeit zum Nachdenken. Jetzt ist ihr klar, warum niemand von der Bande auf der Straße war. Eine Beamtin bringt das Spray, es dauert, bis sie wieder ihren normalen Zustand erreicht hat.

„Ich habe ihn nicht umgebracht, Detektiv, das Schlafpulver hat mir meine Nachbarin gegeben!"

Bei diesem Satz lächelt er und erzählt über diesen Stuhl, auf dem sie sitzt, denn er ist ein geheimnisumwittertes Möbelstück, es suggeriert Unschuld. Sobald sie ihn aber verlässt und in einer der Zellen sitzt, entwickelt sich die wahre Geschichte, der Ms. Sandra Antonella Palone. Außerdem liegt ein Fax vor, die italienische Polizei beschuldigt Sie, den Bildhauer Markus Sontheim ermordet zu haben!

Nella bricht in Tränen aus und sagt: „Nein, Markus? Das ist nicht wahr!"

Der Detektiv wendet sich ihr zu: „Ich befürchte, Sie benötigen außer ihrem Spray, einem Taschentuch und einen überzeugenden Anwalt."

In Venedig sitzt Sorino im Büro und rechnet die Zeitverschiebung aus gegenüber Amerika. Er weiß, wie lange die Amerikaner benötigen, um ihn zu benachrichtigen. Sein Magen beschließt, das nächste Restaurant aufzusuchen. Stunden später kehrt er wieder ins Büro zurück und findet, welch

Überraschung, die Antwort auf seinem Schreibtisch:

Verehrter Herr Kollege Sorino,

die Überprüfung der Passagierlisten hat ergeben,
dass Sandra Antonella Palone Europa nach der
von Ihnen, Herr Commissario, angegebenen
Tatzeit sofort verlassen hat. Leider ist sie unseren
Grenzbeamten entgangen. Wie Sie vermuten, Herr
Kollege, ergibt der Abgleich unserer elektronischen
Personendaten ein Profil, das auf diese
Prostituierte mit dem Pseudonym Nella passt.
Auch die Handschrift auf dem Brief an Herrn Wulf
stimmt mit der von Nella überein. Ihr Aufenthaltsort
ist ermittelt: Sie wohnt in einem Stockwerk über
der Wohnung des ermordeten Mr. Wulf. Von
unseren Polizeibeamten wurde sie bei Ausübung
ihres Gewerbes an der Straße aufgegriffen.
Der Haftrichter strebt ein Verfahren wegen
Prostitution an und wir ermitteln, inwieweit sie mit
dem Tod von Mr. Tom Wulf in Verbindung steht.

Mit besten Grüßen
Detektive Fuller

Sorino kopiert alle Berichte und Fotos der bisherigen Untersuchungen und schickt eine Zip-Datei per E-Mail nach New York. Wieder ist er zum Warten verdammt, aber dieses Mal mit einem Hauch von Zuversicht. Einen Tag später blinkt es auf seinem Bildschirm: Sie haben Post! New York Police Department.

Sehr geehrter Herr Commissario Sorino!
Neue Informationen zum Fall Fork:
*   - Der Drogendealer Tom Wulf wurde von Sandra Antonella Palone ermordet. Eine Zeugin hat die Vergiftung am Tatort beobachtet.*
*   - Sandra Antonella Palone, eine Kundin von Tom Wulf, dem sie die gestohlene Bildhälfte überlassen hat, um ihre offenen Schulden zu begleichen. Wir fanden in ihrer Wohnung eine Schachtel mit Papiernelken, die sie den Opfern als Erkennungszeichen ihres Racheakts beilegte. Die Nelke vom Tatort stammte, wie das Labor mitteilte, aus derselben Produktlinie. Bei der Durchsuchung ihres Appartements sicherten wir auch die zweite Hälfte des von Ihnen gesuchten Bildes.*

Freundliche Grüße
Detektiv Fuller

Einen schöneren Arbeitsbeginn hat Commissario in seiner ganzen Dienstzeit nicht erlebt. Eine Erfolgsmeldung nach der anderen, auch wenn es unerklärlich bleibt, warum ihm diese Dirne nicht früher aufgefallen ist.

In den folgenden Tagen besucht Nadja den Patienten Mark mehrmals, da sich sein Aufenthalt im Krankenhaus wegen einer Wundinfektion verlängert. Sie versorgt ihn, ist bemüht, gewesene Probleme in Griechenland wieder ins Positive zu rücken.

Auf dem New Yorker Polizeirevier befragt Detektiv Fuller, nachdem er alle Unterlagen aus Italien gesichtet hat, die Verdächtige erneut. Erwähnt, dass sie dem Commissario aus Italien versprochen habe, sich nach dem Verbleib der zweiten Bildhälfte zu erkundigen. Signore Commissario hat sich nach einem Raum für Ihr Kickboxen erkundigt, doch er wüsste kostenlose Räumlichkeiten direkt im hiesigen Gefängnis. Sie antwortet nicht, sondern starrt auf ihre Schuhe. Der Detektiv bemerkt, dass er viel Zeit habe, denn es hängt von Signora ab, wie lange Sie hier am Tisch sitzt.

Sie bleibt beherrscht, erzählt unter Tränen, dass sie wegen Fork dieses Blenders, der an allem schuld ist, ihr versprochen hat, dass sie mit ihm auf dieser Biennale berühmt werde. Dieser Dreckskerl hat sie von einem Tag auf den anderen abserviert. Aus der Presse habe sie es erfahren, Fiora, diese Schlampe hat er sich ausgesucht. Dieser Drecksack! Er hat ihr Leben zerstört, dafür sie seine Ausstellung. Nur das Missgeschick mit dem Wachmann war nicht geplant!

Detektiv Fuller betrachtet ihren Arm. „Die Narbe kenne ich, habe sie auf den Fotos in Forks Atelier gesehen, Sie waren sein Modell?"

„Ja, er versprach mir … es kam alles anders."

„Bei der Überprüfung der Fluglisten nach dem Anschlag sind Sie nicht aufgefallen, Signora Palone?"

„Bis auf das letzte Mal reiste ich mit dem Zug und bestieg erst in München den Flieger nach New York."

„Wie kamen Sie zu diesem Deutschen?"

Unsere Begegnung war rein zufällig. Ich hatte keine Ahnung, an wem ich in jener Nacht geprallt bin. Erfuhr später, dass er die zweite Bildhälfte besitzt, die er mir entrissen hat. Mehrmals schlich ich mich in die Werkstätte, durchsuchte sie, fand nicht das Mindeste. In den Zeitschriften las ich von einem Hauptzeugen, von Beweisen, und ich geriet in Panik. Bei einem erneuten Besuch sprach er kein Wort über diese Nacht, erzählte von Philosophien. Wir tranken Rotwein, verloren uns in Plaudereien.

„Sprachen Sie ihn auf diese Bildhälfte an?"

„Er sagte, sie schwimme im Meer, war mir sicher, er hat mich angelogen."

Detektiv Fuller bietet ihr eine Zigarette an: „Wann töteten Sie ihn?"

„Ich habe das Bild gesucht, wegen der Blutspuren, mehr nicht, Sie hängen mir diesen Mord an, das ist unfair!", sie knetet ihre Finger.

„Hat er Sie, Signora, mit dem Zusammenstoß in Verbindung gebracht?"

Commissario, im ganzen Zimmer lagen Holzspäne. Ich habe Asthma, ich vertrage Holzstaub, aber an diesem Tag reagierte ich extrem empfindlich. Leider hat es bei ihm Erinnerungen geweckt.

„Hat ihn das umgebracht?"

„Töten nein, ich habe ihm diese Tropfen gegeben, aber töten ist nicht meine Art."

„Was für Tropfen?"

„K.-o.-Tropfen, um in aller Ruhe nach dieser Bildhälfte im Segelboot zu suchen, der einzige Ort, an dem ich nie nachgesehen habe."

Fuller vergewissert sich bei seinem Kollegen, der das Verhör protokolliert, ob alles notiert ist, und fragt weiter: „Wie verabreichten Sie die Tropfen, ohne dass er es bemerkt hat?"

„Markus füllte unsere Gläser mit Wein, stand auf und verschwand im Badezimmer, in diesem Moment habe ich die Tropfen untergemischt."

„Wie setzte sich das Gespräch fort?"

Als er zurückkam, sprachen wir über Maria Grazia, über seine Probleme mit ihr. Dabei trank er das Glas leer. Nach ein paar Sätzen sprach er schwerfällig, schob seinen Zustand auf den Wein. Als er schwankte, stammelte er unverständliche Sätze, kippte nach vorn auf den Tisch. Beim Erzählen atmet sie schwer, sprüht sich zwischendurch ihr Medikament in den Rachen.

„Was ist dann passiert?", fragte Fuller.

Nach einem kurzen Aufatmen rutschte er vom Tisch, übergoss sich mit Wein und stürzte auf den Boden. Er lag reglos in einer Pfütze. Da hörte ich Schritte, draußen im Lager. In Panik suchte ich ein Versteck. Es gab nichts außer seinem Badezimmer, ich beobachtete durch den Türspalt eine Dame.

„Beschreiben Sie mir diese Person."

„Diese Pornotussi von Fork." Beim Erzählen

schnappte sie mehrmals nach Luft und drückte auf die Spraydose. „Sie stand am Tisch und erschrak, als sie Sontheim am Boden liegen sah." Palones Asthmaanfall verzögert die Erzählung. „Sie legte ihm die Hand an den Hals."

„Signora Palone, das haben Sie gesehen?"

Sie und diese Spritze und wie sie sich erschrocken hat über den Lärm einer Touristengruppe. Sie drehte ihr Gesicht in meine Richtung, sofort zog ich mich zurück.

„Wie lange waren Sie in der Toilette?"

„Drei, vier Minuten."

„Okay, was dann?" Fuller lehnt sich in seinem Bürostuhl zurück.

„Nachdem sie verschwunden war, habe ich in den Schubladen der Kommode, wie die des Tisches, nach dem Bootsschlüssel gesucht."

„Hatten Sie keine Angst, dass jemand Sie entdeckt?"

Ich habe den Bildhauer oft genug besucht, das wäre nicht aufgefallen. Als ich die Kajüte betrat, legte ein Motorboot direkt am Steg an. Ich versteckte mich in einer der Kojen und blieb dort, bis sie wieder ablegten. Nach langem Suchen fand ich das Bild zwischen den leeren Bierflaschen und schlich mich anschließend zu den Glasmachern.

„Die italienischen Beamten fanden keine Weingläser."

„Ich warf sie auf dem Weg zur Jacht ins Meer."

„Wie kamen Sie, ohne dass man Sie entdeckt hat, davon?"

„Ich verließ die Manufaktur, genau wie die Arbeiter, über den Hinterausgang mit Kopftuch und Sonnenbrille." Sandra wisch sich die Tränen aus dem Gesicht. „Mr. Detektiv Fuller, ich habe ihm kein Heroin gespritzt! Ich suchte dieses Bild."

„Woher wissen Sie das mit dem Heroin?" Fuller steht auf und umrundet sie.

Auf ihrer gebräunten Haut sprießen winzige Schweißtropfen und ihre Augen zittern deutlich.

„Warum so aufgeregt, Signora?"

„Bin ich nicht. Heroin in solch einem Fall ist normal, oder?"

„Okay, Signora Palone, wir warten auf das Alibi der besagten Dame von Mr. Fork, bis dahin unterbrechen wir unser Gespräch". Sobald diese Palone wieder in ihrer Zelle ist, schickt Detektiv Fuller eine Kopie des Protokolls an den Commissario.

Mit all den Neuigkeiten aus dem Police-Department macht sich Sorino auf den Weg ins Krankenhaus. Sontheim hört ihm aufmerksam zu:

Zum ersten Mal höre ich Sandras kompletten

Namen. Einen Mordanschlag auf mich traue ich dieser Signora Steiner nicht zu. Warum auch, das ergibt keinen Sinn. Mit der Partnerin von Mr. Fork habe ich nie ein Wort gesprochen.

Sorino fragt ihn: „Wer sonst hätte Interesse an ihrem Tod?"

Sontheim kneift die Lippen zusammen und sagt: „Da draußen spazieren Tausende Verrückter herum, sagen Sie mir, wer Ihnen nach dem Leben trachtet."

„Es ist schwer, bitte versuchen Sie, sich an Einzelheiten zu erinnern."

Commissario, das Licht dieser Deckenlampe im Atelier blendete mich. Für einen Moment verschwand der grelle Schein aus meinen Augen, eine Person stand direkt über mir. Ich sah, ihre kräftigen braunen Schenkel auf mich herabsinken, jemand setzte sich auf meinen Brustkorb, hatte Probleme zu atmen. Sie fummelte an meinem Bein herum. Aufgrund ihrer Figur erinnere ich mich an Deborah Palone, die ständig ihre Schwester suchte.

„Sontheim, von der höre ich heute zum ersten Mal." Der Dicke schnaubt gequält.

„Commissario, sie hat mich bei einem Streit mehrmals angegriffen – ich habe angenommen, sie käme nie wieder."

„Signore Sontheim, die Dunkelhäutige, könnten Sie sich da irren und es war doch Sandra?"

„Nein, nicht Sandra! Ihre schlanken Beine bestehen nur aus Knochen und Muskeln, das habe ich auf dem Surfbrett gesehen. Diese Deborah ist wesentlich runder."

„Unter Umständen haben Sie die Person in Ihrem Zustand verzerrt wahrgenommen?"

Ich behaupte, das war Deborah mit ihren hochhackigen Schuhen. Sandra kenne ich in Jeans und Turnschuhen. Deborah hatte einen Grund, sich an mir zu rächen, dazu besitzt sie ein enormes Gewaltpotenzial.

Für Sorino bleibt der Fall ein Rätsel. Zurück im Büro liegen die Auswertungen der bisher untersuchten Spuren vom Tatort der Werkstatt Sontheim auf dem Schreibtisch. Die gefundene Spritze stammt aus Italien. Im eingetrockneten Wein fand die Forensik Reste der K.-o.-Tropfen und auf der Einwegspritze die Fingerabdrücke, die aber nicht zu Signora Sandra Palone passen.

Das Protokoll des Detektivs Fuller, die Aussage von Signora Sandra Palone ist falsch. Wenn ich mich an die Örtlichkeiten erinnere, vom Badezimmer aus hinter dem Tisch sieht man auf keinen

Fall diese Person mit ihrer Spritze. Die Tischbeine, neben den Stuhlbeinen, verdeckten das Geschehen. Wenn man aufrecht stand, war die Tischplatte im Weg. Flach auf dem Boden liegend, selbst da sah man kaum was. Wieder schreibt er einen Brief, schickt ihn nach New York.

Die Bestätigung, dass sich Signora Fiora Steiner bis heute in Kalifornien bei Dreharbeiten zu einem Film aufhält, veranlasst Fuller, die Befragung fortzusetzen. Signora Palone bleibt zwar bei ihrer Aussage, räumt Unsicherheiten bezüglich der wasserstoffblonden Person ein. Nach vier Stunden gibt sie ihren Widerstand auf. Erschöpft legt sie ein weiteres Geständnis ab und gibt zu, dass sie in Wirklichkeit ihre Schwester Deborah erkannt hat. Sie fragte sich, was sie in diesem Atelier zu suchen hatte. Eines bestärkt sie immer wieder, diesen Markus Sontheim nicht getötet zu haben.

Die Trennungsgerüchte von Fork und seine Verstrickung mit Sandra Palone führen die Medien in eine weitere Runde der Schlagzeilen. Durch die Berichte der Presse findet Deborah über ihre freiwillige Aussage in der Questura zu ihrer Schwester zurück. Sie befreit Sandra vom Vorwurf, Sontheim eine tödliche Injektion verabreicht zu haben. Deborah wird unmittelbar nach ihrem Geständnis wegen des Verdachts der Körperverletzung an Markus Sontheim verhaftet. Die Anklage der Körperverletzung an diesem Wachmann, die Demolierung der Bilder auf der Biennale, die Verwüstung des Ateliers, dafür trägt Sandra die volle Verantwortung. Sie ist beschuldigt, Tom Wulf mit Gift ermordet zu haben. Grund dafür ist Sandras Drogenkonsum, der sie in enorme Schulden gestürzt hat.

Mr. Fork beendet seine pornografische Arbeit. Seine Anwälte hielten ihn aus dem gesamten Prozess heraus. Mit Fiora Steiner hat Fork, wie es heißt, weiterhin eine rein freundschaftliche Beziehung. Ihre ungeplante Schwangerschaft lässt keine Spekulationen zu, Mr. Fork ist der Vater.

RÜCKKEHR

Die Sonnenstrahlen verstärken sich und Markus hat den Mindeststand auf seinem Konto erreicht. Es ist für ihn die Zeit des Wanderns gekommen. Mit jedem Haken auf der Checkliste füllt er den Stauraum des Bootes. Unwichtiges wandert in die Abstellkammer auf unbestimmte Zeit. Die Entscheidung, zurückzulassen, schmerzt, denn auf dem Meer hat er keine Chance, nachzukaufen. Die sorgfältig in Plastik verpackten Zeichenblätter wandern auf dieser Reise unter den Niedergang. Damit verlagert er das Gewicht vom Bug nach Achtern. Das Werkzeug, wegen der salzigen Luft ist dick eingefettet, es findet auch dort seinen Platz. Die Regale zu beiden Seiten sind mit Literatur gefüllt, Unterhaltung für die windstillen Passagen.

Besinnlich schaut er auf die Koje, sofort kommen ihm die Annehmlichkeiten von Maria Grazia in den Sinn. Oft hatte er das Pfeifen des Windes vermisst, wie das Knacken der Seeigel. Er ist sich sicher, sein Körper würde sich wieder an die

Bewegungen des Meeres gewöhnen, wie sein Leben an den Rhythmus der Natur. Gedankenverloren sitzt er an der Kante des Verladestegs. Die Leinen loszuwerfen, fällt ihm schwer.

Der Rauch der Zigarre treibt im Wind, Markus erinnert sich an die Menschen, die ihn an Land unterstützt haben, die er zurücklässt. Maria Grazia schlüpft nicht aus ihrer Haut, sie bleibt in ihrem sozialen Umfeld, in ihrer Arbeit. Die Glasmacher haben ihre Familien, der Commissario seine Verbrecher und Nadja ihr neues Betätigungsfeld. Sie ist damit beschäftigt, sich schnellstens zu rehabilitieren, um eine Stufe in der beruflichen Hierarchie aufzusteigen. Markus stellt sein Rotweinglas neben sich auf die grauen Blanken und spricht mit den Wellen: „Mit einem Seesack bin ich hier angelandet, mit einem Seesack lege ich wieder ab."

Noch erlaubt man Markus, die Dusche in der Werkstatt zu benutzen. Obwohl Maria abwesend ist, steht jeden Morgen ein Frühstück auf dem Tisch: Brötchen, Marmelade, Espresso, Orangensaft. Seit der Kündigung hat sie ihren Schreibtisch in den oberen Stock verlegt, um ein Zusammentreffen zu vermeiden. Kindisch, wie er findet, denn er würde ihr nie das Gelebte vorwerfen, im

Gegenteil, es sei mit, seine Schuld. In seinem Ausstellungsraum steht sein Totentanz auf einem weißen Sockel, dahinter hängen die Arbeitsskizzen. Bis zum letzten Tag hat er an der Holzskulptur gearbeitet, mit ihm die Glasmacher am Skelett aus Muranoglas. Aus Dankbarkeit für die gelebte Zeit überlässt er Maria Grazia diese Skulptur. Eines Tages erzielt sie einen angemessenen Verkaufserlös, der sie für all ihre Arbeit entschädigt.

Am Tag seiner Abreise besucht er zum Abschied die Arbeiter der Glashütte, danach überreicht er einer Auszubildenden im Ausstellungsraum ein Päckchen mit einer goldenen Schleife. Ein Geburtstagsgeschenk für Maria, die am Tag seiner Abreise ohne ihn feiert. Schweren Herzens legt Markus am Morgen des dritten Apriltages ab. Es ist ein wehmütiger Abschied von der Insel, von den Glasmachern, von den Menschen, die ihm vertraut sind. Zum Glück verlässt er sie wie ein Freund, und einer Rückkehr steht nichts im Wege.

Seine Jacht segelt hinaus in die wogende Wasserwelt, sein Blick schweift zurück und trifft auf ein verschlafenes Murano. Vorbei an Venedig, den Türmen, den Palazzi. Unter heftigem Wellengang überholt ihn das blau-weiße Polizeiboot, in dessen

Cockpit Nadja neben dem Commissario mit flatterndem Schreibblock steht. Er winkt, ruft ihm Worte zu, die der Fahrtwind zerstreut. Markus rührt den Abschied von Freunden, die es ehrlich meinen.

Den Abstand zur Küste hat er großzügig bemessen, um nicht wieder auf einer Sandbank zu landen. Mit geblähten Segeln treibt der Wind die Jacht an der Landzunge von Punta Sabione vorbei, an deren Ufer eine Person steht. Allein zwischen den felsigen Wellenbrechern, in ein schweres Tuch gehüllt, sieht sie aus wie eine Statue, deren Haar im Wind weht. Markus greift zum Fernglas und sieht direkt in die Augen von Maria Grazia Santin.

ERKLÄRUNGEN

Abfallen = Kursänderung, vom Wind ab drehen
Abwettern = taktisches Verhalten bei Sturm
Achterstag = Stahlseil vom Heck zur Mastspitze
Allat = vorislamische Göttin der Araber
Ankerlicht = ein weißes Rundumlicht, am Mast
Anlegen = Manöver eines Wasserfahrzeugs, das eine
Stelle ansteuert, um festzumachen
Anluven = Kursänderung, höher an den Wind gehen
Auslaufen = das aus dem Hafen Fahren von Schiffen
Außenborder = Schiffsmotor mit Getriebe und Propeller
in einer konstruktiven Einheit
Bändsel = dicker als Garn 2-6 mm
Bergen = einholen von Gegenständen
Backkiste = Staukiste für Material, Essen usw.
Baum = Holz oder Metall fixiert den unteren Teil des
Segels quer ab vom Mast
Beiboot = **Dingi** = **Schlauchboot** = ein kleines Boot zum
an Land gehen
Beschlägen = Befestigung aus Metal
Bilge = unterster Raum beim Schiff / Boot
Block = Gehäuse mit Rollen für Leinen
Böen = Windstoß von kurzer Dauer
Bojen = verankerte Schwimmkörper
Bootsmann = Schiffsbesatzung
Bora = kalter böiger Fallwind bis zu 200 km/h
Bordbuch = **Logbuch** = Aufzeichnung tägl. Ereignisse
Brecher = das Bilden von Schaumkronen auf den Wellen
Brise = Wind mittlerer Stärke 2 und 5 Bft.
Bücherschapp = Bücherschrank

Bug- und Achterspring = Festmacherleinen, die eine Bewegung in Längsrichtung verhindert

Bug = das vordere Ende eines Schiffes

Bugkasten = von oben zugänglicher Stauraum auf dem Vorschiff

Bugkoje = Schlafraum im Vorschiff

Bugkorb = an Deck montiertes Schutzgeländer

Bunkern = Material, Lebensmittel als Reserve verwahrt

Crew = Besatzung

Deck = horizontaler Abschluss d. Schiffsrumpfes

Dingi = Beiboot

Dümpelnd = nicht vom Fleck kommen

Eindampfen in die Vor- oder Achterspring = Ablegen mit Motor bei begrenztem Manövrieren

Echolotes = Gerät zur Bestimmung der Tiefe

Eindampfen eines Ankers = den Anker in den Boden einfahren, eingraben

Einlaufen = in einen Hafen / Bucht hinein fahren

Einrucken = ruckartiges Zerren an einem Ankergeschirr

Enterhaken = Stange mit einem Haken

Fahrwasser = Fahrrinne mit Seezeichen

Fender = Schutzkörper, Puffer auch mit Luft gefüllt

Feststampfen = Bremsen der Fahrt durch die Wellen

Fieren = das kontrollierte Lockern einer Leine

Flaute = Windstille

Fock = Vorsegel auf Segelschiffen

Fockschot = Leine zum Bedienen eines Segels

Frappé = Kaltgetränk mit Kaffee, Milch, Zucker

Fuß = 1 Fuß = 30,48 Zentimeter

Gangway = Zugangsbrücke oder Treppe

Genua = Vorsegel, größer als Fock

Graphitauftreiber = hitzebeständiges Formwerkzeug

Großsegel = wird am Großmast gefahren

Halbwindkurs = im rechten Winkel von der Seite

Handkompass = Peilkompass nicht fest eingebaut

Havaristen = Wasserfahrzeug in Seenot

Heck = der hintere Teil eines Schiffes

Hoch am Wind = kleinster segelbarer Winkel zum Wind

Jetboot = Wasserantrieb, Wassermotorrad

Jolle = Schwertboot, Schwerpunkt über Wasser

Kafenion = Kaffeehaus in Griechenland

Kai = künstlich befestigtes Ufer im Hafen

Kajüte = Aufenthaltsraum eines Schiffes

Kartentisch = Tisch für die Navigation

Kiel = Hauptlängsträger mit Ballast

Koje = enge Schlafstätte unter Deck

Komboloi = kleine Kettchen aus Perlen

Kompasskurs = Kiellinie des Schiffes

Krängen = ein zur Seite kippender Schwimmkörper

Kurs = Fahrt-Richtung

Laku noć = gute Nacht

Landfeste = ein Tauwerk verbindet ein Schiff mit dem Land.

Leinen = Seil

Lenzöffnungen = Borddurchführungen

Lenzen = entfernen von Wasser aus Schiffskörper

Lifebelt = Gurtgeschirr f. Sicherung v. Seeleuten

Logbuch = Bordbuch = Aufzeichnung tägl. Ereignisse

Luken = Öffnung im Deck, Schiffswand

Lukentüre = zum Verschließen von Luken

Manöverschluck = Belohnungsdrink

Mast = senkrecht stehender Pfeiler auf Schiffen

Mastfuß = Aufnahmelager von Schiffsmasten

Mole = eine ins Meer ragende Aufschüttung

Navigation = Ortsbestimmung, optimaler Weg zum Ziel

Niedergang = verbindet die Decks miteinander

Plicht = hinterer Bereich zum Sitzen und Steuern an Deck

Pantry = Anrichte, Küche auf Jachten, Flugzeugen

Patenthalse = unbeabsichtigte Halse

Pier = Aufschüttung zum Wasser hin

Pinne = langer Hebel zur Bedienung des Ruders

Positionsleuchten = Beleuchtung eines Schiffes

Pullen = Rudern

Pütz = Eimer mit einer Leine am Henkel

Reffbändsel = Taustücke zum Fixieren des verkleinerten Segels.

Radarreflektor = Metallteil, das ein starkes Echo erzeugt.

Reling = Geländer um ein freiliegendes Deck.

Richtfeuer = zeigt das Fahrwasser an.

Rollfock = Fock wird am Vorstag aufgewickelt.

Ruderblatt = befindet sich am hinteren Teil des Schiffes, bedient durch Pinne oder Steuerrad.

Ruder = Steuerruder

Scheinportal = ohne Durchgang

Scheuerleiste = Schutz vor Beschädigungen

Schifffahrtslinie = regelmäßige Verkehrsverbindungen

Schiffsschrauben = Antrieb mit Flügel

Schoten = Leinen zum Bedienen der Segel

Schothorn = hinterste untere Spitze eines Dreiecksegels

Schwell = Dünung, Wellen

Schwoien = Hin- und Herdrehen eines Schiffes

Seemannschaft = praktische Handhabung

Seemeile = 1 sm = 1852 m

Setzen des Segels = bewegliches Tauwerk, zieht ein Segel am Mast oder Vorstag hoch

Sjedaj = steig ein

Skipper = Schiffsführer

Sonnensegel = Tuch zum Schutz vor Sonne

Steg = Bauwerk aus Holz, Betonpfählen

steifer Wind = Windstärke 7 Bft.

Steinmole = eine ins Meer ragende Aufschüttung

steuerbords = vom Heck zum Bug, rechte Seite

Streitaxt = im Fußkampf eingesetzte Äxte

Strömung = Fließgeschwindigkeit

Takelage = stehendes und bewegliches Gut des Segelschiffes

Tampen = das Ende einer Leine

Tauwerk = alle geschlagenen, geflochtenen Seile

Toplicht = 225° am Mast nach vorne gerichtet

Törn = die Fahrt mit einem Schiff

Tümmler = eine Art Delfin, grau gefärbt

Vorstag = Seil von vorne zur Mastspitze

Wanten = verspannt den Mast zu den Seiten

Wantenspanner = zum Spannen von Want und Stag

Windfahne = Windrichtungsanzeige

Windsteueranlage = Autopilot

Kriminalroman

Paperback
218 Seiten
ISBN-978-3-7693-6753-9
Verlag: BoD - Books, Amazon, usw.

Buchhandel Erscheinungsdatum:
26.03.2025

Sprache: Deutsch

Kriminalroman

Paperback
344 Seiten
ISBN-978-3-8192-4410-0
Verlag: BoD - Books, Amazon, usw.

Buchhandel Erscheinungsdatum:
07.04.2025

Sprache: Deutsch